KNAUR

Über die Autorin:
Anne Marie Ryan ist Autorin und Lektorin von Kinderbüchern. *Das Weihnachtswunder von Stowford* ist ihr erster Roman für Erwachsene.

Anne Marie Ryan

Das Weihnachtswunder von Stowford

Roman

Aus dem Englischen von
Sonja Fehling

KNAUR

Die Originalausgabe »The Six Tales of Christmas« ist 2020
bei The Orion Publishing Group Ltd erschienen.

Besuchen Sie uns im Internet:
www.knaur.de

Aus Verantwortung für die Umwelt hat sich die Verlagsgruppe Droemer Knaur zu einer nachhaltigen Buchproduktion verpflichtet. Der bewusste Umgang mit unseren Ressourcen, der Schutz unseres Klimas und der Natur gehören zu unseren obersten Unternehmenszielen. Gemeinsam mit unseren Partnern und Lieferanten setzen wir uns für eine klimaneutrale Buchproduktion ein, die den Erwerb von Klimazertifikaten zur Kompensation des CO_2-Ausstoßes einschließt. Weitere Informationen finden Sie unter: www.klimaneutralerverlag.de

MIX
Papier aus verantwortungsvollen Quellen
FSC® C014496

Deutsche Erstausgabe Oktober 2022
Knaur Taschenbuch

Redaktion: Anita Hirtreiter
Covergestaltung: ZERO Werbeagentur, München
Coverabbildung: unter Verwendung des Designs und
der Illustration von Rachael Lancaster
Satz: Daniela Schulz, Gilching
Druck und Bindung: GGP Media GmbH, Pößneck
ISBN 978-3-426-52754-2

2 4 5 3 1

KAPITEL 1

Nora

Nora Walden ließ den Blick von der Tabelle in ihren Händen zu den Geschenkartikeln für die Weihnachtsstrümpfe wandern, die auf dem Tresen aufgestapelt waren: Mini-Bildbände über die Vogelarten der Region, kleine Scherzbücher über die hässlichsten Weihnachtspullis der Welt und Pappbücher in Form eines Rentiers mit einer roten Nase aus Plüsch auf dem Cover. Jedes dieser Präsente war um einiges interessanter als Noras derzeitige Lektüre. Trotz ihrer trügerischen weihnachtlichen Farbe löste der Anblick der Spalten und Reihen voller roter Zahlen alles andere als eine festliche Stimmung in ihr aus.

Frustriert versetzte Nora der Rentiernase einen Schlag, woraufhin ein lautes Quieken ertönte. Der bärtige Mann mit der Beanie auf dem Kopf, der gerade einen Reiseführer durchblätterte, ließ beinahe das Buch fallen.

»Tut mir leid.« Entschuldigend hob Nora die Hand. »Ich wollte Sie nicht erschrecken.« Sie neigte den Kopf zur Seite, um den Titel des Reiseführers zu lesen. »Ah, Sri Lanka. Dort soll es ja wunderschöne Strände geben.«

Sri Lanka stand auf Charlottes Liste der Länder, die sie während ihrer einjährigen Weltreise erkunden wollte. Die Reiseabteilung der Buchhandlung war immer der Lieblingsbereich ihrer Tochter gewesen. Abgesehen von einigen Aufenthalten in Frankreich – im Ferienhaus von Simons Eltern – hatten sich die Urlaube der Familie Walden meistens auf das Vereinigte Königreich beschränkt, irgendwo auf dem Fluss in einem Hausboot oder in einem kleinen Cottage am Strand. Buchhändler verdienten nicht so viel, dass sie sich Luxusreisen ins Ausland leisten konnten, wobei diese Tatsache Nora noch nie etwas ausgemacht hatte. Sie hatte das Glück gehabt, die Welt durch Geschichten kennenzulernen, war mit Gabriel García Márquez und Isabel Allende durch Südamerika gereist und hatte mit Salman Rushdie und Vikram Seth Indien besucht. Tatsächlich war Nora noch nie in den USA gewesen, doch dank der Kurzgeschichten von Annie Proulx hatte sie in der rauen Prärie von Wyoming gezeltet. Mit den Vampiren von Anne Rice hatte sie die Düfte und Geräusche der düsteren Welt von New Orleans aufgesogen, und mit den Charakteren aus Armistead Maupins *Stadtgeschichten* war sie die Hügel von San Francisco hinaufgestiegen. Sie hatte das Gefühl, all diese Orte wie eine Einheimische zu kennen, weil sie in den Büchern dort gewesen war.

Charlotte dagegen hatte immer die reale Welt sehen wollen. Sie hatte stundenlang mit überkreuzten Beinen auf dem Boden der Reiseabteilung gesessen und wie ein kleiner Phileas Fogg die Routen für ihre zukünftigen Touren aufgezeichnet. Gedankenverloren fragte sich Nora, ob Charlotte wohl gerade in Sri Lanka war und sich an irgendeinem Strand sonnte. Vielleicht war sie aber auch in Mumbai. Wenn sie sich doch nur endlich melden würde … Normalerweise rief sie jeden Samstagnachmittag an oder versuchte es über Videochat, doch heute hatten sie noch nichts von ihr gehört – und in der vergangenen Woche auch nicht.

Der Mann mit der Beanie stellte das Buch ins Regal zurück.

»Soll ich Ihnen vielleicht einen anderen Reiseführer heraussuchen?«, bot Nora an. »Ich könnte Ihnen auch ein paar Romane empfehlen, die in Sri Lanka spielen. *Anils Geist* von Michael Ondaatje zum Beispiel ist …«

»Nein, danke«, unterbrach er sie, »ich sehe einfach mal im Internet nach.«

Nora stieß einen Seufzer aus und widmete sich wieder ihrer Buchhaltung des Grauens. Kein Wunder, dass die Zahlen so mies aussahen.

In diesem Moment ertönte ein fröhliches Glöckchengeläut, während die Tür des Buchladens geöffnet wurde. Ein kalter Windzug trug die Musik des Weihnachtsmarkts herein, der draußen auf dem Platz stattfand. Nora lächelte der Frau mit dem dunklen Locken-Bob entgegen, die gerade eingetreten war. Wie bei den meisten ihrer Stammkunden und -kundinnen kannte Nora auch ihren Namen. »Hi, Kath.«

»Da draußen kommt man sich vor wie am Nordpol.« Zitternd rieb Kath die Hände aneinander. »Ich glaube, ich habe gar kein Gefühl mehr in den Fingern.«

»Wenigstens regnet es noch nicht«, sagte Nora mit einem Blick aus dem Fenster hinter sich. Der Stowford Bookshop war berühmt für seine Schaufensterdekorationen, und wie Nora fand, hatten sie sich in diesem Jahr selbst übertroffen. Sie hatten Bestseller, Kochbücher und regionale Lektüre in Form eines Weihnachtsbaums arrangiert und darunter Geschenke gelegt, die sie in glänzendes Papier verpackt hatten. Jenseits des Fensters, oberhalb des gut besuchten Marktes, hingen jedoch unheilvolle graue Wolken am Himmel.

Nora hatte ihr ganzes Leben in Stowford verbracht – abgesehen von den zwei Jahren, in denen sie studiert hatte – und somit mehr als genügend nasse Winter im Südwesten Englands erlebt. An einen so verregneten Dezember wie diesen konnte sie sich allerdings nicht erinnern. Der River Coln, der sich träge durch die Stadtmitte schlängelte, war so hoch angestiegen, dass das Wasser schon fast über die Ufer schwappte.

»Ich bin dieses Wetter so leid.« Frustriert fuhr sich Kath mit einer Hand durch ihren Bob. »Sobald ich einen Fuß vor die Tür setze, spielen meine Haare verrückt.«

Nora nickte mitfühlend. »Oh ja, das kenne ich.« Simon sagte immer, dass sie mit ihrem welligen rotbraunen Haar aussehe, als sei sie einem Porträt von Rossetti entstiegen. Bei diesem Wetter verwandelte es sich jedoch eher in eine wirre Krause – auf dem Kopf einer Frau mittleren Alters – und hatte wenig Ähnlichkeit mit den sanften Wellen der jungen Damen, die die präraffaelitischen Maler abgebildet hatten. Aber obwohl ihre kupferfarbenen Locken inzwischen von silbernen Fäden durchzogen wurden, konnte Nora sich nicht dazu überwinden, sich das Haar zu einem zweckmäßigen Bob schneiden zu lassen. Stattdessen hatte sie beschlossen, ihre Rauschgoldengelfrisur in Würde anzunehmen – was auch kostengünstiger war.

Allerdings war der Regen nicht nur für Noras dauerhaften Bad Hair Day verantwortlich – er hielt darüber hinaus die Kunden vom Laden fern, und das in einer Zeit, die eigentlich zu den umsatzstärksten Wochen des Jahres gehörte. Außerdem machte er es ihnen immer schwerer, die Löcher im Dach zu ignorieren. Wenn das Wetter nicht bald besser wurde, würde die Buchhandlung das Jahr mit roten Zahlen abschließen.

Mal wieder.

»Oh, ist das angenehm«, sagte Kath seufzend, während sie sich die Hände am Kamin im hinteren Bereich des Ladens wärmte, wo die Flammen hinter einem schmiedeeisernen Feuerschutz hin und her tanzten wie ein Ballettensemble. Ein weiches Sofa aus rotem Samt und zwei alte Ledersessel waren im Halbkreis um einen Wohnzimmertisch angeordnet, auf dem ein Teller mit selbst gebackenen Ingwerkeksen stand – nach einem Rezept, das Nora von ihrer Mum Penelope übernommen hatte. In einem Korb vor dem Feuer lag eine Westie-Dame und döste.

Ein kleiner Junge, dessen Eltern gerade die Kinderbuchabteilung durchstöberten, lief auf tapsigen Beinen zu dem weißen Hund hinüber. »Wauwau!«, rief er und kniete sich neben den Korb.

»Aufpassen, Joshie!«, warnte ihn seine Mutter.

»Das ist Merry«, erklärte Nora und ging zu dem kleinen Jungen hinüber. »Keine Angst – sie liebt Streicheleinheiten.«

Merry schlug mit dem Schwanz auf den Boden und leckte dem Jungen übers Gesicht. Eigentlich hatten sie die Hündin Merida getauft – benannt nach der schottischen Disneyprinzessin –, als sie sie vor zehn Jahren als Welpe adoptiert hatten. Schon bald hatte sie jedoch den Kosenamen Merry bekommen, weil er so gut zu ihrem fröhlichen Charakter passte. Abgesehen davon, dass sie überall ihre schneeweißen Haare hinterließ und nie lange sauber blieb, war Merry die ideale Familienhündin und das inoffizielle Maskottchen der Buchhandlung.

»Du magst offensichtlich Dinosaurier«, sagte Nora und deutete auf den T-Rex, der auf dem T-Shirt des Jungen zu sehen war.

Er nickte, während er Merry im Arm hielt.

»Wenn das so ist, habe ich das perfekte Buch für dich«, fügte Nora hinzu und ging zu den Regalen hinüber, wo sie ein Dinosaurier-Wimmelbuch heraussuchte und es dem Jungen gab.

Nachdem er sich aus der Keksschale bedient hatte, kletterte Joshie mit der Entschlossenheit eines Bergsteigers, der den Mount Everest bezwang, auf einen der rutschigen Ledersessel. Als Nora hinter ihrem Tresen angekommen war, hatte er es sich auf dem Sessel gemütlich gemacht und war so in das Bilderbuch vertieft, dass der Keks in seinem kleinen Patschehändchen ganz weich geworden war.

Nora hatte selbst unzählige Stunden in diesem Sessel verbracht, zusammen mit ihren besten Freundinnen: Anne auf Green Gables, Pippi Langstrumpf und Mary Lennox – den Heldinnen ihrer liebsten Kinderbücher. Als einziges und noch dazu schüchternes Kind einer alleinerziehenden Mutter hatte Nora bereits früh gelernt, dass man nie einsam war, solange man ein gutes Buch als Gesellschaft hatte. Eine Erkenntnis, über die sie sehr froh war –

schließlich hatte sie sich oft selbst beschäftigen müssen, während ihre Mutter im Laden arbeitete.

Penelope war 1970 wegen des allerersten Glastonbury-Festivals nach Somerset gekommen und hatte ein Techtelmechtel mit einem Drummer namens Neil angefangen. Die kurze Affäre endete, noch bevor der Hauptact es auf die Bühne geschafft hatte, doch Penelope hatte sich in die Gegend verliebt und war hiergeblieben, um ihre Tochter aufzuziehen, die sie neun Monate später zur Welt brachte. Und obwohl Penelope mit ihrer unkonventionellen Hippie-Lebensart das eine oder andere Kopfschütteln der Ortsbewohner auf sich zog, wurde ihre Buchhandlung – die einzige im Umkreis – ein großer Erfolg.

Nora widmete sich erneut ihren Finanzen und spürte ein nagendes Gefühl der Angst in ihrem Bauch. Was würde Penelope sagen, wenn sie wüsste, wie schlecht der Laden lief?

»Stimmt was nicht, Nora?« Eine kleine, weißhaarige Frau, deren Bob trotz des Wetters perfekt aussah, kam auf den Tresen zu. In ihren freundlichen blauen Augen, mit denen sie Nora durch ihre Brillengläser hindurch ansah, lag Besorgnis. »Du wirkst so beunruhigt.«

Olwyn Powell war eine Stammkundin, die auch an den monatlichen Treffen des Literaturkreises teilnahm. Außerdem war sie Charlottes Grundschullehrerin gewesen, daher kannte Nora sie schon seit Jahren.

»Nein, nein, alles gut, Olwyn«, gab Nora zurück und versteckte die unangenehme Kalkulation unter einem Wollhaufen – dem Anfang eines Pullovers, den sie für Simon zu Weihnachten strickte. »Ich war nur mit den Gedanken ganz woanders. Kann ich dir vielleicht was empfehlen? Ich habe gerade einen Thriller gelesen, der dir gefallen könnte – mit einem grandiosen überraschenden Ende.«

Olwyn hatte eine große Vorliebe für Thriller – und zwar von der Sorte »je grausamer, desto bester« –, was in völligem Gegensatz zu ihrem sanften Charakter stand, denn sie war einer der liebsten Menschen, die Nora kannte.

»Ach, ich stöbere bloß mal so durch«, antwortete Olwyn. »Jetzt, da ich im Ruhestand bin, habe ich mir vorgenommen, öfter mal in die Bücherei zu gehen.«

Nora hatte es noch nie gestört, wenn die Leute bloß zum Stöbern in den Laden kamen. Genau wie ihre Mutter war sie davon überzeugt, dass eine Buchhandlung mehr als ein Ort war, an dem man Bücher kaufte. Sie war das Herz einer Gemeinschaft. Das einzige Problem lag darin, dass das Stöbern derzeit zu weit weniger Käufen führte als früher …

»Und? Wie gefällt es dir im Ruhestand? Genießt du die viele Freizeit?«

»Um ehrlich zu sein, fällt es mir ein wenig schwer, eine sinnvolle Beschäftigung zu finden«, entgegnete Olwyn. »Mir fehlen die Kinder.«

»Das muss auch eine wahnsinnige Umgewöhnung sein«, befand Nora. Sie konnte sich gar nicht vorstellen, wie ihr Leben ohne die Arbeit in der Buchhandlung aussehen würde.

»Ich habe mehr Zeit zum Lesen«, fuhr Olwyn mit erzwungener Begeisterung fort. »Das ist zumindest ein Vorteil des Rentnerdaseins.«

Olwyn mochte sich zwar nach außen hin tapfer geben, doch ihre Traurigkeit war unübersehbar. Der Gedanke, dass diese wundervolle Frau, die so viele Menschen durchs Leben begleitet hatte, sich nun einsam fühlte, bedrückte Nora.

»Also, hier bist du jedenfalls immer herzlich willkommen. Ich freue mich über Gesellschaft und gute Unterhaltung«, erwiderte sie.

In diesem Moment kam Kath zum Tresen herüber.

»Du hast Kundschaft«, sagte Olwyn und tätschelte Noras Hand. »Ich lasse dich mal weiterarbeiten.«

»Kann ich Ihnen wieder etwas empfehlen?«, fragte Nora die

jüngere Frau. »Haben Sie bereits die neue Anthologie von Carol Ann Duffy gelesen, mit Gedichten von Sylvia Plath?« Kath, die wie sie ein Fan von Lyrik war, kam seit Jahren in die Buchhandlung, und Nora hatte sie mit den Werken von Audre Lorde, Jackie Kay und Adrienne Rich bekannt gemacht.

Hätte Nora ihr Studium nicht abgebrochen, als Penelope krank geworden war, hätte sie ihre Abschlussarbeit über Sylvia Plath geschrieben – zumindest war das ihr Plan gewesen. »Das ist eine ganz fantastische Sammlung. Es kam mir vor, als würde ich Sylvia Plath zum ersten Mal lesen.«

»Klingt toll«, sagte Kath. »Aber eigentlich wollte ich Sie fragen, ob Sie mir vielleicht ein paar Bücher über …«, sie senkte die Stimme, »… Depressionen empfehlen könnten.«

»Natürlich«, entgegnete Nora, schlüpfte hinterm Tresen hervor und steuerte auf die Abteilung mit den Selbsthilfebüchern zu. Sachbücher waren eigentlich das Fachgebiet ihres Mannes. Von Architektur bis Angeln gab es kaum ein Thema, über das Simon nicht ein bis fünf Bücher gelesen hatte. Er veranstaltete jeden Dienstagabend ein Pub-Quiz drüben im George auf der anderen Straßenseite. Das Quiz war berühmt für seine schwierigen Fragen, und manche Teams reisten sogar jede Woche aus Cirencester an, um im Wissensduell gegen ihn anzutreten. Gerade war Simon allerdings oben in der Wohnung über dem Laden und kümmerte sich um das leckende Dach.

Zum Glück kannte sich Nora blind in der Buchhandlung aus, auch wenn sich ihre Expertise eher auf Romane und Lyrik beschränkte. Sie führte Kath zum Regal mit den Büchern über Depressionen und zeigte ihr dicke Wälzer voll wissenschaftlicher Studien, inspirierende »Ich habe meine Depressionen überwunden – Sie schaffen das auch«-Memoiren und praktische Ratgeber darüber, wie man seine Stimmung aufhellen konnte. Kath nahm gleich mehrere Bücher mit.

»Matt Haig schreibt auch ganz toll darüber«, erzählte Nora, und so fügte Kath auch noch *Ziemlich gute Gründe, am Leben zu bleiben* zu ihrem Stapel dazu.

Nora kannte die junge Frau zwar nicht sehr gut und sie wollte nicht neugierig sein, trotzdem machte sie sich Sorgen um sie. »Geht es Ihnen nicht gut, Kath?«

»Die sind nicht für mich«, gab Kath schnell zurück. »Die sind für meinen Dad.«

Nora war sich nicht sicher, ob das stimmte oder es Kath zu unangenehm war, über ihre psychischen Probleme zu sprechen. »Also, ich habe auf jeden Fall immer Zeit«, versprach sie, »falls Sie mal das Bedürfnis haben, mit jemandem zu reden.«

»Danke«, sagte Kath und errötete leicht.

Gemeinsam gingen sie zum Tresen zurück, wo Kath sich beeilte, ihre Einkäufe zu bezahlen, während sie immer wieder über die Schulter zur Tür blickte, als hätte sie Angst, jemand könnte sehen, was sie gekauft hatte.

Kopfschüttelnd sah Nora ihr hinterher, als sie eilig den Laden verließ. Es war so traurig, dass die Menschen sich immer noch irgendwie schämten, wenn es um psychische Krankheiten ging. Aber vielleicht wollte Kath etwas so Persönliches auch nicht mit jemandem besprechen, den sie nicht so gut kannte. Als introvertierter Mensch konnte Nora das sehr gut nachfühlen.

Auf der anderen Seite des Ladens ertönte Protestgeheul. »Nein!«, kreischte Joshie, als seine Eltern ihn in den Buggy setzten. Sein Dad schob den Kinderwagen zur Kasse herüber, während seine Mum einen Ratgeber zum Thema »Töpfchentraining« auf den Tresen legte, gefolgt von dem Dinosaurierbuch. »Er wollte das gar nicht mehr hergeben«, sagte sie lachend.

Nora bongte das Wimmelbuch ein und bückte sich dann, um es dem kleinen Jungen in dem Buggy wiederzugeben, der es fest an seine Brust drückte. *Ich liebe meinen Job,* dachte Nora glücklich.

Und das Allerschönste daran war der Moment, wenn man das perfekte Buch für jemanden gefunden hatte – egal, in welchem Alter derjenige war.

»Wir veranstalten jeden Montagvormittag eine Vorlesestunde für kleine Kinder«, sagte Nora, während sie der Familie die Tür aufhielt. »Nächste Woche lesen wir *Der Grinch* – kommen Sie doch vorbei.«

»Klingt gut.« Der Vater wuschelte seinem Sohn liebevoll durchs Haar, bevor er den Regenschutz über den Kinderwagen zog.

Genau in dem Moment, als Nora die Tür hinter den dreien schloss, kam ein hochgewachsener Mann mit einer wilden Mähne aus welligem, grau meliertem Haar die Treppe herunter, die von der Wohnung in die Buchhandlung führte. »Ich habe die Pfützen weggewischt«, verkündete Simon, während er durch den Laden auf Nora zustapfte. »Und ich habe überall Eimer hingestellt, um die Tropfen aufzufangen, aber …« Er stieß mit dem Kopf gegen einen der Eichenbalken, die unter der tief hängenden Decke verliefen, und fluchte laut: »Verdammt noch mal!«

»Ach, Schatz.« Voller Mitgefühl schüttelte Nora den Kopf. »Immer noch?«

Schon vor fünfundzwanzig Jahren, als Simon das allererste Mal den Laden betrat, hatte er sich sofort den Kopf an genau diesem Balken gestoßen. In seiner Lederjacke und den Stiefeln hatte er eher wie ein Indie-Rockstar ausgesehen und nicht wie der Leiter einer Werbeagentur. Andererseits hatte Nora damals mit fünfundzwanzig in ihren Doc Martens und der zerrissenen Jeans auch keine Ähnlichkeit mit einer typischen Buchhändlerin gehabt.

Sie hatte einen Kühlakku für Simon geholt, und er hatte ihr erklärt, dass er im Dorf nach möglichen Drehorten für einen TV-Werbespot suchte. Daraufhin hatten sie sich so verquatscht – über ihre Lieblingsbücher und -autoren –, dass Simon den letzten Zug verpasst hatte und sich schließlich ein Zimmer im George nehmen musste. Am darauffolgenden Wochenende hatten sie fast jede Sekunde miteinander verbracht: Am Samstag half Simon ihr im Laden, und am Sonntag lud er sie zu einem langen Spaziergang am Fluss ein, der mit einem Sonntagsbraten im Pub endete. Abgesehen von Penelope hatte Nora noch nie jemanden getroffen, der Bücher genauso sehr liebte wie sie, und bevor Simon widerwillig in den Zug zurück nach London stieg, hatte er sie geküsst – und versprochen, wiederzukommen.

Der Werbespot für einen Keks wurde tatsächlich in Stowford gedreht, und in einigen Einstellungen war sogar die Buchhandlung im Hintergrund zu sehen, während sich vorne auf dem Markt diverse Schauspieler und Komparsen in historischen Bauernkostümen tummelten. Simon hatte jede freie Minute zwischen den Drehs mit Nora verbracht. Einige Wochen nach dem längsten ersten Date aller Zeiten hatte Nora erfahren, dass Simon der Sohn des Agenturgründers Charles Walden III. war und eines Tages das Geschäft übernehmen sollte. Doch Simon gab all das auf, um sie zu heiraten.

Die Keksmarke – Golden Oaties – wurde zwar kein Erfolg, aber Simons und Noras Beziehung war dafür umso gefestigter.

Nora ging zu ihrem Mann hinüber, stellte sich auf die Zehenspitzen und gab ihm einen Kuss auf die Stirn. »Bereust du es manchmal, dass du nach dem ersten Mal nicht gleich abgehauen bist?«, fragte sie ihn und strich mit den Fingern über die feuerrote Stelle, die der Zusammenstoß mit dem Balken an Simons Stirn hinterlassen hatte. Wäre er damals direkt umgekehrt, würde er jetzt eine profitable Werbeagentur in der Stadt leiten anstatt einer erfolglosen Buchhandlung auf dem Land.

»Spinnst du?«, erwiderte er. »Das war Liebe auf den ersten Blick.« Mit diesen Worten rieb er sich über die Stirn und sah Nora grinsend und mit einem Funkeln in den blauen Augen an. »Vielleicht hatte ich aber auch eine leichte Gehirnerschütterung.«

Nora hatte ihre Jeans von damals längst gegen Vintage-Kleider und Strickjacken eingetauscht – die sie allerdings manchmal mit ihren uralten Doc Martens kombinierte –, und Simons Lederjacke und seine Bikerstiefel waren inzwischen Cordblazern und Budapestern gewichen. Im Laufe der Jahre hatten sie sich beide verändert, doch die Gesprächsthemen waren ihnen nie ausgegangen. Wie auch, bei über zehntausend Titeln im Bestand?

»Ich muss gleich rüber ins George zur Versammlung des Gewerbevereins«, sagte Simon. »Heute habe ich die Leitung. Es sei denn, du willst mich vertreten?«

»Nein, ich bleibe hier«, entgegnete Nora. Die Leitung des Treffens der Stowforder Geschäftsleute überließ sie Simon liebend gern. In so was war er wesentlich besser als sie. Damals, als er noch in der Werbung gearbeitet hatte, musste er regelmäßig Präsentationen vor Kunden halten – er war also ein selbstbewusster Redner, während es Nora schon immer unangenehm gewesen war, vor Leuten zu sprechen.

»Okay, dann gehe ich jetzt mal«, sagte Simon. »Wenn wir fertig sind, schaue ich kurz auf dem Markt vorbei und bringe was zu essen mit.«

»Super.«

Simon war schon fast an der Tür, als Nora etwas einfiel. »Ach, denk dran, in der Apotheke vorbeizugehen und deine Medikamente abzuholen«, rief sie ihm hinterher. »Oh, und eine Packung Schmerztabletten!« Sie spürte bereits erste Spannungskopfschmerzen im Schläfenbereich.

Simon nickte, dann öffnete er die Tür und trat in den Nieselregen hinaus.

Nora blickte ihm nach, während er die Straße überquerte und auf den Pub zuging, der den Marktplatz dominierte. Die honiggelben Mauern der Kneipe waren zurzeit mit blinkenden Lichterketten geschmückt. Am Tag ihrer ersten Begegnung hatte Simon

Nora erzählt, dass der gelbe Fels, der hier in der Region abgebaut wurde, aus den versteinerten Überresten von Seeigeln gebildet worden war, obwohl der Ort meilenweit von der Küste entfernt lag. Diese Information hatte Nora nie vergessen, und die Vorstellung, dass diese Gegend sich vor Millionen von Jahren unter Wasser befunden hatte, faszinierte sie. *Wenn es weiter so regnet, könnte das bald wieder der Fall sein,* dachte sie in einem Anflug von Ironie.

Da gerade keine Kunden mehr im Laden waren, setzte sich Nora auf den Hocker hinter der Theke und beschloss, an Simons Weihnachtspulli weiterzuarbeiten. Während das rhythmische Klackern ihrer Stricknadeln den Raum erfüllte, wünschte Nora, der Pullover könnte mehr tun, als Simon nur warm zu halten. Wenn die Wollschicht ihn doch auch beschützen könnte …

Im Frühling hatte Simon so schlimme Schmerzen in der Brust gehabt, dass sie dachten, er habe einen Herzinfarkt. Nora hatte sofort einen Krankenwagen gerufen und die ganze Fahrt bis zum Krankenhaus über Simons Hand gehalten, während sie im Stillen mit dem Universum über sein Leben verhandelt hatte. Schlussendlich war es kein Herzinfarkt, sondern nur eine Angina Pectoris gewesen, trotzdem hatte Nora eine Riesenangst ausgestanden, dass sie ihren Mann für immer verlieren könnte.

Simon war schlank und spielte regelmäßig Fußball – seine Herzprobleme waren daher ein Schock gewesen –, doch Ani Dhar, ihre Hausärztin, hatte ihnen erklärt, dass das für Männer über fünfzig nichts Ungewöhnliches war. Als Dr. Dhar erwähnte, Stress könnte ein Auslöser sein, hatte Nora darauf bestanden, dass Simon ihr die Leitung der Buchhandlung überließ, die sie bisher gemeinsam geführt hatten. Natürlich hatte er protestiert, aber die Ärzte hatten ihr zugestimmt, dass es eine gute Idee sei, zumindest einige Monate lang, in denen sie seinen Zustand überwachen würden. Deshalb hatte Simon auch keine Ahnung, wie schlimm es um ihre Finanzen stand und wie nah sie daran waren, das Geschäft zu verlieren.

Nora fühlte sich furchtbar, weil sie Geheimnisse vor ihm hatte, doch sie konnte es einfach nicht riskieren, dass er sich aufregte und wieder einen Herzanfall bekam. Beim nächsten Mal hatten sie vielleicht nicht so viel Glück.

Sie stieß einen Seufzer aus und strickte noch eine Reihe. Zu blöd, dass sie keinen Pullover stricken konnte, der groß genug war, um den ganzen Laden darin einzuhüllen …

KAPITEL 2

Simon

Simon schob die Türen des George auf und sog den vertrauten malzigen Geruch aus verschüttetem Ale, getrocknetem Hopfen und Bratfett ein. Nach der Buchhandlung rangierte der Pub auf Platz zwei der Liste seiner Lieblingsorte in Stowford. Und im Gegensatz zum Buchladen machte das George einen Riesenumsatz, während die Weihnachtseinkäufer und Markthändler hier Schutz vor dem Regen suchten.

Nachdem er kurz diverse Stammgäste begrüßt hatte, die er von seinem wöchentlichen Pub-Quiz kannte, kämpfte sich Simon endlich bis zur Theke vor. Ein stämmiger Mann in den Dreißigern mit schütter werdendem braunem Haar, der ein rot-weißes Fantrikot des Swindon Town FC trug, unterhielt sich gerade mit Sue, der Wirtin. Neben ihm standen zwei blonde Kinder, die Simon auf etwa sechs oder sieben schätzte.

»Hi«, sagte der Mann. »Ich bin Will, und ich wollte Sie fragen, ob Sie vielleicht Hilfe gebrauchen könnten. Ich war zwar vorher Betriebsleiter im Jamison-Werk, aber ich bin bereit, wirklich alles zu machen.«

Doch Sue schüttelte den Kopf. »Tut mir leid, Süßer«, erwiderte sie mit ihrer kratzigen Raucherstimme. »Ich stelle leider zurzeit niemanden ein.«

Entmutigt ließ der Mann die Schultern sinken.

»Daddy«, sagte der kleine Junge, »bekommen Julia und ich Chips?«

»Und Limo«, bettelte das Mädchen. »Biiiiitteeeee.«

»Tut mir leid, Kinder«, entgegnete Will und blickte auf die

beiden hinunter. »Heute nicht. Wir müssen jetzt los – schließlich wollen wir noch Grandma im Heim besuchen.«

Während die Kinder sich lautstark beschwerten, nahm der Mann die zwei an der Hand und führte sie Richtung Ausgang.

Erst jetzt bemerkte Sue Simon. »Ach du Scheiße! Wir haben gleich Sitzung, oder?« Hastig riss sie sich ihre Schürze vom Hals und fuhr sich mit ihrer tätowierten Hand durch das kurz geschorene wasserstoffblonde Haar. »Bin sofort da«, rief sie Simon zu, während sie in die Küche eilte.

»Ein Bier?«, fragte der gut aussehende Typ hinterm Tresen mit amerikanischem Akzent. Er war ungefähr genauso groß wie Simon, wirkte jedoch durch seinen üppigen Afro noch größer.

»Nur ein halbes, Mateo«, antwortete Simon mit einem Augenzwinkern. »Ich bin geschäftlich hier.« Außerdem wusste er, dass Nora sich derzeit ständig Gedanken um seine Ernährung machte – und nicht nur darum. Simon hatte das Gefühl, dass sie ihn permanent mit sorgenvollem Gesicht beobachtete, als hätte sie Angst, er könne jeden Moment tot umfallen.

Was vollkommen lächerlich war: Ihm ging es bestens. Trotzdem lehnte Nora sein Angebot, wieder mehr im Laden zu helfen, jedes Mal kategorisch ab.

»Du musst Stress vermeiden«, wiederholte sie wie ein Mantra.

Aber es machte Simon ein schlechtes Gewissen, dass Nora – um ihn zu schonen – nun die ganze Arbeit im Geschäft allein bewältigen musste. Sie beschwerte sich zwar nie, doch er konnte sehen, wie sehr sie das anstrengte. Und der Tatsache nach zu urteilen, dass sie sich jede Nacht im Bett hin- und herwälzte, litt sie auch unter Schlafproblemen. Zudem warf sie sich mittlerweile eine Kopfschmerztablette nach der anderen ein, und das in einer Geschwindigkeit, mit der sie normalerweise Schokolinsen aß. Simon hatte das Gefühl, kaum irgendetwas zu tun, abgesehen davon, dass er ab und zu Kunden bediente, ihre Social-

Media-Seiten auf dem neuesten Stand hielt und sich um das Onlinegeschäft kümmerte, das bereits von Anfang an sein Baby gewesen war.

»Ich will schon die ganze Zeit bei Ihnen im Laden vorbeikommen«, sagte Mateo, während er Simons Bier zapfte, »und ein paar Bücher für meine Familie kaufen, die ich zu Weihnachten rüberschicken kann.«

»Du kommst aus Kalifornien, oder?«, fragte Simon nach.

Mateo nickte, wobei seine Locken auf und ab wippten. »Genau. Ich bin in Santa Barbara aufgewachsen.«

»Und was hat dich nach England verschlagen?«, erkundigte sich Simon, während er sein Getränk bezahlte.

»Die Schauspielschule.« Mateo lächelte schief und wischte mit einem Geschirrtuch über den Tresen. »Raten Sie mal, ob sich das ausgezahlt hat.«

»Hey, Bücherwurm«, rief ihnen in diesem Moment ein korpulenter Mann in einem fleckigen grünen Pullover zu. Er hatte fettiges graues Haar, und seine Wangen und seine ziemlich knollige Nase waren mit einem Netz aus geplatzten roten Äderchen überzogen. »Hast du Lust auf 'ne Partie Darts?«

Simon blickte zu ihm hinüber und stellte fest, dass ein Foto des lokalen Parlamentsabgeordneten David Langdon an die Dartscheibe gepinnt war. Der attraktive Politiker hatte dunkles, nach hinten gegeltes Haar und grinste schmierig. Überhaupt wirkte er recht selbstgefällig und überheblich.

»Nee, tut mir leid, Howie«, antwortete Simon. »Ich habe jetzt eine Sitzung.«

»Oooh!«, zog Howie ihn auf. »Wir sind ja ach so wichtig.« Mit diesen Worten feuerte er einen Dartpfeil ab und traf David Langdon direkt auf die Nase. »Volltreffer!«, rief er glucksend, bevor er seinen Erfolg mit einem großen Schluck aus seinem Bierglas feierte.

Es war schon beeindruckend, dass Howie bei der Menge, die er trank, noch so gut zielen konnte. Simon fiel es immer noch schwer, sich vorzustellen, dass Howie zusammen mit Nora in St. Stephen's, der örtlichen Grundschule, gewesen war. Dank seines Alkoholkonsums sah er mindestens zehn Jahre älter aus als sie.

Simon trank den Schaum seines eigenen Biers ab und steuerte dann auf eine ruhige Nische im hinteren Bereich des Pubs zu, wo sich die anderen Mitglieder des Stowforder Gewerbevereins bereits versammelt hatten. Sebastian Fox, der wie üblich seine senfgelbe Cordhose anhatte, prahlte gerade lauthals über die Summe, die er für ein Cottage am Rand des Dorfs erzielt hatte.

»Die kamen natürlich aus London«, erzählte der Immobilienmakler und stieß ein iahendes Lachen aus. »Mehr Geld als Verstand. Die haben zehntausend mehr als veranschlagt bezahlt.«

Nigel Wilkinson, der Metzger, gab ein angewidertes Grunzen von sich. »Das ist nun wirklich das Letzte, was wir hier brauchen – noch mehr Bescheuerte, die sich ein Ferienhaus kaufen.«

Noras Freundin Alice, die das Teestübchen Copper Kettle betrieb, schüttelte traurig den Kopf. »Momentan geht das Gerücht um, dass sie St. Stephen's schließen wollen, weil die Schülerzahlen so niedrig sind. Es ist wirklich eine Schande, dass ganz normale Familien es sich nicht mehr leisten können, hier zu leben.«

»Simon, alter Junge«, begrüßte Sebastian den Neuankömmling und klopfte Simon auf die Schulter, während der neben Alice Platz nahm. »Nora und du, habt ihr schon über das Angebot nachgedacht, das ich euch geschickt habe? Euer Laden würde ordentlich was einbringen – vor allem mit der Wohnung obendrüber.«

»Die Buchhandlung wird nicht verkauft«, erwiderte Simon mit Nachdruck. Auch wenn das Angebot verlockend hoch war, würde Nora niemals dem Verkauf des Ladens zustimmen. Das Geschäft war ihr Leben.

»Richtig so«, rief Alice und schlug energisch mit der Faust auf den Tisch. »Die Hauptstraße muss unabhängig bleiben.«

»Na, ihr wisst ja alle, wo ihr mich findet, falls ihr eure Meinung doch noch ändern solltet«, entgegnete Sebastian und wischte sich seine schlaffen blonden Haarsträhnen aus dem Gesicht.

Mit einem Blick auf die Uhr eröffnete Simon die Sitzung. Nachdem er kurz die Anwesenheit der Teilnehmer kontrolliert hatte, ging er das Protokoll ihrer letzten Versammlung durch.

»Nigel«, sagte er an den stämmigen Mann gewandt, der ihm gegenübersaß, »wie läuft unsere Weihnachtsspendenaktion?«

»Bisher haben wir fast tausend Pfund gesammelt«, verkündete der Metzger.

Der Stowforder Gewerbeverein unterstützte jedes Jahr ein anderes wohltätiges Projekt im Ort. In diesem Jahr hatten sie sich für die Tafel entschieden. Das Dorf mochte zwar einen florierenden Eindruck erwecken – immerhin gab es ein Geschäft für Designerküchen und einen Feinkostladen, in dem man Oliven und teure Weine bekam –, doch Simon wusste, dass viele ortsansässige Familien nur mühsam über die Runden kamen. Die Tafel würde dafür sorgen, dass niemand von ihnen an Weihnachten hungern musste.

Simon warf einen Blick auf den nächsten Tagesordnungspunkt. »Der Stadtrat überlegt immer noch, einen Antrag auf Einführung von Parkgebühren auf der Hauptstraße zu stellen«, informierte er die Gruppe.

»Na, dann hoffe ich mal, dass der Antrag nicht durchgeht«, erwiderte Maeve Philbin, die einen Blumenladen namens The Bloom Room führte und ausschließlich geblümte Kleider trug. »Es gibt jetzt schon genug Durchfahrtsverkehr im Ort.«

»Diese verdammten Touristen«, brummte Nigel.

»Ein Großteil unseres Umsatzes hängt aber genau von diesen Touristen ab«, sagte Lucy, die Inhaberin von Cotswold Couture, einer Modeboutique, die ein paar Häuser neben der Buchhandlung lag. Sie trug eine klobige Halskette und eine Tunika, die aus Simons Sicht so aussah, als hätte sie jemand aus verschiedenen Jutesäcken zusammengenäht; aber wahrscheinlich hatte sie ein Vermögen gekostet. »Und die müssen ihre Riesenautos mit Allradantrieb ja irgendwo parken.«

»Die sollen den Zug nehmen«, murmelte Alice.

Im letzten Sommer hatte ein Tourist auf einer der Landstraßen eine junge Frau aus dem Dorf überfahren, die für Alice im Copper Kettle gearbeitet hatte. Der Fahrer war wegen Raserei zu einer Haftstrafe verurteilt worden, doch das hatte die Spannungen zwischen den Ortsansässigen und -fremden auch nicht gemildert.

Simon konnte beide Seiten verstehen. So nervig es auch war, wenn die Touristen die engen Straßen des Dorfs verstopften und die besten Parkplätze in Beschlag nahmen: Stowford hatte einfach eine symbiotische Beziehung zu seinen Besuchern. In den Sommermonaten hielten die Touristen den Buchladen über Wasser: Sie kamen herein, um sich Urlaubslektüre, Theaterstücke von Shakespeare oder Reiseführer über die Umgebung zu kaufen. Und ganz gleich, wie wütend Alice über den Tod ihrer jungen Angestellten sein mochte: Auch ihre Kunden kamen hauptsächlich von außerhalb, das wusste Simon.

»Entschuldigt meine Verspätung«, sagte Sue, die gerade mit zwei Körben voller Pommes herübergeeilt kam und sich auf einen Stuhl fallen ließ, bevor sie das Essen auf dem Tisch abstellte.

»Oooh, wie schön«, rief Alice. Der Kristallanhänger, der an ihrem Hals hing, schwang durch die Luft, während sie über den Tisch langte und sich eine Pommes nahm.

Die anderen Geschäftsinhaber schoben ihre Unstimmigkeiten vorübergehend beiseite und bedienten sich ebenfalls an den Pommes.

Auch Simon biss ein Stück ab. Die Pommes hatte außen genau

die richtige knusprige Konsistenz und war innen locker-leicht gebacken. Absolut perfekt. Er wollte sich noch eine nehmen, zog die Hand jedoch zurück. *Denk an dein Herz,* hörte er Noras Stimme in seinem Kopf.

»Haben sich David Langdons Leute schon wegen unserer Petition gegen das Einkaufszentrum zurückgemeldet?«, erkundigte sich Maeve.

Die meisten Geschäftsleute protestierten entschieden gegen den geplanten Bau am Rand von Stowford. Für ihre Petition hatten sie Hunderte von Unterschriften zusammenbekommen.

»Ich darf gar nicht über die Folgen für die Umwelt nachdenken«, sagte Alice und spielte gedankenverloren mit ihrem Anhänger. Der vorgesehene Bauplatz für das Zentrum lag auf großen Wiesen, die unzähligen Vögeln und Wildblumen als Lebensraum dienten.

»Ja, aber der Bau würde auch eine Menge Jobs schaffen«, merkte Seb Fox an, während er sich die letzte Pommes schnappte, ohne sie jemand anderem anzubieten. »Was der Wirtschaft im Ort sehr guttun würde.«

Simon musste an den Mann denken, der sich vorhin im Pub nach Arbeit erkundigt hatte. In den Cotswolds herrschte eine ziemlich hohe Arbeitslosenquote, da die Möglichkeiten, außerhalb der Bereiche Landwirtschaft und Tourismus einen Job zu finden, eher gering waren.

»Aber ich könnte mein Geschäft dann zumachen«, warf Lucy ein.

»David Langdon hat sich noch nicht gemeldet«, erzählte Simon und blickte hinüber zur Dartscheibe, wo das selbstgefällige Gesicht des Abgeordneten mittlerweile reichlich durchlöchert war.

»Welch Überraschung«, kommentierte Alice in sarkastischem Tonfall.

Alle nickten zustimmend.

Der einzige Punkt, auf den sich alle einigen konnten, war, dass David Langdon in seinem Job nicht zu gebrauchen war. Er war offensichtlich mehr daran interessiert, seine politische Karriere voranzubringen, als sich um die Belange seiner Wähler zu kümmern.

»Apropos«, sagte Simon, »ich habe mit dem Stadtrat über das Graffiti geredet. Sie haben mir versprochen, dass es nächste Woche weggeschrubbt wird.«

Irgendjemand hatte die Worte *David Langdon ist ein Vollidjot* auf das Bushäuschen gesprüht. Simon war zwar durchaus der gleichen Meinung, doch das Graffiti sah furchtbar aus und der Rechtschreibfehler trieb Nora in den Wahnsinn.

»Na, das will ich doch wohl hoffen«, erwiderte Nigel grimmig. »Wenn man bedenkt, wie viel Gewerbesteuer wir an die abdrücken.«

Die ständig steigenden Abgaben, die der Stadtrat verhängte, waren ein weiteres Thema, über das sich die örtlichen Geschäftsleute endlos aufregen konnten. Durch die Erhöhungen der Steuer und Mieten wurde es für die unabhängigen Läden in Stowford immer schwerer zu überleben. Im letzten Jahr hatte der Verein drei Mitglieder verloren, die ihre Geschäfte entweder verkauft oder geschlossen hatten.

»Okay«, sagte Simon mit einem Blick auf die Uhr. Er wollte die Sitzung endlich zum Abschluss bringen, damit er es noch auf den Markt schaffte, bevor der schloss. »Dann werde ich einen weiteren Brief an den Rat schreiben, über unsere Bedenken wegen der Gewerbesteuer, und ich kontaktiere auch noch mal David Langdons Wahlkreisbüro und mache denen Druck, damit sie endlich auf unsere Petition antworten. Gibt es noch irgendwas zu besprechen?«

Als die Sitzung beendet war, sprach Alice ihn an. »Wie geht's Nora?«, fragte sie, während sie sich ihren Mantel anzog. »Ich habe sie schon lange nicht mehr gesehen.«

»Sie vermisst Charlotte«, entgegnete Simon. »Und sie schläft momentan nicht so gut.«

Wieder meldete sich sein schlechtes Gewissen, weil er wusste, dass er – zumindest teilweise – der Grund für ihre Sorgen war.

»Komm mit rüber zum Copper Kettle«, sagte Alice. »Ich gebe dir eine Packung Kamillentee für sie mit. Der wirkt beruhigend – vielleicht kann sie dann besser schlafen.«

Nachdem sie den Pub verlassen hatten, bahnten sich Simon und Alice einen Weg durch die Menge zwischen den Marktbuden und steuerten auf Alice' Geschäft am anderen Ende der Hauptstraße zu.

Vor dem Teestübchen hockte ein pickliger Junge im Teenageralter auf seinem Fahrrad. Als er sie näher kommen sah, wandte er den Blick ab und schaute verstohlen in die andere Richtung, was so wirkte, als führte er irgendetwas im Schilde. *Ob er vielleicht das Graffiti ans Bushäuschen gesprüht hat?*, überlegte Simon.

»Willst du mit reinkommen, Harry?«, fragte Alice freundlich.

Doch der Junge schüttelte den Kopf und fuhr davon.

»Der arme Kerl«, sagte Alice, während sie ihm hinterhersah. »Das war seine Schwester, die letzten Sommer überfahren wurde.«

»Ich warte draußen«, verkündete Simon. Im Copper Kettle waren die Decken noch niedriger als in der Buchhandlung, und auf den Balken lagerte Alice' Sammlung von Porzellanteekannen. Für Simon mit seinen ein Meter achtundachtzig war das wie ein Spaziergang durch ein Minenfeld.

Alice dagegen schlüpfte problemlos in ihren Laden und kam kurze Zeit später mit einem Päckchen Teebeutel wieder heraus, das sie Simon in die Hand drückte. »Grüß Nora von mir und sag ihr, dass ich demnächst auf einen Scone vorbeikomme.«

Nachdem Simon sich bei Alice bedankt hatte, ging er zur Apotheke, wo eine kleine Frau mit Brille in einem weißen Kittel gerade damit beschäftigt war, eine Bestellung einzutüten. Ihr langes schwarzes Haar hatte sie zu einem ordentlichen Knoten hochgesteckt, und auf ihrer Stirn prangte ein roter Bindi.

»Hi, Lakshmi«, grüßte Simon die Frau. »Wir haben Sie bei der Sitzung vermisst.«

»Tut mir leid, dass ich nicht da war«, entgegnete sie. »Dinesh hat die Grippe, deshalb bin ich heute ganz allein im Laden.«

Das Ehepaar Patel war noch relativ neu im Ort und hatte seine Apotheke erst vor ungefähr zehn Jahren eröffnet. Die beiden hatten zwei erwachsene Töchter – die ältere war Dr. Dhar, die Hausärztin im Dorf, während die jüngere irgendeinen hochtrabenden Job in London hatte und offensichtlich eine Art Überflieger war.

»Wie geht's den Mädchen?«, erkundigte sich Simon bei der Apothekerin, während er ihr sein Rezept gab.

»Oh, Sam ist wieder hier.« Mrs Patel stieß einen tiefen Seufzer aus und machte sich daran, Simons Tabletten zusammenzustellen. »Sie hat sich vor ein paar Monaten von ihrem Freund getrennt.«

»Ach, das tut mir leid«, erwiderte Simon und legte eine Packung Kopfschmerztabletten auf den Tresen.

»Sie arbeitet zu viel«, fuhr die Apothekerin fort. »Ich sage ihr immer, dass sie irgendwann als alte Jungfer endet, wenn sie nicht aufpasst.«

Simon lachte leise. Er hatte die jüngste Tochter der Patels zwar schon einige Jahre nicht mehr gesehen, aber sie musste immer noch in den Zwanzigern sein. »Wahrscheinlich hat sie nur noch nicht den Richtigen gefunden.«

»Ich kann einfach nicht aufhören, mir Sorgen um sie zu machen«, sagte Mrs Patel.

Simon lächelte. »So sind wir Eltern.« Er mochte Nora vielleicht ständig sagen, dass sie sich keine Sorgen um Charlotte machen sollte, aber auch ihn beschlich jedes Mal ein ungutes Gefühl, wenn seine Tochter ihren wöchentlichen Videoanruf verpasste.

Mrs Patel reichte ihm eine weiße Papiertüte mit den Tabletten über den Tresen. »Nehmen Sie immer eine morgens und eine abends.«

Etwas missmutig stopfte Simon die Medikamente zum Kamillentee in seinen Stoffbeutel. Er hasste es, die Tabletten nehmen zu müssen – sie erinnerten ihn zweimal am Tag an seine Sterblichkeit. »Richten Sie Dinesh gute Besserung von mir aus«, sagte er.

Dann trat er wieder hinaus in den immer stärker werdenden Regen und ging zum Markt zurück, um etwas fürs Abendessen einzukaufen.

KAPITEL 3

Nora

Nora blickte von ihrer Strickarbeit auf, als die Regentropfen gegen das Fenster zu prasseln begannen. »Hau ab, Regen!«, murmelte sie leise.

Die Weihnachtseinkäufer auf dem Markt suchten eilig Schutz, duckten sich unter Vordächer oder drängten sich in Scharen in den Pub. Ein älterer Herr mit Gehstock hastete direkt auf den Buchladen zu, und Nora flitzte hinüber zur Tür, um sie ihm aufzuhalten.

»Das kam genau richtig«, sagte er erfreut. Das Wasser rann nur so von seiner Wachsjacke, während er sich die Regentropfen vom Kopf wischte.

»Kommen Sie rein und trocknen Sie sich erst mal ab.« Nora streckte ihm ihren Arm entgegen und führte ihn zum Feuer hinüber.

»Das ist sehr freundlich von Ihnen.« Dankbar ließ sich der Mann aufs Sofa sinken, setzte seine beschlagene Brille ab und rieb die Gläser mit seinem von Motten durchlöcherten Pullover ab, bevor er die Brille in die Innentasche seiner Jacke steckte.

»Suchen Sie etwas Bestimmtes? Oder wollten Sie nur vor dem Regen flüchten?«

»Ich suche nach einem Buch für meinen Enkel, Noah. Er ist zehn.«

»Was mag er denn gern?« Nora, die sich auf die Armlehne des Sofas gehockt hatte, dachte an ihre Tochter in dem Alter zurück – mit ihren langen, dünnen Beinen hatte sie wie ein neugeborenes Fohlen ausgesehen. Damals hatte Charlotte Lippenpflegestifte gesammelt, Tiere geliebt und war geradezu besessen von Harry Potter gewesen.

»Er ist großer Fußballfan«, erzählte der ältere Herr, und seine wässrigen Augen leuchteten vor Stolz. »Sein Lieblingsverein ist Manchester United, aber über Geschmack lässt sich ja bekanntlich nicht streiten.«

Nora lachte. »Also, über Man U haben wir Tausende von Büchern, wobei es meinem Mann jedes Mal Schmerzen bereitet, wenn er sie bestellen muss.« Obwohl er schon seit dreißig Jahren nicht mehr in London lebte, war Simon immer noch ein eingefleischter Arsenal-Fan.

Der ältere Herr schüttelte den Kopf. »Nein, ich suche etwas, das ihm bei seinen Schulaufgaben hilft. In seiner Klasse nehmen sie gerade den Ersten Weltkrieg durch, und ich weiß noch, dass ich vor Jahren einmal ein Buch über den Weihnachtsfrieden gelesen habe. Das Fußballspiel zwischen den Deutschen und unseren Jungs. Dieses Buch würde ich ihm gern kaufen, aber es scheint vergriffen zu sein. Ich war bereits in drei anderen Buchläden, und keiner hatte es da.«

Fassungslos starrte Nora ihn an und konnte kaum glauben, was er da gerade gesagt hatte. Sie war sich ziemlich sicher, dass sie genau wusste, von welchem Buch er sprach.

Konnte er wirklich diesen Titel meinen? Wie groß war die Wahrscheinlichkeit?

»I… ich glaube, ich kann Ihnen helfen … vielleicht«, stammelte sie.

Dann sprang sie mit einem Satz vom Sofa auf und taumelte geradezu in die Sachbuchabteilung hinüber. Mit klopfendem Herzen ließ sie den Blick über die Sportbücher in den Regalen schweifen, auf der Suche nach einem Hardcover mit grünem Einband.

Wo ist es denn?, fragte sie sich im Stillen und war ganz aufgeregt. Simon hätte es nie verkauft, ohne ihr davon zu erzählen.

Aufmerksam tastete sie mit den Augen das Regal ab, doch den Buchrücken, den sie suchte, fand sie nicht.

Oh Mann!, dachte sie dann und schlug sich mit der Hand gegen die Stirn. Sie war in der falschen Abteilung – es würde sicher unter *Geschichte* eingeordnet sein, nicht unter *Fußball*. Eilig hastete sie zu den Geschichtsbüchern hinüber, übersprang das Mittelalter … die Stuarts … das Viktorianische Zeitalter …, bis sie schließlich beim Ersten Weltkrieg angelangt war.

Bitte sei da … Bitte sei da …

Aber auch hier wurde sie nicht fündig.

Ihr Magen zog sich zusammen, als ihr ein schrecklicher Gedanke kam: *Was, wenn es doch jemand gekauft hat?* Nein, das konnte nicht sein. Simon hätte es ihr definitiv gesagt. Es musste hier irgendwo sein. Sie musste einfach nur weitersuchen.

Noras Beine setzten sich auf einmal wie automatisch in Bewegung, und sie ging langsam das Regal entlang, vorbei an den Naturkundebüchern bis in die Gartenabteilung. Sie konnte es sich nicht erklären, aber irgendetwas – vielleicht ihr Instinkt oder eine unsichtbare Macht? – führte sie.

Als sie schließlich das Ende der Reihe erreichte, begannen ihre Finger zu kribbeln. Sie ging in die Hocke, und plötzlich fiel ihr ein grüner Buchrücken mit einem leichten Goldschimmer am unteren Rand ins Auge, der zwischen zwei Ratgebern über Staudenrabatten steckte. *Ha!* Mit zittrigen Händen zog Nora *Die wahre Geschichte des Weihnachtsfriedens* aus dem Regal und wischte eine dünne Staubschicht vom Cover.

Was zum Geier machte das Buch hier? Wahrscheinlich hatte ein Kunde es sich angeschaut und es dann falsch zurückgestellt.

So vorsichtig, als würde es sich um ein kostbares Artefakt handeln – na ja, irgendwie war es das ja auch –, strich Nora mit den Fingern über die geprägten goldenen Buchstaben auf dem Einband. Würde das Buch nach all den Jahren endlich ein Zuhause finden?

Sie konnte sich noch an den Tag erinnern, als Simon und sie es bestellt hatten – sie waren frisch verheiratet gewesen und gerade aus ihren Flitterwochen zurückgekehrt. Eigentlich waren sie mit großen Plänen in die schottischen Highlands gefahren, hatten Burgruinen besichtigen und inspirierende Wanderungen durch die Moore unternehmen wollen. Doch das Wetter war so schlecht gewesen, dass sie die meiste Zeit ihrer zweiwöchigen Hochzeitsreise in einem heruntergekommenen Cottage vor dem Kamin verbracht hatten, wo sie miteinander schliefen, billigen Malt Whisky tranken und einen Stapel Bücher durchlasen, die allesamt in Schottland spielten. Es waren die perfekten Flitterwochen gewesen – da waren sie sich einig.

Obwohl Simons Eltern zu den Besserverdienenden gehörten, hatten sie nicht einen Penny zur Hochzeitsfeier beigesteuert – die dann ganz bescheiden im George stattgefunden hatte. Noras Schwiegereltern waren außer sich darüber gewesen, dass ihr Sohn sich entschieden hatte, lieber eine Buchhandlung als die Werbeagentur Walden Creative zu leiten, und sie hatten ihm vorgeworfen, dass er seine Talente und seinen Einserabschluss in Oxford verschwenden würde. Ja, irgendwann hatten sie eingelenkt, nachdem Charlotte geboren worden war. Charles und Margaret Walden vergötterten ihre Enkeltochter. Dennoch hatten sie es Nora nie verziehen, dass die ihren Sohn in ihre sündhafte Bücherhöhle gelockt hatte – das wusste Nora.

Ungeachtet dessen hatten Simon und sie ihre erste Bestellung als Ehepaar – und gleichberechtigte Partner im Buchladen – mit einer Flasche Champagner gefeiert, die noch von der Hochzeit übrig geblieben war, und auf ihre gemeinsame Zukunft angestoßen. In seinem Eifer, die Sachbuchabteilung auszuweiten, hatte Simon ganz überschwänglich ein breites Sortiment an Titeln bestellt, darunter auch *Die wahre Geschichte des Weihnachtsfriedens.*

Aber obwohl sie seitdem Tausende von Büchern verkauft hatten, war das Exemplar über den Waffenstillstand im Regal geblieben, einsam und ungeliebt. Nach einiger Zeit hatte es sich zu einem Running Gag entwickelt, und Nora zog Simon immer damit auf, dass es Zeit wurde, Platz für ein neueres Buch zu machen. Doch Simon hatte stets darauf bestanden, dass auch dieses Werk eines Tages ein Zuhause finden würde. Im Laufe der Jahre war es zu einem Symbol ihres gemeinsamen Engagements für die Buchhandlung – und ihre Ehe – geworden, gleichbedeutend mit ihren Ringen. »Solange unser Geschäft existiert, hat es hier ein Zuhause«, hatte Nora Simon versprochen und ihm die Hand darauf gegeben.

Und jetzt, über zwei Jahrzehnte später, sah es so aus, als hätte sich endlich jemand gefunden, der ihm eine neue Heimat schenken wollte. Nora starrte auf das Buch in ihren Händen. Die Vorstellung, sich davon trennen zu müssen, löste einen seltsamen Widerwillen in ihr aus; irgendwie hatte sie immer gedacht, dass es bis in alle Ewigkeit bei ihnen bleiben würde.

Doch Bücher brauchen Leser, rief sie sich selbst in Erinnerung.

Das Buch fest an ihre Brust gepresst, eilte Nora zum Sofa zurück. Feierlich legte sie es dem älteren Herrn in die Hände. »War es dieses Buch, das Sie gesucht haben?«, fragte sie mit angehaltenem Atem.

Als er die Seiten mit den Sepia-Fotografien durchblätterte, auf denen deutsche und englische Soldaten abgebildet waren, die auf den matschigen Feldern im Niemandsland um den Ball kämpften, verzog sich das faltige Gesicht des Mannes zu einem begeisterten Lächeln. »Oh ja, das ist der alte Schinken! Genau das, wonach ich gesucht habe. Anscheinend ist heute mein Glückstag!«

Begeistert klatschte Nora in die Hände und riss damit Merry aus ihrem Schläfchen. Die Hündin blickte kurz auf, schlug ein paarmal mit dem Schwanz und schlief sofort wieder ein.

»Wissen Sie was?«, sagte Nora und schüttelte perplex den Kopf. »Das ist das älteste Buch im ganzen Laden. Es steht hier schon seit fünfundzwanzig Jahren im Regal, und ehrlich gesagt hatte ich die Hoffnung aufgegeben, dass es je irgendjemand kaufen würde.«

»Tja, die Hoffnung sollte man niemals aufgeben, meine Liebe«, entgegnete der Mann, und in seine Augen trat ein verschmitztes Funkeln, während er sie angrinste.

Nora erwiderte sein Lächeln. Wenn das Buch über den Weihnachtsfrieden ein Zuhause gefunden hatte, dachte sie, gab es vielleicht auch noch Hoffnung für den Buchladen …

»Ich verspreche Ihnen, dass es in gute Hände kommt«, sagte der ältere Herr.

Das wusste Nora bereits. An der behutsamen Art, mit der er das Buch anfasste, konnte sie erkennen, dass er Bücher genauso sehr liebte wie sie.

Suchend klopfte der Mann jetzt seine Brust ab und fand schließlich seine Brille in der Innentasche seiner Jacke. Nachdem er sie sich aufgesetzt hatte, blätterte er erneut durch die Seiten des Buchs und betrachtete die Fotos durch seine halbmondförmigen Gläser. »Schauen Sie mal, wie jung die noch waren«, sagte er seufzend. »Diese armen Kerle müssen sich so allein gefühlt haben, so weit weg von zu Hause zur Weihnachtszeit.«

Nora setzte sich neben ihn aufs Sofa, lehnte sich hinüber, um die Bilder besser sehen zu können, und schob ihr langes Haar hinters Ohr, damit es nicht auf die Seite fiel. Ihr brach es das Herz, als sie die Fotos anschaute und sich vorstellte, wie die jungen Soldaten in kalten Zelten gehockt und ihre kargen Rationen gegessen hatten, anstatt zusammen mit ihren Familien ein üppiges Truthahnmahl zu sich zu nehmen. Einer der britischen Soldaten, in dessen Mundwinkel eine Zigarette steckte, bot mit einem spitzbübischen Grinsen seine Schachtel einem Deutschen an. Er wirkte kaum älter als achtzehn, war also im gleichen Alter wie Charlotte gewesen.

»Ja«, pflichtete Nora ihrem Kunden bei, »es ist hart, wenn man an Weihnachten nicht mit seinen Lieben zusammen sein kann.« *Selbst wenn die eine tolle Zeit haben,* fügte sie im Stillen hinzu.

Charlotte hatte hart gearbeitet, um ihre Auszeit zu finanzieren – hatte während ihrer letzten Schuljahre jedes Wochenende und in den Ferien im Laden ausgeholfen. Nun war sie auf ihrer langersehnten Traumreise durch Asien. Sie hatte auf einer Vollmondparty am Strand von Koh Phangan in Thailand getanzt, Schildkröten in Sri Lanka beim Eierlegen zugeschaut und in einer Schule in Kerala Englisch unterrichtet. Und obwohl Nora sich darüber freute, dass ihre Tochter so ein einmaliges Abenteuer erlebte, konnte sie nichts dagegen tun, dass sie sie furchtbar vermisste.

»Allein zu sein ist zu jeder Zeit hart – nicht nur zu Weihnachten«, sagte der ältere Herr. Dann blätterte er die nächste Seite um und lachte leise vor sich hin, als ein Foto von zwei Offizieren – einem deutschen und einem britischen – auftauchte, die sich vor einem provisorischen Fußballtor die Hand gaben. »Freundschaft – Krieg 2:0.«

Nora musste an Charlottes Instagram-Posts denken, an die Fotos von neuen Freunden, die sie auf ihrer Reise kennengelernt hatte; andere Reisende genau wie Einheimische. Sie war ganz allein zu ihrem Abenteuer aufgebrochen – was Noras Blutdruck enorm in die Höhe getrieben hatte –, doch Charlotte hatte Simons Extrovertiertheit geerbt, und so fiel es ihr leicht, überall Freunde zu finden. Freundschaften waren ein Grundbedürfnis des Menschen, genau wie Essen und ein Dach über dem Kopf – sie überwanden Grenzen und sprachliche Barrieren.

Der ältere Mann blätterte wieder um und betrachtete ein Foto von mehreren Soldaten, die sich im Schützengraben um einen dicht gewachsenen, kleinen Weihnachtsbaum versammelt hatten.

»Mein Onkel hat im Ersten Weltkrieg gekämpft. Maschinengewehrschütze im Gloucester Bataillon. Er ist in der Schlacht an der Somme gefallen. Meine Großmutter hat all die Briefe aufbewahrt, die er aus dem Schützengraben nach Hause geschickt hat, auch die Weihnachtskarte. Ich nehme an, das ist auch ein Grund, warum mich der Weihnachtsfrieden immer so fasziniert hat. Ich heiße Arnold, benannt nach ihm.«

»Sehr erfreut, Ihre Bekanntschaft zu machen, Arnold«, sagte Nora und streckte ihm ihre Hand entgegen. »Ich bin Nora.«

Arnold ergriff ihre Hand und schüttelte sie überraschend fest.

Nora warf einen Blick in Richtung Tür und wünschte, Simon wäre da, um Arnold kennenzulernen und diesen historischen Moment mitzuerleben. Dann musste eben ein Selfie reichen.

»Wäre es in Ordnung, wenn ich ein Foto mache?«, fragte sie Arnold. »Um meinem Mann zu zeigen, wer dieses besondere Buch gekauft hat?« Nora setzte sich dicht neben den älteren Herrn und hielt ihr Handy eine Armlänge von sich gestreckt, damit sie beide im Bild waren. »Wäre es okay, wenn wir das online posten?«, fragte sie anschließend, während sie durch die Fotos auf ihrem Display scrollte und versuchte, eins zu finden, auf dem sie kein Doppelkinn hatte. »Ich kann Sie taggen, wenn Sie möchten.«

Arnold stieß ein keuchendes Lachen aus. »Mit diesem ganzen Internetquatsch habe ich nichts am Hut. Mein Sohn hat mir letztes Weihnachten so ein Tablet geschenkt – das habe ich immer noch nicht ausgepackt.«

»Ich hab's auch nicht so mit Technik«, gab Nora zu, »aber es ist nicht alles schlecht. Zum Beispiel kann man dadurch gut mit anderen Menschen in Kontakt bleiben, vor allem, wenn sie weit weg sind.« Früher hatte sie Charlotte immer damit aufgezogen, dass die geradezu zwanghaft alles mit Selfies dokumentieren musste – ob es ums Mittagessen ging oder um neue Klamotten.

Jetzt allerdings war sie dankbar, dass ihre Tochter so viel in den sozialen Medien postete. Es waren Lebenszeichen und Beweise dafür, dass es ihr am anderen Ende der Welt gut ging.

»Sie klingen wie mein Sohn«, entgegnete Arnold. »Der will, dass ich mich bei einem dieser *Internet für Senioren*-Kurse im Gemeindezentrum anmelde.«

»Na ja«, merkte Nora sanft an, »im Internet hätten Sie das Buch über den Weihnachtsfrieden wesentlich schneller gefunden. Unser gesamter Bestand ist online.«

Simon hatte eine Homepage für die Buchhandlung erstellt, um irgendwie mit den großen Internethändlern mithalten zu können. Die Webseite sah toll aus, und Simon postete regelmäßig Buchrezensionen, Empfehlungen und Interviews mit lokalen Autoren. Trotzdem war der Onlinehandel nicht so erfolgreich, wie sie gehofft hatten.

»Ach, dann geht doch der ganze Spaß verloren«, sagte Arnold mit einem frechen Funkeln in den Augen. »Wenn ich nur ein paar Tasten hätte drücken müssen, wäre es nicht halb so aufregend gewesen, es zu finden.« Lächelnd sah er Nora an. »Und ich hätte keine neue Freundin gefunden.«

Nora lächelte zurück. Dem konnte sie nicht widersprechen. Eine der Freuden, wenn man durch eine Buchhandlung stöberte, war, dass man nie wusste, welche Schätze man finden würde. Oder welchen Leuten man begegnete.

In diesem Moment läutete das Türglöckchen, und Nora blickte hinüber, in der Hoffnung, dass es Simon war, doch es war nur jemand, der Schutz vor dem Regen suchte. Kunden waren ein bisschen wie Busse – manchmal wartete man ewig, bis einer kam, und dann kamen gleich zwei auf einmal.

Arnold griff nach seinem Gehstock. »Entschuldigen Sie vielmals, ich halte Sie die ganze Zeit von der Arbeit ab.«

»Ach Quatsch«, erwiderte Nora abwinkend und schob Arnold

den Teller mit den Ingwerplätzchen hin. »Sie können so lange bleiben, wie Sie möchten – draußen gießt es immer noch.«

»Dagegen habe ich nichts einzuwenden«, sagte Arnold und nahm sich direkt einen Keks.

»Ist Ihr Enkel auch eine Leseratte?«

»Oh ja, Noah liebt Bücher. Seine Lehrerin hat ihn in die Gruppe der besten Leser der Klasse eingestuft.«

Nora konnte den leisen Stolz in Arnolds Stimme hören, immer wenn er über seinen Enkel sprach. »Was liest er denn gern?«

»Zurzeit ist er ganz begeistert von irgendwelchen Büchern mit Strichmännchen. Die Zeichnungen sind sehr einfach – die hätte ich auch noch machen können –, aber an den Büchern muss irgendetwas Besonderes sein. Ich höre ihn nämlich immer lachen, wenn er sie liest.«

Gregs Tagebuch, dachte Nora. Das war eine der beliebtesten Reihen bei Kindern. »Geht Noah auf die Grundschule St. Stephen's hier im Ort?«

»Nein, mein Sohn und seine Familie leben bei Swindon, deshalb geht Noah dort zur Schule. Aber er war schon eine ganze Weile nicht mehr da …«

Arnolds Stimme brach, und als Nora aufblickte, sah sie, dass seine Augen sich mit Tränen gefüllt hatten.

»Er ist im Krankenhaus – im Royal Infirmary in Bristol. Leukämie.«

Mitfühlend legte Nora ihm die Hand auf den Arm. »Das tut mir sehr leid, Arnold.«

»Noah ist eine Kämpfernatur.« Arnolds Stimme zitterte leicht, doch sein bärtiges Kinn ruckte entschlossen nach vorn. »Er wird es schaffen – das weiß ich ganz sicher. Er bemüht sich die ganze Zeit, mit seinen Klassenkameraden Schritt zu halten, damit er nichts nachholen muss, wenn er wieder zur Schule geht. Gerade hat er es sich in den Kopf gesetzt, auch eine Projektarbeit über den

Ersten Weltkrieg zu machen, so wie die anderen Fünftklässler. Deshalb wollte ich ihm auch dieses Buch hier besorgen.«

»Klingt, als sei er sehr tapfer.«

»Oh ja, das ist er. Der kleine Kerl hat sich noch nicht ein einziges Mal beklagt.« Arnold seufzte. »Leider kann ich nicht mehr Auto fahren – meine Augen sind nicht mehr so gut –, daher komme ich nicht so oft nach Bristol, um ihn zu besuchen.«

»Dann müssen Sie aber unbedingt lernen, wie Ihr Tablet funktioniert. Damit können Sie nämlich Videoanrufe mit Noah machen. Meine Tochter ist zurzeit auf Weltreise, und ich wüsste nicht, was ich tun würde, wenn ich ihr Gesicht nicht wenigstens ab und zu auf dem Bildschirm sehen würde.«

»Haben Sie noch mehr Kinder?«, erkundigte sich Arnold.

Nora schüttelte den Kopf. »Nein. Charlotte ist unser einziges, unser Ein und Alles.«

Simon und sie hätten liebend gern noch mehr Kinder gehabt, doch bei Charlottes Geburt hatte es Komplikationen gegeben, und die Ärzte hatten Nora davon abgeraten, weitere Kinder zu bekommen. Charlotte war mehrere Wochen zu früh geboren worden, und Nora trieb es jetzt noch die Tränen in die Augen, wenn sie daran dachte, wie ihre winzige Tochter auf der Intensivstation für Neugeborene im Brutkasten gelegen hatte, mit einem Beatmungsschlauch in der Nase und spindeldürren Gliedmaßen, die fast durchsichtig gewesen waren. Nora hatte wahnsinnige Angst ausgestanden, dass ihre wundervolle Tochter – die sie schon vom ersten Augenblick an mehr geliebt hatte als irgendjemanden sonst auf der Welt – es nicht schaffen würde.

Doch genau wie Arnolds Enkel war auch Charlotte eine Kämpfernatur gewesen. Als sie ein Jahr alt wurde, war sie schon beinahe so weit wie andere Kinder in dem Alter und so voller Leben, dass man nie darauf gekommen wäre, sie hätte einen so ungünstigen Start ins Leben gehabt. Trotzdem hatte Nora nie vergessen, dass sie ihre Tochter um ein Haar verloren hätte, bevor sie überhaupt die Chance bekommen hatte, sie richtig kennenzulernen.

Vielleicht machte sie sich deshalb immer noch solche Sorgen um sie.

Rein rational betrachtet wusste sie, dass Charlotte eine intelligente und verantwortungsbewusste junge Frau war, die bestens in der Lage war, auf sich aufzupassen. Doch das hielt Nora nicht davon ab, nachts wach zu liegen und sich Gedanken zu machen; gequält von der Vorstellung, dass ihre Tochter von einem Krokodil gefressen wurde, sich irgendeine tödliche Tropenkrankheit zuzog oder von einem Motorrad-Rowdy überfallen wurde. »Es geht ihr gut«, sagte Simon dann immer, während er beruhigend ihren Rücken streichelte. »Du hast einfach nur zu viel Fantasie.« Die schob er den vielen Geschichten zu, die Nora las, aber ihrer Meinung nach lag der Grund für ihre Befürchtungen eher darin, dass Charlotte ein Einzelkind war. Hätten Simon und sie noch mehr Kinder gehabt, wäre sie vielleicht nicht zu so einer überbehütenden Glucke geworden.

Wobei sie eigentlich doch ein weiteres Baby hatten: die Buchhandlung. Wie ein menschliches Kind war der Laden über die Jahre für sie beide zu einer Quelle der Freude, aber auch der Sorgen geworden.

Derzeit tendierte er mehr in Richtung Letzteres …

Doch Arnold hatte recht: Es war wichtig, immer optimistisch zu bleiben. Die Hoffnung nicht aufzugeben. Und die Tatsache, dass *Die wahre Geschichte des Weihnachtsfriedens* endlich ein Zuhause gefunden hatte, war definitiv ein gutes Omen; ein Zeichen dafür, dass es von nun an wieder bergauf ging.

Nora nahm das Buch und strich den Schutzumschlag glatt. »Soll ich es für Sie als Geschenk einpacken?«

Arnold nickte. »Das wäre ganz reizend. Bei meiner Arthritis würde ich das selbst nicht besonders gut hinbekommen.«

Nora half Arnold beim Aufstehen. Während er sich schwer auf seinen Stock stützte, lachte er leise. »Sie würden es wahrscheinlich nicht mehr vermuten, wenn Sie mich heute sehen, aber früher war ich tatsächlich ein guter Fußballer. Ich hatte sogar mal ein Probetraining beim Chipping Norton Town FC.«

»Auf welcher Position haben Sie gespielt?«, fragte Nora und hielt Arnolds Buch in der Hand, während sie zusammen langsam auf den Tresen zuschritten.

»Ich war Stürmer«, entgegnete Arnold. »Ich habe in meiner Mannschaft jahrelang den Rekord für die meisten Tore innerhalb einer Saison gehalten. Ach, das fehlt mir wirklich sehr.«

»Mein Mann spielt jede Woche Fünferfußball«, erzählte Nora. »Und ich glaube, insgeheim hält er sich für Cristiano Ronaldo.« Nach dem Schrecken mit seinem Herz hatte es Nora zuerst beunruhigt, dass er wieder Fußball spielen wollte, doch Dr. Dhar hatte ihnen versichert, dass regelmäßiger Sport ihm guttun würde.

Arnold stieß ein Kichern aus. »Mein Noah ist auch schon sehr gut. Er ist Mittelfeldspieler in der Schulmannschaft.«

»Ich hoffe, er steht bald wieder auf dem Rasen«, sagte Nora.

Als sie endlich den Tresen erreicht hatten, klappte Nora die Eingangsluke hoch und trat hinter die Kasse. Arnold wollte ihr seine Kreditkarte geben, aber Nora winkte ab.

»Für dieses Buch kann ich kein Geld von Ihnen nehmen«, erklärte sie. »Dafür bin ich Ihnen viel zu dankbar, weil Sie ihm endlich ein neues Zuhause geben.« Dieses spezielle Buch abzurechnen fühlte sich einfach … falsch an. Und so ignorierte sie die Buchführung des Grauens, die unter ihrer Strickarbeit hervorguckte, und rügte sich stattdessen im Stillen für ihre Großzügigkeit.

Sie schnitt eine Lage glänzenden Goldpapiers von der Rolle ab und begann mit geübten Bewegungen, das Buch einzupacken – faltete das Papier ordentlich an den Ecken nach innen, so wie sie es von ihrer Mutter gelernt hatte. Zur Dekoration fügte sie rotes Schleifenband hinzu, das sie mit der Klinge ihrer Schere kräuselte.

»Oh, das nenne ich mal ordentliche Arbeit.« Arnold nickte anerkennend, als Nora ihm das eingepackte Buch übergab. »Ich habe ein gutes Gefühl, was dieses Buch betrifft. Es wird uns Glück bringen, davon bin ich überzeugt.«

»Na, das will ich doch hoffen.« Nora wünschte, sie könnte mehr tun, um Noah zu helfen. Auf der Krankenstation zu liegen war für ein Kind zu jeder Jahreszeit deprimierend, aber an Weihnachten erst recht. Plötzlich kam ihr eine Idee – es gab doch etwas, das den armen kleinen Noah vielleicht aufmuntern würde.

Entschlossen kramte sie in den Fächern unterm Tresen, bis sie schließlich den Probedruck eines neuen Kinderbuchs gefunden hatte, das ein beliebter Komiker geschrieben hatte. Sie packte es zu dem anderen Buch in Arnolds Tüte dazu. »Das ist sehr witzig – ich glaube, es wird Noah gefallen.«

»Das ist wirklich sehr lieb von Ihnen.« Die Falten auf Arnolds Gesicht verwandelten sich in tiefe Schluchten, als er Nora ein Lächeln schenkte. »Sie kennen ja das Sprichwort: Lachen ist die beste Medizin.«

Nora kam wieder hinterm Tresen hervor, um Arnold zur Tür zu begleiten. Zum Glück ließ der Regen langsam nach.

»Vielen Dank für Ihre Hilfe, Nora«, sagte Arnold und schüttelte ihr die Hand. »Es hat gutgetan, mit Ihnen zu sprechen.«

»Sehr gern. Ich hoffe, Sie kommen bald mal wieder – mit Noah.«

KAPITEL 4

Nora

Während Nora Arnold hinterhersah, der langsam die Hauptstraße hinunterging, klingelte das Telefon. Konnte das Charlotte sein?, fragte sich Nora. Vielleicht rief sie im Laden an, weil sie wusste, dass Nora um diese Zeit arbeitete. Hastig lief sie hinter den Tresen und griff aufgeregt nach dem Telefon. »Stowford Bookshop, guten Tag.«

»Hallo, könnte ich bitte mit Nora Walden sprechen?«

Nora erstarrte, als sie die Stimme des Mannes erkannte. Ihr Magen zog sich zusammen, und sie kämpfte gegen den Drang an, das Telefon einfach von sich zu schleudern. »Worum geht es denn, bitte?«, fragte sie und hatte Mühe, ruhig zu klingen.

»Mein Name ist Derek Brown, ich bin Vollziehungsbeam…«

»Tut mir leid«, unterbrach Nora ihn, »aber Mrs Walden ist gerade durch die Tür.«

»Können Sie mir vielleicht sagen, wann sie wiederkommt? Ich habe schon mehrfach versucht, sie zu erreichen, aber sie scheint jedes Mal nicht da zu sein.«

»Nein, leider nicht. Kann ich ihr etwas ausrichten?«

»Nein, schon gut – ich versuche es einfach später noch mal.«

Mit zitternden Händen legte Nora auf, doch sie wusste, dass Derek Brown wieder anrufen würde. Dieser Mann hatte die Hartnäckigkeit erfunden. *Wenn ich ihn nur bis nach Weihnachten hinhalten kann …*

Nora warf einen Blick durch den Laden und sah, dass das Feuer langsam ausging. Seufzend ging sie zum Kamin hinüber und legte ein frisches Scheit nach. Sie mussten Holz nachbestellen – der Vorrat im Schuppen hinter der Buchhandlung ging zur Neige. Ihr Lieferant war allerdings Doug Jenkins, ein Bauer aus dem Ort, der sich ein wenig dazuverdiente, indem er Holz von seinem Land verkaufte. Schlimm genug, dass Nora ihre Betriebskosten und anderen Rechnungen nicht pünktlich zahlen konnte, aber den Gedanken, bei noch einem lokalen Dienstleister Schulden zu machen, konnte sie einfach nicht ertragen. Die anderen kleinen Geschäfte kamen derzeit gerade so über die Runden – genau wie Simon und sie.

Während das frische Holzscheit Funken sprühte und schließlich zu lodern begann, fiel Noras Blick auf einen Stapel Bücher, der auf einem der Tische ausgestellt war. Der Autor war von seinem Verlag als der nächste Stern am Belletristik-Himmel angekündigt worden, deshalb hatte Nora gleich eine große Bestellung aufgegeben. Doch obwohl das Buch für einen wichtigen Preis nominiert war, war es kein Verkaufsschlager, sondern eher ein Ladenhüter. Nora überraschte das nicht: Sie hatte es gerade einmal bis zur Hälfte von *Der Okulist von Leipzig* geschafft und sich über den schwerfälligen Stil des Autors, seinen übertriebenen Hang, alles bis ins kleinste historische Detail zu beschreiben, und die griesgrämige Perspektive des Erzählers geärgert – eines Augenchirurgen, durch dessen Fehler der Komponist Bach erblindet war. *Wenn alle Stricke reißen, können wir immer noch die alten Schinken in den Kamin geben,* hatte Simon gewitzelt. Was sie natürlich niemals tun würden. Egal, wie sehr sich über den literarischen Nutzen eines Buchs streiten ließ – Nora würde nie ein Buch verbrennen!

Ihr Magen knurrte. Hoffentlich hatte Simon nicht vergessen, etwas zu essen zu besorgen. *Wo bleibt er denn?*, fragte sie sich, weil sie es kaum abwarten konnte, ihm von Arnold zu erzählen. Sicher war ihr geselliger Gatte noch im George und quatschte mit einem der Stammgäste seines Quiz.

»Kommen Sie zurecht?«, fragte Nora, während sie auf den Kunden zuging, der vor dem Regen in den Laden geflüchtet war.

»Ich suche nach diesem Buch über diese junge Frau im Zweiten Weltkrieg«, sagte er.

Nora fielen ungefähr drei Dutzend Bücher ein, auf die diese Beschreibung passte.

»Es hat einen blauen Einband«, ergänzte der Kunde. »Ich glaube, es soll verfilmt werden.«

Das grenzte die Auswahl nur unwesentlich ein.

Dennoch folgte Nora einer Vermutung und kam mit einem Buch zurück. »Meinten Sie dieses hier?«, fragte sie.

Von seinem nassen Anorak tropfte es auf den Schutzumschlag, während er die Inhaltsangabe auf der Rückseite las.

»Ja«, bestätigte er schließlich und gab ihr das Buch wieder, »aber übers Internet bekomme ich es billiger.«

Innerlich schäumte Nora vor Wut. Sie musste sich stark zusammenreißen, um dem Kunden das Buch – das sie jetzt, da sich der Umschlag unter dem Regenwasser wölbte, nicht mehr würde verkaufen können – nicht über dessen Schädel zu ziehen. Verstand er denn nicht, dass ein kleiner Dorfbuchladen unmöglich mit einem riesigen Onlinehandel mithalten konnte? Die Kunden, die den Ladenschwund in den Innenstädten beklagten, waren oft genau diejenigen, die nicht den vollen Preis bezahlen wollten, obwohl sie damit eine vom Aussterben bedrohte Spezies unterstützen könnten: den unabhängigen Buchhandel.

Während der Kunde auf den Ausgang zusteuerte, holte er sein Handy heraus, und Nora erhaschte einen Blick auf sein Display: Er gab bereits seine Bestellung im Internet auf und hatte nicht einmal den Anstand zu warten, bis er ihr Geschäft verlassen hatte.

»Auf Nimmerwiedersehen!«, murmelte Nora vor sich hin.

Kurze Zeit später betrat eine Frau mit einer himbeerfarbenen Baskenmütze den Laden, um die gerade erst erschienene Autobiografie eines Popstars mit bewegter Vergangenheit zu kaufen.

»Du meine Güte, was für ein Schnuckelchen«, sagte sie, als sie das Buch mit einem zufriedenen Grinsen auf den Tresen legte. »Meine Schwester und ich haben ihn 1989 in Wembley gesehen – das war das letzte Weihnachtsgeschenk auf meiner Liste.«

Nora blickte auf den Wollhaufen, den sie unter den Tresen gestopft hatte. Simon und sie hatten sich darauf verständigt, sich dieses Jahr nichts zu schenken – um Geld zu sparen. Nora machte es nichts aus, kein Geschenk zu bekommen, aber die Vorstellung, für Simon nichts zu haben, konnte sie nicht ertragen; deshalb hatte sie beschlossen, ihm einen Pullover zu stricken. Falls er sich beschwerte, weil sie ihren Pakt gebrochen hatte, würde sie einfach sagen, dass sie den Pulli aus rein praktischen Gründen gemacht hatte – damit sie nicht so viel heizen mussten. Wenn sie allerdings nicht langsam mal weiterstrickte, würde Simon lediglich einen Ärmel bekommen, der ihm gerade einmal bis zum Ellbogen reichte.

Während Nora das Buch als Geschenk einpackte, musste sie an den hellblauen Pullover denken, den sie bereits für Charlotte gestrickt hatte, auch wenn ihre Tochter wahrscheinlich gar nicht zu Hause sein würde, um ihn entgegenzunehmen. Charlottes Around-the-World-Ticket war flexibel einsetzbar, und sie weigerte sich strikt, sich darauf festzulegen, wo sie Weihnachten verbringen würde. Warum sollte sie nach England zurückkommen, wenn sie stattdessen irgendwo am Strand in der Sonne liegen konnte? Trotzdem hatte Nora den Pullover gemacht – er würde Charlotte nächstes Jahr im zugigen Studentenwohnheim warm halten.

»Wo kann man denn hier im Ort am besten einen Tee trinken?«, fragte die Kundin auf dem Weg nach draußen.

»Oh, Sie müssen unbedingt die Scones im Copper Kettle probieren. Die sind einfach himmlisch.« Nora deutete auf das Teestübchen am anderen Ende der Hauptstraße. Ihre Freundin Alice würde sich über die Kundschaft im Winter freuen. Bei den meisten Läden und Cafés in Stowford herrschte die Hochsaison im Sommer, wenn Urlauber aus allen Teilen der Welt in die Cotswolds strömten, um die süßen kleinen Ortschaften zu besuchen.

Dann war Nora allein im Laden, und nur das stetige Plopp-plopp-plopp des Regenwassers, das in einen Plastikeimer tropfte, drang durch die Stille.

Sie brauchten unbedingt ein neues Dach. Oben in ihrer Wohnung und im Büro – einem Anbau an den hinteren Teil des Ladens – gab es so viele Löcher, dass man drinnen praktisch einen Schirm aufspannen musste, wenn es regnete. In den letzten Wochen war das Wetter so furchtbar gewesen, dass man sich in der Wohnung wie bei einem Hindernisparcours vorkam, weil überall auf dem Boden Eimer und Töpfe herumstanden, die das tropfende Wasser auffingen. Simon vergaß ständig, dass sie da waren, und stieß sie aus Versehen um. Somit waren ihre Teppiche mittlerweile auch ruiniert. Wenigstens waren die Bücher unten im Laden bisher vor dem Regen sicher. Na ja, abgesehen von den Tropfen, die der Kunde vorhin darauf verteilt hatte!

Die Dachreparatur war bloß eine der vielen Aufgaben auf Noras stetig wachsender To-do-Liste. Der Kamin musste gekehrt werden, die Wände brauchten schnellstmöglich einen neuen Anstrich, und die ziemlich zerkratzten Holzdielen konnten einen Abschliff und eine frische Lackierung vertragen. So, wie es gerade aussah, konnten sie sich allerdings keine der Renovierungsarbeiten leisten. Zum Glück war Shabby Chic immer noch in Mode, und die abgenutzte ländliche Einrichtung trug zum Charme der Buchhandlung bei.

Noras Handy klingelte, und sie zuckte erschrocken zusammen. *Das wird Simon sein*, dachte sie. Doch als sie ihr Telefon aus ihrer Hosentasche holte, sah sie eine unbekannte Nummer auf dem Display. Konnte das jetzt Charlotte sein? Hatte sie vielleicht ihr

Handy verloren und musste sich ein neues besorgen? Das würde auch erklären, warum sie so lange nichts von ihr gehört hatten …

»Hallo«, meldete sie sich aufgeregt.

»Mrs Walden?«, fragte eine männliche Stimme. »Ich habe schon mehrmals versucht, Sie auf dem Festnetz zu erreichen. Sie haben bisher nicht auf unsere Briefe reagiert. Mein Name ist Derek Brown. Ich bin Vollzie–«

»Tut mir leid, Sie haben sich verwählt«, entgegnete Nora und drückte mit zitternden Fingern auf Beenden.

Wieso konnte er sie nicht in Ruhe lassen? Zuerst hatte er nur Briefe geschickt, und nach dem ersten hatte Nora es nicht mehr über sich gebracht, die nachfolgenden zu lesen. Dann hatte er täglich im Laden angerufen. Und nun probierte er es auch noch auf ihrem Handy.

Ziemlich mitgenommen ging Nora zum Sofa hinüber und ließ sich daraufsinken. Merry verließ ihren Korb und streckte ihre kurzen, dicken Hinterbeinchen auf dem Holzboden aus. Dann schüttelte sie sich, sodass die Metallplakette an ihrem Halsband leise klimperte, und kam zu Nora herüber, um ihren Kopf auf deren Knie zu legen und mit großen braunen Augen zu ihr aufzublicken. »Hallo, meine Süße«, sagte Nora. Sie spürte die knubbligen Beulen von Merrys Schädelknochen unter dem weichen weißen Fell. Woher wussten Hunde nur immer, wann ihre Menschen Trost brauchten?

Nora nahm sich einen Ingwerkeks, brach ihn in zwei Hälften und gab eine davon Merry, während sie die andere selbst aß. Wie immer erinnerte sie der Geschmack an ihre Mum. Penelope hatte jeden Samstag nach Ladenschluss zusammen mit Nora gebacken. Sie hatten jede Woche ein anderes Backbuch aus dem Laden ausgesucht und es mit nach oben in die Wohnung genommen. Dort hatte Penelope eine Classic-Rock-Schallplatte aufgelegt und die Musik laut aufgedreht, während sie zu Werke gegangen waren –

stets darauf bedacht, keine Flecken in dem Buch zu hinterlassen, damit sie es wieder unten ins Regal stellen konnten. Sie schickten ihre Geschmacksknospen auf kulinarische Abenteuerreisen rund um den Globus, backten in der einen Woche klebrig-süße Baklavas griechischer Art und in der nächsten einen saftigen Pistazienkuchen mit Rosenwasser nach einem Rezept aus Indien. Noras Lieblingsrezepte waren allerdings die heimischen, die Penelope von ihrer Mutter, also Noras Oma, übernommen hatte. Knusprige Haferkekse voller Rosinen. Dunkler, saftiger Parkin – ein Sirupkuchen – mit einem Schuss Guinness. Eckige Himbeertörtchen mit Mandelstreuseln. Und natürlich Penelopes berühmte Ingwerplätzchen.

Ihre Mutter war schon viele Jahre tot, doch Nora vermisste sie immer noch jeden Tag. Sie wünschte sich nichts mehr, als dass Penelope wenigstens noch Simon kennengelernt und gewusst hätte, dass Nora einen Mann gefunden hatte, der die Buchhandlung genauso sehr liebte wie sie. Andererseits war sie froh, dass ihre Mutter nicht mehr mitbekam, wie schlecht es um den Laden stand.

Das war nicht immer so gewesen. Als Penelope noch gelebt hatte, war an den Adventswochenenden so viel los gewesen, dass sie zusätzlich Leute einstellen mussten, um die ganzen Kunden zu bedienen. Natürlich war das in der Zeit vor dem Internet gewesen und bevor Supermärkte neben Fünferpacks Süßigkeiten und Zwei-Liter-Limoflaschen auch noch Bestseller zu Sonderpreisen verkauft hatten.

Kurz nach ihrer Hochzeit hatten Nora und Simon ehrgeizige Pläne für die Buchhandlung entwickelt, hatten davon geträumt, den Laden zu vergrößern und ein Café anzuschließen. Ihre Kenntnisse des Buchhandels und seine Erfahrungen in der Werbung hatten sie selbst so weit denken lassen, aus dem Stowford Bookshop eine regionale – vielleicht auch nationale – Kette zu machen. Dafür hatten sie sogar bereits einige mögliche Standorte in anderen Dörfern der Region ausgesucht.

Doch dann hatten sie Charlotte bekommen und der Aufbau eines Buchhandelsimperiums war in den Hintergrund gerückt. Kinder aufzuziehen war teuer, und irgendwie hatten sie es nie geschafft, genug anzusparen, um ihr Geschäft zu erweitern. Trotzdem war Nora stolz auf das, was sie erreicht hatten. Sie hatten einen lokalen Schreibwettbewerb ins Leben gerufen, einen beliebten Literaturkreis gegründet, einen Onlineshop aufgebaut und Gespräche und Lesungen mit preisgekrönten Autorinnen und Autoren veranstaltet. Außerdem waren sie – im Gegensatz zu vielen anderen unabhängigen Geschäften – nach wie vor da.

Die Frage war nur, wie lange noch …

Merry fing an zu bellen und rannte mit begeistert wedelndem Schwanz zur Tür, durch die der örtliche Postbote hereingekommen war. »Hallo, meine Kleine«, sagte Ken und kraulte die Hündin hinter den Ohren.

»Ich dachte immer, Hunde mögen keine Postboten«, meinte Nora scherzhaft.

»Ich weiß, wie man sie rumkriegt«, entgegnete Ken lachend, während er ein Leckerli aus seiner Hosentasche zog und es Merry gab, die es gierig verschlang.

»Hast du auch was für mich dabei?«, witzelte Nora. »Oder wolltest du nur deine Freundin besuchen?«

Grinsend reichte Ken ihr einen Stapel Post. »Tut mir leid, dass ich heute so spät dran bin. Gerade ist einfach wahnsinnig viel los, und ich muss Tausende Pakete ausliefern. Anscheinend kauft heutzutage jeder seine Geschenke nur noch online ein.«

»Wem sagst du das«, murmelte Nora.

Die guten Nachrichten zuerst, beschloss sie und ignorierte den unheilvoll aussehenden Umschlag mit dem Wappen der Stadt darauf. Stattdessen öffnete sie das Paket mit den bestellten Einladungskarten für ihre jährliche Weihnachtsfeier. Danach las sie einige Weihnachtskarten und reihte sie allesamt auf dem Kaminsims auf. Da sie es irgendwann nicht mehr länger aufschieben konnte, atmete sie schließlich einmal tief durch und riss dann das Kuvert von der Gemeinde auf. Er enthielt eine Erinnerung daran, dass sie mit der Gewerbesteuer im Verzug waren – als könnte sie das jemals vergessen.

Die Buchstaben verschwammen vor Noras Augen.

Letzte Mahnung … Termin vor dem Amtsgericht nicht wahrgenommen … Voller Betrag sofort zu begleichen … Vollstreckungsbeamte setzen sich in Verbindung …

Nora hatte das Gefühl, sich gleich übergeben zu müssen, und warf den Brief ins Feuer. Während sich ihr Magen verkrampfte, sah sie zu, wie das Papier verbrannte, wie sich zuerst die Ecken schwarz verfärbten, bevor das ganze Blatt sich zusammenzog und schließlich in sich zusammenfiel. Einen kurzen Moment später hatte es sich in Asche verwandelt.

Wenn es doch genauso einfach wäre, ihre Schulden loszuwerden.

Schon seit geraumer Zeit erforderte die Buchführung des Ladens eine gewisse Kreativität, zum Beispiel, die Rechnung erst zum letztmöglichen Termin zu bezahlen und zu warten, bis sie einen Anstieg ihrer Einnahmen verzeichnen konnten – was allerdings eher selten der Fall war. Vor einigen Jahren hatten sie zusätzlich einen Kredit bei der Bank aufgenommen und das Geld zur Überbrückung von Engpässen verwendet. Doch seit mehreren Monaten war dieses Geld aufgebraucht, was Simon nicht wusste. Sie hatte es ihm wegen seiner Herzgeschichte nicht erzählt.

Außerdem war sie davon überzeugt gewesen, dass die Einnahmen im Laufe des Sommers wieder ansteigen würden und es somit keinen Grund gäbe, ihn zu beunruhigen. Dank des schlechten Wetters war das Geschäft während der Sommerferien jedoch ziemlich schleppend gelaufen, und nun hingen Noras Hoffnungen an Weihnachten. Einen guten Dezember – mehr brauchten sie nicht. Sie musste die Gläubiger nur bis nach Weihnachten hinhalten, hatte sie sich überlegt – bis dahin würde der Laden wieder brummen. Zumindest war das der Plan.

Nora hasste es, Geheimnisse vor ihrem Mann zu haben, und die Tatsache, dass sie ihn die ganze Zeit über täuschte, nagte an ihr, doch je länger sie die Sache durchzog, desto schwerer wurde es, ihm überhaupt noch die Wahrheit zu erzählen. Sie hatte einfach Angst, dass der Schock diesmal tatsächlich zu einem Herzinfarkt führen würde. Deshalb hatte sie die Post abgefangen, so getan, als hätten sich die Gläubiger verwählt, wenn sie anriefen, und die überzogenen Rechnungen in einem Ordner gesammelt, den sie in der hintersten Ecke des Aktenschranks im Büro versteckte.

Natürlich wusste Nora, dass sie die Situation nur noch verschlimmerte, wenn sie den Kopf in den Sand steckte. Es war Zeit, sich den Tatsachen zu stellen: Der Dezember war bereits halb um, und wenn nicht noch irgendeine radikale Veränderung passierte, würden sie das Jahr erneut mit einem Minus abschließen. Die Probleme ließen sich nicht mehr länger ignorieren, und sie würde Simon – eher früher als später – von der ziemlich ernsten Klemme, in der sie steckten, erzählen müssen.

Müde rieb sich Nora die Augen. Bereits seit Wochen hielten die Horrorvisionen von Gerichtsvollziehern, die ihr die Tür eintraten und all ihre Bücher in einen Lkw verluden, sie nachts wach.

Hör auf, dich selbst zu bemitleiden!, ermahnte Nora sich streng. Es gab eine Menge Leute auf der ganzen Welt, denen es wesentlich schlechter ging als ihr. So langsam machte ihr ständiges Gejammer dem nervigen Erzähler aus *Der Okulist von Leipzig* Konkurrenz.

Sie beschloss, eine Liste zu erstellen, und nahm sich einen Block. Ganz oben auf die erste Seite schrieb sie:

IDEEN ZUR RETTUNG DES BUCHLADENS
– noch einen Kredit aufnehmen

Das war ziemlich unrealistisch, das wusste sie. Nachdem sie schon Mühe hatten, das Geld zurückzuzahlen, das sie der Bank bereits schuldeten, würden sie ganz sicher keinen weiteren Kredit bekommen. Aber Nora wollte jede Möglichkeit ausschöpfen. Wenn nötig, war sie sogar bereit, vor Hugh Wright, dem Leiter der örtlichen Filiale, auf die Knie zu gehen und ihn anzuflehen. Ihm gehörte ein Segelboot, und er kam oft in den Laden, um maritime Abenteuerromane zu kaufen. Er würde doch sicher nicht wollen, dass die Buchhandlung schließen musste …

– Simons Eltern um Hilfe bitten

Simons Dad verbrachte seinen Ruhestand sehr angenehm mit Golftouren, zu denen er mit dem Kreuzfahrtschiff fuhr und die er durch den Erfolg von Walden Creative finanzierte. Er hätte ihnen schon diverse Male leicht aus der Patsche helfen können, wenn Simons Stolz ihn nicht davon abgehalten hätte, seinen Vater darum zu bitten. Wann immer Nora und er sich mit seinen Eltern trafen, tat er so, als würde die Buchhandlung florieren. Dabei hätten sie seinen Vater nicht einmal um Almosen bitten müssen – sie hätten ihm schlicht einen Anteil am Geschäft verkaufen oder ihn zu einem stillen Teilhaber machen können. Doch Nora wusste, dass es für Simon einer Niederlage gleichkäme, Charles um Geld zu bitten. Das konnte sie ihrem Mann nicht antun. Es würde ihm den Boden unter den Füßen wegziehen. Außerdem stresste es Simon jedes Mal, wenn er mit seinen Eltern zu tun hatte, und mit Blick auf seinen Gesundheitszustand war das wirklich das Letzte, was sie wollte. Deshalb strich sie den Punkt *Simons Eltern um Hilfe bitten* und ersetzte ihn durch *Charlottes Zimmer vermieten.*

Pensionsgäste wären eine zusätzliche Einnahmequelle, mit der sie zumindest einen Teil der laufenden Kosten decken könnten. Maeve Philbin, die Besitzerin des Blumenladens, vermietete ihr Gästezimmer online, um sich etwas dazuzuverdienen. Aber was war, wenn Charlotte nach Hause kam? Wo sollte sie dann wohnen? Mal ganz abgesehen von der Frage, ob irgendjemand ein Zimmer mieten wollte, in dem man wahrscheinlich morgens nicht vom Wecker, sondern durch den Regen geweckt wurde, der durchs löchrige Dach tropfte.

– Charlottes Studiengeld nutzen

Noch während Nora das schrieb, wusste sie, dass sie niemals das Geld nehmen könnte, das Simon und sie seit Charlottes Geburt für deren Ausbildung gespart hatten.

Nora war so stolz gewesen, als Charlotte einen Studienplatz für Ethnologie in Warwick ergattert hatte, und natürlich begeistert davon, dass ihre Tochter eine Uni ausgewählt hatte, die nicht allzu weit weg von zu Hause lag. Umso entsetzter war sie gewesen, als Charlotte dann verkündet hatte, erst einmal ein Jahr auf Weltreise gehen zu wollen. Nora machte sich Sorgen, dass aus einem Jahr Auszeit schnell weitere wurden und Charlotte vielleicht nie an die Uni ging. Doch ihre Tochter hatte argumentiert, dass sie, wenn sie schon ein Studium über verschiedene Völker beginnen würde, auch hinaus in die Welt musste, um andere Kulturen kennenzulernen. Simon hatte sich auf Charlottes Seite geschlagen und gesagt, es würde ihr guttun, sich eine Pause zu gönnen, bevor sie sich in den Lernstress an der Uni stürzte.

Nora dagegen, die ihren Abschluss nicht hatte machen können, verstand nicht, warum jemand nicht direkt mit dem Studium beginnen wollte. Natürlich war es für sie keine Frage gewesen, wieder zu Hause einzuziehen, als bei ihrer Mutter Krebs diagnostiziert worden war, und sie hatte die wenigen Jahre, die sie zusammen verbracht hatten, nie bereut. Trotzdem gab es einen kleinen Teil in ihr, der sich immer noch wünschte, sie hätte ihre Abschlussarbeit beenden und ihr Examen machen können.

Nein, sie würden Charlottes Studiengeld nicht anrühren. Charlotte würde sonst ein hohes Darlehen aufnehmen müssen, und Nora wollte nicht, dass ihre Tochter am Ende mit einem riesigen Schuldenberg dastand, so wie ihre Eltern.

– *den Laden verkaufen*

Das war definitiv eine Möglichkeit. Seb Fox hatte ihnen schon mehrfach Angebote irgendwelcher Ladenketten unterbreitet, die in ihr malerisches Dorf ziehen wollten, wo Neubauten unter strengen Auflagen standen. Simon und Nora hatten sich stets geweigert zu verkaufen, doch andere Eigentümer kleinerer Geschäfte hatten die Gelegenheit beim Schopfe gepackt.

Die Letzte, die verkauft hatte, war Jane Norton gewesen, die für ihren Geschenkeladen Cotswold Crafts eine beträchtliche Summe bekommen hatte. »Von den paar Geschirrtüchern, die ich pro Woche verkaufe, kann ich nicht leben«, hatte sie Nora bei einem Kaffee im Copper Kettle verraten, »und außerdem werde ich ja nicht jünger.« Inzwischen war Jane nach Südspanien gezogen, und nach den Fotos zu schließen, die sie auf Facebook postete und auf denen sie braun gebrannt in die Kamera lächelte, genoss sie ihr sangriagetränktes Leben in der Sonne. Sie hatte sogar einen neuen Freund namens Francisco. Nora blickte zur anderen Straßenseite hinüber zu der Stelle, wo der Geschenkeladen gewesen war. Mittlerweile war die Filiale einer italienischen Restaurantkette dort eingezogen, die Pizza- und Pastagerichte nach dem immer gleichen Schema anbot, so wie man es in jeder anderen Stadt in England auch vorfand. Nora machte der Gedanke traurig, dass Stowford langsam seine Identität verlor, weil immer mehr Ketten hierherzogen und die ungewöhnlichen kleinen Läden schluckten, die dem Dorf seine Einzigartigkeit verliehen hatten. Allein im letzten Jahr waren der Geschenkeladen, eine Bäckerei und eine familiengeführte Eisenwarenhandlung verschwunden, die noch länger im Ort gewesen waren als die Buchhandlung.

Nicht, dass Nora es irgendjemandem verübeln konnte, das Geld zu nehmen und abzuhauen. Sie hatten alle mit den gleichen Problemen zu kämpfen und versuchten, sich in diesen schweren wirtschaftlichen Zeiten mühsam über Wasser zu halten. Der Anstieg der Gewerbesteuer in unermessliche Höhen hatte die unabhängigen Geschäfte hart getroffen. Während Nora dem penetranten Tropfen des Wassers lauschte, das von oben kam, konnte sie sich nur allzu gut vorstellen, dass die meisten Leute Simon und sie für verrückt hielten, weil sie über die Kaufangebote nicht einmal nachgedacht hatten.

Nora versuchte, sich eine Zukunft mit Simon an irgendeinem warmen Ort auszumalen, in einer Villa, wo sie morgens nicht davon geweckt wurde, dass der Regen ihr ins Gesicht tropfte. Sie würden mehr Zeit zum Lesen haben. Simon könnte wieder Tennis spielen. Vielleicht würde Nora es endlich schaffen, *Krieg und Frieden* zu lesen, das inzwischen schon so lange ganz unten in ihrem Stapel noch zu lesender Bücher lag, dass es wahrscheinlich bereits mit ihrem Nachttisch verschmolzen war. Vielleicht könnte sie sogar ihr Studium fortsetzen und ihren Abschluss machen.

Nora ging ins Hinterzimmer, stieg über einen der halb vollen Eimer Wasser und trat an den Aktenschrank, in dem sie so lange herumkramte, bis sie das letzte Kaufangebot gefunden hatte.

Beim Anblick der Zahl mit den vielen Nullen wurde ihr fast schwindlig. Kaum zu glauben, dass der Laden, den Penelope für ein paar Tausend Pfund gekauft hatte, die sie von einer Großtante geerbt hatte, nun so viel Geld wert war. Doch trotz der Tatsache, dass im Dach mittlerweile mehr Löcher waren als in einem Schweizer Käse, war die Summe immer noch zu gering.

Für Nora war die Buchhandlung unbezahlbar.

Wenn sie den Laden aufgäbe, wäre das so, als würde sie auf alles verzichten, das ihr etwas bedeutete. Nicht nur Simon und sie brauchten den Laden – Stowford brauchte ihn auch. Davon war sie überzeugt.

Entschlossen knüllte sie das Angebot zusammen und warf es in den Papierkorb. Die Buchhandlung zu verkaufen würde vielleicht ihre finanziellen Probleme lösen, aber es würde ein ganz neues Problem heraufbeschwören: Penelopes Geist. Nora war sich ziemlich sicher, dass ihre Mutter sie bis ans Ende ihrer Tage heimsuchen würde, wenn sie den Laden verkaufte.

Penelope war bereits über zwei Jahrzehnte tot, doch hier im Laden war die Erinnerung an sie mehr als lebendig. Überall, wo sie hinblickte, wurde Nora an die glücklichen Zeiten erinnert, die sie hier mit ihrer Mum verbracht hatte – nur sie beide gegen den Rest der Welt. Vor dem Kamin hatte sie immer nach der Schule gesessen und ihre Hausaufgaben gemacht … Nach Feierabend hatten Penelope und sie wild zu den Rolling Stones getanzt (unter den missbilligenden Blicken der Dorfbewohner durch die Schaufensterscheiben) … Und noch jetzt konnte sie den Duft der Patschuliräucherkerzen riechen, der von oben aus der Wohnung heruntergeströmt war. Nora wusste nicht so genau, ob sie an ein Leben nach dem Tod glaubte, aber hier in der Buchhandlung hatte sie stets das Gefühl, dass der Geist ihrer Mutter über sie wachte; eine gute, liebevolle Existenz, die sie durchs Leben führte.

Diese Verbindung abzuschneiden war undenkbar.

Doch welche Möglichkeiten blieben dann noch übrig?

Nora stieß einen Seufzer aus und fügte ihrer Liste einen weiteren Punkt hinzu.

– *ein Weihnachtswunder*

KAPITEL 5

Simon

Simon schob die Eingangstür der Buchhandlung mit dem Hintern auf, da er die Hände zu voll hatte, um die Klinke zu betätigen. »Entschuldige, dass es so lange gedauert hat!«, rief er durch den Raum, während das Glöckchen über der Tür fröhlich seine Ankunft verkündete.

»Hallo, altes Mädchen.« Simon stellte seine Einkaufstüten auf dem Boden ab und streichelte Merry, die sich aus ihrem Körbchen am Kamin erhoben hatte und herübergekommen war, um an den Taschen zu schnüffeln.

»Was heißt hier ›altes Mädchen‹?«, sagte Nora gespielt entrüstet, während sie hinterm Tresen hervorkam, um Simon zu begrüßen.

Leise vor sich hin lachend bückte sich Simon nach einem Apfel, der aus einer der Tüten gefallen war und über die abgewetzten Holzdielen kullerte. Er erwischte das flüchtende Obst und legte es zurück in die Tüte. »Ich habe ein paar Sachen fürs Abendessen bei Doug Jenkins am Stand gekauft, und er hat mir erzählt, dass dieses Buch, das wir letztes Jahr extra für ihn aus Amerika bestellt haben – das über Wurzelgemüse –, richtig hilfreich war. Durch die Techniken aus dem Buch konnten sie ihre Steckrübenernte um zwanzig Prozent steigern.«

Simon nahm sich vor, eine Frage über Steckrüben ins nächste Quiz einzubauen. *Die Steckrübe ist eine Kreuzung aus welchen zwei Gemüsesorten?* Vielleicht würde er diese Woche sogar nur Fragen zum Thema Grünzeug stellen …

Das Pub-Quiz zusammenzustellen, das jeden Donnerstagabend im George stattfand, und es zu moderieren war für Simon eins seiner wöchentlichen Highlights. Die Stammgäste waren mittlerweile wie eine Familie zusammengewachsen, und der Wettkampf zwischen den einzelnen Teams wurde hart, aber freundschaftlich ausgetragen.

»Das ist ja toll«, entgegnete Nora, »und anscheinend hast du die Hälfte der Ernte schon aufgekauft.«

»Nein, die hat er uns geschenkt. Als Dankeschön.« Er hob eine der Tüten auf, die mit felsblockartigem Gemüse vollgestopft war, und hielt sie seiner Frau hin.

Nora machte große Augen, als sie hineinsah. »Großer Gott, das nenne ich mal einen Haufen Rüben.« Sie lachte. »Da bin ich ja ausnahmsweise fast froh, dass Charlotte nicht hier ist.«

Grinsend sah Simon sie an. Ihre Tochter hasste Rüben in jeglicher Form. »Weißt du noch, als wir das erste Mal mit ihr zu meinen Eltern gefahren sind?«

Nora fasste sich an die Wangen und riss entsetzt den Mund auf. »Als könnte ich das je vergessen. Das war mir so peinlich.«

Simons Mum hatte einen Braten mit allem Drum und Dran serviert. Baby Charlotte hatte eine Portion pürierter Steckrüben probiert und dann ihren Teller mitsamt dem Essen von ihrem Hochsitz aus auf den Perserteppich geworfen.

»Doug hat uns auch noch eine Flasche Wein und diverse andere Sachen mitgegeben.« Simon zeigte Nora eine weitere Tüte, die bis zum Rand mit Schalotten, Sojasprossen, Karotten und herrlich aussehenden Äpfeln gefüllt war. »Und er wollte nichts dafür haben. Keinen Penny.«

»Das ist aber wirklich lieb von ihm«, sagte Nora. »Allerdings könnten wir mit den Rüben eine ganze Armee durchfüttern. Da müssen wir wohl Suppen oder Eintöpfe draus machen – und was wir nicht schaffen, müssen wir dann einfrieren. Ich frage mich, ob sich daraus auch was backen lässt …«

»Rübenkuchen?«, schlug Simon vor.

»Rübenmuffins«, konterte Nora.

»Rüben…brownies?«

Sie mussten beide lachen.

»Das klingt widerlich«, befand Nora grinsend.

Simon war froh, seine Frau lachen zu hören. Für ihn war es das schönste Geräusch der Welt, doch in letzter Zeit hatte er es viel zu selten gehört. Plötzlich bekam er ein schlechtes Gewissen, weil er länger weg gewesen war als erwartet – das Letzte, was Nora derzeit gebrauchen konnte, war noch ein Grund, sich Sorgen zu machen.

»Ich wäre eigentlich schon eher zurückgekommen, Schatz, aber die Versammlung hat länger gedauert als sonst. Ich hoffe, hier war nicht zu viel los.«

»Schön wär's«, entgegnete Nora bedauernd. »Aber ich bin froh, dass du da bist – ich muss dir nämlich unbedingt was erzählen.«

»Es steht endlich fest, wann der nächste Band von *Game of Thrones* rauskommt?«, riet Simon.

»Besser.« Nora platzte beinahe vor Aufregung, es ihm zu erzählen. »Du errätst nie, welches Buch ich heute verkauft habe.«

»*Der Okulist von Leipzig?*« Simon blickte zu dem Bücherstapel auf dem Tisch mit der Aufschrift *Preisgekrönte Literatur* hinüber. Genau wie Nora hatte er versucht, den zähen historischen Roman zu lesen, war jedoch nicht über das erste Kapitel hinausgekommen.

»Nein. Ich gebe dir einen Hinweis: Es ist kein neues Buch …«

»Also ein Klassiker?«

Nora schüttelte den Kopf. »Es ist zwar schon über fünfundzwanzig Jahre alt, aber ich glaube nicht, dass es irgendjemand als Klassiker bezeichnen würde. Nur wir …«

Simon starrte Nora an und hob die Augenbrauen. Meinte sie etwa das, was er dachte? »Nee, oder? Hat jemand wirklich *Die wahre Geschichte des Weihnachtsfriedens* gekauft?«

Nora nickte. Ihre braungrünen Augen leuchteten, sodass der grüne Farbton noch intensiver wurde.

Simon stieß einen Freudenschrei aus, dann fasste er seine Frau um die Taille und drehte sie durch die Luft. »Ich hab's gewusst«, rief er. »Ich wusste, eines Tages findet es ein Zuhause!«

Nachdem er Nora wieder abgesetzt hatte, gab er ihr einen langen Kuss.

»Ach, Simon«, sagte Nora und strich ihm zärtlich über seine mit Bartstoppeln gepunktete Wange. »Ich wünschte, du wärst hier gewesen. Ein wahnsinnig lieber alter Mann hat es für seinen Enkel gekauft.«

Sie setzten sich zusammen aufs Sofa, und Nora erzählte Simon von Arnold und seinem Enkel, der im Krankenhaus lag. Anschließend zeigte sie ihm das Foto, das sie von sich und dem Herrn gemacht hatte.

Ungläubig betrachtete Simon das Bild. »Kannst du mir das weiterleiten? Ich werde es auf die Webseite stellen und auf Twitter darüber schreiben.«

Wobei ein Tweet von zweihundertachtzig Zeichen nicht annähernd ausreichte, um der Geschichte des Buchs gerecht zu werden. Für sie beide war es so viel mehr als nur gebundenes Papier zwischen zwei Pappdeckeln: Es repräsentierte all das, wofür ihr Laden stand.

»Ich hoffe, Arnold kommt noch mal wieder«, sagte Nora. »Ich fände es so schön, wenn ihr euch kennenlernen würdet. Er ist genauso ein Geschichtsfreak wie du, und er hat früher Fußball gespielt.« Ihr traten Tränen in die Augen. »Er macht sich solche Sorgen um seinen Enkel.«

Eine der Eigenschaften, die Simon an seiner Frau so liebte, war, dass sie sich nicht nur für Geschichten begeisterte, die auf den Seiten eines Buchs standen. Sie hatte ehrliches Interesse an den Menschen, denen sie begegnete, und an deren Geschichten. Mit ihrem ruhigen, aufmerksamen Wesen war sie außerdem eine tolle Zuhörerin. Simon dachte immer, dass sie gut als Therapeutin hätte arbeiten können, wenn sie nicht die Buchhandlung übernommen hätte.

In diesem Moment ertönte ein Summen aus Noras Strickjacke, und sie sprang auf, während sie hektisch ihr Handy aus der Seitentasche holte.

»Charlotte!«, rief sie, als das lächelnde Gesicht ihrer Tochter den Bildschirm füllte. Durch die vielen Monate in der Sonne hatten sich die Sommersprossen auf Charlottes Nase und ihren Wangen um ein Vielfaches vermehrt, und in ihr dichtes braunes Haar hatte sie einen lilafarbenen Zopf eingeflochten.

»Hi, Mum«, sagte Charlotte, und die silbernen Armreife, die sie immer trug, klimperten, als sie winkte. Simon witzelte oft, dass ihr Schmuck wie eine Glocke um ihren Hals war: Man konnte sie immer hören, sodass sie sich nie unbemerkt ins Haus schleichen konnte, wenn sie nachts später zurückkam als vereinbart. Wobei sie nicht zu den Jugendlichen gehört hatte, die so etwas machten. »Ist Dad auch da?«

»Hi, Engelchen«, grüßte Simon und schob seinen Kopf neben den von Nora, sodass ihre Gesichter beide ins Bild passten.

Da Merry jaulte, als sie Charlottes Stimme hörte, hob Simon sie hoch, hielt sie ebenfalls in die Kamera und winkte mit ihrer Pfote.

»Merry!«, rief Charlotte entzückt.

Doch Simon setzte die Hündin schnell wieder auf den Boden, bevor sie das Display ableckte.

»Ich hoffe, ich störe euch nicht«, sagte Charlotte. »Im Laden ist gerade bestimmt viel los, jetzt vor Weihnachten.«

Simon blickte sich um. Zu seiner Beunruhigung waren gerade gar keine Kunden im Laden.

»Da mach dir mal keine Gedanken«, entgegnete Nora, »wir

freuen uns immer, wenn du anrufst. Letzte Woche haben wir dich vermisst …«

»Ja, tut mir leid, Mum«, entschuldigte sich Charlotte. »Ich war bergsteigen in Dharamsala, und da oben war das Netz ziemlich schlecht.« Sie hielt die Handrücken ins Bild und zeigte ihnen die schnörkeligen Hennamuster, die darüberliefen. »Schaut mal, was ich mir heute habe machen lassen.«

»Oh, wie schön«, befand Nora.

»Wie geht's dir, Dad?«, fragte Charlotte, und ihre Augen, die im gleichen Braungrün strahlten wie die ihrer Mutter, füllten sich mit Besorgnis.

»Sehr gut, wirklich«, antwortete Simon. »Und das, obwohl deine Mutter mich immer noch wie einen Invaliden behandelt.«

Nora versetzte ihm einen sanften Schlag auf den Arm.

Nach dem Schrecken, den Simons Herz ihnen eingejagt hatte, war Charlotte entschlossen gewesen, ihre Reise abzubrechen, doch das hatte Simon nicht zugelassen.

Sie unterhielten sich noch eine Weile über einen Tempel, den Charlotte vor Kurzem besichtigt hatte, über die Bücher, die sie in letzter Zeit gelesen hatte, und über einige neue Freunde aus Skandinavien, die sie in ihrem Hostel kennengelernt hatte.

»Ich will dich ja nicht nerven, Schatz«, sagte Nora, »aber hast du dir schon überlegt, ob du Weihnachten nach Hause kommst?«

Charlotte schüttelte den Kopf. »Tut mir leid, ihr Lieben. Ich werde euch zwar echt vermissen, aber Carsen und Mette haben mich zu einem Tauchurlaub in Goa eingeladen. Deshalb bleibe ich Weihnachten hier. Ist das okay für euch?«

»Ja, natürlich«, erwiderte Nora, doch ihre Stimme klang verdächtig fröhlich, und daran, wie sie Simons Hand umklammerte, konnte er erkennen, dass sie sich stark bemühte, Charlotte ihre Enttäuschung nicht zu zeigen. »Das klingt toll.«

Genau in diesem Moment läutete das Glöckchen über der Tür.

»Wie ich höre, ist gerade Kundschaft gekommen«, sagte Charlotte. »Dann lasse ich euch zwei mal weiterarbeiten.« Sie warf ihnen noch ein Luftküsschen zu, bevor sie den Anruf beendete.

Nora ließ Simons Hand los und atmete hörbar aus. »Tja, nun wissen wir Bescheid«, sagte sie in deutlich niedergeschlagenem Tonfall.

Tröstend tätschelte Simon ihr das Knie. »Ich find's auch schade. Aber sie wollte schon immer tauchen lernen.«

Der Kunde, der den Tisch mit den Bestsellern durchstöbert hatte, räusperte sich.

»Willst du noch einen Moment Pause machen?«, fragte Simon Nora leise. »Ich kann mich um ihn kümmern, wenn du möchtest.«

Doch Nora schüttelte den Kopf und stand auf. »Ich bleibe hier unten. Bring du ruhig die Einkäufe nach oben.«

Folgsam trug Simon die Tüten hoch in die Wohnung über dem Laden. Als er sie in der Küche auf dem Boden abstellte, warf er fast einen Stieltopf um, der zum Auffangen des Regenwassers dort stand. Simon schaute nach oben zum löchrigen Dach und verzog das Gesicht.

Die Wohnung war zwar bunt und gemütlich – ein richtiges Familienzuhause, in dem überall Bilder von ihnen dreien hingen –, aber sie musste dringend renoviert werden. Der Zustand des Dachs war mittlerweile so schlimm, dass sie praktisch drinnen Camping machten. Die Kücheneinrichtung stammte noch aus den Achtzigern, und obwohl deren Stil (laut Charlotte) wieder voll im Trend war, wünschte sich Simon insgeheim einen Riesenkühlschrank amerikanischer Art und Granitarbeitsflächen. Ihr rosafarbenes Badezimmer mit der launischen Toilette hätte gut in irgendeinem Erlebnismuseum stehen können. Der Kontrast zwischen der kleinen, unters Dach gequetschten Wohnung und der geräumigen Villa in London, in der Simon aufgewachsen war –

mit ihren Kunstwerken an den Wänden und der eleganten, in gedeckten Farben gehaltenen Einrichtung, die regelmäßig von einem professionellen Team aus Designern aufgefrischt wurde –, hätte nicht größer sein können.

Zärtlich strich Simon mit der Hand über die abgeplatzte gelbe Farbe an der Küchenwand und erinnerte sich daran, wie er die Wohnung zusammen mit Nora gestrichen hatte, nachdem er eingezogen war. Um dem Zuhause, in dem sie aufgewachsen war, ihren eigenen Stil zu verleihen, hatten sie jedes Zimmer neu gestrichen: die Küche in sonnigem Gelb, das Schlafzimmer in leuchtendem Violett und das Wohnzimmer in einem warmen Rotton. Sie waren beide handwerklich nicht besonders begabt und verteilten überall Farbspritzer, doch sie hatten so viel Spaß zusammen; lachten, redeten und hörten lautstark The Stone Roses und andere Indiebands, während sie arbeiteten. Mittlerweile waren die meisten Wände von gerahmten Filmplakaten, Kunstdrucken, Arsenal-Fanartikeln und Regalen verdeckt, die sich unter dem Gewicht ihrer Lieblingsbücher nur so bogen. Das Sofa war älter als Charlotte und mit diversen, von Nora gestrickten Decken belegt, um die Flecken zu kaschieren, die ihre Tochter als Kind darauf hinterlassen hatte. Unter einem Bein des schweren Holztischs, an dem sie unzählige Sonntagsessen und gemütliche Frühstücke miteinander verbracht hatten, steckte ein Taschenbuch, weil er sonst wackelte.

Nie hätte Simon gedacht, dass sie in ihren mittleren Jahren immer noch wie Studenten hier hausen würde. Wenn seine Eltern einen ihrer seltenen Besuche in die Cotswolds unternahmen, lud er sie nie nach oben ein, sondern traf sie im George, damit sie nicht sahen, wie heruntergekommen die Wohnung aussah. Eltern wünschten sich instinktiv, dass ihre Kinder es besser hatten als sie selbst, und Simon schämte sich dafür, dass er es nicht geschafft hatte, seiner Familie ein besseres Leben zu ermöglichen. Nora hatte sich zwar noch nie beschwert, aber Simon konnte einfach das Gefühl nicht abschütteln, dass er sie und Charlotte enttäuscht hatte.

So hatte er sich das nicht vorgestellt. Als sie frisch verheiratet gewesen waren und sich ihre gemeinsame Zukunft ausgemalt hatten, hatte Simon so viele ehrgeizige Ziele für den Laden gehabt. Er hatte davon geträumt, eine eigene Buchhandelskette zu erschaffen, in deren Filialen sich die Gemütlichkeit und das Sortiment des Originals widerspiegelten. Er war entschlossen gewesen, seinen Eltern zu beweisen, dass er auch aus eigener Kraft erfolgreich sein konnte. Doch inzwischen war er nicht nur weit davon entfernt, eine profitable Kette zu leiten, sondern schaffte es nicht mal, in einem einzigen Laden Gewinne zu erwirtschaften.

Die Homepage war sein neuester Versuch gewesen, das Ruder noch herumzureißen, und er hatte seine ganze Energie in den Aufbau gesteckt. Aber der Onlineverkauf hatte sich nicht so gut entwickelt wie erhofft. Seit seiner Zeit in der Werbebranche hatte sich vieles verändert, und von digitalem Marketing hatte er gar keine Ahnung. Er wusste, dass er Hilfe brauchte, aber sein Stolz – und seine Sturheit – hielten ihn davon ab, darum zu bitten. Und wen sollte er schon fragen? Nora stand völlig auf dem Schlauch, wenn es um Technik ging. Und seinem Vater würde er ganz sicher nicht die Genugtuung verschaffen, ihn um irgendetwas bitten zu müssen.

Als er sich bückte, um das Obst und Gemüse vom Markt auszupacken, landete ein Regentropfen auf seinen Kopf – als wollte der ihn für seine Unzulänglichkeit noch verhöhnen. »Verdammt noch mal!«, fluchte er und wischte sich das kalte Wasser von der Stirn. So konnte es nicht weitergehen. Ein neues Dach konnten sie sich nicht leisten, aber vielleicht würde er ja auf dem Schrottplatz einige günstige Ziegel bekommen. Zwar war er nicht der beste

Handwerker, doch er würde sicher ein Buch – oder ein YouTube-Video – finden, das ihm erklärte, was zu tun war.

Ganz unten in einer der Tüten entdeckte er die Ohrringe, die er auf dem Markt für Nora gekauft hatte. Simon konnte es gar nicht abwarten, die filigranen Tränen, die ein Goldschmied aus der Gegend angefertigt hatte, an ihren Ohren funkeln zu sehen. Die würden ihr an Weihnachten hoffentlich ein Lächeln ins Gesicht zaubern.

Für Charlotte hatte er auch etwas besorgt, einen silbernen Armreif, den er ihr nun allerdings nicht würde geben können. *Na ja,* dachte er, während er die beiden Schmuckstücke in seiner Sockenschublade versteckte. Er konnte es ihr nicht verübeln, dass sie lieber in Indien blieb – wobei es seltsam sein würde, wenn sie an Weihnachten nicht da war.

Ohne Charlottes Sachen, die sich überall verteilten, wirkte die Wohnung irgendwie größer. Jetzt konnten Nora und er tatsächlich essen, ohne erst einen Stapel Schulbücher und halb leer getrunkene Teetassen vom Tisch zu räumen. Auch beim Rasieren musste er nicht erst einen halben Drogeriebestand an Kosmetikartikeln beiseiteschieben, um Platz zu haben. Trotzdem fühlte sich die Wohnung ohne Charlotte so still an. Simon, dessen Musikgeschmack sich irgendwo zwischen Elgar und Arcade Fire bewegte, hätte nie gedacht, dass er je das Gedudel der Top-40-Hits vermissen könnte, das früher ständig aus dem Zimmer seiner Tochter gekommen war. Doch erst neulich hatte er sich dabei ertappt, dass er im Autoradio zu einem Jugendsender wechselte, weil ihn die seichten Popsongs an Charlotte erinnerten.

Kopfschüttelnd ermahnte sich Simon, nicht so rührselig zu sein. Irgendwann mussten die Kinder nun mal flügge werden – darin lag schließlich der Sinn des Elterndaseins. Seine Tochter war ausgezogen und in die Welt hinausgegangen; eines Tages, wenn sie dazu bereit war, würde sie zu ihnen zurückkehren.

Simon ging wieder in die Küche, kochte zwei Tassen Kamillentee und stieg damit die Treppe zum Laden hinunter. Verstohlen schob Nora ihre Strickarbeit unter den Tresen, während Simon so tat, als hätte er nichts bemerkt. Er wusste, dass sie ihm irgendetwas zu Weihnachten strickte, was einer der Gründe dafür war, dass er ihr die Ohrringe gekauft hatte. Nora gehörte zu den Menschen, die gern gaben; sie würde auf keinen Fall widerstehen können, ihm etwas zu schenken – auch wenn sie sich darauf geeinigt hatten, dieses Jahr an Weihnachten keine Geschenke auszutauschen.

»Alice hat mir Kamillentee für dich mitgegeben«, sagte Simon, während er Noras Lieblingstasse mit den Punkten auf dem Couchtisch vor dem Kamin abstellte.

»Oh, wie lieb«, entgegnete Nora lächelnd. Sie kam hinterm Tresen hervor und hielt Simon ein schmales, rechteckiges Stück aus steifem Papier hin. »Ich habe ganz vergessen, dir zu erzählen … die hat die Druckerei heute geliefert.«

Simon blickte auf die Einladung zur jährlichen Weihnachtsfeier der Buchhandlung hinunter. Darauf war ein Bild vom Weihnachtsmann abgedruckt, der ein Buch las. *Kommen Sie zum gemütlichen Bücherplausch bei Glühwein und Keksen vorbei!,* stand darunter. »Sieht toll aus«, befand Simon und gab Nora die Karte zurück. Eine der Stammteilnehmerinnen beim Pub-Quiz war Illustratorin für Kinderbücher. Sie hatte ihnen das Bild als Dankeschön dafür gemalt, dass sie die Lesung aus ihrem letzten Kinderbuch im Laden ausgerichtet hatten.

Nora spielte mit der Einladung herum. »Ich bin mir nicht sicher, ob wir das Ganze nicht lieber abblasen sollten.«

»Wieso das denn?« Die Tradition, jedes Jahr an Heiligabend eine Weihnachtsparty im Laden zu veranstalten, hatte Noras Mutter noch in dem Jahr begonnen, in dem sie nach Stowford gezogen war. Dazu hatte sie nicht nur ihre Stammkunden eingeladen, sondern auch andere »Heimatlose« wie sie selbst, die nicht aus dem Ort stammten. Nora und Simon hatten die Tradition fortgeführt und sie noch kein einziges Jahr ausfallen lassen – nicht mal, als Charlotte noch ein Baby gewesen war. Die Feier war stets ihr Höhepunkt zur Weihnachtszeit gewesen.

»Ohne Charlotte wäre es nicht das Gleiche.«

»Ach, Schatz.« Simon nahm sie in den Arm. »Charlotte würde nicht wollen, dass wir die Party ausfallen lassen.«

»Ich weiß. Aber bei mir kommt dieses Jahr einfach keine Weihnachtsstimmung auf.«

»Hm, dann wollen wir doch mal sehen, ob wir das nicht ändern können«, sagte Simon.

Er suchte eine Playlist auf seinem Handy, und einen Augenblick später klang fröhliche Weihnachtsmusik durch die Lautsprecher des Ladens. Simon summte die Melodie mit, während er ein Holzscheit nachlegte und im Feuer herumstocherte, um es anzufachen. Anschließend nahm er sich einen Ingwerkeks. »Was sollen wir denn an Weihnachten kochen?«, fragte er kauend.

Nora stieß einen Seufzer aus. »Ich weiß nicht, ob es wirklich Sinn macht, ein aufwendiges Essen vorzubereiten, wenn wir sowieso nur zu zweit sind.«

Nun machte Simon sich ernsthaft Sorgen. Normalerweise war die Planung des Weihnachtsessens Noras liebstes Ritual. Wie sollte er sie bloß in Stimmung bringen? *Mit Pornos,* dachte Simon. *Na ja, Foodporn, um genau zu sein.*

Er ging in die Kochbuchabteilung hinüber und kam mit einem Armvoll Bücher zurück.

Damit setzte er sich aufs Sofa und schlug eins der Bücher mit dem Titel *Zurück zu den Wurzeln – 101 Rezepte für Wurzelgemüse* auf. Als er ein Bild von glänzenden, mit Honig glasierten Steckrüben gefunden hatte, hielt er es hoch, um Nora in Versuchung zu führen. »Die sehen lecker aus«, sagte er. »Ich wette, die schmecken gut zum Truthahn.«

»Mhm«, murmelte Nora abwesend.

Diese Reaktion zeigte ihm, dass er sich noch mehr bemühen musste. Er griff sich ein gebundenes Buch mit dem Titel *Braten aus der Röhre* von einem Profikoch, der für seine Fleischgerichte bekannt war. Als Simon das doppelseitige Foto eines knusprigen Truthahns sah, der in seiner vollen, goldenen Pracht fast obszön wirkte, lief ihm sofort das Wasser im Mund zusammen. »Oder willst du dieses Jahr mal was anderes essen? Räucherschinken? Oder Roastbeef?«

Doch Nora reagierte immer noch nicht auf seinen Vorstoß.

Jetzt wusste er, dass er alle Register ziehen musste. Er nahm die Neuauflage eines Kochbuchklassikers zur Hand, das eine Grande Dame der britischen Backkunst geschrieben hatte. »Vielleicht finde ich ja ein Rezept für Steckrüben-Brownies«, witzelte er, doch sie lächelte nur matt. Simon blätterte sich auf der Suche nach dem fürstlichsten Dessert, das er finden konnte, durch Rezepte für Apfelkuchen, Trifles und Victoria Sponge Cakes hindurch. *Ha!* Er hielt das verlockende Bild eines Bûche de Noël hoch, zwischen dessen gerollten Schichten aus dunkler Schokolade die üppige, arterienverstopfende Creme heraustroff. »Ah, das nenne ich mal einen Nachtisch …«

Nora beugte sich über die Sofalehne, um sich das Foto genauer anzusehen, und ihr langes Haar kitzelte Simon im Gesicht. »Oh ja, das sieht lecker aus …«

Sie setzte sich zu ihm aufs Sofa, nahm ihm das Buch aus den Händen und begann, es durchzublättern.

Ja!, dachte Simon und unterdrückte ein Grinsen. Seine kulinarische Verführungsaktion hatte funktioniert. Na ja, man konnte auch nicht so lange wie sie beide glücklich verheiratet sein, ohne die Leidenschaften des anderen zu kennen …

»Das war Mums Grundkochbuch«, erzählte Nora. »Darauf konnte sie sich immer verlassen, und sie hat jedes Jahr den Plumpudding nach diesem Rezept gemacht, bereits Monate im Voraus. Dann hat sie ihn in den Schrank gestellt und ihn jedes Wochenende mit einem Schluck Brandy getränkt – und sich selbst auch immer gleich einen gegönnt.«

Penelope war zwar schon gestorben, bevor Simon Nora kennengelernt hatte, doch er hatte das Gefühl, sie trotzdem gekannt zu haben, weil Nora so oft von ihr erzählte. Sie musste eine erstaunliche Frau gewesen sein – ein emanzipierter Freigeist, der eine ebenso erstaunliche Tochter großgezogen hatte, und das ganz allein.

»Plumpudding gab es immer, aber Mum mochte keinen Truthahn, deshalb haben wir jedes Jahr etwas anderes gemacht«, fuhr Nora fort. »Einmal haben wir ein indisches Festessen gekocht – mit Rosenkohl-Paneer-Curry.« Sie rümpfte die Nase und lachte. »Den Geruch hatten wir noch tagelang im Haus.«

Simon musste an die Weihnachtsfeste seiner Kindheit denken. Erst hatte er zitternd eine öde Messe durchgestanden, sich dann durch die gähnend langweilige Fernsehansprache der Queen gequält, und anschließend hatte es ein formelles Dinner gegeben, das die Köchin der Familie zubereitet hatte. Simon und sein jüngerer Bruder Daniel hatten bis zum Schluss in ihren unbequemen Anzügen mit Krawatten am Tisch sitzen bleiben müssen und nur dann reden dürfen, wenn jemand sie ansprach. Dabei hatten sie bloß endlich aufstehen und spielen wollen, stattdessen waren sie aus Anstandsgründen gezwungen worden, das endlos lange Abendessen über sich ergehen zu lassen, bei dem die Erwachsenen zu viel tranken und über Politik oder das Familienunternehmen diskutierten. Trotz des riesigen Weihnachtsbaums, der in einer Ecke des Raums stand und unter dem sich ganze Stapel teurer Geschenke befanden, war es ein ziemliches freudloses Fest.

Charles, Simons Vater, war ein Workaholic, der sich anscheinend nur dafür interessierte, Walden Creative zu Londons größter

Werbeagentur auszubauen. Margaret, Simons Mutter, war dagegen alles andere als aktiv: Sie ging selten aus, trank, um ihre Einsamkeit auszublenden, und lag schon mal tagelang bloß mit einem kalten Waschlappen auf der Stirn in ihrem abgedunkelten Schlafzimmer. Im Nachhinein betrachtet, vermutete Simon, dass sie sehr wahrscheinlich an einer nicht erkannten Depression litt. Er erinnerte sich noch daran, wie er sich manches Mal in ihr Zimmer geschlichen und sich neben sie aufs Bett gelegt hatte, in der Hoffnung, dass sie mit ihm kuscheln würde, was jedoch nie vorkam.

Simon und Daniel waren beide im Alter von sieben Jahren ins Internat abgeschoben worden. Ihre Eltern waren der Meinung, der beste Start ins Leben, den Eltern ihrem Kind ermöglichen könnten, sei eine exklusive Erziehung an einer Privatschule. Doch später, als Simon selbst Vater war, hätte er sich niemals vorstellen können, sein Kind wegzuschicken. Er konnte sich noch gut daran erinnern, wie Charlotte mit sieben gewesen war: ein kleines Mädchen mit fehlenden Vorderzähnen und einer unersättlichen Freude an Klopf-Klopf-Witzen. Simon hätte nicht einen einzigen Tag in ihrem Leben verpassen wollen.

Er hatte das Internat gehasst, bis er die Bibliothek entdeckt hatte, die sein Rückzugsort geworden war. Dort hatte er Zuflucht vor seinen tyrannischen Lehrern und groben Klassenkameraden gesucht – die sich über ihn lustig machten, weil er Fußball lieber mochte als Rugby – und Trost im Lesen von Biografien gefunden. Er war in die wahren Geschichten von Leuten eingetaucht, die unglaubliche Leistungen vollbracht hatten – von Astronauten über Athleten und Entdeckern bis hin zu berühmten Führungspersönlichkeiten. Und während er über die Vergangenheit dieser Menschen las, erträumte er sich seine eigene Zukunft und malte sich aus, dass ihm eines Tages auch so etwas Grandioses gelingen würde.

Das Lesen prägte Simon. Seine Leidenschaft für Bücher trug ihn durch die Internatszeit und führte letztendlich zu seinem Einserabschluss in Neuerer Geschichte an der Universität von Oxford.

Als ältester Sohn wurde von ihm erwartet, dass er die Firma übernehmen würde, und so fing er nach dem Studium pflichtbewusst in der Agentur an. Tatsächlich machte es ihm sogar Spaß: Die Arbeit war kreativ, er war gut darin, neue Kunden zu gewinnen, und er hatte Talent für die Entwicklung innovativer Werbekampagnen. Doch in dem Moment, als er Nora zum ersten Mal begegnete, wusste er, dass er gefunden hatte, wonach er sein ganzes Leben lang gesucht hatte.

Seine Eltern waren außer sich, als er verkündete, dass er heiraten und aus der Agentur aussteigen würde. Die Vermählung mit einer mittellosen Buchhändlerin ohne nennenswerten familiären Hintergrund ließ sich schlecht in der *Times* verkünden. Gleichzeitig warf Simons Vater ihm vor, seine Ausbildung zu vergeuden, die er ihm durch harte Arbeit ermöglicht hatte. Seine Mutter sagte unverzeihliche Dinge über Nora und behauptete sogar – in deren Beisein –, dass sie es nur auf Simons Geld abgesehen habe. Daraufhin hatte Simon jeglichen Kontakt zu ihnen abgebrochen und sich geweigert, die beiden zu seiner Hochzeit einzuladen.

Nora, die ewige Friedensstifterin, hatte Simon dazu animiert, sich wieder mit seinen Eltern zu versöhnen. Doch obwohl er inzwischen einen Waffenstillstand mit Charles und Margaret geschlossen hatte, standen sie sich immer noch nicht besonders nahe. Und Simon hatte von Anfang an darauf bestanden, dass er Weihnachten nicht mit seinen Eltern verbringen würde. Er wollte seine eigenen Traditionen erschaffen. Schließlich hatte er endlich die Chance, das Weihnachtsfest so zu feiern wie in den Büchern, die er gelesen hatten: am Weihnachtsmorgen im Schlafanzug die Strümpfe zu öffnen, sich gegenseitig die dummen Witze aus den

Knallbonbons vorzulesen, Scharade vor dem lodernden Kamin zu spielen und zusammen Filme zu gucken. Und mittlerweile war Weihnachten zu seiner Lieblingszeit des Jahres geworden.

»Ich räume die hier mal besser wieder weg«, sagte Simon und sammelte die Kochbücher ein. Dann fiel sein Blick auf den Tisch mit den Ausgaben von *Der Okulist von Leipzig*, die sich stapelweise darauf türmten. »Was hältst du davon, wenn wir ein paar von diesen Blindgängern zurückschicken und den Tisch stattdessen mit weihnachtlichen Kochbüchern bestücken?«

In Noras Gesicht trat ein Leuchten. »Super Idee!«

Gemeinsam trugen sie ganze Armladungen voller Bücher in den Personalraum. »Ich verpacke sie und sende sie morgen an den Grossisten zurück«, verkündete Simon.

Anschließend arrangierten Nora und er die Kochbücher dekorativ auf dem Tisch, stellten sie auf Holzständer und schlugen sie so auf, dass schöne Fotos zum Vorschein kamen, bei deren Anblick einem das Wasser im Munde zusammenlief. Als sie fertig waren, traten sie einen Schritt zurück und bewunderten ihr Werk.

»Sieht toll aus«, befand Nora. »Allerdings kriege ich Hunger davon – ich hatte kein Mittagessen.«

»Dann geh du doch gleich hoch und bereite das Abendessen zu. Ich komme hier unten auch allein klar.«

»Bist du sicher?«, fragte Nora mit besorgtem Gesicht.

»Klar«, bekräftigte Simon und verdrehte die Augen. »Hier ist doch keiner – wie soll ich da in Stress kommen?«

»Hm, also wenn das wirklich okay ist, wäre das super. Dann koche ich uns einen Eintopf und verbrauche schon mal ein bisschen was von dem Gemüse.« Nora nahm eins der Kochbücher vom Tisch und klemmte es sich unter den Arm. »Und zum Nachtisch backe ich einen Apfelkuchen nach einem Rezept aus diesem Buch.«

»Klingt traumhaft.«

Daraufhin sammelte Nora die leeren Teetassen ein, gab Simon einen Kuss auf die Wange und stieg dann die Treppe nach oben hinauf, um in ihrer undichten Küche das Abendessen zu machen. Als er ihr hinterherblickte, wurde Simon ein ums andere Mal bewusst, wie viel Glück er hatte. Er mochte seiner Familie vielleicht nicht den materiellen Luxus bieten können, in dem er aufgewachsen war, und bisher hatte er auch keine Leistungen vollbracht, über die sich eine Biografie zu schreiben lohnte, doch eins wusste er: In den Bereichen, die wirklich zählten, war er mehr als erfolgreich. Er hatte eine mittellose Buchhändlerin geheiratet und dadurch das Kostbarste bekommen, was es auf der Welt gab: Liebe.

KAPITEL 6

Simon

Simon ging zum Schaufenster hinüber, lehnte die Stirn gegen die Scheibe und blickte auf den Markt hinaus, der sich langsam zu lichten begann. Doug Jenkins baute bereits seinen Obst- und Gemüsestand ab, und auch die Kunden machten sich allmählich auf den Weg nach Hause zum Abendessen; die Tüten mit dem gekauften Biokäse, den Sojawachskerzen und den Aromatherapieseifen fest an sich gepresst. Ein Mann trug eine klobige braune Keramikvase vor sich her, und Simon tat jetzt schon derjenige leid, der das Ding zu Weihnachten bekommen würde.

»Kommt zu uns!«, hätte Simon am liebsten geschrien und dabei wie wild mit der Faust gegen das Fenster getrommelt. »Bücher sind die besten Weihnachtsgeschenke überhaupt.«

Doch die Leute hasteten weiter an der Buchhandlung vorbei und würdigten in ihrem Drang, dem Regen zu entkommen, die weihnachtliche Schaufensterdekoration kaum eines Blickes. Wahrscheinlich hätte Simon nackt im Fenster sitzen können, nur mit einer Weihnachtsmütze bekleidet, ohne dass es jemandem aufgefallen wäre.

Ich schau mir mal die Onlineverkaufszahlen an. Vielleicht hatten die Leute ja beschlossen, den Regen zu meiden und ihre Bücher stattdessen von ihrem warmen, gemütlichen Zuhause aus zu bestellen.

»Gib mir Bescheid, wenn jemand reinkommt«, wies Simon Merry an, die den Kopf hob und mit dem Schwanz schlug, als er an ihrem Körbchen vorbei in Richtung Hinterzimmer ging.

Dort setzte er sich an den Schreibtisch und stellte den uralten

Computer an, der ein asthmatisches Keuchen von sich gab, während er hochfuhr. Als Simon den E-Mail-Account des Ladens öffnete, sah er, dass vier neue Aufträge gekommen waren. Oder nein: drei Aufträge und eine Beschwerde. Simon stieß einen Seufzer aus. Drei Aufträge waren zwar besser als keiner, aber Jeff Bezos würde jetzt nicht gerade vor Ehrfurcht zittern.

Gott sei Dank hatten sie immer noch das Darlehen, das sie über Wasser hielt.

Simon verpackte die Bestellungen, notierte, welche Bücher sie nachordern mussten, und widmete sich dann der Beschwerde, die von einer Kundin kam, die eine Ausgabe von *Der Okulist von Leipzig* gekauft hatte und nun eine Erstattung forderte.

Kopfschüttelnd schrieb Simon eine höfliche Antwort, in der er erklärte, dass es ihm zwar leidtue, dass die Kundin den Roman »grottenschlecht« fand – eine Meinung, die er persönlich teile –, er ihr jedoch nur eine Erstattung zukommen lassen könne, wenn das Buch bei der Lieferung beschädigt gewesen wäre. Dann fügte er noch eine Liste von zehn anderen historischen Romanen hinzu, die der Kundin eventuell besser gefallen könnten.

Genau in dem Moment, als er auf Senden klickte, läutete das Glöckchen über der Eingangstür und Merry bellte.

Simon verließ das Hinterzimmer und unterdrückte ein genervtes Stöhnen, als er den ungepflegten Mann mit der roten Nase sah, die das Riechorgan von Rudolph, dem Rentier, meilenweit in den Schatten stellte. Howie war es offensichtlich nicht gelungen, irgendjemanden im George zum Dartspielen zu überreden – oder dazu, ihm einen Drink zu spendieren –, und so war er stattdessen in die Buchhandlung gegenüber gekommen.

»He, Bücherwurm, ich habe 'n Hühnchen mit dir zu rupfen«, polterte er und blies Simon seinen nach Alkohol stinkenden Atem entgegen. »Du hast mich doch letzte Woche beim Quiz runtergemacht, weil ich gesagt habe, dass Israel in Europa liegt.«

»Es liegt ja auch in Asien«, entgegnete Simon matt.

»Und wieso nimmt Israel dann am Eurovision Song Contest teil?«, wollte Howie wissen. »Und an der Europameisterschaft, hä?«

Simon seufzte und ging zum Regal mit den Lexika hinüber. Dort nahm er einen riesigen Atlas heraus, suchte eine Karte des Mittleren Ostens und deutete auf ein winziges Fleckchen Wasser zwischen Israel und Ägypten. »Kulturell betrachtet gibt es eine Menge Verbindungen zwischen Israel und Europa«, erklärte er. Aber der Suezkanal bildet die Grenze zwischen Westasien und Afrika. Wobei: Wenn man die Erdplatten miteinbezieht, könnte man auch argumentieren, dass Israel geografisch gesehen doch in Afrik…«

Howie unterbrach Simon und machte eine abwinkende Handbewegung. »Okay, okay, ich hab's kapiert.« Suchend blickte er sich im Laden um. »Habt ihr noch welche von den Ingwerkeksen da, die Nora immer backt?«

»Drüben beim Kamin.«

Simon verzog das Gesicht, während Howie sich gleich eine Handvoll Kekse nahm, lautstark ein Stück von dem ersten abbiss und dabei eine Flut von Krümeln auf dem Boden verteilte. Vermutlich war seine geografische Frage nur ein Vorwand gewesen, um sich an Noras gebackenen Köstlichkeiten zu bedienen. Fairerweise musste man allerdings dazusagen, dass ihre Ingwerkekse tatsächlich vorzüglich schmeckten.

Da Nora mit Howie zur Schule gegangen war, hatte sie eine Engelsgeduld mit ihm – sie hatte Simon einmal von Howies gewalttätigem, alkoholsüchtigem Vater erzählt. Natürlich hatte Simon durchaus Mitgefühl, trotzdem hatte er keine besondere Lust darauf, dass Howie ihm – und den Kunden, die sich vielleicht noch in den Laden verirrten – den ganzen Nachmittag über auf die Nerven ging.

Zu seinem Glück erregte eine Frau, die gerade am Schaufenster vorbeiging, Howies Aufmerksamkeit. »Ah, das ist Dr. Dhar. Als ich letzten Winter gestolpert bin und mir den Zeh gebrochen habe, hat sie gesagt, ich sollte weniger trinken.« Er klopfte sich auf die Brust, und in seine leicht gelbstichigen Augen trat ein wilder Ausdruck. »Aber hier, wie du siehst: Ich bin fit wie 'n Turnschuh.«

Simon deutete mit dem Kinn in Richtung Tür. »Du, beeil dich besser: Gleich ist sie weg.« *Tut mir leid, Dr. Dhar,* entschuldigte er sich im Stillen.

»Bis die Tage, Bücherwurm«, verabschiedete sich Howie dröhnend und stieß einen Stapel Romane um, als er unter lauten »Doc! Doc!«-Rufen der Hausärztin hinterherhetzte.

Während Simon die heruntergefallenen Bücher aufhob und sie wieder auf den Tisch legte, gab sein Handy ein Piepsen von sich. Er holte es aus seiner Hosentasche und sah, dass Charlotte ein neues Wort bei Scrabble gelegt hatte.

Zati.

Dieses kleine Biest. Sie hatte einfach ein Z auf ein Feld mit dreifachem Wortwert gelegt. Aber was zum Teufel war ein Zati?

Als hätte Charlotte seine Gedanken gelesen, poppte in diesem Moment eine Nachricht von ihr auf dem Display auf.

Das ist die englische Bezeichnung für den Indischen Hutaffen. xxx

Lächelnd steckte Simon sein Handy wieder in die Tasche und prägte sich dieses neue Wissen für das nächste Quiz ein. Gleichzeitig versuchte er, nicht zu lange darüber nachzudenken, wie sehr es ihm fehlen würde, an Weihnachten mit Charlotte persönlich Scrabble zu spielen. Normalerweise veranstalteten sie über die Feiertage immer einen Brettspielmarathon zu dritt.

Simon holte einen Handfeger und ein Kehrblech hinterm Tresen hervor, um die Spur der Krümel wegzufegen, die Howie hinter sich gelassen hatte wie Hänsel und Gretel im Wald. Nur, dass diese Fährte nicht zu einem Lebkuchenhaus führen würde, sondern direkt ins George.

Das Türglöckchen läutete erneut, und eine Sekunde später rief eine Frauenstimme: »Hallo? Ist da jemand?«

Abrupt richtete Simon sich auf. »Scheiße!«, fluchte er, als er sich den Kopf an dem Balken stieß. Das zweite Mal an diesem Tag!

»Oh, Entschuldigung«, sagte die Frau, die etwa Ende dreißig zu sein schien. Sie hatte blondes Haar, das am Ansatz dunkel war, trug Jeans und eine Fleecejacke und hielt eine Tragetasche in der Hand, aus der eine riesige Packung Cornflakes herausguckte. »Ich habe Sie da unten gar nicht gesehen.« Ihr Blick huschte nervös durch den Laden.

Simon rieb sich seine schmerzende Stirn. »Berufsrisiko. Meine Frau sagt immer, ich sollte bei der Arbeit einen Helm aufsetzen.« Schwungvoll schüttete er den Inhalt des Kehrblechs in den Mülleimer, bevor er zu der Frau hinüberging, die dreinschaute, als würden die Bücher sie gleich beißen. Ein klassischer Fall von Bibliophobie.

Er hatte einmal eine Statistik gesehen, die besagte, dass nicht einmal zwanzig Prozent der Bevölkerung des Vereinigten Königreichs je eine Buchhandlung betrat. Viele Leute machten einen großen Bogen darum, weil die stille, intellektuelle Atmosphäre sie einschüchterte. Simon und Nora hatten sich immer besonders angestrengt, diese Wahrnehmung zu ändern, und dafür gesorgt, dass in ihrer Buchhandlung eine helle, freundliche und einladende Atmosphäre herrschte. Deshalb ging er nun mit ausgestreckter Hand auf die Frau zu. »Hi, ich bin Simon. Falls Sie Hilfe oder eine Beratung brauchen, geben Sie mir einfach Bescheid.«

»Liz«, stellte die Frau sich vor. »Tatsächlich suche ich ein paar Bücher für meine Kinder.«

»Wie alt sind sie denn?«, erkundigte sich Simon.

»Travis ist zehn und Jamie acht.«

Grinsend sah Simon sie an. »Da haben Sie ja sicher alle Hände voll zu tun.«

Liz deutete mit dem Kinn auf die Großpackung Cornflakes. »Momentan hören die beiden gar nicht mehr auf zu wachsen – die fressen mir noch die Haare vom Kopf.«

Simon lachte. »Rechnen Sie nicht damit, dass sich der Zustand allzu bald ändern wird. Okay, was lesen Ihre Jungs denn gern?«

»Nichts«, entgegnete Liz und runzelte die Stirn, sodass sich eine Falte zwischen ihren Augenbrauen bildete. »Genau das ist das Dilemma. Sie haben Probleme in der Schule. Ihre Lehrerin hat mich zu einem Gespräch gebeten und mir gesagt, dass ich sie dazu motivieren sollte, mehr zu lesen.« Traurig blickte sie Simon an. »Aber wie soll ich das machen? Sie wollen die ganze Zeit nur fernsehen oder irgendwelche Spiele auf dem Tablet spielen.«

Simon nickte mitfühlend. Das hörte er öfter von Kunden, die Kinder hatten.

»Ich kann es ihnen ja nicht mal verübeln«, fuhr Liz fort. »Die Bücher, die sie in der Schule zu lesen bekommen, sind stinklangweilig.«

»Welche Computerspiele mögen sie denn?«, fragte Simon.

Liz dachte einen Augenblick nach. »Travis spielt am liebsten irgendwelche Spiele, in denen viel gekämpft wird – Ritter, die gegeneinander antreten, und so was. Jamie mag lieber Mario Kart. Er sagt, wenn er mal groß ist, will er Rennfahrer werden.«

Simon lachte leise. »Soso, ein zukünftiger Raser also. Davon gibt es hier jede Menge.« Inzwischen lebte er schon mehrere Jahrzehnte auf dem Land und konnte sich immer noch nicht an das Tempo gewöhnen, in dem die Einheimischen teilweise durch die schmalen Straßen bretterten. Dadurch war sogar die kurze Fahrt zum Nachbarort lebensgefährlich. Nora beschwerte sich ständig, dass er wie eine alte Oma fuhr, wenn er ihren uralten, verbeulten Golf durch die von Hecken gesäumten Landstraßen lenkte. Doch Simon ignorierte das wütende Hupen der Autofahrer hinter sich und hielt sich stur an die Geschwindigkeitsbegrenzung. Immerhin war diesen Sommer ein Mädchen verunglückt. Vorsicht war besser als Nachsicht.

Simon führte Liz in die Kinderbuchabteilung, die mit einem bequemen Sitzsack und einem Schaukelpferd aus Holz ausgestattet war, das früher Charlotte gehört hatte. Daneben befand sich ein Ständer mit Bilderbüchern, den Simon jedoch ignorierte. Stattdessen ließ er den Blick über die Regale schweifen und rieb sich nachdenklich das Kinn, während er nach Abenteuergeschichten mit reichlich Action suchte. Für Travis fand er schließlich ein Buch über einen Jungen, der in Wahrheit ein griechischer Halbgott mit Lese-Rechtschreib-Schwäche war. »Diese Serie ist sehr beliebt und nicht zu anspruchsvoll zum Lesen.«

Für Jamie wählte er ein Buch über die Formel 1 mit vielen Infos und Fotos von schnittigen Rennwagen und berühmten Fahrern. »Viele Jungs lesen lieber Sachbücher«, erklärte Simon. »Ich auch.«

»Na, einen Versuch ist es wert«, sagte Liz und nahm die Bücher entgegen.

Doch Simon war noch nicht fertig. Zusätzlich zu den anderen Büchern holte er eine Ausgabe von *Der kleine Hobbit* aus dem Regal. »Das ist ein tolles Buch zum Vorlesen – die Schlachtszenen sind fantastisch.«

Stirnrunzelnd sah Liz ihn an. »Meinen Sie nicht, die zwei sind schon zu alt für Gutenachtgeschichten?«

»Ich habe meiner Tochter noch jahrelang vorgelesen.« Nora und er hatten Charlotte alles von den Narnia-Chroniken über die gesammelten Werke von Beatrix Potter bis hin zu jedem Buch aus der *Harry Potter*-Reihe vorgelesen – zweimal. An dem Tag, als Charlotte beschlossen hatte, dass es ihr zu peinlich war, noch von ihren Eltern vorgelesen zu bekommen – damals war sie bereits mehrere Jahre auf der weiterführenden Schule gewesen –, hatte Nora geweint. Und obwohl Simons Augen trocken geblieben waren, hatte er genau gewusst, wie sie sich fühlte. Diese Abende mit einem Buch auf den Knien, während seine Tochter sich an ihn kuschelte, gehörten zu den kostbarsten Momenten seines Lebens.

Deshalb hatte er Nora auch vorgeschlagen, das Ritual beizubehalten und sich gegenseitig laut vorzulesen, wobei sie sich bei der Buchauswahl abwechselten. Derzeit waren sie bei der Hälfte von *Der Doktor und das liebe Vieh* angelangt (Simons Wahl) und liebten es, sich gegenseitig mit ihrem schlecht nachgeahmten Yorkshire-Dialekt zum Lachen zu bringen.

»Jeder hört gern Geschichten, egal in welchem Alter«, sagte er zu Liz. »Deshalb sind Hörbücher auch so beliebt.«

»Aber ist das nicht irgendwie gemogelt?«

»Das Wichtigste ist doch, dass Ihre Jungs die Begeisterung fürs Lesen entdecken. Wenn sie mal erkannt haben, dass es Spaß macht, werden sie ganz von allein lesen wollen.«

Mit dem Lektürestapel vor der Brust folgte Liz Simon aus der Kinderbuchabteilung. Auf dem Weg zur Kasse blieb sie abrupt vor dem Tisch mit den Kochbüchern stehen.

»Oh!«, rief sie entzückt. »So was brauche ich.« Fasziniert begann sie, das Buch *Kinderleichte Weihnachtsmenüs* durchzublättern, das ein beliebter Fernsehkoch geschrieben hatte.

»Müssen Sie Weihnachten für viele kochen?«, erkundigte sich Simon, als Liz ein Rezept für Rosenkohl mit Speck durchlas.

Zu seiner Überraschung brach sie in Tränen aus.

Sofort griff Simon in die Brusttasche seines Hemdes und holte ein sauberes weißes Taschentuch heraus. Charlotte und Nora zogen ihn immer auf wegen seiner Vorliebe für altmodische Stofftücher, die er stets bei sich trug – eine Regel, die seine Mum ihm aufgezwungen hatte und mit der er irgendwie nicht brechen konnte. Andererseits waren die Dinger sehr nützlich. Er hielt Liz das Taschentuch hin.

»Entschuldigen Sie«, sagte sie und tupfte sich die Augen mit dem weichen Baumwollstoff trocken.

Simon setzte sich aufs Sofa und klopfte auf den Platz neben sich. »Ich nehme mal an, Ihre Reaktion kommt nicht daher, dass Sie eigentlich keinen Rosenkohl mögen.«

Liz nahm neben ihm Platz und schnäuzte sich ins Taschentuch. Leicht zittrig atmete sie einmal tief durch. »Ich koche dieses Weihnachten für niemanden. Mein Mann und ich haben uns vor ein paar Monaten getrennt. Die meiste Zeit über sind die Jungs bei mir, aber mein Ex-Mann nimmt sie alle paar Wochenenden. Wir haben uns darauf geeinigt, dass wir die Feiertage aufteilen, und dieses Jahr ist er an Weihnachten dran.«

»Oh, das ist hart«, murmelte Simon voller Empathie. Er hätte es nicht ertragen, Weihnachten ohne Charlotte zu verbringen, als sie noch ein Kind gewesen war. Schlimm genug, dass er es dieses Jahr ohne sie verbringen musste, jetzt, da sie offiziell erwachsen war.

Erneut füllten sich Liz' Augen mit Tränen. »Ich kann mir noch gar nicht vorstellen, dass die Jungs mich nicht frühmorgens wecken werden, weil sie endlich ihre Geschenke auspacken wollen. Ohne sie bin ich an Weihnachten ganz allein.«

»Haben Sie keine Verwandtschaft hier in der Gegend, mit der Sie feiern könnten?«

Liz schüttelte den Kopf. »Meine Familie ist überall verstreut. Die Eltern meines Ex-Mannes leben in Milton Keynes, wo wir auch gewohnt haben. Aber nach der Trennung mussten wir das Haus verkaufen. Ich habe hier in Stowford ein Cottage gekauft, um ganz neu anzufangen. Ich dachte, in einem kleinen Ort wäre es leichter, Leute kennenzulernen, aber da habe ich mich gründlich getäuscht. Da ich von zu Hause aus arbeite, habe ich bisher noch niemanden kennengelernt.« Sie machte eine Handbewegung in Richtung ihrer Einkaufstasche. »Es sei denn, Sie zählen die Kassiererin im Laden an der Ecke mit.«

»Also, als ich hierhergezogen bin, ist es mir auch schwergefallen, mit den Leuten in Kontakt zu kommen.« Die Dorfbewohner waren ihm, dem »komischen Großstädter«, gegenüber sofort misstrauisch gewesen. Und im Laufe der Jahre hatte er zwar viele gute Freunde gefunden, doch so ganz hatte er seinen Status als Außenseiter nie abschütteln können. Selbst nach über zwanzig Jahren betrachteten ihn manche Ortsansässigen immer noch als Neuankömmling.

»Ich bin der *Freunde in Stowford finden*-Gruppe bei Facebook beigetreten«, erzählte Liz, »und jetzt habe ich eine Menge Online-›Freunde‹, aber im wahren Leben habe ich noch keinen von denen getroffen. Sie könnten auf der Hauptstraße an mir vorbeilaufen, und ich würde es nicht mal merken.«

»Ja, das ist einfach nicht das Gleiche, oder?«, meinte Simon. Heutzutage konnte man ganze Beziehungen ausschließlich übers Internet führen. Zum Beispiel war Simon bestens darüber informiert, was sein Bruder so trieb – dank der Urlaubsfotos und Updates über die sportlichen Errungenschaften seines Neffen, die sein Bruder auf Facebook postete –, doch in Fleisch und Blut hatte er Daniel schon seit Monaten nicht mehr gesehen. »Gefällt mir«-Bekundungen im Internet waren kein Ersatz für echten persönlichen Kontakt.

»Wir veranstalten hier jeden Monat einen Literaturkreis«, sagte Simon. »Wie wäre es, wenn Sie zu unserem nächsten Treffen kämen? Das wäre eine tolle Gelegenheit, einige Leute im richtigen Leben kennenzulernen.«

»Hm, neben der Arbeit und den Kindern bleibt mir leider nicht viel Zeit zum Lesen«, erwiderte Liz. »Wahrscheinlich schaffe ich es gar nicht, das Buch bis zum Termin ganz durchzulesen.«

»Ach, das ist gar kein Hinderungsgrund«, sagte Simon lachend. »Ich kann Ihnen versichern: Die Hälfte unserer Mitglieder kommt auch nur zum Weintrinken und Tratschen.«

»Es ist bloß schwierig für mich, abends wegzugehen, weil ich einen Babysitter für die Jungs brauche.«

»Wie kommen die beiden denn mit den ganzen Veränderungen klar?«, fragte Simon.

Sorgenvoll drehte Liz das Taschentuch zu einer Kordel zusammen. »Es fällt ihnen ziemlich schwer, sich hier einzuleben. Sie vermissen natürlich ihren Dad und ihre alten Freunde.«

»Na ja, so lange sind sie ja noch nicht hier«, entgegnete Simon aufmunternd. »Kinder sind sehr anpassungsfähig. Sie werden sich bald eingewöhnt haben, da bin ich sicher. Die Grundschule hier im Ort ist toll.«

»Das hoffe ich«, sagte Liz. »Die Scheidung meiner Eltern war ziemlich heftig, und ich habe mir immer geschworen, das meinen Kindern niemals anzutun. Deshalb haben Steve und ich auch versucht, unsere Probleme zu lösen – Eheberatung und all so was –, aber irgendwann haben wir beschlossen, dass es besser ist, wenn wir uns trennen.« Wieder traten ihr Tränen in die Augen, und sie biss sich auf die Unterlippe. »Ich habe solche Schuldgefühle.«

»Hey, seien Sie nicht so streng mit sich«, riet Simon ihr. »Versuchen Sie, sich nicht so auf das zu konzentrieren, was Sie verloren haben. Machen Sie lieber das Beste aus dem, was Sie haben. Das erleichtert das Leben um einiges.«

Liz nickte. »Die Jungs kommen am zweiten Weihnachtsfeiertag zurück, und ich möchte was ganz Besonderes für sie machen. Aber Steve – mein Ex – hat bei uns immer gekocht. Ich kann Fischstäbchen, Ofenkartoffeln, Baked Beans auf Toast und so was machen – einfache Sachen halt –, aber ich habe noch nie ein Weihnachtsmenü gekocht. Deshalb brauche ich ein Kochbuch.«

Simon musste an die skurrilen Festtagsgerichte denken, die

Nora und ihre Mutter gegessen hatten. »Ich bin mir sicher, Travis und Jamie werden alles mögen, was Sie für sie kochen. Das Wichtigste ist doch, dass Sie zusammen sind.«

»Ja, ich weiß«, stimmte Liz ihm zu. »Trotzdem möchte ich besser kochen können. So habe ich an Weihnachten auch was zu tun, das mich ablenkt – dann muss ich nicht ständig an die beiden denken.«

»Na, dann würde ich Ihnen dieses hier empfehlen«, sagte Simon, ging zum Tisch hinüber und nahm ein klassisches Kochbuch vom Ständer. »Meine Frau schwört darauf – vor allem auf das Rezept für den Plumpudding.«

Liz zog schnuppernd die Luft ein. »Also, wenn das Essen Ihrer Frau genauso gut schmeckt, wie es riecht, ist das eine tolle Empfehlung.«

Simon beugte sich vor und schob Liz den Keksteller zu. Einige hatte Howie tatsächlich noch übrig gelassen. »Hier, überzeugen Sie sich selbst. Das sind ihre berühmten Ingwerkekse.«

»Oh nein, vielen Dank«, lehnte Liz ab. »Ich sollte jetzt besser mal los – Steve kommt gleich und bringt die Jungs zurück.« Ihr Blick fiel auf das zusammengeknüllte Taschentuch in ihrer Hand. »Das wasche ich und bringe es Ihnen dann sofort wieder.«

»Sie brauchen aber keinen Grund, um hier vorbeizukommen«, sagte Simon. »Ich bin fast immer hier, also kommen Sie jederzeit rein, wenn Sie mal Gesellschaft brauchen. Nora wird sich auch sehr freuen, Sie kennenzulernen, das weiß ich.«

Mit den Kinderbüchern und dem Kochbuch beladen, ging Simon zur Kasse hinüber, und nachdem er Liz' Einkäufe eingebongt und verpackt hatte, legte er noch eine Einladung in die Tüte. »Ich hoffe, Sie kommen zu unserer Weihnachtsfeier«, sagte er. »Das ist immer ein sehr schöner Abend.«

»Aber da kenne ich ja niemanden«, gab Liz zu bedenken.

»Doch, mich«, entgegnete Simon schmunzelnd.

»Das stimmt.« Lächelnd winkte sie ihm zu, bevor sie den Laden verließ – mit einem Freund mehr als vorher.

Das Gespräch über die *Freunde in Stowford finden*-Gruppe hatte Simon daran erinnert, dass er die Social-Media-Seiten der Buchhandlung heute noch nicht upgedatet hatte, deshalb ging er zurück ins Büro, setzte sich vor den Computer und loggte sich in den Twitter-Account ein. Inzwischen hatte ihr Konto fast zweitausend Follower, und für seine Tweets – Buchempfehlungen und lustige Beobachtungen aus dem Alltag eines Dorfbuchhändlers – bekam Simon regelmäßig viele Likes. Trotzdem generierten die Online-Aktivitäten nicht so viele Verkäufe, wie er gehofft hatte. Oder vielleicht kauften die Leute sogar die Bücher, über die er twitterte, nur nicht im Stowford Bookshop.

Aber das hielt ihn nicht davon ab, das Foto von Nora und Arnold zu posten, versehen mit dem Tweet:

> Nach fünfundzwanzig Jahren im Regal heute verkauft @StowfordBookshop! Man sollte nie die Hoffnung aufgeben. #happyend.

Während Simon träge durch die Tweets von Leuten scrollte, die er noch nie getroffen hatte, wurde ihm bewusst, wie glücklich Nora und er sich schätzen konnten, so viele gute Freunde im Ort zu haben: Alice und die anderen Ladeninhaber, seine Kumpels vom Pub-Quiz und sogar Howie. Er dachte an Liz, daran, wie einsam sie zu sein schien. Wahrscheinlich gab es eine Menge anderer Leute im Ort, die sich genauso einsam fühlten wie sie. Simon wünschte, er könnte diese Menschen irgendwie erreichen. Ihnen Hoffnung geben. In diesem Moment fiel sein Blick erneut auf das Foto von Nora und dem älteren Mann, und plötzlich hatte er eine Idee. Inspiriert davon begann er zu schreiben:

Kennen Sie jemanden in Stowford, der eine kleine Aufmunterung nötig hätte? Wir verschenken sechs Bücher an Menschen, die dieses Jahr zu Weihnachten ein wenig Hoffnung gebrauchen könnten. Schicken Sie uns heute bis Mitternacht eine persönliche Nachricht mit dem Namen und der Adresse Ihrer Kandidatin/Ihres Kandidaten. Ein frohes Fest wünscht Ihnen Ihr Team aus dem Stowford Bookshop!

Zufrieden klickte Simon auf Senden und schickte die Nachricht hinaus in den Cyberspace.

KAPITEL 7

Simon

Die verführerischen Düfte, die aus der Wohnung nach unten zogen, lösten ein Knurren in Simons Magen aus. Ein Blick auf seine Uhr zeigte ihm, dass es schon nach sechs war. Zeit, den Laden für heute zu schließen.

Er leerte die Kasse und zählte die Tageseinnahmen zusammen. Ein Gesamtbetrag von 1200 Pfund. Nicht gut. Simon stieß einen tiefen Seufzer aus. Vor einigen Jahren hätten sie an einem Samstag im Advent locker an die 4000 Pfund eingenommen. Ihre Bilanzen konnten nicht besonders rosig aussehen … Aber nach dem Schock, dass Charlotte Weihnachten nicht nach Hause kommen würde, war heute wohl nicht der beste Zeitpunkt, Nora danach zu fragen. Ihr zuliebe würde er richtig gute Laune versprühen, das hatte er sich geschworen.

Nachdem er das Bargeld im Safe verstaut hatte, der sich im Hinterzimmer befand (eine unnötige Vorsichtsmaßnahme in Stowford, wo die Kriminalitätsrate gegen null tendierte), ging Simon kurz mit Merry Gassi. Dann schloss er die Vordertür ab, knipste das Licht aus und machte sich auf den Weg nach oben, begleitet von dem Geräusch tapsender Nägel auf Holz, als Merry ihm folgte.

»Ich bin wieder zu Hause, Schatz!«, rief er in Nachahmung eines Ehemanns aus einer Fünfzigerjahre-Sitcom.

»Perfektes Timing«, sagte Nora, deren Wangen von der Hitze in der Küche ganz rot waren. Sie hatte ihr Haar zu einem unordentlichen Knoten zusammengebunden, einige Locken waren jedoch ihrem Freiheitsdrang gefolgt und hingen ihr nun in die

Stirn, während sie eine blaue Auflaufform aus dem Ofen holte. »Ich habe beschlossen, einen Lammauflauf zu machen.«

»Riecht auf jeden Fall himmlisch«, befand Simon. Als er zum Schrank hinüberging, um zwei Teller herauszuholen, fiel ihm der Apfelkuchen auf, der zum Auskühlen auf der Arbeitsplatte stand. »Mmh, ich habe vorhin noch einer Kundin von deinen Backkünsten vorgeschwärmt. Sie ist gerade erst hergezogen, und es fällt ihr ein bisschen schwer, neue Leute kennenzulernen.«

»Hast du ihr von unserem Literaturkreis erzählt?«, fragte Nora, während sie den dampfenden Auflauf auf den Tisch stellte.

»Klar. Ich habe ihr auch gleich eine Einladung für unsere Weihnachtsparty gegeben.« Auf der Suche nach zusammenpassenden Besteckteilen wühlte Simon in der Schublade herum, bevor er es aufgab und sich mit einer bunten Zusammenstellung begnügte. »Mein Gespräch mit Liz, der Kundin, hat mich zum Nachdenken gebracht«, erzählte Simon. »Ich habe mich gefragt, wie viele einsame Leute es wohl da draußen gibt, und dann habe ich spontan beschlossen, einen Wettbewerb zu veranstalten. Die Leute können jemanden nominieren, der Weihnachten allein verbringen muss, und wir verschenken sechs Bücher.«

»Eine schöne Idee«, befand Nora.

Allerdings wirkte sie nicht ganz so begeistert, wie Simon gehofft hatte. Sicher dachte sie daran, dass ihr dieses Jahr zu Weihnachten auch jemand fehlen würde.

Simon ging wieder zum Schrank hinüber, nahm zwei Weingläser heraus und öffnete die Flasche Rotwein, die er auf dem Markt von Doug Jenkins bekommen hatte.

Halb rechnete er schon damit, dass Nora wegen seines Herzes protestieren würde, doch sie hob bloß die Augenbrauen. »Was gibt's zu feiern?«, fragte sie.

Simon sog den Duft des Weines ein – eines guten Merlot. »Wir feiern, dass *Die wahre Geschichte des Weihnachtsfriedens* endlich ein Zuhause gefunden hat.«

Nora hielt ihm ihr Glas hin, das er nur zu gern auffüllte.

»Auf das glückliche Ende dieser Geschichte«, prostete Simon ihr zu.

»Zum Wohl«, sagte Nora und stieß ihr Glas gegen seins.

Als Simon einen Schluck vom Wein probiert hatte, nickte er anerkennend. »Gar nicht so schlecht.«

Der Auflauf schmeckte sogar noch besser, als er roch. Das Lamm war zart wie Butter, und dazu hatte Nora ein Potpourri aus unterschiedlichem Wurzelgemüse zusammengemischt. Während sie ihr Abendessen genossen, saß Merry unterm Tisch, in der Hoffnung, dass ein paar Bissen für sie abfallen würden. »Ich kann immer noch nicht glauben, dass wir dieses Buch tatsächlich verkauft haben«, sagte Nora.

»Da sieht man mal wieder, dass man die Hoffnung nie aufgeben sollte«, entgegnete Simon und trank noch einen großen Schluck Wein darauf.

»Genau das hat Arnold auch zu mir gesagt.«

»Es stimmt ja auch«, antwortete Simon und tätschelte sich grinsend den Bauch. »Und gerade hoffe ich darauf, dass es was Gutes zum Nachtisch gibt.«

»Tja, da hast du wohl Glück.«

Während Simon die Auflaufform und die schmutzigen Teller abräumte – und dabei die Reste in Merrys Napf gab –, holte Nora den Apfelkuchen und schnitt zwei großzügige Stücke davon ab. »Apfelkuchen zählt doch zu den fünf Portionen Obst, die man am Tag essen sollte, oder?«

»Aber sicher«, bestätigte Simon voller Überzeugung.

»Wie geht's deiner Stirn?«, erkundigte sich Nora und berührte vorsichtig die Beule an seinem Kopf.

»Ich habe sie mir vorhin noch mal gestoßen. Das ist sicher Rekord.«

»Och, mein armer Schatz.« Nora beugte sich zu ihm hinunter, um ihm einen Kuss zu geben, und Simon konnte den Wein auf ihren Lippen schmecken. Vielleicht durfte er sich ja heute Abend nicht nur auf den Nachtisch freuen …

Schmunzelnd legte er die Arme um seine Frau. »Gut, dass Charlotte nicht da ist: Steckrüben zum Abendessen, und dann knutschen ihre Eltern auch noch in aller Öffentlichkeit.«

Abrupt löste Nora sich von ihm und setzte sich an den Tisch. Das Funkeln in ihren Augen war genauso plötzlich erloschen, wie es aufgeflackert war. Simon hätte sich in den Hintern treten können. *Du Idiot! Wieso musstest du von Charlotte reden?* Er musste die Situation retten – und das sofort.

Schnell leerte er die Weinflasche in Noras Glas, doch es war nur noch der Bodensatz übrig. »Lass uns noch eine aufmachen.«

»Ich glaube, es ist nichts mehr da«, entgegnete Nora. »Es sei denn, du willst Kochsherry trinken.«

»Oben auf dem Dachboden ist noch eine Flasche von dem Châteauneuf-du-Pape.« Jedes Jahr zu Weihnachten schenkten Simons Eltern ihnen eine Kiste Wein aus dem Gut in der Provence, das in der Nähe ihres Ferienhauses lag und zu dessen Investoren sie mittlerweile zählten. Es wurmte Simon, es zugeben zu müssen, aber der Wein war wirklich gut – vollmundig und fruchtig. Normalerweise hoben sie ihn für besondere Gelegenheiten auf und teilten sich die Flaschen während des Jahres ein, doch eine war tatsächlich noch übrig und in einigen Wochen würden sie sicherlich eine neue Kiste bekommen.

Nora runzelte die Stirn. »Ich weiß nicht, ob …«

»Man lebt bloß einmal«, fiel Simon ihr ins Wort, um zu verhindern, dass sie sein Herz erwähnte.

Im nächsten Moment zog er bereits die Luke zum Dachboden

herunter, stieg die Leiter hoch und knipste das Licht an. Die Decke – die so niedrig war, dass man nicht dort stehen konnte, schon gar nicht, wenn man fast eins neunzig groß war – wurde von alten Holzbalken durchzogen. Vorsichtig, um sich nicht noch ein weiteres Mal den Kopf zu stoßen, kroch Simon über die rauen Dielenbretter. Unvermittelt landete seine Hand in einer Pfütze, und er stieß vor Schreck einen Schrei aus.

»Ist alles okay bei dir da oben?«, rief Nora beunruhigt zu ihm hoch.

Simon hob den Blick und sah, dass Wasser durch einen Spalt zwischen den Dachziegeln tropfte.

»Nur 'ne Spinne«, flunkerte er. *Morgen fahre ich zum Schrottplatz,* sagte er zu sich selbst. Das würde zwar bloß eine provisorische Flickarbeit werden, aber irgendwas musste er ja tun, um die Löcher zu stopfen.

Die muffige, staubige Luft des Dachbodens drang in seine Nase, während er sich weiter bis zur Weinkiste vorschob. »Ha!«, rief er nach unten. »Ich hab sie!«

Als er wieder Richtung Ausgang kroch, entdeckte er eine Kiste mit Weihnachtsschmuck, die sich unter der Dachtraufe versteckte. Spontan legte er die Flasche Wein in den Karton, schob ihn über den Boden bis zur Dachluke und kletterte anschließend damit die Leiter hinunter.

»Was hast du denn da alles mitgebracht?«, wollte Nora wissen.

»Ich habe eine Kiste mit Weihnachtsdeko gefunden, und ich dachte mir, ich nehme sie gleich mit – dann muss ich nicht noch mal da hoch.«

Nora öffnete den Karton und holte einen klobigen Engel aus Salzteig mit quietschgelbem Haar heraus. »Den hat Charlotte im Kindergarten gemacht.« Sie legte den Engel zurück in die Kiste und stieß einen traurigen Seufzer aus. »Ich weiß nicht, wie ich Weihnachten ohne sie überstehen soll.«

»Hey«, sagte Simon und nahm tröstend ihre Hände, »wir sollten uns auf das Positive konzentrieren, das wir haben. Ja, Charlotte wird an Weihnachten nicht da sein, aber wenigstens haben wir uns.«

»Da hast du recht«, antwortete Nora nickend. »Wir haben wirklich Glück, im Gegensatz zu vielen anderen Leuten – so wie Arnold und seine Familie. Sein Enkel muss Weihnachten im Krankenhaus verbringen.« Mitfühlend schüttelte sie den Kopf. »Ich mag mir nicht mal ansatzweise vorstellen, was die Familie durchmacht.«

»Siehst du, auch wenn wir Charlotte vermissen: Wenigstens wissen wir, dass sie ihren Spaß hat«, sagte Simon. Während des Videoanrufs hatte ihre Tochter so zufrieden ausgesehen, dass sie geradezu von innen geleuchtet hatte. »Und dafür können wir wirklich dankbar sein.« Er blies den Staub vom Hals der Weinflasche, drehte den Korkenzieher in den weichen Stöpsel und zog ihn begleitet von einem befriedigenden Ploppen hinaus. Dann goss er den Wein, der so dunkel war, dass er schon fast lila wirkte, in die beiden Gläser.

»Auf Charlotte!«, prostete er.

»Auf Charlotte!«, wiederholte Nora und stieß mit ihm an.

In gespannter Erwartung nippten sie an dem Wein.

Der Geschmack von Kirschen und Brombeeren, die in der warmen Mittelmeersonne gereift waren, tanzte über Simons Zunge. Wie Seide glitt der Wein seine Kehle hinunter, und die pfeffrige Note im Abgang verlieh ihm eine vollmundige, kräftige Tiefe.

»Mmh«, seufzte Nora und schloss kurz die Augen, »der schmeckt einfach fantastisch! Deine Eltern mögen ja ihre Fehler haben, aber über ihren Weingeschmack lässt sich definitiv nicht streiten.«

In zufriedenem Schweigen genossen sie ihr Stück Apfelkuchen und nippten dazu immer wieder am Wein. Als sie ihr Dessert aufgegessen hatten, holte Simon ihr Exemplar von *Der Doktor und das liebe Vieh,* aus dem sie sich gegenseitig vorlasen. »So, min Deern«, sagte er im besten Yorkshire-Dialekt, den er zustande brachte. »Soll'n wir 'n büschen weitälesen?«

Nora lachte. »Gern, aber vielleicht sollten wir heute lieber was Weihnachtliches aussuchen. Vielleicht komme ich dann endlich in Festtagsstimmung.« Sie nahm die Flasche Wein und ihre Gläser. »Schauen wir mal, was wir unten so finden.«

»Wenn wir schon mal unten sind, könnten wir gleich ein bisschen dekorieren«, schlug Simon vor.

Nachdem er Merry in ihr Körbchen gesetzt hatte – einen zerschlissenen Sitzsack mit Schottenmuster –, schnappte er sich die Kiste mit dem Weihnachtsschmuck, und sie gingen gemeinsam nach unten. Simon zündete den Kamin an und legte anschließend Weihnachtsmusik auf. Wenig später scholl Mariah Careys Klassiker *All I Want For Christmas Is You* durch den Laden.

»Oh, Charlotte liebt dieses Lied«, sagte Nora und begann mit dem Weinglas in der Hand und auf Socken durch die Buchhandlung zu tanzen. Fröhlich drehte sie sich um sich selbst und nahm einen Schluck Wein. »Das erinnert mich an meine Kindheit. Nach Feierabend sind Mum und ich ständig durch den Laden getanzt.«

Als *Baby, It's Cold Outside* zu spielen anfing, machte Simon eine galante Verbeugung und streckte Nora seine Hand entgegen. »Dürfte ich Sie um diesen Tanz bitten, Madam?«

»Oh, Mr Walden«, entgegnete Nora in ebenso vornehmem Tonfall, »welcher glücklichen Fügung verdanke ich diese Ehre?«

Simon zog Nora an sich, und sie legte ihren Kopf an seine Schulter, während sie sich im Takt der Musik hin und her wiegten. Auf einmal erregte eine Bewegung Simons Aufmerksamkeit, und als er aufsah, entdeckte er eine Gruppe Jugendlicher, die sie lachend durchs Schaufenster beobachteten und mit Pfiffen anfeuerten. Die Jungs waren offensichtlich auf dem Weg ins George, um sich die Kante zu geben.

»Anscheinend tragen wir gerade sehr zur Belustigung der Öffentlichkeit bei«, meinte Nora.

»Ach, die sind doch nur neidisch«, erwiderte Simon grinsend. »Schließlich habe ich mir schon die schönste Frau von Stowford geangelt.«

Nora tänzelte zur Kiste mit dem Weihnachtsschmuck hinüber und zog ein langes Bündel Lametta heraus, das sie sich wie eine Federboa um den Hals hängte. Dann stellte sie sich auf die Zehenspitzen und gab Simon einen Kuss. »Komm, lass uns mit dem Dekorieren anfangen.«

Der Wein und die Musik schienen ihren Zweck zu erfüllen …

Zwischen zwei oder auch mehr Schlucken Châteauneuf-du-Pape drapierten Simon und Nora die Bücherregale mit Lamettagirlanden und hängten Strümpfe an den Kaminsims. Während Simon eine Lichterkette um den Tresen wickelte, stellte Nora einen künstlichen Weihnachtsbaum auf, der früher ihrer Mum gehört hatte. Den schmückten sie gemeinsam, brachten hauchdünne Glaskugeln, kleine, handgemachte Schneemänner, von Nora gestrickte Wichtel und einige Basteleien aus Charlottes Grundschulzeit an den Zweigen an.

»Zu viel?«, fragte Simon, als er den Salzteigengel aufhängte, der so schwer war, dass sich der Ast unter seinem Gewicht bog.

Nora steckte einen goldenen Stern auf die Baumspitze und betrachtete lächelnd ihr Werk. »Genau richtig.«

»Okay, was wollen wir denn lesen?«, wollte Simon wissen.

Während er noch ein Holzscheit nachlegte, durchstöberte Nora die Romanabteilung. Es dauerte nicht lange, und sie hatte einen Stapel Bücher im Arm: von *Betty und ihre Schwestern* bis zu Charles Dickens' *Weihnachtsgeschichte*.

»Wie ich sehe, willst du die ganze Nacht durchlesen«, witzelte Simon.

»Ich kann mich einfach nicht entscheiden«, gestand Nora und

legte die Auswahl auf dem Couchtisch ab. »Es gibt so viele gute Weihnachtsgeschichten.«

»Was ist denn das?«, fragte Simon und nahm eine Kurzgeschichtensammlung von O. Henry ganz oben vom Stapel.

»Oh, in dieser Ausgabe gibt es eine Weihnachtsgeschichte, die ich liebe«, entgegnete Nora. »Ich lese sie dir vor.«

Sie setzten sich zusammen aufs Sofa, und Simon massierte Noras Füße, während sie ihm *Das Geschenk der Weisen* vorlas. In der Geschichte ging es um ein junges Ehepaar, das unbedingt das perfekte Weihnachtsgeschenk für den anderen finden wollte. Um sich eine ausgefallene Kette für die Taschenuhr ihres Mannes leisten zu können, verkauft die junge Frau an Heiligabend ihre lange Haarpracht, ihren ganzen Stolz, an einen Friseur. Am ersten Weihnachtstag stellt sie jedoch fest, dass ihr Mann seine Uhr verkauft hat, um ihr ein Set von juwelenbesetzten Kämmen für ihr langes Haar zu kaufen, das sie nicht mehr hat. Die Liebe dieses Paars füreinander war so stark, dass sie freiwillig ihren kostbarsten Besitz dafür geopfert hatten.

Als Nora die Geschichte zu Ende gelesen hatte, klappte sie das Buch zu.

»Das nenne ich mal eine unerwartete Wendung«, meinte Simon.

»O. Henry wurde ja nicht umsonst als Meister des überraschenden Endes bezeichnet.«

Simon streckte den Arm aus und zog sanft an einer von Noras Locken. »Komm aber nicht auf dumme Gedanken.«

»Ich glaube nicht, dass irgendjemand heute noch viel für meine Haare zahlen würde«, gab Nora zurück und betrachtete stirnrunzelnd eine silberne Strähne im Licht des Feuers.

Mit den Gedanken noch bei der Geschichte blickte Simon auf seine eigene Armbanduhr hinunter. Der klobige Zeitmesser aus der Schweiz war ein Familienerbstück – ein Geschenk seines

Großvaters zu seinem Abschluss in Oxford –, doch für Nora würde er sich sofort davon trennen. Vielleicht konnten sie sich die Dachreparatur leisten, wenn er sie versetzte? Simon konnte nicht glauben, dass er nicht eher darauf gekommen war. Er hatte zwar keine Ahnung, wie viel er für die Uhr bekommen würde, aber sie war antik, also sicherlich einiges wert …

In diesem Moment fiel sein Blick auf einen Bücherstapel, der sich auf dem Tisch mit den preisgekrönten Werken befand. »Ach, übrigens … Ich dachte, wir könnten ein paar Exemplare von *Der Okulist von Leipzig* beim Wettbewerb verschenken – schließlich haben wir genug davon.«

Nora sah ihn finster an. »Das ist hoffentlich ein Scherz. Nach dem Buch sind die Leute wahrscheinlich noch deprimierter.«

»Was schlägst du dann vor?«

Nora dachte einen Moment nach, dann sprang sie so abrupt auf, dass sie fast ihr Weinglas umgestoßen hätte. »Weihnachtsbücher«, rief sie, und ihre Augen leuchteten vor Aufregung. »Wir verschenken Weihnachtsbücher!«

KAPITEL 8

Nora

Nora war sich nicht sicher, ob es an der Geschichte von O. Henry lag oder daran, dass die Buchhandlung mit den blinkenden Lichterketten und den glitzernden Girlanden an den Bücherregalen so weihnachtlich aussah – vielleicht tat auch nur der Wein seine Wirkung, auf jeden Fall war sie endlich in Festtagsstimmung!

Anfangs war sie nicht sonderlich begeistert gewesen, als Simon ihr von der Buchgeschenkaktion erzählt hatte; schließlich waren sie nicht gerade in der Position, Bücher gratis herauszugeben. Doch nachdem sie *Das Geschenk der Weisen* erneut gelesen hatte, war ihr klar geworden, dass sie – auch wenn sie finanziell auf dem Zahnfleisch gingen und Charlotte an Weihnachten nicht nach Hause kommen würde – immer noch wesentlich besser dran waren als viele andere. Sie hatten einander.

Außerdem: Bevor die Gerichtsvollzieher ihnen die Bücher abnahmen, konnten sie lieber welche verschenken.

Nora leerte den Rest ihres Weinglases in einem Zug. »Es gibt doch nichts Herzerwärmenderes als eine gute Weihnachtsgeschichte. Also, wenn wir Leute aufheitern wollen, sollten wir das mit Weihnachtsbüchern tun.«

Die stimmungsvollen Geschichten würden den Leuten hoffentlich etwas Zuversicht schenken – oder wenigstens ein bisschen Ablenkung. Nora wusste selbst nur allzu gut, wie tröstlich Bücher sein konnten. Als bei Penelope Krebs festgestellt worden war, hatte Nora ihre Mutter zu den wöchentlichen Chemotherapie-Terminen begleitet und sich dabei durch die ganze Kollektion historischer Liebesromane von Georgette Heyer hindurchgelesen. Selbst heute noch stieg ihr jedes Mal der antiseptische Geruch des Krankenhauses in die Nase, wenn sie eins der Bücher sah. Doch die Liebesgeschichten aus der Regency-Epoche hatten ihr genau die Fluchtmöglichkeit geboten, die sie damals gebraucht hatte, um die schwere Zeit zu überstehen.

Stopp, rief Nora sich in Gedanken zur Ordnung. Sie würde jetzt nicht über die Vergangenheit nachgrübeln. Stattdessen würde sie sich auf die Gegenwart konzentrieren – und darauf, wie Simon und sie Menschen helfen konnten, die am diesjährigen Weihnachtsfest mit Problemen zu kämpfen hatten.

Sie streckte Simon die Hände entgegen. »Komm, steh auf«, sagte sie und zog ihn hoch.

Er stieß ein protestierendes Wimmern aus. »Och nö, lass mich sitzen. Es ist so bequem hier auf dem Sofa …«

»Wir müssen aber die sechs besten Weihnachtsbücher aller Zeiten heraussuchen. Das dürfte ja nicht so schwer sein, oder?« In gespannter Erwartung rieb sie sich die Hände.

»Na, du hast ja schon mal angefangen.« Simon nahm Dickens' *Weihnachtsgeschichte* vom Stapel, der auf dem Tisch lag. »Das muss auf jeden Fall dabei sein.«

»Ja, damit kann man nichts falsch machen«, pflichtete Nora ihm bei. »Ich muss jedes Mal schniefen, wenn Tiny Tim sagt: ›Gott segne uns Alle und Jeden!‹«

Simon lachte leise, doch seine Augen blickten sie voller Zärtlichkeit an. »Du hast so ein weiches Herz.« Er schenkte ihre Gläser voll und leerte damit die Weinflasche. »Zuerst müssen wir uns noch für die wichtige Aufgabe stärken, die vor uns liegt.«

Nora nahm einen Schluck. Der Wein wärmte ihren Bauch und vertrieb die Sorgen, die seit Monaten wie eine dunkle Wolke über ihr schwebten. »Wenn ich es nicht besser wüsste, würde ich denken, du versuchst, mich ins Bett zu kriegen.«

»Die Nacht ist noch jung«, entgegnete Simon und wackelte vielsagend mit den Augenbrauen.

Nora kicherte. Dann nahm sie Simon an der Hand und führte ihn hinter sich her in die Kinderbuchabteilung. »Lass uns hier anfangen. Da haben wir eine Menge Auswahl.«

Sie blieben vor einem Tisch mit Weihnachtsbüchern und Geschenken zum Füllen der Weihnachtsstrümpfe stehen. Dort lagen *Der Schneemann* von Raymond Briggs, *Der Grinch oder die geklauten Geschenke* von Dr. Seuss, eine wunderschön illustrierte Ausgabe von *Als der Nikolaus kam* und ein Pop-up-Bilderbuch der biblischen Weihnachtsgeschichte.

»Oh … das liebe ich«, sagte Simon und griff nach dem *Schneemann*.

»Weißt du noch, als wir mal mit Charlotte nach London gefahren sind, um uns das Musical anzusehen?«

Simon schmunzelte. »Ich glaube, am besten hat ihr der Leuchtstab gefallen, den wir ihr in der Pause gekauft haben.«

»Und das Schokoladeneis, das sie auf ihrem Kleid verteilt hat.«

Nora nahm sich eine illustrierte Märchensammlung und blätterte sie durch. »Wieso sind eigentlich so viele Märchen rund um Weihnachten angesiedelt?«, fragte sie sich laut. »*Das kleine Mädchen mit den Schwefelhölzern* zum Beispiel …«

»*Der Tannenbaum*«, fügte Simon hinzu.

»Spielt *Der glückliche Prinz* von Oscar Wilde nicht auch an Weihnachten?«

Simon nickte. »Ich glaube, ja.«

»Vermutlich kommt das daher, weil es so einen besonderen Zauber versprüht, den kein anderes Fest des Jahres hat«, überlegte Nora. »An Weihnachten ist irgendwie alles möglich.« Sie blätterte eine Ausgabe des Märchens *Die Wichtelmänner* der Brüder Grimm durch und bewunderte die Illustrationen der winzigen Wichtel, die aus den Lederstücken, die der arme Schuster an

Heiligabend auf seiner Werkbank liegen gelassen hatte, neue Schuhe nähten.

Ich wünschte, bei uns würden auch mal ein paar Wichtel vorbeikommen, dachte Nora und nahm noch einen Schluck Wein. Vielleicht konnten die ja ein bisschen zaubern und den Laden retten. Ach, Mann, sie würde sich sogar mit einem Paar Schuhen zufriedengeben. Es war ewig her, dass sie sich das letzte Mal etwas Neues zum Anziehen gekauft hatte.

Nora legte die Märchensammlung wieder zurück auf den Tisch. Das hier war das echte Leben, kein Märchen. Da konnte sie noch so viele Wünsche abschicken – solange es nicht doch noch irgendwo eine gute Fee gab, würde sie das nicht weiterbringen.

»Ich glaube, *Der König von Narnia* ist mein Lieblingskinderbuch mit Weihnachtsthema«, sagte Simon.

»Oh, meins auch. Als Kind bin ich immer in den Kleiderschrank geklettert und habe versucht, durch die Wand nach Narnia zu kommen.« Nora konnte sich noch an das seidige Gefühl von Penelopes fließenden Hippie-Kleidern an ihren Wangen erinnern, ebenso wie an den moschusartigen Geruch des Patschuli-Parfüms ihrer Mutter, der in den Stoffen hing. Als sie gestorben war, hatte Nora sich wieder in den Schrank gequetscht und schluchzend an den Kleidern gerochen, um den vertrauten Duft einzuatmen.

Sie schloss die Augen und zwang sich, die Welle der Traurigkeit zurückzudrängen, die sie überkam. Nach dem Tod ihrer Mutter hatte ihr noch ein anderes Buch von C. S. Lewis durch die dunklen, einsamen Tage hindurchgeholfen. Zur Beerdigung waren zwar ihre Studienfreunde und diverse entfernte Verwandte gekommen, aber als sie all die Verpflichtungen hinter sich gebracht hatte, war sie plötzlich allein gewesen, und die Trauer hatte sie vollkommen überwältigt. Das Buch *Über die Trauer,* das Lewis über den Verlust seiner Frau geschrieben hatte, brachte Nora durch ihre Einsamkeit und den Schmerz. Lewis hatte genau beschrieben, was sie durchlitt und wie sich die Intensität des Kummers ständig veränderte. Er hatte verstanden, dass Trauer kein linearer Prozess war, auch wenn alle Welt von unterschiedlichen Trauerphasen sprach. Die Verzweiflung konnte einen aus dem Nichts überfallen, das wusste Nora – selbst Monate oder sogar Jahre, nachdem der geliebte Mensch gestorben war. Gerade wenn man dachte, man hätte den Verlust akzeptiert, wollte man plötzlich das Universum anschreien. Und Lewis kannte auch die Angst vor dem Vergessen. Durch *Über die Trauer* hatte Nora verstanden, dass sie ihre Mutter nicht hinterging, wenn sie nach vorn blickte, sondern im Gegenteil ihr Andenken ehrte.

In der Buchhandlung war die Erinnerung an Penelope stets präsent. Doch in diesem Moment war Nora entschlossen, sich auf die glücklichen Zeiten zu konzentrieren. »Mum hat mir *Der König von Narnia* vorgelesen, als ich so ungefähr sieben war, und ich hab's jeden Dezember noch mal gelesen. Wir sollten es definitiv jemandem schenken.«

»Vielleicht sollten wir auch noch türkischen Honig beilegen«, sagte Simon. »Ich hatte immer einen wahnsinnigen Appetit darauf, wenn die Weiße Hexe Edmund damit geködert hat.« Genüsslich leckte er sich über die Lippen. »Ehrlich gesagt könnte ich jetzt auch gut ein Stück türkischen Honig essen …«

Auf einmal überkam Nora ebenfalls Lust auf etwas Süßes. »Warte mal«, sagte sie zu Simon. Dann ging sie ins Hinterzimmer und holte den Erste-Hilfe-Kasten aus der Schreibtischschublade.

Als sie damit zurückkam, fing Simon an zu lachen. »Ich glaube ja nicht, dass Gier nach türkischem Honig als medizinischer Notfall gilt.«

»Na, dann willst du sicher nichts hiervon abhaben.« Nora öffnete den Erste-Hilfe-Kasten und zog eine Tüte Schokolinsen zwischen den Mullbinden, Packungen mit Pflastern und einer uralten Flasche Desinfektionsspray heraus.

Simon lachte erneut. »Du versteckst einen geheimen Vorrat an Süßigkeiten im Erste-Hilfe-Kasten?«

Schuldbewusst dachte Nora an die anderen Geheimnisse, die sie ganz hinten im Aktenschrank in einem unbeschrifteten Ordner aufbewahrte: die unbezahlten Rechnungen und letzten Mahnungen. Doch sie schob diese Gedanken beiseite. »Tja, ich schätze, jetzt ist der Vorrat nicht mehr so geheim.« Sie riss die Tüte auf und bot sie Simon an. »Ich muss mir wohl neue Verstecke ausdenken.« Grinsend steckte sie sich eine Linse in den Mund.

Mit einer Ausgabe von *Der König von Narnia* verließen sie Schokolinsen kauend die Kinderbuchabteilung.

»Herrje, Rotwein und Schokolade – was für eine Kombination! Wahrscheinlich die beste der Welt«, sagte Nora glücklich, während sie sich eine Schokolinse auf der Zunge zergehen ließ.

Vor dem Regal für Liebesromane blieb sie stehen. Die Holzbretter ächzten geradezu unter dem Gewicht all der weihnachtlichen Lovestorys – von Paaren, die sich kennenlernen, als die Heldin auf der Skipiste stolpert, um sich dann an Weihnachten im Schloss des Prinzen von Schneedowien wiederzufinden; oder beim Bürowichteln, wenn der mürrische Chef den Namen der frechen neuen Assistentin zieht und feststellt, dass er doch ein Herz hat. Die folienbeschichteten Cover dieser Bücher funkelten metallisch und sahen so süß und einladend aus wie eine Schachtel Pralinen.

»Ich denke, die lassen wir besser weg.«

»Da kann ich nur zustimmen«, meinte Simon. »Bei denen bekommt man Brechreiz.«

»He, sei nicht so gemein!«, protestierte Nora und stieß ihn strafend in die Seite. »Ich liebe Weihnachtsromances.« Allerdings würde jemand, der oder die Weihnachten allein verbrachte, wahrscheinlich nicht viel Trost in der Geschichte zweier Liebender finden, die unterm Mistelzweig zusammenkamen. Deshalb setzten Simon und sie ihren Weg in die Abteilung für allgemeine Belletristik fort.

»Wie wäre es damit?«, schlug Simon vor und hielt ein Exemplar von Henry James' *Die Drehung der Schraube* hoch.

»Das meinst du nicht ernst, oder?«, fragte Nora. »Wir wollen den Leuten doch helfen und ihnen keine Albträume verschaffen.«

»Ich meine das todernst«, beharrte Simon. »Die Geschichte spielt an Heiligabend. Geistergeschichten gehören zur Weihnachtstradition. Dickens' *Weihnachtsgeschichte* ist schließlich auch eine.«

Doch Nora schüttelte den Kopf. »Damit haben wir ja schon eine und brauchen nicht noch eine. Aber wir könnten vielleicht einen Krimi hinzufügen …«

»Welchen?«, wollte Simon wissen.

»Natürlich Sherlock Holmes' Weihnachtsfall, mein lieber Walden«, entgegnete Nora und nahm *Der blaue Karfunkel* von Arthur Conan Doyle aus dem Regal. »Vorsicht, Spoiler-Alarm: Der Edelstein ist im Kropf der Weihnachtsgans versteckt.«

»Völliger Quatsch. Eine Gans hat gar keinen Kropf«, wehrte Simon ab. »Hühner und Truthähne ja, aber Gänse nicht.«

Nora verdrehte die Augen. War ja klar, dass ihr Mann sich mit dem Verdauungssystem von Geflügel auskannte. Bestimmt hatte er mal eine Frage dazu in seinem Pub-Quiz gestellt. »So was weißt auch nur du.«

»Ich und jeder gute Metzger«, erwiderte Simon. »Apropos: Wir sollten bald unsere Bestellung für das Weihnachtsessen bei Nigel aufgeben. Sollen wir dieses Jahr zur Abwechslung mal eine Gans machen?«

»Wir beide schaffen niemals einen ganzen Vogel«, sagte Nora.

»Du vielleicht nicht«, konterte Simon. »Aber ich bin mir sicher, wir finden Rezepte für die Verwendung der Reste. Gänsepastete … Gänsesandwiches … Gänserisotto …«

»Na schön.« Nora hob resigniert die Hände. »Ich bestelle eine Gans bei Nigel.« Die lästige Stimme in ihrem Kopf, die ihr sagte, dass Bohnen auf Toast in Anbetracht ihres Kontostands vermutlich passender wären, ignorierte sie. Simon liebte Weihnachten. Wenn dies ihr letztes Weihnachten im Laden sein würde, sollte es ein ganz besonderes Fest werden. Nora ging zum Schaufenster und blickte zur Metzgerei auf der anderen Seite der mittlerweile stillen Hauptstraße hinüber. Vielleicht konnte sie Nigel Kennedy ja in Büchern bezahlen. Er war ein großer Fan von Tom Clancy, das wusste sie.

Simon gesellte sich zu ihr ans Fenster und legte den Arm um ihre Schulter. »›In der Nacht vor dem Christfest, da regte im Haus sich niemand und nichts, nicht mal eine Maus.‹«

»Ach komm.« Lächelnd sah Nora ihn an. »Das können wir besser.« Sie zog ihn in die Lyrikabteilung, die sicher ihr Lieblingsbereich im ganzen Laden war. »Es gibt so viele gute Gedichte über Weihnachten. W. H. Audens *Weihnachtsoratorium* zum Beispiel oder *Auf den Morgen der Geburt Christi* von John Milton … Oh, und ich habe schon immer *Liebe kam zur Weihnacht* von Christina Rossetti geliebt …«

»Ja, aber das ultimative Weihnachtsgedicht ist das hier«, verkündete Simon und nahm *Eines Kindes Weihnacht in Wales* aus dem Regal. »Dylan Thomas beschreibt quasi das Weihnachtsfest, von dem ich als Kind geträumt habe, das ich allerdings nie hatte: mit Schnee, Kaminfeuer und jeder Menge Spaß.«

»Meine Mum hatte mal eine Schallplatte mit einer Aufnahme, auf der er das Gedicht selbst liest«, erzählte Nora und schaute das Buch durch, das mit wunderschönen Illustrationen von Edward Ardizzone bebildert war. »Ich habe dann immer die Augen geschlossen und so getan, als wäre er mein Dad.«

»Ich weiß ja nicht, ob du Dylan Thomas wirklich gern als Vater gehabt hättest«, sagte Simon. »Der war ein ziemlicher Trinker.«

Nora dachte selten an den Vater, den sie nie kennengelernt hatte. Soweit es sie betraf, war er tot. Als Kind hatte sie ihre Mum jedoch mit Fragen nach ihm ausgequetscht. Aber Penelope hatte nicht einmal seinen Nachnamen gekannt, nur gewusst, dass er Schlagzeuger war. Sie hatte sich nicht einmal mehr an den Namen der Band erinnern können, in der er gespielt hatte. Nora hatte die Informationen auf jeder Plattenhülle durchforstet, die sie gekauft hatte, um zu sehen, ob einer der Schlagzeuger, die auf dem Album zu hören waren, Neil hieß. Gleichzeitig hatte sie sich immer vorgestellt, dass er eines Tages in der Buchhandlung auftauchen und seine lange Abwesenheit mit Amnesie oder Schiffbruch erklären würde – irgendwas, das auch aus einem Theaterstück von Shakespeare hätte stam…

»Shakespeare!«, rief Nora unvermittelt und schnipste mit den Fingern.

»Was ist mit ihm?«, fragte Simon.

»Wir sollten ein Stück von ihm in die Auswahl mit aufnehmen. Schließlich befinden wir uns hier im Shakespeare-Land.«

Stratford-upon-Avon lag weniger als eine Stunde von Stowford entfernt, und Simon und sie gingen mehrmals im Jahr zu den Aufführungen der Royal Shakespeare Company. Simon liebte natürlich die historischen Stücke, doch Nora gefielen die Komödien besser. Im Laden hatten sie die Werke immer im Bestand, da viele der Touristen, die in die Cotswolds kamen, auf den Spuren Shakespeares unterwegs waren.

»Wie wäre es mit dem *Wintermärchen?*«, überlegte Simon. »Das ist zwar nicht unbedingt weihnachtlich, aber zumindest hat es einen winterlichen Titel.«

»Nee, das ist mir ein bisschen zu wirr«, sagte Nora. »Wie wäre es mit *Was ihr wollt?* Das ist witzig, und Shakespeare hat es als Unterhaltung zum Abschluss der Weihnachtssaison geschrieben.«

»›Einige werden hoch geboren, einige erwerben Hoheit, und einigen wird sie zugeworfen‹«, zitierte Simon.

Nora fand eine Ausgabe von *Was ihr wollt* und legte sie auf den Stapel in Simons Armen.

»Und anderen werden nur Bücher zugeworfen«, kommentierte Simon seufzend. Er blickte auf den Stapel hinunter. »Das sind fünf – wir brauchen also nur noch eins.«

»Moment«, sagte Nora, bevor sie wieder in die Belletristik-Abteilung abtauchte. War es wohl unter V … oder unter D eingeordnet? Sie fuhr mit dem Finger über die Buchrücken, bis sie schließlich fand, was sie gesucht hatte: einen dünnen Band, geschrieben von Philip Van Doren Stern.

»*The Greatest Gift*«, las Simon stirnrunzelnd vor. »Das kenne ich gar nicht.«

»Oh, das ist so schön!«, schwärmte Nora. »Es geht um einen Mann, der darüber nachdenkt, sich an Heiligabend umzubringen. Dann trifft er einen Fremden und sagt ihm, er wünschte, er wäre nie geboren worden. Der Fremde macht seinen Wunsch wahr, und als der Mann wieder in die Stadt zurückgeht, stellt er fest, dass die Menschen, die er liebt, ohne ihn viel schlechter dran wären …«

»Das kommt mir irgendwie bekannt vor«, murmelte Simon.

Grinsend sah Nora ihn an. »Das könnte daran liegen, dass es die Vorlage zu *Ist das Leben nicht schön?* ist!«

Eine ihrer Weihnachtstraditionen war es, jeden Abend zwischen Weihnachten und Neujahr Popcorn zu machen und Filme zu gucken. Simons Lieblingsfilm war *Stirb langsam,* während Charlotte ganze Dialoge von *Buddy – der Weihnachtself* auswendig aufsagen konnte. Nora dagegen konnte sich jedes Jahr *Meet Me in St. Louis* anschauen (wobei einige einwenden würden – und es auch taten –, dass das streng genommen kein Weihnachtsfilm war). Was sie jedoch alle drei liebten, war *Ist das Leben nicht schön?*. Der brachte sie alle zum Weinen!

»Das ist ein bisschen so wie die Geschichte, die wir heute Abend gelesen haben«, sagte Nora. »Der Mann, den James Stewart spielt – im Buch heißt der George Pratt –, hat seine Träume für die Menschen geopfert, die er liebt.«

»Und was ist das Geschenk, das im Titel vorkommt?«, erkundigte sich Simon.

»Das Leben natürlich«, entgegnete Nora.

Simon blickte auf seine Uhr. »Ich habe den Einsendeschluss für die Nominierungen auf Mitternacht festgelegt. Kannst du noch ein bisschen wach bleiben?«

Nora nickte. Ihren toten Punkt hatte sie bereits überschritten und bekam gerade neuen Schwung. »Klar. Glaubst du, wir kriegen viele Mails?«

»Tja, das werden wir bald wissen. Ich hab's auf all unseren Social-Media-Accounts gepostet – und in der Stowford-Gruppe. Was wollen wir solange machen?«

»Wir könnten die Bücher einpacken.«

Gemeinsam umrundeten sie den Tresen, wo Nora sechs Blatt Geschenkpapier von der Rolle abriss, die langsam zur Neige ging. *Noch was, das ich bestellen muss,* dachte sie und fügte auf ihre gedankliche Liste neben Holz und Weihnachtsgans noch Geschenkpapier hinzu. Das würde sie alles mit Kreditkarte bezahlen müssen.

»Ich packe ein, du klebst«, wies sie Simon an.

Bei der Zusammenarbeit fielen sie schnell in einen angenehmen Rhythmus, der darin bestand, dass Simon Nora bereits mit Klebestreifen versorgte, bevor sie überhaupt darum bitten musste. Wenig später sahen die Bücher in ihrem goldenen Papier sehr festlich aus. Allerdings gab es nun ein Problem: Sie waren nicht mehr zu unterscheiden.

»Jetzt wissen wir gar nicht, welches Buch in welchem Päckchen ist«, merkte Nora an und stemmte die Hände in die Hüften.

»Na ja, ich habe ja nicht geschrieben, welche Bücher wir verschenken.«

»Stimmt.« Alle sechs ausgewählten Bücher waren aufmunternd und unterhaltsam, da war es doch eigentlich nicht wichtig, wer welches bekam, oder?

Genau in diesem Moment begannen die Glocken der St.-Stephen's-Kirche zu läuten.

»Es ist Mitternacht!«, sagte Nora und klammerte sich aufgeregt an Simons Arm. »Lass uns unsere Mails checken!«

KAPITEL 9

Nora

Simon und Nora beeilten sich, ins Hinterzimmer zu kommen, wo Nora sich an den Schreibtisch setzte. Während sie die Maus hin- und herbewegte, um den Computer aufzuwecken, öffnete Simon die Schreibtischschubladen und kramte darin herum.

»Was suchst du denn?«, fragte Nora und bemühte sich, die Panik in ihrer Stimme zu unterdrücken. Was, wenn er die Rechnungen fand, die sie versteckt hatte?

»Ich will nur sehen, ob du noch mehr Süßigkeiten hier drinnen aufbewahrst.«

»Nein«, sagte Nora und lenkte ihn mit den letzten Schokolinsen ab.

Simon zog einen zweiten Stuhl an den Tisch und loggte sich mit wenigen Klicks in den Twitter-Account des Ladens ein.

Überrascht sog Nora die Luft ein und deutete auf das Icon, das aussah wie ein Briefumschlag. »Schau mal, so viele Nachrichten!« Ihr Herz klopfte vor lauter Aufregung, als sie die erste Mail anklickte – von einem Absender, den sie nicht kannte:

Einer meiner Schüler hat jemanden verloren, der ihm sehr nahestand, und macht gerade eine schlimme Zeit durch.

Die nächste Nachricht las Simon laut vor:

»›Mein guter Freund ist alleinerziehend und hat vor Kurzem seinen Job verloren. Ich habe das Gefühl, dass es ihm ziemlich mies geht.‹«

»Ach, der Arme«, sagte Nora mitfühlend.

Obwohl es schon so spät war, lasen sie jede einzelne Nachricht, die sie bekommen hatten. Viele waren so herzzerreißend, dass Nora Tränen in die Augen traten.

Meine Tochter hat sich gerade von ihrem Partner getrennt. Jetzt glaubt sie, dass sie für immer allein bleiben wird.

* * *

Mein Nachbar leidet unter Angstattacken und traut sich nicht mehr aus dem Haus.

* * *

Mein Kollege ist weit weg von zu Hause und hat schlimmes Heimweh.

Ihr Posteingang war voll mit Nominierungen von Lehrern, die sich Gedanken um ihre Schüler machten; Kindern, die besorgt um ihre Eltern waren (und umgekehrt); Eheleuten, deren Partner Probleme hatten; oder Kollegen und Freunden. Und Nora glaubte nicht, dass dies nur an den kostenlosen Büchern lag – wobei natürlich jeder gern etwas umsonst bekam.

Ich bin etwas deprimiert, aber ein Gratisexemplar von Stephen Kings neuem Roman würde mich sehr aufmuntern.

»Netter Versuch, Schlaumeier«, sagte Simon grinsend.

Abgesehen von ein paar dreisten Anfragen waren die meisten Nachrichten ernst gemeint und einige davon richtig besorgniserregend.

Ich glaube, mein Dad hat Selbstmordgedanken, aber er will nicht über seine Gefühle sprechen.

»Mir war gar nicht klar, dass hier so viele einsame und unglückliche Menschen leben«, gab Simon zu.

»Na ja, woher auch?«, entgegnete Nora. »Das ist nicht gerade ein Thema, über das die Leute gern reden.« Sie musste an Kath denken, der es so unangenehm gewesen war, Bücher über Depressionen zu kaufen.

Auch wenn inzwischen einige mutige Stars offen über ihre Angststörungen oder ihren Kampf gegen Depressionen gesprochen hatten, war es für »normale« Menschen – besonders für ältere Leute – immer noch ziemlich schwer, über ihre Probleme zu reden, vor allem, wenn es um psychische Krankheiten ging. Manche hatten einfach niemanden, an den sie sich damit wenden konnten. Deshalb machten sie einfach weiter und ließen sich nichts anmerken, obwohl sie ihr Leben kaum bewältigen konnten.

Nora ging es da nicht anders. Wenn die Leute sie fragten, wie es ihr ging, sagte sie ihnen nicht die Wahrheit: *Charlotte fehlt mir so sehr, dass es wehtut, und wir stecken in ernsten finanziellen Schwierigkeiten.* Nein, sie war gut gelaunt wie immer und tat so, als wäre alles super. *Oh, der Laden hält uns auf Trab, und Charlotte genießt ihre Weltreise.*

Was keine Lügen waren. Aber es war die rosarot gefärbte Version der Wahrheit, so wie die Filter, die Charlotte über die Fotos legte, die sie bei Instagram postete.

»Ich wünschte, wir könnten jedem dieser Menschen ein Buch schenken«, sagte Nora. »Sie brauchen alle eine Aufmunterung. Wie sollen wir denn bloß sechs von ihnen auswählen?«

»Wir müssen wohl Lose ziehen«, überlegte Simon.

Nachdem sie die Nachrichten auf all ihren Social-Media-

Accounts gecheckt hatten, nahm Simon einen Notizblock vom Schreibtisch und schrieb den Namen und die Adresse von jedem der Nominierten auf einzelne Zettel, während Nora ihre gestrickte Beanie vom Haken neben der Hintertür holte. Dann falteten sie die Zettel zusammen und warfen sie in die Mütze.

Während Simon die provisorische Losbox schüttelte, um die Namen zu mischen, stieß Nora einen Seufzer aus. »Ich fühle mich trotzdem schlecht gegenüber den Leuten, die kein Buch bekommen.«

»Na, wenigstens haben sie alle jemanden, dem sie wichtig genug waren, dass sie oder er sie nominiert hat. Das heißt, keiner von ihnen ist völlig allein.«

Simon hatte recht, dennoch machte Nora sich Sorgen. Nach außen hin wirkte Stowford sehr idyllisch, aber hinter den schönen Fassaden der Cottages versteckten sich offensichtlich mehr traurige Geheimnisse, als ihr bewusst gewesen war. Sie hatte sich immer bemüht, die Buchhandlung zu einem gemütlichen Ort zu machen, an dem jeder willkommen war, der sich allein fühlte und reden wollte. Wenn sie den Laden jedoch schließen mussten, würde diese Unterstützung wegfallen. Sie musste unbedingt einen Weg finden, das Geschäft zu retten, auch wenn das schier unmöglich zu sein schien.

Arnold hatte ihr geraten, nie die Hoffnung aufzugeben, also beschloss sie, sich mit all ihrer Kraft an das letzte Fünkchen Zuversicht zu klammern, das sie noch hatte.

»Okay, Ladys first«, sagte Simon und hielt Nora die Mütze hin.

In ihren Fingerspitzen kribbelte es vor gespannter Erwartung, als sie die Hand in die Losbox steckte und ein wenig darin herumwühlte. Dann holte sie einen Zettel heraus und entfaltete ihn. Der Name, der darauf stand, war *Mateo Ajose.*

»Ungewöhnlicher Name«, sagte Nora, während sie Simon das Blatt Papier zeigte.

»Er ist Amerikaner«, erklärte Simon. »Du kennst ihn – das ist der junge Mann, der im George arbeitet.«

Ach ja, dachte Nora. Sie wusste, wen er meinte: einen attraktiven Mann mit braunen Locken, sonnengebräunter Haut und einem Lächeln, das perfekte Zähne zum Vorschein brachte – in seiner Jugend hatte er sicherlich eine Zahnspange getragen. Aufgrund seines guten Aussehens konnte man ihn kaum übersehen, wobei Nora sich noch nie länger mit ihm unterhalten hatte.

Abwechselnd zogen sie jeder drei Namen aus der Mütze. Als Nora an der Reihe war, den letzten Nominierten zu ziehen, zögerte sie. »Ich habe beschlossen zu mogeln«, verkündete sie. »Ich weiß, wir wollten die Namen zufällig auswählen, aber ich möchte unbedingt Olwyn Powell ein Buch schenken. Sie war heute im Laden und wirkte so niedergeschlagen. Sie hat gesagt, dass ihr die Kinder wahnsinnig fehlen. Jemand, der so viel für andere getan hat, sollte sich nicht einsam fühlen.«

»Lass uns doch auch eine Einladung zu unserer Weihnachtsfeier in jedes Päckchen legen«, schlug Simon vor. »Mit einem Buch kann man sich zwar gut die Zeit vertreiben, aber ich glaube, unseren Beschenkten würde ein bisschen menschliche Gesellschaft auch ganz guttun.«

Sie legten je ein Buch und eine Einladung in einen gepolsterten Briefumschlug und machten sich dann daran, sie zu adressieren.

Auf das erste Kuvert schrieb Nora Olwyns Namen. Die Adresse brauchte sie gar nicht erst zu notieren – sie wusste auch so, wo die pensionierte Lehrerin wohnte. Danach nahm sie sich den nächsten Namen vor: Sampriti Patel. War das die Tochter der Apotheker? Sie konnte sich nicht mehr daran erinnern, wie die jüngste hieß. Prompt verschrieb sie sich, musste den Namen durchstreichen und von Neuem beginnen. »Das hier sieht aus, als hätte ein betrunkener Seemann es geschrieben«, meinte sie lachend.

»Tja, ich will ja nichts sagen, aber …«

»He!«, rief Nora in gespielter Entrüstung und stupste ihren Mann mit der Hüfte an. »Ich bin nicht betrunken. Nur … beschwipst.«

»Ja, rede dir das ruhig ein«, entgegnete Simon grinsend.

Als sie alle Umschläge adressiert hatten, stand Simon auf. »Zeit, ins Bett zu gehen«, verkündete er.

»Ich bin aber gar nicht müde.« Nora war noch so aufgedreht von all den Nachrichten, die sie bekommen hatten. Außerdem konnte sie es gar nicht abwarten, die Bücher auszuliefern. Wäre es nicht so dunkel draußen, würde sie gleich jetzt losgehen!

»Wer hat denn was von schlafen gesagt …« Bedeutungsvoll blickte Simon sie an und hob die Augenbrauen. Dann nahm er Noras Hand und führte sie nach oben.

* * *

Nora wurde davon geweckt, dass ihr jemand durchs Gesicht leckte. Entweder hatte Simon den furchtbarsten morgendlichen Mundgeruch der Welt, oder Merry wollte sie zum Aufstehen bewegen.

»Nein!«, protestierte sie und zog sich ihr Kopfkissen übers Gesicht, um sich vor den feuchten Guten-Morgen-Küssen der Hündin zu schützen.

Doch Merry zog das Kissen einfach weg und stieß ein fiepsendes Bellen aus, sodass Nora von einer weiteren Welle aus Hundeatem getroffen wurde.

»Okay, okay, ich stehe ja schon auf«, ergab sie sich. Automatisch tastete sie nach ihrem Handy, das auf dem Nachttisch lag, und checkte ihre Nachrichten. Ihr Magen zog sich zusammen, als sie sah, dass mehrere Anrufe auf ihre Mailbox von der »unbekannten« Nummer eingegangen waren, die sie gestern bereits angerufen hatte. Sie brauchte die Nachrichten gar nicht abzuhören –

sie wusste auch so, worum es ging. Stattdessen scrollte sie weiter nach unten.

Keine Neuigkeiten von Charlotte.

Enttäuscht stieß Nora einen Seufzer aus, dann setzte sie sich auf und quälte sich aus dem Bett. Nachdem sie in ihre Pantoffeln geschlüpft war, schlurfte sie zum Fenster hinüber und zog die Vorhänge auf.

»Ui.« Sofort kniff sie die Augen zusammen und beschattete sie mit der Hand. Nach den vielen Tagen, an denen es ständig geregnet hatte, war die Sonne nun mit all ihrer Kraft zurückgekehrt, und die dicke weiße Schicht aus Raureif, die auf den Dächern und Wiesen in der Ferne lag, glitzerte in ihrem Licht.

In Noras Kopf begann es zu hämmern, und auf einmal nahm sie den schrecklichen Geschmack in ihrem Mund wahr. Sie hatte das dumpfe Gefühl, dass ihr Atem sogar noch schlimmer roch als der von Merry. Als sie die Hand über Mund und Nase legte und in die Wölbung hineinatmete, wurde ihr Verdacht bestätigt.

Sie zog sich ihren Morgenmantel über und schlurfte weiter ins Bad. Während sie sich die Zähne putzte, betrachtete sie blinzelnd ihr Spiegelbild. Ihre Augen waren ganz verquollen und blutunterlaufen, ihre Haare sahen aus wie die der Medusa, und ihr Gesicht war leichenblass.

Kein besonders schöner Anblick.

Na, wenigstens musste sie heute nicht arbeiten. Sonntags blieb die Buchhandlung geschlossen – so war es immer schon gewesen. Nora war mit einer *Bastel dir deine eigene Religion*-Mentalität aufgewachsen. Penelope hatte verschiedene Formen von Spiritualität ausprobiert, sich mal am Buddhismus versucht (lange bevor irgendjemand etwas von Achtsamkeitsmeditation gehört hatte), dann hatte sie Nora zu einem Quäker-Gottesdienst mitgenommen (der so lange gedauert hatte, dass sie eingeschlafen war) und sich kurzzeitig der Kabbala zugewandt (noch bevor Madonna daraus einen Trend gemacht hatte). Den Weihnachtsgottesdienst in St. Stephen's hatten sie jedoch immer zusammen besucht. Sie hatten beide die pompöse Orgelmusik, die strahlenden Bonbonfarben der Buntglasfenster und den würzigen Weihrauchduft geliebt. Die einzige andere christliche Tradition, der Penelope mit ebensolcher Begeisterung folgte, war, dass man am Sonntag ruhen sollte.

Einige Läden auf der Hauptstraße machten auch sonntags auf, doch Nora und Simon hatten ihren freien Tag immer dazu genutzt, Zeit mit Charlotte zu verbringen: Spaziergänge durch die Natur zu unternehmen, Brettspiele zu spielen oder einfach nur auf dem Sofa abzuhängen und einen Film zu schauen. *Vielleicht hätten wir sonntags öffnen sollen …*

Nein, das hätte sie unterm Strich auch nicht aus dem Minus herausgeholt. Außerdem waren sie beide erschöpft, nachdem sie bereits sechs lange Tage im Laden gearbeitet hatten. Selbst Gott hatte am siebten Tag eine Pause gebraucht.

Nora betrat genau in dem Moment die Küche, als Simon die Treppen heraufgesprungen kam, fröhlich pfeifend und mit der Sonntagszeitung unterm Arm.

»Kein Pfeifen, bitte«, sagte sie stöhnend.

»Oh, hat da jemand einen Kater?« Grinsend warf Simon die Zeitung auf den Küchentisch und gab Nora einen Kuss.

»Kaffee?«

Statt einer Antwort gab Nora bloß ein Knurren von sich und zuckte zusammen, als Simon in der Küche herumzuklappern begann. Das heisere Gurgeln des Wasserkochers, das Klirren, als Simon die Kaffeebecher auf der Arbeitsplatte abstellte, und das metallische Klackern der Teelöffel – all diese Geräusche kamen ihr geradezu schmerzhaft laut vor. Es war, als würden die Perkussionisten eines ganzen Orchesters ihre Instrumente in der Küche aufbauen.

»Danke«, murmelte Nora, als Simon eine dampfende Tasse Kaffee vor ihr abstellte.

»Und was zum Runterspülen«, sagte er und gab ihr zwei Schmerztabletten.

Nach ein paar Schlucken Kaffee ließ Noras Kopfweh langsam nach. »Wieso geht's dir eigentlich so gut?«

»Jahrelange Übung«, entgegnete Simon schmunzelnd.

In Wahrheit tranken sie beide nicht viel. Simon beschränkte sich normalerweise auf ein bis zwei Bier an den Quizabenden im George, und Nora hatte als Studentin zwar reichlich dem Alkohol gefrönt – durchzechte Nächte und Abtanzen zu Indie-Rockmusik im Haus der Studentenvertretung –, aber mittlerweile trank sie meist nicht mehr als ein Glas Wein beim Abendessen. Das Hämmern in ihrem Kopf erinnerte sie gerade an den Grund dafür.

»Ich weiß, was du brauchst«, verkündete Simon und schnitt ihr ein dickes Stück vom restlichen Apfelkuchen ab. »Was Süßes.«

Nora drehte sich der Magen um. »Ich weiß nicht, ob ich heute Morgen überhaupt was essen kann.«

»Ach, komm – einen Bissen«, versuchte Simon sie zu überzeugen. »Danach geht's dir gleich besser.«

Widerwillig biss Nora ein Stück von dem Kuchen ab. »Gesundes Frühstück«, sagte sie trocken und nahm noch einen Happen.

»Wie wär's mit 'nem Katerbier nachher?«, schlug Simon vor. »Wir könnten ins George gehen und dort die Zeitung lesen.«

»Ich glaube, ich widme mich lieber dem Hund als dem Kater«, sagte Nora und streichelte Merry, die neben ihrem Stuhl saß, in der Hoffnung, dass Nora ihr etwas von ihrem Frühstück abgeben würde. »Merry muss raus – und ich könnte auch ein bisschen Bewegung vertragen.«

Simon öffnete die *Sunday Times* und teilte ihre Lieblingsrubriken auf: Kultur, Essen und Reisen für Nora; Meinungen und Sport für sich. Wirtschaft und Finanzen interessierten sie beide nicht, höchstens als Anzünder für den Kamin.

Während Nora ihren Kaffee trank, gab Simon beim Lesen der Meinungsseite laute missbilligende Geräusche von sich.

»Was ist denn?«, fragte Nora schließlich.

»Ach, nur die Kolumne von David Langdon«, erwiderte Simon und senkte die Zeitung. Nora schaute herüber, und ihr Blick fiel auf das Gesicht ihres lokalen Parlamentsabgeordneten, das ihr von einem Foto entgegengrinste. Wenn man den Klatschkolumnen Glauben schenkte, wurde dieses Lächeln äußerst effektiv dazu eingesetzt, Praktikantinnen und politische Assistentinnen zu verführen – so wie diejenige, für die Langdon seine Frau verlassen hatte.

»Was hat er denn diese Woche?«

»Er brüstet sich mit dem neuen Handelsabkommen unserer Regierung mit China.« Abwertend schüttelte Simon den Kopf. »Meint, das würde die Wirtschaft ankurbeln. Schade, dass er sich nicht genauso für das Wirtschaftswachstum in seinem Wahlkreis interessiert.«

David Langdon war zwar Dauergast im Fernsehen und versprühte seinen Charme in sämtlichen Polit-Talkshows, aber persönlich hatte Nora ihn erst ein einziges Mal gesehen: vor Jahren beim Jubiläumsfest der Grundschule. Damals hatte er ein Band durchgeschnitten, diverse Hände geschüttelt und sich anschließend aus dem Staub gemacht – sehr zum Leidwesen der ganzen Mütter, die darauf gehofft hatten, dass der attraktive Politiker als Juror beim Backwettbewerb fungieren würde. Eine Weile war Langdon sogar als nächster Premierminister gehandelt worden, hatte jedoch dann eine schmerzliche Niederlage im Streit um den Regierungsposten erlitten. Und wenn Nora so darüber nachdachte, hatte sie ihn in letzter Zeit relativ selten im Fernsehen gesehen – wahrscheinlich war er mit seiner neuesten Eroberung beschäftigt.

Während Simon den Sportteil durchging, schlug Nora mit einem mulmigen Gefühl die globalen Nachrichten auf. Seit Charlotte auf Weltreise war, jagte ihr das Lesen der Nachrichten mehr Angst ein als ein Horrorroman. Schnell überflog sie die Schlagzeilen, immer auf der Suche nach Berichten aus Asien. *Demonstration in Taiwan niedergeschlagen … Terroranschlag in Kambodscha … Taifun über den Philippinen …*

»Oh nein!«, rief sie entsetzt. »In Bangladesch gab es ein Erdbeben. Hoffentlich ist Charlotte nichts passiert.«

»Sicher nicht. Bei unserem letzten Telefonat war sie weit weg von Bangladesch.«

Mühsam versuchte Nora, die Bilder von Charlotte, die unter einem Trümmerhaufen begraben lag, aus ihrem Kopf zu drängen. Sie musste sich dringend ablenken, mit irgendetwas Positivem. »Weißt du was, ich liefere die Weihnachtsbücher aus, wenn ich mit Merry Gassi gehe.«

»Sehr gut, Frau Weihnachtsmann«, sagte Simon. »Aber geh vorsichtig – auf den Straßen ist es bestimmt glatt.«

»Ja, *Dad*«, zog Nora ihn auf. Doch sie wusste, warum Simon sich Sorgen machte – immerhin war eine von Alice' jungen Aushilfen im Copper Kettle auf dem Nachhauseweg von einem Auto überfahren worden. »Was hast du vor?«

»Ich wollte zum Schrottplatz fahren und schauen, ob ich ein paar Dachziegel finde. Ich dachte, ich versuche mal, das Dach selbst zu reparieren.«

»Hältst du das wirklich für eine gute Idee?« Simon war nicht gerade handwerklich begabt. Als er ihr kurz nach ihrer Hochzeit beim Streichen der Wohnung geholfen hatte, hatte er genauso viel Farbe auf sich verteilt wie auf die Wände, weshalb Nora auch nie vorgeschlagen hatte, sie neu zu streichen. Und das letzte Mal, als er sich als Handwerker versuchte, hatte er in Charlottes Zimmer ein Bücherbord angebracht, das in der Nacht heruntergekracht war und ihre schlafende Tochter nur um Haaresbreite verfehlt hatte.

Simon trat leicht mit der Fußspitze gegen den Plastikeimer, der neben dem Sofa stand. »Irgendwas muss ich ja machen, es sei denn, das hier ist ein neuer Einrichtungstrend, von dem ich nichts weiß?«

Nach einem kurzen Zwischenstopp unter der Dusche zog Nora sich an und hüllte sich in einen dicken Wollpullover (natürlich eine Eigenkreation).

»Gassi!«, rief sie dann und hielt Merrys Leine hoch.

Sofort kam die Hündin mit wedelndem Schwanz angesprungen und tanzte aufgeregt um Noras Beine herum.

»Ruhig, ruhig«, sagte Nora lachend. Merry wurde langsam alt, doch wenn sie Leckerli bekam oder nach draußen durfte, bewegte sie sich erstaunlich schnell.

Mit der Hündin dicht auf den Fersen stieg Nora die Treppe in den Laden hinunter, wo sie die sechs Überraschungspakete behutsam in einen Beutel legte, auf dem »Heute trage ich Bücher« stand. Anschließend schlüpfte sie in ihre Gummistiefel, setzte ihre Beanie auf und hängte sich die Tasche über die Schulter, bevor sie nach draußen trat. Sie atmete tief ein. Die frische, kalte Winterluft klärte den Nebel in ihrem Kopf besser als der Kaffee und die Schmerztabletten.

Begleitet von kleinen Wölkchen, die ihr Atem vor ihrem Mund bildete, überquerte Nora die Straße, um das erste Päckchen abzugeben: bei Mateo im Pub. Da das George noch nicht geöffnet hatte, ging sie durch das schmale Gässchen zum Hintereingang. Merry stieß ein hoffnungsvolles Jaulen aus, als der Geruch von gebratenem Fleisch aus dem Küchenfenster des Pubs zu ihr herüberwehte. Doch Nora schob nur das Päckchen durch den Briefkastenschlitz und machte sich dann auf den Weg zurück zur Hauptstraße.

Heute war der Marktplatz abgesehen vom Weihnachtsbaum leer, und die einzigen Menschen außer ihr waren ebenfalls Hundebesitzer, die ihre Tiere Gassi führten. Nora widerstand dem Drang, im kleinen Supermarkt an der Ecke vorbeizuschauen, um ihren »Notvorrat« an Schokolade aufzufüllen, den sie gestern Nacht geplündert hatten. *Heute wird sich gesund ernährt,* beschloss sie. Wobei Apfelkuchen zum Frühstück nicht unbedingt der beste Beginn dafür gewesen war …

Die Schaufenster, an denen Nora und Merry während ihres Spaziergangs vorbeikamen, waren alle mit Kunstschnee an den Scheiben weihnachtlich geschmückt. Im Antiquitätengeschäft Attic Treasures hatte man die übliche Spielzeugeisenbahn aufgebaut, die um ein Miniaturdorf herumtuckerte, das unter einer Decke aus Watteschnee begraben lag. Als kleines Kind war Charlotte vollkommen fasziniert von dem Zug gewesen und hatte stundenlang ihre Nase gegen das Schaufenster gepresst, während Nora ungeduldig von einem Fuß auf den anderen getreten war, um sich warm zu halten. *Hätte ich nur gewusst, wie schnell die Zeit verfliegen würde …* Es kam ihr vor, als hätte sie erst gestern hier gestanden und die winzige, in einem Fäustling steckende Hand ihrer Tochter gehalten.

Als Nora an Seb Fox' Immobilienbüro vorbeiging, fiel ihr Blick auf eine Anzeige, die mit einem großen roten *Verkauft*-Stempel versehen war. Es handelte sich um ein recht schlichtes Cottage, doch der dafür angesetzte Kaufpreis ließ Nora den Atem stocken. An einem Morgen wie heute konnte sie gut verstehen, warum die Leute unbedingt nach Stowford ziehen wollten. Überzogen mit einer Raureifdecke, die in der Sonne glitzerte, wirkte die Hauptstraße wie ein Postkartenidyll. Nora konnte sich ohnehin nicht vorstellen, irgendwo anders zu leben.

Wirst du aber vielleicht müssen, sagte sie sich innerlich und musste an die Nachrichten auf ihrer Mailbox denken, die sie so geflissentlich ignoriert hatte.

Sie blickte auf die andere Straßenseite zur Bank hinüber und beschloss in diesem Moment, mit Hugh Wright über eine Verlängerung ihres Kredits oder eine andere Finanzierungsform zu sprechen. Auch wenn es auf ihrem Konto gerade ziemlich trostlos aussah, musste es doch irgendeine Lösung geben. Die Bank würde sicher nicht wollen, dass ein alteingesessenes Geschäft zumachen musste. Für den Ort wäre es auch nicht gut, seine einzige Buchhandlung zu verlieren, und im näheren Umkreis gab es keinen weiteren unabhängigen Buchladen.

Die nächste Adresse auf ihrer Lieferliste kannte Nora nicht, nach einer kurzen Suche auf ihrem Smartphone wusste sie allerdings, dass sich das Haus direkt hinter der Brücke befand, wo die Straße von einer Reihe von Cottages gesäumt wurde. Während sie auf das richtige Gebäude zuging, dröhnten laute Fernsehgeräusche aus dem Fenster des vorderen Wohnzimmers – offenbar schaute jemand Cartoons. Nora schob das Päckchen durch den Schlitz in der Haustür und hörte, wie es auf der anderen Seite mit einem dumpfen Knall auf dem Boden aufkam.

»Dad«, rief die Stimme eines kleinen Mädchens, »die Post ist da!«

»Aber heute ist Sonntag«, antwortete eine Männerstimme.

Die Vorhänge hinterm Frontfenster bewegten sich, und Nora, die nicht gesehen werden wollte, eilte schnell davon.

Zusammen mit Merry setzte sie ihre Tour fort, mit dem Unterschied, dass ihre Tasche nun etwas leichter geworden war. Die Hauptstraße endete am Kriegsdenkmal, das auf einer kleinen Insel stand und an dessen Sockel ein verwelkter Mohnblumenkranz lehnte. Auf der anderen Seite der Kreuzung befand sich eine kleine Kirche mit einem beeindruckenden Buntglasfenster und einem quadratischen Glockenturm. St. Stephen's war das älteste Gebäude in Stowford, das bereits im Mittelalter erbaut worden war, wobei Nora nicht wusste, in welchem Jahrhundert (Daten waren Simons Spezialität, nicht ihre). Durch das Portal war Orgelmusik zu hören, der Zehn-Uhr-Gottesdienst hatte gerade begonnen. Summend zur Melodie des Kirchenlieds schlenderte Nora am Pfarrhaus und dem angrenzenden Friedhof vorbei, auf dem ihre Mum begraben lag. Ein Stück weiter, vor dem vertrauten Schultor, blieb sie stehen.

Nach außen hin schien sich das viktorianische Backsteingebäude überhaupt nicht verändert zu haben, seit Nora dort zur Schule gegangen war. Natürlich wusste sie, dass man die Kreidetafeln inzwischen durch Whiteboards ersetzt hatte, doch wenn sie an Elternabenden und Schulveranstaltungen teilgenommen und auf den viel zu kleinen Plastikstühlen in der Aula gesessen hatte, brauchte Nora nur die Augen zu schließen, und der Geruch von Bohnerwachs, Bastelkleber und zu lange gekochtem Gemüse hatte sie direkt in ihre Schulzeit zurückkatapultiert.

Während sie den Blick über den Schulhof gleiten ließ und die aufgemalten Hüpfkästchen auf dem weichen Gummiboden betrachtete (noch so etwas, das sich verändert hatte – für die auf dem harten Asphalt aufgeschürften Knie hatte sich jedes Kind eine Tapferkeitsmedaille verdient), dachte Nora an all die Nachmittage, an denen sie hier mit Merry auf Charlotte gewartet hatte, um sie dann mit einer Umarmung und einem Snack zu begrüßen. Nora lächelte in sich hinein, als sie sich daran erinnerte, wie ihre Tochter im Latzkleid aus der Schule gerannt kam, die Socken bis zu den Knöcheln heruntergerollt, das Haar halb aus dem Pferdeschwanz hängend, während sie das neueste zusammengestückelte Kunstwerk in der Hand hielt.

Merry gab ein trauriges Fiepen von sich. »Ich weiß, meine Süße«, sagte Nora und tätschelte ihr den Kopf. »Dir fehlt sie auch.«

Eigentlich war Merry Charlottes Hündin. Als sie in die Schule gekommen war und festgestellt hatte, dass die meisten ihrer

Klassenkameraden Geschwister hatten, wollte sie unbedingt auch einen Bruder oder eine Schwester. Da das nicht möglich war, hatten Simon und Nora stattdessen Merry geholt, als Charlotte acht gewesen war. Von dem Moment an, als sie Merry am Weihnachtsmorgen unterm Baum gefunden hatte, mit einer roten Schleife um den flauschigen weißen Hals, waren Charlotte und ihre Hündin unzertrennlich gewesen. Nora holte ihr Handy aus der Tasche, machte ein Foto von Merry und schickte es Charlotte zusammen mit der Nachricht:

Hier vermisst dich jemand. xxx

Dann zog sie sanft an Merrys Leine und ging weiter zum Cottage, in dem Olwyn Powell wohnte, nicht weit von der Schule entfernt. Vorne neben der Haustür saßen zwei Katzen im Fenster und starrten sie durch die Scheibe an. Nora marschierte den Pfad hoch, diesmal ohne sich um Deckung zu bemühen, weil sie wusste, dass Olwyn, die Sopran im Chor sang, um diese Zeit in der Kirche war. Mit einem anerkennenden Blick auf den hübschen Kranz aus Stechpalmen- und Kiefernzweigen, der an der Tür hing, warf Nora das dritte Päckchen ein.

Die Hälfte war geschafft.

Fast wünschte sie, sich hinter den Büschen verstecken und durchs Fenster beobachten zu können, wie Olwyn reagierte, wenn sie nach Hause kam und ihre Post entdeckte. Nora hatte das Schenken immer genauso viel Freude gemacht – oder sogar noch mehr –, wie selbst beschenkt zu werden. Aber sie wollte nicht wegen Spannens verhaftet werden, und außerdem musste sie noch drei weitere Bücher ausliefern.

Ihr nächstes Ziel war eine ruhige Sackgasse in einer Neubausiedlung am Rand des Dorfs. Simons Ansicht nach verschandelten die modernen Stadthäuser die Gegend, doch Nora fand sie ganz schick. *Und bei denen tropft es nicht durchs Dach,* dachte sie und fragte sich, ob Simon auf dem Schrottplatz wohl schon fündig geworden war.

Neugierig schlenderte sie auf das Haus zu, wo sie das Päckchen abgeben sollte. Der Vorgarten sah ziemlich verwahrlost aus, und im Gegensatz zu den anderen Häusern in der Straße gab es hier keine Lichterketten oder andere Weihnachtsdekorationen. In diesem Moment wurde die Haustür geöffnet, und ein rothaariger Teenager kam heraus, der trotz der Kälte nur mit einem Hoodie bekleidet war. »Ich fahre weg!«, rief er und knallte die Tür hinter sich zu. Dann setzte er seine Kapuze auf, nahm sein Fahrrad, das achtlos auf dem ungemähten Rasen lag, und radelte mit finsterer Miene an Nora vorbei.

War das etwa Harry Swann, der Empfänger des Päckchens in ihrer Hand?

Nora schlich sich auf Zehenspitzen den Pfad hinauf, warf das Paket durch den Briefschlitz und hastete davon. Zufällig befand sich das nächste Haus in derselben Siedlung, nur wenige Straßen entfernt. Dessen Vorgarten war allerdings sehr gepflegt, die Büsche waren geschnitten, und auf dem Rasen saß ein aufblasbarer Schneemann. Merry zog an ihrer Leine, und ihr Näschen zuckte, während sie dem Geruch folgte, der aus dem Haus kam. Jemand kochte ein Curry, und bei dessen Duft lief auch Nora das Wasser im Mund zusammen.

Vielleicht koche ich heute ein Gemüse-Curry zum Mittagessen, überlegte sie, während sie das Buch einwarf.

Das letzte Paket gab ihr ein kleines Rätsel auf.

Sie hatte lediglich eine Adresse, keinen Namen. Vermutlich lebte der- oder diejenige allein. Der Weg zum Yew Tree Manor führte durch eine schmale Landstraße, und Nora erfreute sich an dem Zwitschern der Vögel, das zu beiden Seiten aus den Hecken ertönte. Der einzige Verkehr in dieser Gegend bestand aus einem

Traktor, der langsam an ihnen vorbeizuckelte, einem Reiter auf einem morgendlichen Ausritt und einem Jogger. Wenn Nora sich nicht täuschte, handelte es sich bei dem Frühsportler um den gut aussehenden Amerikaner, der im Pub arbeitete: Mateo Ajose. Lächelnd blickte sie ihm hinterher und dachte an die Überraschung, die ihn nach seiner Laufrunde zu Hause erwartete.

Yew Tree Manor – das Herrenhaus, das Noras nächstes Ziel war – lag versteckt hinter Bäumen und Hecken. Hätte es nicht ein Schild mit dem Namen des Anwesens und dem Hinweis *Privatbesitz – Betreten verboten!* gegeben, wäre sie direkt daran vorbeigelaufen. Ohne die Warnung zu beachten, ging Nora die lange, gewundene Einfahrt hinauf. Ihre Schritte knirschten laut auf dem Kies.

So viel zum Thema Deckung …

Am Ende des Wegs parkte ein neuer Mercedes mit getönten Scheiben vor einer eleganten georgianischen Villa, flankiert von kunstvoll geschnittenen Eibenhecken – daher auch der Name Yew Tree Manor. An den Mauern des stattlichen Hauses schlängelten sich Efeuranken nach oben, und die Tür wurde von griechisch anmutenden Säulen eingerahmt. Die Vorhänge hinter den hohen Fenstern waren alle zugezogen.

Hier will offensichtlich jemand nicht gestört werden.

Halb damit rechnend, dass eine Alarmanlage losgehen würde, warf Nora das Päckchen durch den Briefschlitz und beeilte sich dann, wieder zu verschwinden.

Auf dem Rückweg beschloss sie, eine Abkürzung über eins von Doug Jenkins' brachliegenden Feldern zu nehmen, und kletterte über einen Zauntritt auf die andere Seite, wo sie Merry von der Leine ließ. Die Hündin schoss sofort davon, um zwei kastanienbraune Stuten anzukläffen, die am Ende der Wiese standen. Die beiden Pferde schauten nur kurz auf, bevor sie weitergrasten, vollkommen unbeeindruckt von dem kleinen Hund.

Während Nora auf den Ort zuspazierte – immer in Richtung des Kirchturms, der in der Ferne aufragte –, fielen ihr die Stechpalmenbüsche auf, die am Rand des Feldes wuchsen. Sie musste an Olwyns Kranz denken, der so schön weihnachtlich ausgesehen hatte, und beschloss, ein paar Zweige zu sammeln, um den Laden damit zu dekorieren.

Sie nahm einen Ast mit, der auf dem Boden lag und dessen scharlachrote Beeren einen leuchtenden Kontrast zu den glänzenden dunkelgrünen Blättern bildeten. »Au, verdammt!«, fluchte sie, als die Dornen an einem der Blätter sie in die Hand piksten. Während Nora den Tropfen Blut aufsaugte, der an ihrem Finger herunterlief, versuchte sie, sich an die Bauernregel mit den Beeren und dem Winter zu erinnern. Bedeuteten viele Beeren, dass es ein kalter Winter werden würde? Oder ein milder Winter? Sie würde Simon fragen, wenn sie nach Hause kam – solche Dinge wusste er.

Als sie das Ende der Wiese erreichte, stieß sie einen Pfiff aus, und Merry kam sofort angerannt, hechelnd und voller Matsch. »Du brauchst ein Bad«, befand Nora und strich der Hündin über die Ohren, »und ich brauche dringend eine Tasse Tee.«

Während sie durch die Hauptstraße zurückspazierten, entdeckte Nora eine Frau mit hennagefärbtem Haar, die gerade die Markise über dem Copper Kettle ausfuhr. Anscheinend hatte Alice den ganzen Morgen über geschuftet, denn in den Schaufenstern befanden sich mittlerweile köstlich aussehende Kuchen, Scones und Muffins, die sie kunstvoll auf Porzellan-Etageren angerichtet hatte.

»Hübsche Gebäckstücke«, zog Nora ihre Freundin auf. »Selbst gemacht?«

Alice drehte sich um und grinste. »Sehr witzig.« In diesem Moment fiel ihr Blick auf die Zweige in Noras Hand, und sie riss entsetzt die Augen auf. »Oh nein, Nora! Mit denen lasse ich dich nicht hier rein. Es bringt Unglück, wenn man Stechpalmen vor Heiligabend ins Haus holt.«

Nora musste kichern. »Keine Sorge, ich wollte gar nicht reinkommen. Merry hat sich im Matsch gesuhlt.«

»Ich meine es ernst: Nimm die Zweige nicht mit ins Haus, Nora.«

Doch für den Aberglauben ihrer Freundin hatte Nora nur ein Augenrollen übrig. Alice glaubte auch an die Kraft von Kristallen, Traumfängern und allem möglichen anderen Esoterikzeug. »Ich denke, ich werde das Risiko eingehen«, gab sie zurück.

Merry und sie setzten den Weg durch die Hauptstraße bis zur Buchhandlung fort, und gleich nachdem sie den Laden betreten hatten, verteilte Nora die Stechpalmenzweige auf dem Kaminsims. Bewundernd betrachtete sie die blutroten Beeren, die wie Rubine glänzten.

»Wunderschön«, sagte sie mit einem zufriedenen Nicken. Alice' Warnung war doch bloß dummes Altweibergeschwätz. Außerdem steckten sie bis zum Hals in Schulden und ihr Dach war so löchrig wie ein Sieb – schlimmer konnte es ohnehin nicht mehr kommen.

KAPITEL 10

Olwyn

Während die letzten Takte des Schlussliedes aus den Orgelpfeifen dröhnten, sangen Olwyn und der Rest des Kirchenchores: »Freut euch, freut euch, der Herr ist nah. Freut euch und singt Halleluja.« Das war eins von Olwyns Lieblingsweihnachtsliedern, und so ließ sie ihre Stimme voller Glückseligkeit erschallen. Sie liebte es, wenn die Kirche weihnachtlich dekoriert war, mit Adventssternen rund um die Kanzel, einer Krippe vor dem Altar und Kieferngirlanden, die sich um die Säulen wanden. Von ihrer Position im vorderen Teil der Kirche aus ließ Olwyn ihren Blick über die Gemeinde schweifen. Sie hatte so lange in der Grundschule St. Stephen's gearbeitet, dass sie sogar noch viele Kinder ihrer ehemaligen Schülerinnen und Schüler unterrichtet hatte. Während sie die Menschen in den Holzbänken betrachtete, sah sie einige bekannte Kindergesichter.

Jamie Griffiths, zum Beispiel, streckte gerade seinem Bruder Travis die Zunge heraus, um ihn zum Lachen zu bringen, bis Liz, seine Mum, ihm etwas ins Ohr raunte. Danach verhielt Jamie sich ruhig, allerdings nur für einen kurzen Moment. Die Familie wohnte noch nicht lange im Ort, doch Olwyn hatte Jamie als Josef beim Krippenspiel besetzt. Der Junge war der geborene Schauspieler.

Jessica Jenkins, die bei ihren Eltern und den drei jüngeren Geschwistern saß, war über die Weihnachtsferien von der Uni nach Hause gekommen. Wenn Olwyn sich nicht täuschte, glitzerte an ihrer Nase ein silberner Stift. Jessicas Eltern, Doug und Sandra

Jenkins – die Olwyn ebenfalls beide unterrichtet hatte –, betrieben den größten Bauernhof im Ort.

Olwyns Blick glitt zu einer leeren Bank weiter hinten hinüber, in der früher jeden Sonntagmorgen die Familie Swann ihren Platz gehabt hatte – die Mutter und die zwei Kinder mit dem auffällig roten Haar.

Was für eine Tragödie.

Manche Menschen fanden nach dem Tod eines Angehörigen Trost in ihrem Glauben, während andere sich davon abwandten und sich fragten, warum ein vermeintlich gütiger Gott etwas so Schreckliches zuließ. Anscheinend gehörte Familie Swann zu den Letzteren – zumindest hatte Olwyn sie seit Emmas Beerdigung nicht mehr in der Kirche gesehen. Sie konnte es ihnen nicht einmal verübeln. Sich vorzustellen, dass Emma, die sie ebenfalls in der Grundschule unterrichtet hatte, nicht mehr da war, fiel selbst ihr schwer.

Nach dem Gottesdienst stieß Olwyn zum Rest der Gemeinde dazu, die sich im Pfarrhaus zu Keksen und viel zu schwachem Kaffee aus einem klobigen Edelstahlspender versammelt hatten.

»Wunderschöne Predigt, Pam«, sagte sie zu der Pfarrerin, während sie einen Vanillekeks in ihren Kaffee tunkte.

»Danke, Olwyn.« Die Pfarrerin lächelte. »Wie geht es mit den Proben voran?«

»Sehr gut.« Olwyn organisierte das jährliche Weihnachtskonzert – eine Mischung aus Musik, Weihnachtsgeschichten und dem Krippenspiel, das von Kindern aus der Grundschule dargestellt wurde. »Ich habe David Langdon eingeladen, aber bisher habe ich noch keine Rückmeldung aus seinem Büro erhalten.« Genau genommen lud sie den Abgeordneten jedes Jahr ein, doch er war noch nie da gewesen.

»Das wäre auch ein Weihnachtswunder, wenn er tatsächlich

käme«, sagte die Pfarrerin schmunzelnd und wandte sich dann ab, um ein anderes Gemeindemitglied zu begrüßen.

Als Olwyn sah, dass Liz, die Mutter von Travis und Jamie, ganz allein mit ihrer Tasse Kaffee dastand, ging sie lächelnd zu ihr hinüber. »Und? Wie gefällt es Ihnen in Stowford?« Sie lehnte sich näher heran und senkte die Stimme. »Abgesehen von dem furchtbaren Kaffee?«

Liz erwiderte das Lächeln. »Danke, gut, Miss Powell. Ich hoffe, Jamie macht keinen Blödsinn bei den Proben.«

Olwyn blickte zu ihrem Hauptdarsteller herüber, der gerade versuchte, einen riesigen Schokoladenkeks auf einmal in seinen Mund zu stopfen. »Er ist auf jeden Fall ein lebhafter Kerl.«

»Vielen Dank, dass Sie ihm diese Chance geben. Er hat einige Probleme in der Schule, deshalb ist es schön, dass er mal positive Aufmerksamkeit bekommt.«

Für Olwyn waren alle Kinder etwas Besonderes, jedes auf seine ganz eigene Weise. Zum Lehrerberuf gehörte es dazu, die Talente eines Kindes zu entdecken und diese dann zu fördern. »Er macht das richtig gut«, entgegnete Olwyn. »Und Travis ist ein toller Hirte.«

»Oje«, seufzte Liz, als Jamie sich einen weiteren Keks in den Mund schieben wollte. »Ich gehe besser mal zu ihm, bevor er erstickt.«

»Miss Powell!«, rief Jessica Jenkins und zog Olwyn in eine Umarmung.

»Hallo, Jessica. Was macht das Studium?« Olwyn erinnerte sich dunkel daran, dass Jessica an einer Uni irgendwo im Norden war. Wie sich herausstellte, studierte sie Chemie in Durham.

»Wenn Sie nicht schon in der Grundschule so tolle Experimente mit uns gemacht hätten«, sagte sie, »hätte ich mich wahrscheinlich gar nicht für Chemie entschieden.«

Olwyn strahlte. Es war immer schön zu hören, dass sie mit

ihrer Arbeit etwas bewirkt hatte. Der Lehrerberuf war ziemlich herausfordernd und im Laufe der Jahre dank der unerreichbaren Ziele und Budgetkürzungen, die ihnen das Bildungsministerium vorgab, immer anstrengender geworden. Aber Komplimente wie das von Jessica machten all das wieder wett.

Olwyn unterhielt sich noch mit anderen Freunden aus der Gemeinde, und nachdem sich alle verabschiedet hatten – um im Pub zu Mittag zu essen, sich Fußballspiele anzuschauen, die Hausaufgaben zu machen oder anderen Sonntagsaktivitäten nachzugehen –, half sie beim Aufräumen, das im Wesentlichen daraus bestand, die Kaffeekanne auszuspülen und die Tassen und Teelöffel abzuwaschen.

»Vielen Dank, Olwyn«, sagte die Pfarrerin, als Olwyn den letzten Becher abtrocknete. »Ich weiß nicht, was wir ohne Sie tun würden. Den Rest kann ich allein machen, Sie haben sicher noch anderes zu tun.«

»Ach, das ist wirklich kein Problem«, entgegnete Olwyn und zog sich nur zögernd ihren Wintermantel über. Daran hing eine Brosche in Form eines Rentiers, dessen Nase zu blinken begann, wenn man daraufdrückte. Die Kinder in der Schule hatten sie geliebt.

Die Wahrheit sah leider so aus, dass sie nichts anderes zu tun hatte.

Auf ihrer Verabschiedung in den Ruhestand letzten Juli hatte jeder angenommen, dass sie froh sei, nicht mehr unterrichten zu müssen; vor allem, da sie schon weit über ihr Rentenalter hinaus gearbeitet hatte. Sie hatte immer behauptet, die Schule habe Probleme, neues Personal zu finden, doch in Wirklichkeit hätte sie ihren Beruf gern bis in alle Ewigkeit ausgeübt, wenn das möglich gewesen wäre.

»Du freust dich sicher, endlich hier wegzukommen«, hatten ihre Kolleginnen und Kollegen gesagt.

Kein frühes Aufstehen mehr.

Keine Klassenarbeiten mehr zu korrigieren und keine Beurteilungen mehr zu schreiben.

Keine Probleme mehr mit schwierigen Kindern (und ihren noch schwierigeren Eltern).

Aber Olwyn vermisste das alles – selbst die schlechten Seiten.

»Jetzt kannst du reisen«, hatten ihre Kollegen gesagt, »und gärtnern. Und du hast endlich ein bisschen Zeit für dich.«

Zeit für sich? Olwyn wusste ja nicht einmal mehr, wer sie war. Ihr Beruf war ihr Leben gewesen. Ohne ihn war sie … nichts.

Bereits als kleines Mädchen hatte sie gewusst, dass sie Lehrerin werden wollte, hatte ihre jüngere Schwester (und ihre Kuscheltiere) immer gezwungen, Schule zu spielen und ihren Unterricht über sich ergehen zu lassen. Obwohl sie nie geheiratet hatte, war Olwyn nie einsam gewesen, weil ihre Arbeit so erfüllend war. Sie hatte nie eigene Kinder gehabt, dafür hatte sie jedes einzelne aus ihren Klassen ins Herz geschlossen – selbst die herausfordernden, so wie Jamie. Es war so bereichernd, wenn man endlich zu einem Kind durchdrang und sah, wie das Interesse an einem Thema in seinen Augen aufflackerte. Doch ihr fehlten nicht nur die Kinder, sondern auch der Sinn, den das Unterrichten ihrem Leben gegeben hatte.

Als Olwyn den Weg von der Kirche bis zu ihrem Cottage entlangstapfte, hatte sie keine Ahnung, was sie mit dem Rest des Tages anfangen sollte – von ihrem Leben ganz zu schweigen. Das Einzige, was zu Hause auf sie wartete, war ein Fertiggericht für eine Person. Sie bog in den Pfad zu ihrer Haustür ein. Ihre Hecken waren perfekt geschnitten, nicht ein einziges Blatt stach heraus. So gepflegt hatte ihr Garten noch nie ausgesehen, aber irgendwann war die Arbeit getan, vor allem zu dieser Jahreszeit.

Während Olwyn die Haustür aufschloss, erfreute sie sich einen

Moment am Anblick des Kranzes, den sie aus verschiedenen Zweigen aus ihrem Garten gebunden hatte. Dann wurde sie auch bereits schnurrend von ihren Katzen begrüßt, die beim Eintreten die Köpfe an ihren Beinen rieben. »Hallo, Tommy«, sagte sie zu dem roten Kater. »Hallo, Tuppence«, begrüßte sie die Schildpattkatze. Nachdem Olwyn ihre anfänglichen Vorbehalte aufgegeben hatte – sie hatte nicht dem Klischee einer alten Jungfer mit Katzen entsprechen wollen –, hatte sie die zwei von einem Schüler adoptiert, dessen Hofkatze geworfen hatte. Olwyn hatte die beiden nach ihren Lieblingsdetektiven von Agatha Christie benannt und war inzwischen so vernarrt in sie, dass es ihr schon fast peinlich war. Als sie in die Hocke ging, um die zwei zu streicheln, bemerkte sie ein Päckchen auf dem Boden.

Sie hob es auf und betrachtete die Handschrift auf dem wattierten Umschlag. Ihren Namen hatte der Absender ziemlich hastig daraufgekritzelt (ihre Schüler hätte sie für so eine unordentliche Schrift gerügt). Auf dem Päckchen klebten keine Briefmarken, und da heute Sonntag war, musste es jemand extra vorbeigebracht haben.

Olwyn öffnete erneut die Tür und entdeckte eine Spur aus matschigen Pfotenabdrücken auf ihrem Weg, die zu groß waren, um von Tommy oder Tuppence zu stammen. Wer auch immer das geheimnisvolle Päckchen bei ihr eingeworfen hatte, schien einen Hund zu haben.

Hmmm … Verquerer und verquerer!

Nachdem Olwyn wieder hineingegangen war, öffnete sie den gepolsterten Umschlag und zog ein in Geschenkpapier eingepacktes Päckchen heraus. *Oooh! Das fühlt sich an wie ein Buch.* Neugierig riss sie das Papier auf und brachte eine Ausgabe von *Der blaue Karfunkel* zum Vorschein.

Es gab keinen Absender, doch in dem Buch klemmte eine Einladung zu einer Weihnachtsfeier im Stowford Bookshop. Sofern sie nicht langsam senil wurde (was nun, mit siebzig, durchaus sein konnte), hatte sie das Buch nicht bestellt. Also musste es ein Geschenk sein.

Wie nett, dachte Olwyn, *von wem auch immer es kommt.*

Zumal sie Krimis liebte! Es war zwar schon ewig her, dass sie ein *Sherlock Holmes*-Buch gelesen hatte, aber sie hatte immer eine Schwäche für den Pfeife rauchenden, Kokain schnupfenden, Violine spielenden Detektiv gehabt. Sie wünschte, sie könnte ihn jetzt engagieren, um herauszufinden, bei wem sie sich für das Buch bedanken konnte. Da Sherlock aber nun einmal nicht da war, machte sie es sich in ihrem Lieblingssessel bequem – mit Tommy auf dem Schoß und Tuppence oben auf der Lehne – und begann zu lesen.

Will

»Dad!«, rief Adam über das Dröhnen des Fernsehers im Wohnzimmer hinweg. »Julia hat mich gekniffen.«

Will stöhnte und rollte sich im Bett herum. Ein Blick auf seinen Wecker sagte ihm, dass es schon nach zehn war. Nicht, dass er geschlafen hätte. Er war noch vor dem Morgengrauen aufgewacht und hatte nicht mehr einschlafen können, weil all die sorgenvollen Gedanken durch seinen Kopf gekreist waren, immer und immer wieder wie in einer Endlosschleife. Welch Ironie: Zum ersten Mal in seinem Erwachsenenleben konnte er ausschlafen, doch stattdessen bekam er jetzt weniger Schlaf als je zuvor.

Julia kam ins Schlafzimmer gestürmt und hockte sich im Schneidersitz auf sein Bett. »Daddy, es war nur noch eine Portion

Schokoflocken da, und Adam hat alles aufgegessen, obwohl er weiß, dass ich Cornflakes hasse.«

Ihr Zwillingsbruder kam nun ebenfalls ins Schlafzimmer. Das blonde Haar stand ihm zu allen Seiten hin ab, und um den Mund herum hatte er Schokoladenflecken. »Die Cornflakes aus dem Supermarkt schmecken eklig«, sagte er. »Und außerdem bin ich älter.«

»Zwei Minuten!«, gab Julia zurück und warf ihrem Bruder einen finsteren Blick aus ihren blauen Augen zu, halb verdeckt durch ihren struppigen blonden Pony.

Ich muss ihr wirklich bald mal die Haare schneiden. Beim letzten Mal hatte er Julia den Pony zu kurz geschnitten, und sie hatte sich beschwert, dass alle anderen Mädchen aus ihrer Klasse zum Friseur gehen durften. Aber als er einen Termin im Salon auf der Hauptstraße buchen wollte, hatte er mit Entsetzen festgestellt, wie teuer ein Haarschnitt für Damen war. Solange er keinen neuen Job hatte, würde Julia ihren Pony also entweder wachsen lassen oder mit ihm als Friseur vorliebnehmen müssen.

Vielleicht sollte ich Haareschneiden in meinen Lebenslauf aufnehmen … Er brauchte dringend etwas, das ihn von anderen Bewerbern abhob, die nicht alleinerziehender Vater von sechsjährigen Zwillingen waren. Mittlerweile war er bereits seit drei Monaten auf Jobsuche und hatte bisher erst zwei Vorstellungsgespräche gehabt – beide für Stellen, für die er definitiv überqualifiziert war. Was ihm allerdings auch nichts gebracht hatte, da er keinen der Jobs bekommen hatte.

Es war nicht einmal so, dass er zu wählerisch war – in dieser abgelegenen Ecke der Cotswolds gab es einfach zu wenige Angebote. Einige seiner Freunde hatten ihm den Rat gegeben, doch in eine größere Stadt zu ziehen – Cirencester oder Gloucester zum Beispiel, wo es mehr Stellen gab –, aber die Zwillinge liebten ihre Grundschule, und seine Mum lebte hier im Ort in einem Pflegeheim. Er konnte seine Familie nicht entwurzeln und irgendwo anders ganz neu anfangen.

Als sein Chef ihn vor einigen Monaten in sein Büro rief, hatte Will in seiner Naivität gedacht, er würde zum stellvertretenden Geschäftsführer befördert werden – eine Position, für die er sich schon länger interessiert hatte. Er war seit seinem Schulabschluss bei der Fleischfabrik Jamison am Rand von Stowford beschäftigt und hatte sich vom Fließband bis zum Leiter der Qualitätskontrolle hochgearbeitet. So lange dort zu bleiben hatte er nie vorgehabt. Im Gegenteil: Als Kind hatte er davon geträumt, Profifußballer zu werden. Doch obwohl die Herstellung von Würstchen im Schlafrock und Chipolatas nicht gerade die Premier League waren, hatte Will tatsächlich das Gefühl, Teil eines Teams zu sein. Seine Kollegen waren freundlich, Mr Jamison war ein fairer Arbeitgeber, und Will war stolz darauf, dass er seinen Job gut machte und auch dann ruhig blieb, wenn es in der Produktion einmal hektisch zuging. Als die Zwillinge in die Schule kamen, waren die flexiblen Arbeitszeiten und die kurze Anfahrt praktisch gewesen. Die Kinder bekamen ihr Frühstück in der Schule, und er machte um fünfzehn Uhr Feierabend, gerade pünktlich, um sie abzuholen.

Aber anstatt ihn in die Geschäftsführung zu holen, hatte man Wills Stelle gestrichen.

»Wir haben eine Consulting-Firma hinzugezogen, und die haben uns geraten, einige der nicht so profitablen Produktionsbereiche zu schließen«, hatte ihm Mr Jamison bedauernd erklärt. »Ich lasse Sie wirklich nur ungern gehen, Will, aber wir können uns gerade so über Wasser halten. Es gibt einfach immer mehr Vegetarier …«

Inzwischen gehörte Will selbst zu den Vegetariern, allerdings nicht aus freier Entscheidung. Fleisch war teuer, deshalb ernährte er sich hauptsächlich von gebackenen Bohnen.

»Wie wär's mit Toast?« Will schob die Bettdecke von sich, und der leicht säuerliche Geruch erinnerte ihn daran, dass er dringend waschen musste. Er stand auf und machte sich auf die Suche nach einer sauberen Jeans. *Montag mache ich die Wäsche – dann habe ich wenigstens was zu tun.* Ohne die Struktur, die einem die Arbeit vorgab, zogen sich die Stunden, in denen die Kinder in der Schule waren, endlos hin. Er hatte nichts zu tun, außer im Internet nach Stellenanzeigen zu suchen und fernzusehen. Da er sich schämte, tagsüber im Dorf herumzulaufen, während er eigentlich in der Arbeit sein sollte, blieb er im Haus, mied andere Menschen und kam sich vor wie der letzte Loser.

Mit der Kündigung hatte er nicht nur sein Einkommen verloren – es fühlte sich auch so an, als hätte man ihm die Eier abgeschnitten. Nicht, dass er die derzeit gebraucht hätte …

Müde ging Will in die Küche, steckte zwei Scheiben Weißbrot in den Toaster und kochte sich einen Tee.

»Können wir heute irgendwas Schönes machen?«, fragte Julia.

»Ja«, pflichtete Adam seiner Schwester bei. »Bowlen oder ins Spieleland.«

»Oder ins Kino«, ergänzte Julia.

»Und so einen schönen Tag drinnen verbringen?« Will blickte aus dem Küchenfenster in die Sonne hinaus. Wegen des Regens waren die Kinder seit Tagen im Haus eingesperrt gewesen, und sie konnten alle ein bisschen frische Luft vertragen. Natürlich war das Wetter nicht der einzige Grund für seinen Vorschlag: Kinokarten und Indoor-Spielplätze kosteten Geld, und Wills Abfindung war nahezu aufgebraucht. »Was haltet ihr von einem Besuch bei Grandma?«

Die Zwillinge stöhnten.

»Die denkt immer, ich bin ihre kleine Schwester«, maulte Julia.

»Und mich nennt sie immer Will«, sagte Adam.

»Aber ein bisschen Gesellschaft tut ihr gut«, erklärte Will. »Wir müssen ja nicht so lange bleiben.«

Seine Mutter war an Demenz erkrankt. An schlechten Tagen erkannte sie nicht einmal mehr ihren eigenen Sohn. Er hatte sich zu Hause um sie gekümmert, solange es ging, doch vor zwei Jahren hatte sie den Herd angelassen, als er auf der Arbeit war, und dabei fast das Cottage abgebrannt. Nach diesem Vorfall hatte Will sich eingestehen müssen, dass er Hilfe brauchte. Er war dem Personal im Pflegeheim sehr dankbar und besuchte seine Mum regelmäßig.

»Wir könnten danach eine heiße Schokolade trinken, wenn wir wieder hier sind.«

»Mit Marshmallows?«, verhandelte Adam.

Will nickte, in der Hoffnung, dass im Schrank noch welche waren.

Während Julia auf ihrem Toast mit Erdnussbutter herumkaute – in Dreiecke geschnitten, so wie sie es mochte –, verkündete sie: »Wir müssen morgen unsere Kostüme für das Krippenspiel mit zur Schule bringen.«

»Wir spielen dieses Jahr die Hirten«, ergänzte Adam.

Will stieß ein Stöhnen aus. Insgeheim hegte er die Theorie, dass Grundschullehrer solche Aufgaben nur erfanden, um die Eltern zu quälen. Erst letztes Wochenende hatten sie zwei Wikingerschiffe aus dem Inhalt ihrer Recyclingtonne als Hausaufgabe basteln müssen. Adams und Julias Kreationen hatten ausgesehen, als könnten sie nicht mal die Badewanne durchsegeln, ohne unterzugehen – von der Nordsee ganz zu schweigen. Und vor dem Welttag des Buches graute es Will wie anderen Leuten vor dem Zahnarzt. Letztes Jahr hatte Julia unbedingt als Peitschende Weide aus den *Harry Potter*-Büchern gehen wollen. An solchen Tagen wünschte Will, er hätte eine Partnerin – idealerweise eine, die geschickt in Handarbeiten war.

Oksanna, die Mutter der Zwillinge, war seine Kollegin in der Fabrik gewesen – eine hübsche Ukrainerin, die am Fließband gearbeitet hatte. Sie hatten sich ab und zu privat getroffen – nach Feierabend mit den anderen Kollegen im Pub und zu ähnlichen Gelegenheiten. Als Oksanna ihm eröffnet hatte, dass sie schwanger war, hatte Will zunächst geschockt reagiert – doch seine Überraschung war schnell der Begeisterung gewichen. Er hatte Kinder schon immer geliebt, und der Gedanke, eine Familie zu gründen, solange er noch genügend Energie dafür hatte, gefiel ihm. Zwar kannten Oksanna und er sich nicht besonders gut, aber Will war entschlossen, zum Wohle des Kindes – oder eher: der Kinder, wie sich beim 12-Wochen-Ultraschall herausstellte – sein Bestes für die Beziehung zu geben.

Einige aus seinem Kollegenkreis hatten damals vermutet, dass Oksanna absichtlich schwanger geworden war, um sich einen britischen Mann zu angeln, doch das Gegenteil war der Fall. Als die Zwillinge gerade einmal vier Monate alt waren, reiste Oksanna nach Hause in die Ukraine zurück, weil ihr Vater angeblich im Krankenhaus lag. Eigentlich sollte sie eine Woche später zurückkehren, aber Will hatte nie wieder etwas von ihr gehört. Er hatte mehrfach versucht, sie aufzuspüren, doch sie wollte offensichtlich nicht gefunden werden.

»Nimm es nicht persönlich, mein Junge«, hatte seine Mutter ihn getröstet. »Manche Frauen sind einfach nicht dafür geschaffen, Mutter zu sein.«

Vielleicht hatte sie damit recht – vielleicht war Oksanna gegangen, weil sie mit der Situation nicht klargekommen war. Vielleicht war sie aber auch nur zu dem Schluss gekommen, dass es ihr in England – und bei ihm – nicht gefiel. Nachdem Will alles versucht hatte, um sie zu finden – sogar einen Privatdetektiv hatte er angeheuert –, schloss er irgendwann Frieden mit der Tatsache, dass er nie erfahren würde, warum Oksanna ihn verlassen hatte. Stattdessen konzentrierte er sich darauf, ein guter Vater für Julia und Adam zu sein.

Mithilfe von Internetvideos lernte er, wie man Zöpfe flocht, und inzwischen konnte er sogar ganz gut Spaghetti bolognese oder einen Shepherd's Pie kochen. Er verpasste keine Schulveranstaltung und kein Fußballspiel der Zwillinge und feuerte sie dabei so laut an, wie zwei Elternteile es tun würden.

»Sie machen das so toll«, sagten die Mütter am Schultor immer zu ihm, wenn er den Zwillingen ihre Brotdosen gab. »Ich wünschte, mein Mann würde sich auch so engagieren wie Sie.«

Dabei blieb ihm kaum eine andere Wahl. An den meisten Tagen kam er mit der Aufgabe als alleinerziehender Vater ganz gut zurecht, trotzdem war es nicht immer leicht, niemanden zu haben, mit dem er sich austauschen konnte. Er hatte sich bei einem Datingportal angemeldet und einige Verabredungen gehabt; dabei blieb es dann allerdings auch, sobald er die Kinder erwähnte. Bevor er seinen Job und damit auch seine Kollegen verloren hatte, war ihm gar nicht bewusst gewesen, wie einsam er war.

»Daaad … Kostüme!«, sagte Julia und riss Will damit aus seinen Gedanken.

Benommen starrte er seine Kinder über den Küchentisch hinweg an: Julia hatte noch ihren Einhorn-Overall an und Adam seinen Bademantel. Will überlegte einen Moment, dann stand er auf. *Du kriegst das hin,* motivierte er sich im Stillen.

Er öffnete eine Schublade und holte ein Geschirrtuch heraus. Anschließend kramte er in einer anderen Schublade herum, bis er eine Paketschnur fand. Das Geschirrtuch setzte er Adam auf den Kopf und wickelte dann die Schnur darum, damit es nicht herunterrutschte. »Tataa!«, sagte er. »Jetzt bist du ein Hirte.«

»Aber mein Bademantel hat rosane Punkte drauf«, maulte Julia. »Und Hirten ziehen doch kein Rosa an.«

»Du kannst meinen Bademantel haben«, schlug Will vor, und da er schon mit dem nächsten Einwand rechnete, fügte er hinzu: »Du krempelst einfach die Ärmel hoch.«

»Ich freue mich schon auf Weihnachten«, verkündete Adam. »Ich schreibe heute meinen Wunschzettel, und ich wünsche mir eine neue Spielkonsole vom Weihnachtsmann. Ben aus meiner Klasse hat gesagt, er kriegt auch eine, dann können wir zusammen spielen.«

»Ich will Fußballschuhe«, sagte Julia. »Und ein neues Fahrrad.«

Unfähig, seinen Kindern in die Augen zu sehen, nahm Will wieder am Küchentisch Platz und nippte an seinem Tee. Konsolen und Fahrräder würde er sich dieses Jahr auf keinen Fall leisten können. Er hatte einige Schnäppchen im Sozial-Kaufhaus gefunden – ein Puzzle, das noch in Plastik eingeschweißt war, und ein Brettspiel, das wie neu aussah –, und im Billigladen hatte er günstige Süßigkeiten gekauft. Die enttäuschten Gesichter am Weihnachtsmorgen mochte er sich noch gar nicht vorstellen. Er hatte es zwar nie übertrieben, aber in den letzten Jahren hatte zumindest immer ein großes Geschenk unterm Weihnachtsbaum gelegen. Adam und Julia wussten, dass das Geld knapp war, doch sie glaubten noch fest an den Weihnachtsmann. Wenn er ihnen erklärte, dass sie ihre Erwartungen herunterschrauben mussten, würde er damit den Zauber von Weihnachten zerstören.

»Du hast dein Päckchen noch gar nicht aufgemacht, Dad«, sagte Julia jetzt und stellte ihren vollgekrümelten Teller in die Spüle.

»Welches Päckchen?«

Julia verdrehte die Augen. »Na, das, was der Postbote gebracht hat.«

Adam rannte zur Haustür, um es zu holen, und legte kurze Zeit später einen wattierten Umschlag in Wills Schoß. »Das ist bestimmt ein Weihnachtsgeschenk für uns«, raunte er Julia zu.

Nur, wenn es den Weihnachtsmann doch gibt, dachte Will.

Der Umschlag war zu groß, um das zu beinhalten, was Will sich wünschte – ein Jobangebot –, und die Handschrift auf dem Kuvert kannte er nicht.

»Mach's doch endlich auf!«, drängelte Adam.

Behutsam, damit er ihn später wiederverwenden konnte, öffnete Will den Umschlag und zog einen Gegenstand heraus, der in goldenes Papier verpackt war. *Nanu,* dachte er überrascht. Es war tatsächlich ein Geschenk.

»Von wem ist das?«, wollte Julia wissen.

»Vielleicht von Granny«, überlegte Adam. »Sie ist doch immer so durch den Wind – vielleicht denkt sie, es ist schon Weihnachten.«

»Das glaube ich nicht.« Wills Mum wusste meistens nicht einmal mehr, welcher Monat es war. »Wollt ihr es auspacken?«, fragte er und hielt den Kindern das geheimnisvolle Päckchen hin.

Begeistert rissen die Zwillinge das glänzende Goldpapier auf und brachten ein Bilderbuch zum Vorschein.

»*Eines Kindes Weihnacht in Wales*«, las Julia vor und sprach jedes Wort ganz deutlich aus. Als sie das Buch hochhielt, um es ihrem Vater zu zeigen, fiel eine Einladung heraus.

»Eine Party!«, rief Adam. »Oooh – vielleicht gibt es da Kuchen!«

Will nahm Julia das Buch aus der Hand. Es war wunderschön, aber er hatte keine Ahnung, warum es ihm jemand geschickt hatte. Einen Moment lang fragte er sich, ob es vielleicht von Oksanna kam. *Nein.* Die hatte sie vor sechs Jahren verlassen; ziemlich unwahrscheinlich, dass sie jetzt damit anfing, den Zwillingen Weihnachtsgeschenke zu schicken. Außerdem hatte sich seine Adresse seit damals geändert – er war mit den Kindern in das kleine Drei-Zimmer-Haus seiner Mum gezogen.

»Ich finde die Bilder schön«, sagte Adam, während er über Wills Schulter spähte.

»Ich auch«, pflichtete Julia ihrem Bruder bei.

»Wie wäre es, wenn ich es euch jetzt gleich vorlese?«, fragte Will. Der Sonntag war noch lang – ihr Spaziergang konnte warten.

Und so kuschelten sie sich zu dritt aufs Sofa – die Zwillinge zu beiden Seiten ihres Vaters –, und Will las Dylan Thomas' berühmtes Weihnachtsgedicht vor.

KAPITEL 11

Mateo

»Letzte Runde!«, rief Sue und läutete die Glocke, die über der Bar hing. Das Geräusch klang wie Musik in Mateos Ohren, während er einen runden Holztisch mit Reiniger einsprühte und anschließend über die klebrige Platte wischte, deren Lackierung von den vielen Gläsern, die im Laufe der Jahre darübergeschoben worden waren, schon ganz abgewetzt war. Mateo hatte bereits eine Doppelschicht hinter sich, hatte seit zwölf Uhr mittags Sonntagsbraten serviert und war jetzt, um kurz vor halb elf, vollkommen erschöpft.

Das George war ein uriges Lokal, wie Mateos amerikanische Landsleute sagen würden – es gab einen Kamin, in dem gerade ein loderndes Feuer brannte; einen originalen Steinfußboden; Pferdeschmuck aus Messing, Hopfenzapfen und Keramikkrüge, die an den Balken hingen; und eine Tafel über der Bar, auf der die Tagesmenüs mit Kreide geschrieben standen.

Als die wenigen letzten Gäste die Reste ihres regionalen Biers geleert hatten, das im gleichen goldenen Farbton glänzte wie die Außenfassade des Pubs, sammelte Mateo die leeren Gläser ein und brachte sie zur Theke hinüber.

»Ach, Mateo«, sagte Sue mit ihrer kratzigen Stimme, die durch ihre Gewohnheit entstanden war, ein Päckchen Zigaretten pro Tag zu rauchen. Sie griff unter die Bar und holte einen gefütterten Umschlag hervor. »Das hier ist heute für dich gekommen. Ich wollte es dir schon den ganzen Tag geben, aber ich bin einfach nicht dazu gekommen.«

Mateo stellte das Tablett mit den Gläsern ab und nahm das Kuvert von seiner Chefin entgegen. Er spürte, wie sich seine

Herzfrequenz, die dank seiner täglichen Joggingeinheit normalerweise bei niedrigen sechzig Schlägen pro Minute lag, vor Aufregung beschleunigte.

Als Howie, der rotgesichtige Trinker, der an der Theke saß, den Umschlag erspähte, stieß er einen anerkennenden Pfiff aus. »Na, du Frauenversteher, kleines Geschenk von ’ner heimlichen Verehrerin, was?«

Mateo errötete, obwohl er sich in den vier Monaten, die er mittlerweile im George arbeitete, langsam an Howies blöde Sprüche gewöhnt haben sollte. »Das ist wahrscheinlich von meiner Agentin«, murmelte er.

Der wattierte Umschlag war offensichtlich nicht per Post zugestellt worden, was den Schluss nahelegte, dass ihn ein Kurier gebracht hatte. Mit ein bisschen Glück enthielt er ein Skript. Mateo juckte es in den Fingern, das Kuvert direkt aufzureißen und nachzusehen, für welche Rolle Bea ihn vorgeschlagen hatte. Es gab Gerüchte, dass das Globe Theatre Schauspieler für eine neue Produktion von *Romeo und Julia* suchte …

»Oh, das hatte ich ja ganz vergessen«, stichelte Howie, »du bist ja nicht nur Bierzapfer, sondern auch Schauspieler.« Das letzte Wort zog er betont in die Länge und grinste Mateo dabei spöttisch an, sodass er seine gelben Zähne entblößte, zwischen denen mehr Lücken zu sehen waren als im Mund eines geschnitzten Kürbiskopfes an Halloween. Mateos Zahnarzt zu Hause in Santa Barbara wäre entsetzt gewesen. »Na los!«, fuhr Howie fort. »Willst du es gar nicht aufmachen?«

Auf gar keinen Fall würde er das Kuvert in Howies Beisein öffnen. Wenn er die Rolle nicht bekommen hatte, würde er sich das bis in alle Ewigkeit anhören müssen.

»Feierabend, Howie«, verkündete Sue und versetzte ihrem Stammgast einen leichten Schlag mit dem Barhandtuch, auf dem das Logo einer regionalen Brauerei abgebildet war.

»Ach komm – noch 'n halbes?«, versuchte Howie sie zu beschwatzen.

Doch Sue schob nur die Ärmel ihres Shirts hoch – woraufhin das Tattoo einer vollbusigen Meerjungfrau auf ihrem linken Unterarm zum Vorschein kam – und beugte sich über den Tresen. »Ich denke, du hattest heute bereits genug, mein Lieber«, sagte sie entschieden.

»Na gut, ich gehe ja schon, ich gehe.« Gehorsam ließ Howie sich von seinem Barhocker rutschen und hob zum Abschied die Hand, bevor er nach draußen in die kalte Nacht verschwand.

Mit ihrem kurz geschorenen wasserstoffblonden Haar und den vielen Piercings an einem Ohr wirkte die Wirtin des George ziemlich robust, und das musste sie auch sein – schließlich hatte sie es des Öfteren mit Gästen zu tun, die ein paar Bier zu viel getrunken hatten. Doch Sue war eine gute Chefin. Mateo konnte einmal am Tag kostenlos im Pub essen und durfte sich nach Bedarf freinehmen, um zu Vorsprechen zu gehen.

Nicht, dass er davon in letzter Zeit oft Gebrauch gemacht hätte …

Mateo war nach Großbritannien gekommen, weil er ein Stipendium für ein Schauspielstudium an der renommierten Londoner Academy of Music and Dramatic Art erhalten hatte. Nach einem intensiven Jahr mit Kursen in Bewegungslehre, Sprechunterricht, Kampftraining und Figurenarbeit hatte er die heiß begehrte Rolle des Macbeth in der Abschlussaufführung der Schule ergattert. Seine Darstellung war hoch gelobt worden: »Mateo Ajose dominiert die Bühne mit der löwenhaften Anmut eines Athleten und der grüblerischen Eindringlichkeit des jungen Derek Jacobi.« (Nicht, dass er die komplette Rezension auswendig gelernt hätte oder so was.) Nach seinem Abschluss hatte er Angebote von diversen Agenten bekommen und schließlich bei der Agentur von Bea Rosenstock unterschrieben. Hätte man sämtliche Preise und Trophäen von Beas Klientel eingeschmolzen, hätte man genug Metall gehabt, um daraus einen lebensgroßen Oscar zu schmieden. Sie war die Beste in dem Geschäft.

Mateos Lehrer und Kommilitonen waren überzeugt davon, dass er das Zeug zum Star hatte und der Name Mateo Ajose bald überall bekannt sein würde. Abgesehen von den neuen Fotos, die Bea von ihm hatte machen lassen, hatte sie auch versucht, ihn davon zu überzeugen, sich einen Künstlernamen zuzulegen, der »ein bisschen weniger exotisch klingt, Schätzchen«. Aber mit seiner italo-amerikanischen Mum und seinem afroamerikanischen Dad war Mateo nun einmal irgendwie »exotisch«, und da er auf beide Seiten seines kulturellen Erbes stolz war, hatte er kein Verlangen danach, seine Herkunft zu verstecken.

Eigentlich hatte er gedacht, seine Schauspielkarriere würde durch die Zusammenarbeit mit Bea so richtig Fahrt aufnehmen. Wie konnte es also sein, dass der einzige Text, den er in den sechs Monaten seit seinem triumphalen Auftritt als Macbeth hatte auswendig lernen müssen, in der Tageskarte bestand?

Während die anderen Schauspielerinnen und Schauspieler an der LAMDA davon geträumt hatten, Karriere in Hollywood zu machen, wünschte Mateo – der einzige Kalifornier in der Gruppe – sich nichts mehr, als Ensemblemitglied in der Royal Shakespeare Company zu werden. Er hatte eine Leidenschaft für Shakespeare, seit er im letzten Jahr der Highschool den Romeo gespielt hatte – im selben Jahr war er auch Kapitän der Leichtathletikmannschaft gewesen. Dementsprechend war er völlig aus dem Häuschen gewesen, als Bea ihm ein Vorsprechen bei der RSC organisiert hatte.

Er hatte Stunden damit verbracht, seine beiden ausgewählten Monologe zu proben: den Macbeth natürlich als tragische Rolle und den Lysander aus *Ein Sommernachtstraum,* um seine Begabung fürs komische Fach zu zeigen. Als der große Tag schließlich kam, war er zwar nervös, dachte aber, dass das Vorsprechen gut gelaufen war. Im Anschluss hatte er noch ein wenig die Gegend erkundet, um sich die Zeit zu vertreiben. In seiner Zeit auf der Schauspielschule war er fast nur in Proberäumen oder Garderoben eingesperrt gewesen und kaum aus London herausgekommen. Deshalb stieg er einfach in den nächsten Zug und landete in Stowford.

Als Bea ihn anrief, saß er gerade im George und trank ein Bier. Er bekam eine Absage.

»Sie haben sich für jemand anderen entschieden, Schätzchen …«

Zu seiner Scham war Mateo in Tränen ausgebrochen. Er hatte sich bei Sue ausgeweint, die ihm mitfühlend zugehört hatte, und am Ende des Abends hatte er einen neuen Job.

Allerdings nicht den, auf den er gehofft hatte.

* * *

»Schlummertrunk?«, bot Sue Mateo an und teilte bereits ein Bier in zwei Gläser auf, bevor er noch die Chance hatte zu protestieren. Die letzten Gäste waren gegangen, und so waren Mateo und Sue endlich allein im Pub. »Prost, Kleiner!«, sagte sie und stieß ihr Glas an seins.

Mateo setzte sich auf einen der Barhocker und trank den Schaum von seinem dunkelbraunen Ale ab.

Sue zündete sich eine Zigarette an und nahm einen Zug. Während sie den Rauch ausstieß, trommelte sie erwartungsvoll mit ihren abgeblätterten, blau lackierten Fingernägeln auf dem Umschlag herum. »Das könnte jetzt also der große Moment sein?«

Mateo wusste, dass Sue genauso neugierig auf den Inhalt des Umschlags war wie Howie. Aber er wollte allein sein, wenn er ihn öffnete, damit niemand seine Enttäuschung sah, wenn nicht das darin war, was er sich erhoffte.

»Möglich.«

Doch so langsam verlor Mateo die Hoffnung. Die einzige Rolle, die er in letzter Zeit bekommen hatte, war die des Märchenprinzen in einem Theaterstück für Kinder in einem Vergnügungspark gewesen. Er hatte den ganzen Sommer damit verbracht, seinen Text über eine Kakofonie aus Babygeschrei, Karussellmusik und Popcorn-Geknister hinwegzubrüllen. Währenddessen hatte er sich damit getröstet, dass die Schauspieler zu Shakespeares Zeiten noch schlimmer dran gewesen waren, weil die Zuschauer sie mit Obst beworfen hatten. Mateos nächstes Engagement war die Zweitbesetzung in einer Randproduktion von *Peer Gynt*. Er hatte gehofft, dass der Hauptdarsteller buchstäblich einen Beinbruch erleiden würde, doch leider hatte der Mann einen Körper aus Stahl. So hatte Mateo die ganze Spielzeit in der Garderobe gesessen, Kreuzworträtsel gelöst und Serien auf seinem Handy geschaut. Mittlerweile blickte er jedoch fast sehnsüchtig auf diese Phase als Ersatzdarsteller zurück – wenigstens war es eine Arbeit als Schauspieler gewesen.

Was es für ihn noch schlimmer machte, war die Tatsache, dass einige seiner Kommilitoninnen und Kommilitonen von der Schauspielschule bereits groß im Geschäft waren. Eine hatte eine Nebenrolle in der neuesten Staffel von *Dr. Who* ergattert. Ihr Gesicht war zwar hinter der hässlichen Alienmaske nicht zu erkennen gewesen, aber trotzdem: Sie war immerhin im Fernsehen. Sein Freund Alex, der den Macduff in der Macbeth-Aufführung gespielt hatte, war gerade für ein neues Stück von Jez Butterworth besetzt worden. Als Mateo das letzte Mal zu einem Vorsprechen in London gewesen war, hatten überall in den U-Bahn-Stationen Plakate mit dem Gesicht seines Freundes gehangen.

»Manchmal frage ich mich allerdings, wieso ich mir überhaupt noch Gedanken darüber mache«, sagte er zu Sue. »Wahrscheinlich ist dieser Weg einfach nicht für mich vorgesehen.«

»Hey, nicht aufgeben«, motivierte Sue ihn und stieß dabei erneut Zigarettenrauch aus (wofür sie einen Gast direkt aus dem Pub geworfen hätte). »Obwohl ich es schade fände, wenn du gehst, Mat. Du machst deine Arbeit hier verdammt gut.«

Ich habe mich auch mal für einen verdammt guten Schauspieler gehalten, dachte Mateo und leerte den Rest seines Bierglases. Inzwischen war er sich dessen nicht mehr so sicher.

Aber vielleicht war in dem Päckchen ja die erlösende Nachricht – sein großer Durchbruch. Da er es nicht mehr erwarten konnte, es endlich aufzumachen, stand er auf.

»Nacht, Sue«, verabschiedete er sich von der Wirtin, bevor er die Treppen zu seinem Zimmer unterm Dach hochlief. Als er die Tür aufschloss, schlug ihm ein modriger Geruch entgegen. Das Zimmer war winzig und feucht, und unter der Dachschräge konnte Mateo sich nicht einmal aufrichten, aber er musste keine Miete zahlen – noch ein Vorteil seines Jobs. Um zumindest einen Teil der verblassten Blümchentapete abzudecken, hatte er ein Plakat der *Macbeth*-Aufführung darübergehängt – ein Schwarz-Weiß-Foto von ihm, auf dem er mit grüblerischer Miene einen Dolch hielt, von dem Theaterblut herabtropfte.

Energisch versetzte Mateo seinen Sportschuhen, die im Weg lagen, einen Tritt. Das war ein weiterer Vorteil seiner Stelle hier: Er hatte morgens frei und konnte täglich und bei jedem Wetter joggen gehen (wobei es meistens regnete). Im Laufe der Zeit hatte er sich in die Landschaft rund um den Ort verliebt – in den River Coln, der sich, vorbei an kurvigen Feldwegen, durch die Wiesen schlängelte, und in die sanften Hügel und Felder, auf denen man selbst im tiefsten Winter noch grüne Flecken und robuste Blumen finden konnte. Hier war es so anders als im trockenen, sonnenverwöhnten Süden Kaliforniens, aber nicht weniger schön.

Mateo wollte gerade sein Päckchen aufreißen, als sein Handy

klingelte. Er warf einen Blick aufs Display und sah, dass es ein Videoanruf von seiner Mutter war.

»Hey, Mom«, sagte er, als ihr lächelndes Gesicht auf dem Bildschirm erschien.

»Hi, Schatz«, flötete sie. »Ich hoffe, ich habe dich nicht geweckt. Ich vergesse immer, ob wir acht Stunden vor oder hinter euch liegen.«

»Hinter uns«, erklärte Mateo ihr zum millionsten Mal. »Ich bin gerade erst von der Arbeit gekommen.«

»Und? Ist die Probe gut gelaufen?«

»Hm, ja.« Als er seiner Mutter erzählt hatte, dass er in die Cotswolds gezogen war, hatte sie angenommen, sein Vorsprechen bei der Royal Shakespeare Company sei erfolgreich gewesen. Sie war so stolz auf ihn, dass er es nicht übers Herz gebracht hatte, die Sache richtigzustellen.

»Und du kannst wirklich nicht über Weihnachten nach Hause kommen?«

»Ich wünschte, das ginge, aber ich muss leider arbeiten.« *Und außerdem kann ich mir den Flug nicht leisten.*

»Wir werden dich alle so vermissen. Stell dir vor, wir werden endlich Ciaras Freund kennenlernen, und Langston bringt seinen neuen Welpen mit. Nonna hat schon so viele Pizzelle gebacken, dass wir daraus eine ganze Straße von Santa Barbara bis nach London bauen könnten.«

Mateo lachte und wünschte, das wäre tatsächlich möglich. Seine Großmutter machte die dünnen, nach Anis schmeckenden Kekse jedes Jahr zur Weihnachtszeit mit einem extra dafür vorgesehenen Waffeleisen. Als Kind hatte Mateo ihr immer beim Backen geholfen.

Es war das erste Mal, dass Mateo an Weihnachten nicht zu Hause sein würde, und ihm graute es jetzt schon vor den Feiertagen. Der Rest der Familie würde am Weihnachtsmorgen zum traditionellen Strandspaziergang aufbrechen, und während sie sich Nonnas Lasagne und Dads erstklassigen Jollofreis schmecken ließen, würde Mateo Reste aus dem Pub essen, ganz allein.

»Ich mache mir Sorgen um dich, ganz allein und so weit weg, Schatz.«

»Das musst du nicht. Ich habe schon diverse Einladungen zu Weihnachtspartys bekommen.«

Das war nur halb gelogen. Er würde tatsächlich an diversen Partys teilnehmen – allerdings würde er dabei betrunkenen Büroangestellten mit Papierhütchen auf dem Kopf Truthahn und Weihnachtsgebäck servieren.

»Klingt sehr glamourös«, befand seine Mom. Dann schwieg sie einen Moment. »Und zu diesen Partys gehst du … ohne Begleitung …«

Mateo lachte erneut. »Sehr subtil, Mom. Ich habe keine Freundin, falls du das wissen wolltest.« Die einzige Frau in seinem Leben war derzeit Sue, und die war lesbisch.

»Na ja, irgendwann ist es zu spät, um eine Familie zu gründen …«

»Ich bin erst sechsundzwanzig, Mom!«

Mateo hatte sich von Zoe, seiner Freundin während der Unizeit, einige Monate nach seinem Abschluss getrennt, als sie an die Ostküste gezogen war, um ihr Aufbaustudium in Jura zu beginnen. Auf der Schauspielschule hatte er auch was mit einigen Frauen gehabt (okay, mit vielen), aber eine ernsthafte Beziehung hatte sich daraus nicht entwickelt.

»So jung ist das gar nicht – ich habe deine Schwester mit sechsundzwanzig bekommen …«

»Ich will mich gerade auf meine Karriere konzentrieren, Mom.«

»Ich ziehe dich doch nur auf«, sagte seine Mutter. »Ich freue mich, dass es mit der Schauspielerei so gut läuft. Du wirst mal ein richtig großer Star.«

Bei einigen von Mateos Freunden an der Academy hatte die Berufswahl eher das Missfallen der Eltern erregt, doch Mateos Familie hatte seine Träume immer unterstützt. Er wollte unbedingt, dass sie stolz auf ihn sein konnten, allerdings fiel es ihm immer schwerer, daran zu glauben, dass das jemals passieren würde.

Sein letztes Vorsprechen hatte er vor drei Wochen gehabt – für die Rolle eines Serienvergewaltigers in irgendeinem düsteren Krimi. Bea hatte ihm die schlechten Nachrichten am Telefon überbracht. »Schätzchen, es tut mir leid, aber die haben gesagt, du wärst einfach zu attraktiv.«

Vergewaltiger durften also nicht gut aussehen?

Es war nicht mal so, als hätte Mateo unbedingt einen Serienvergewaltiger spielen wollen, doch es war einfach so frustrierend, wenn man nach seinem Aussehen und nicht nach seiner Leistung beurteilt wurde. Sein Kommilitone Zeke war ein fantastischer Schauspieler, aber er hatte Aknenarben im Gesicht, und sein Haar wurde bereits schütter. Die Lehrer hatten ihm mit brutaler Ehrlichkeit mitgeteilt, dass er höchstens eine Chance als »Charakterdarsteller« haben würde. Damals war Mateo froh gewesen, dass die Natur ihn mit dem Aussehen eines Hauptdarstellers gesegnet hatte. Aber wer war vor einigen Tagen, als Mateo nach Feierabend durchs Fernsehprogramm zappte, auf dem Bildschirm aufgetaucht – in der Rolle eines Assistenzanästhesisten in einer beliebten Arztserie?

Zeke.

Seitdem fühlte sich Mateo definitiv nicht mehr gesegnet.

Während seine Mom weiterredete – von ihrer Arbeit, den Versuchen seines Vaters, im Garten Avocados zu züchten, und den Spielen der L. A. Lakers in dieser Saison –, schweiften Mateos Gedanken ab.

Seine Lehrer an der Academy hatten ihn und seine Kommilitonen schon früh vorgewarnt, dass der Großteil von ihnen keinen

Erfolg haben werde. »In zehn Jahren werden nur zwei oder drei von euch vom Schauspielen leben«, hatte einer ihnen prophezeit. »Es ist ein harter Beruf.«

Und so langsam sah es ganz danach aus, als würde Mateo nicht zu denen gehören, die es schafften.

Das, was er vorhin zu Sue gesagt hatte, hatte er ernst gemeint: Vielleicht war es an der Zeit, seinen Karrierewunsch aufzugeben. Er konnte den Flug nach Hause mit seiner Kreditkarte bezahlen und einfach wieder bei seinen Eltern einziehen. Sich vielleicht einen Job als Schauspiellehrer an der Highschool suchen … Das klang zwar nicht besonders toll, aber hier lebte er auch nicht gerade seinen Traum, während er Sonntagsbraten und Fish and Chips im Bierteig servierte. Ab welchem Zeitpunkt war ein Schauspieler ohne Engagement kein Schauspieler mehr?

»Ich muss jetzt Schluss machen, Schatz«, sagte seine Mom in diesem Moment. »Ich habe gleich meinen Yogakurs. Aber bevor ich auflege – wünschst du dir irgendwas Bestimmtes zu Weihnachten?«

Ja, ein gutes Engagement. Er blickte auf seine ausgetretenen, matschigen Turnschuhe hinunter, die auf dem Boden lagen. »Hm, vielleicht neue Joggingschuhe?«

Nachdem sie sich verabschiedet hatten, griff Mateo erneut zu dem Päckchen. Es war etwas seltsam, dass Bea ihn nicht angerufen hatte, um ihm zu sagen, dass sie ihm ein Skript schicken würde. Andererseits war seine Agentin auch eine viel beschäftigte Frau. Immer wenn Mateo in der Agentur anrief, schien sie in irgendeinem Meeting zu sein (oder ihre Assistentin behauptete das nur, um ihn abzuwimmeln).

Er öffnete den Umschlag und fand darin kein Skript vor, sondern ein Geschenk. Als er es auspackte, war darin zu seiner Verwunderung allerdings doch ein Skript enthalten, die gesamte Ausgabe von *Was ihr wollt.*

Mateo suchte im Kuvert nach irgendeiner Nachricht und fand eine Einladung zu einer Weihnachtsfeier in der Buchhandlung gegenüber. Also kam das Päckchen gar nicht von seiner Agentin. Verwirrt drehte er die Einladungskarte um. Hatte Simon aus dem Buchladen ihm das Stück geschickt, weil er ihm vor ein paar Tagen erzählt hatte, dass er Schauspieler war? Wenn ja, war das ziemlich merkwürdig, schließlich kannte er den Mann kaum.

Eigentlich hatte er bereits längst in der Buchhandlung vorbeischauen wollen, um Weihnachtsgeschenke für seine Eltern zu kaufen, doch dann hatte er den letzten Verschickungstermin für Pakete in die USA verpasst und stattdessen übers Internet einen Präsentkorb bestellt.

Misstrauisch beäugte Mateo das Buch. *Was ihr wollt* war eine seiner Lieblingskomödien. Er hatte schon immer den hoffnungslos romantischen Herzog Orsino spielen wollen. Aber seit er von der RSC abgelehnt worden war, hatte er kein einziges Wort mehr von Shakespeare gelesen.

Als er hochschaute, blieb sein Blick an dem *Macbeth*-Plakat hängen. Seine eigenen Augen schienen ihn herausfordernd anzusehen. *Sei kein Schisser.*

Entschlossen klappte er das Buch an irgendeiner zufälligen Stelle auf und tauchte in eine Szene zwischen Tobias Rülps und Falstaff ein. Er lachte laut über eine von Falstaffs derben Erwiderungen. Während er sich auf sein schmales Bett fallen ließ, blätterte er dann zur ersten Szene des ersten Akts zurück und fing vom Anfang an zu lesen, ließ die magischen Worte Shakespeares ihren Zauber entfalten.

Wenn die Musik der Liebe Nahrung ist, spielt weiter …

Nora

Am Montagmorgen standen so viele Buggys im Buchladen, dass ein Passant, der zufällig am Schaufenster vorbeiging, hier wahrscheinlich einen Kindergarten vermutet hätte. Vorschulkinder und deren Begleitpersonen – eine Mischung aus Mums, Dads, Großeltern und Betreuern – drängten sich auf den Sofas, Sesseln und Sitzkissen auf dem Boden, während die Kleinen auf ihrem Schoß saßen. Von allen Veranstaltungen, die in der Buchhandlung stattfanden, mochte Nora den Vorlesemorgen am liebsten. Es machte sie glücklich, zuzusehen, wie die Gesichter der Kinder vor Begeisterung zu leuchten begannen, während sie einer Geschichte lauschten.

»Heute habe ich mir überlegt, euch eine Weihnachtsgeschichte vorzulesen«, verkündete Nora den Kindern, während sie vor dem Kamin stand. Den hatte sie natürlich nicht angezündet; das Letzte, was sie gerade gebrauchen konnte, war ein Gerichtsverfahren. »Denn wer kommt ganz bald durch den Kamin gerutscht?«

»Der Weihnachtsmann!«, rief Josh, der kleine Dinofan, der am Samstag mit seinen Eltern im Laden gewesen war.

Nora strahlte ihn an. »Ganz genau: der Weihnachtsmann! Seid ihr schon alle aufgeregt, weil der Weihnachtsmann bald kommt?«

Die Kinder nickten. Ein kleines Mädchen, das etwa drei Jahre alt war, meldete sich schüchtern zu Wort. »Der Weihnacktssmann ssenkt mir eine Puppe«, sagte sie lispelnd. »Eine, die in eckt Pippi macken kann.«

»Ich kriege eine Lok«, brüstete sich ein Junge in einem T-Shirt von Thomas, der kleinen Lokomotive.

»Wenn du brav bist«, wandte seine Oma ein.

»Also, ich freue mich auch bereits auf Weihnachten«, sagte Nora. »Aber in der Geschichte, die ich euch gleich vorlese, geht es um jemanden, der sich gar nicht darauf freut, dass der Weihnachtsmann kommt. Nein, er hasst Weihnachten sogar, und zwar so sehr, dass er beschließt, allen anderen das Fest zu verderben!«

Nora klappte das Buch *Wie der Grinch Weihnachten gestohlen hat* auf und begann zu lesen. Dabei drehte sie immer wieder die Seiten zu den Kindern um, damit sie die Bilder sehen konnten. Sie hatte das Buch schon so oft gelesen, dass sie kaum auf die Worte achten musste. Zuerst herrschte noch ein wenig Unruhe, doch bald waren die Kinder so gefesselt von Dr. Seuss' Reimen, dass sie aufmerksam zuhörten und entsetzt den Atem einzogen, als Nora beschrieb, wie die Leute aus *Hu*-Heim am Weihnachtsmorgen aufwachten und feststellten, dass sämtliche Geschenke und jeglicher Weihnachtsschmuck verschwunden waren.

Nachdem Nora die Geschichte zu Ende gelesen hatte und sie alle zusammen ein paar Weihnachtslieder gesungen hatten (so wie die *Hus* in *Hu*-Heim), reichte Nora einen Teller mit Keksen herum und kassierte einige Käufe ab, einschließlich dreier Ausgaben vom *Grinch.*

Gegen elf Uhr war die Buchhandlung wieder leer, die Kleinkindtruppe war zum Essen und Mittagsschlaf nach Hause aufgebrochen. Wie immer sah es nach der Vorlesestunde im Laden so aus, als hätte eine Bombe eingeschlagen. Während Nora aufräumte und den Tisch mit einem Papiertuch abwischte, musste sie gähnen. Sie hatte in der Nacht nur ein paar Stunden geschlafen.

Als sie die Keksrümel vom Sofa fegte, kämpfte sie gegen den Drang an, sich direkt daraufzulegen und einen Powernap zu machen. Sie war ganz allein im Laden, da Simon am Tag zuvor tatsächlich ein paar Ziegel auf dem Schrottplatz gefunden hatte und nun zum Baumarkt gefahren war, um noch einige andere Sachen einzukaufen. Nora machte die Vorstellung, dass er auf dem Dach herumkriechen würde – noch dazu mit seinem kranken Herzen –, Angst, doch Simon hatte ihr versichert, dass er wusste, was er tat.

Ich brauche dringend Koffein.

Nora eilte nach oben in die Wohnung, um sich schnell einen Tee zu machen. Als sie mit der dampfenden Tasse Earl Grey in die Buchhandlung zurückkam und sich gerade überlegte, ein bisschen weiterzustricken, solange im Laden nichts los war, läutete die Glocke über der Tür. Automatisch blickte Nora hinüber, in der Erwartung, dass es Simon war oder Eltern auf der Suche nach einem Handschuh oder Lieblingsschnuller, die sie in der Vorlesestunde hier vergessen hatten. Zu ihrer Überraschung waren es jedoch zwei Männer, die das Geschäft betraten – ein älterer, bärtiger in einem grauen Anzug, der eine Aktentasche in der Hand hielt, und ein muskulöser, junger Kerl mit kahl rasiertem Kopf, der eine Lederjacke trug.

Merry, die bis zu diesem Moment eifrig Kekskrümel vom Boden aufgeschleckt hatte, begann zu knurren.

»Oh, bitte entschuldigen Sie«, sagte Nora zu den Männern. »Normalerweise ist sie sehr lieb. Ich weiß gar nicht, was mit ihr los ist. Schh!«, schimpfte sie mit Merry. »Alles gut.«

Merry hörte auf zu knurren, doch sie bleckte weiterhin die Zähne, und ihr weißes Fell sträubte sich.

Wie seltsam. Sonst begrüßte Merry die Kunden mit wedelndem Schwanz, schnüffelte neugierig an ihnen und leckte ihnen die Hand. In diesem Augenblick war sie dagegen vollkommen angespannt, als wollte sie jeden Moment angreifen – nicht, dass ein kleiner Westie viel hätte ausrichten können gegen einen Mann mit so einem Kreuz wie Mr Lederjacke da drüben.

»Kann ich den Herren irgendwie behilflich sein?«, erkundigte sich Nora fröhlich, damit die Kunden sich nicht von Merrys unfreundlichem Empfang vergraulen ließen. »Suchen Sie nach Weihnachtsgeschenken?«

»Wir sind nicht zum Einkaufen hier«, sagte Mr Lederjacke, ohne ihr Lächeln zu erwidern.

»Wir haben schon mehrfach versucht, Sie zu erreichen, Nora«, erklärte der Mann mit der Aktentasche.

Nora erstarrte und fühlte sich, als würde ihr sämtliches Blut aus dem Körper weichen. Die Stimme kannte sie nur zu gut.

»Aber Sie haben weder auf unsere Briefe noch auf unsere Anrufe reagiert.« Mr Aktentasche kam auf sie zu und zeigte ihr einen Dienstausweis. Mit zitternden Händen suchte Nora nach ihrer Lesebrille, obwohl sie bereits wusste, wer die beiden waren. Sie starrte auf den Ausweis, der ihre Ahnung bestätigte: *Derek Brown, Vollziehungsbeamter.*

»Man hat uns hinzugezogen, weil Sie Ihre Gewerbesteuer nicht bezahlt haben«, erklärte Mr Lederjacke und reichte ihr einen Brief vom Stadtrat, auf dem die Worte LETZTE MAHNUNG prangten.

Die Buchstaben verschwammen vor Noras Augen, dann ließ sie die Tasse fallen, die sie in der Hand hielt. Der Becher zerschellte am Boden, und heißer Tee spritzte ihr und Mr Lederjacke entgegen.

»Au, verdammt!«, jaulte Mr Lederjacke auf, doch Nora war zu betäubt, um irgendetwas zu fühlen.

»Kommen Sie, setzen Sie sich hierhin, Ma'am«, sagte Derek. Der Mann, dem Nora seit Wochen aus dem Weg ging, fasste sie am Arm und führte sie zum Sofa hinüber.

Mr Aktentasche – oder besser Derek – nahm die Rolle Papiertücher, die Nora vorher zum Putzen benutzt hatte, und fing an, den Tee aufzuwischen. »Es tut mir leid«, sagte er mitfühlend. »Ich weiß, das muss sehr schlimm sein für Sie und Ihren Mann.«

Simon!

Sofort holte Nora ihr Handy aus der Tasche und rief Simon an. *Geh dran, geh dran,* flehte sie innerlich, aber sie wurde direkt zur Mailbox weitergeleitet. *Bitte mach, dass er auf dem Weg nach Hause ist.* So hatte er eigentlich nicht von den Problemen erfahren sollen, doch Nora hatte ihn noch nie so gebraucht wie jetzt.

Als Derek mit dem Aufwischen fertig war, legte er die zerbrochenen Teile von Noras gepunktetem Becher auf dem Couchtisch ab. »Ich fürchte, die ist hinüber«, sagte er bedauernd.

Genau wie der Laden.

»Sie sind also Gerichtsvollzieher«, murmelte Nora mit zittriger Stimme. Ihr schlimmster Albtraum war doch noch wahr geworden.

»Vollziehungsbeamte, um genau zu sein«, erklärte Derek, »aber ja.«

»Und jetzt sind Sie hier, um all unsere Sachen mitzunehmen?«

»Na ja, ich hoffe, dass es nicht dazu kommen wird«, entgegnete Derek. »Wenn Sie Ihre Schulden zahlen, lassen wir Sie in Ruhe.«

Nora atmete einmal tief durch und versuchte, gefasster zu klingen, als sie es war. »Ich fürchte, ich kann Ihnen die Summe nicht sofort zahlen, aber ich arbeite daran. Wir brauchen nur noch ein bisschen mehr Zeit.«

»Das sagen sie alle«, kommentierte Mr Lederjacke mit einem höhnischen Grinsen.

»Aber es stimmt«, erwiderte Nora. »Der Dezember ist ein umsatzstarker Monat – bis Weihnachten sollten wir das Geld zusammenhaben.« Wenn sich die beiden noch ein wenig hinhalten ließen, könnten Simon und sie vielleicht gemeinsam eine Lösung finden.

»Wenn Sie nicht die volle Summe zahlen können«, sagte Derek freundlich, »können wir auch immer einen Tilgungsplan ausarbeiten, dann können Sie die Schulden in Raten zurückzahlen. Deshalb haben wir auch versucht, Sie zu erreichen – wir wollen

Ihnen helfen. Schulden lassen sich leider nicht einfach ignorieren.«

Derek schien ein netter Mensch zu sein, im Gegensatz zu seinem Handlanger, der definitiv ein Arschloch war. Trotzdem wusste Nora nicht, wie ein Tilgungsplan ihre Probleme lösen sollte – schließlich schrieb der Laden derzeit nur Verluste.

Derek öffnete seine Aktentasche und gab seinem Kollegen ein Klemmbrett, woraufhin Mr Lederjacke durch die Buchhandlung marschierte und sich Notizen machte.

Nora spürte, wie erneut Panik in ihr aufstieg. »Ich dachte, Sie nehmen nichts mit …«

»Wir fertigen nur eine Aufstellung Ihrer derzeitigen Besitztümer an«, beruhigte Derek sie.

»Aber Sie haben doch gesagt …«

Derek unterbrach sie. »Ich bin mir sicher, dass es nicht dazu kommen wird, aber leider sind wir gesetzlich dazu verpflichtet, eine Inventarliste zu erstellen.«

Nora lief ein unangenehmes Kribbeln über die Haut, als Mr Lederjacke überall herumstöberte, Bücher hochnahm und sie dann rücksichtslos wieder auf den Tisch knallte. Dann stapfte er weiter ins Hinterzimmer, ohne ihre Erlaubnis einzuholen.

Mit düsterem Gesichtsausdruck kam er kurz darauf wieder zurück. »Das Einzige, was hier irgendeinen Wert hat, ist ein uralter Computer«, murmelte er.

»Vergiss nicht die ganzen Bücher«, sagte Derek. »Wie viele, schätzen Sie, haben Sie im Bestand?«, fragte er Nora.

»Etwas über zehntausend.«

Mr Lederjacke schrieb die Zahl auf. »Ich muss jetzt da hoch«, verkündete er und deutete mit dem Daumen in Richtung Treppe.

»Ist es in Ordnung, wenn mein Kollege sich die Wohnung ansieht?«, erkundigte sich Derek. »Sie können ihn auch gern begleiten, wenn Sie möchten.«

»Schon okay«, sagte Nora.

Dabei war es ganz und gar nicht okay. Doch das Einzige, was sie noch schlimmer fand als die Tatsache, dass Mr Lederjacke in ihrer Wohnung herumschnüffelte, war, ihm dabei zusehen zu müssen. Trost suchend nahm sie Merry auf ihren Schoß und strich der Hündin über das weiche Fell, während sie sich bemühte, ruhig zu bleiben, und sich wünschte, dass Simon endlich zurückkam.

»Wie Sie wahrscheinlich schon bemerkt haben, ist mein Kollege nicht gerade eine Leseratte«, raunte Derek Nora zu, während Mr Lederjacke mit seinen klobigen Stiefeln die Treppe hochstampfte. »Aber ich war immer sehr gern hier.«

»Ach ja?« Überrascht sah Nora ihn an. Sie konnte sich gar nicht erinnern, Derek je hier gesehen zu haben.

»Ich wohne mittlerweile in Cheltenham«, erklärte er, »aber ich bin hier in Stowford aufgewachsen. Ich war ein Riesen-Science-Fiction-Fan, und dank Ihrer Mutter habe ich all meine Lieblingsschriftsteller entdeckt: Isaac Asimov, Ray Bradbury, Philip K. Dick …«

»Ach, von denen wollte sie mich auch immer begeistern.« Doch Aliens und Paralleluniversen hatten Nora noch nie interessiert. Wer brauchte Dystopien, wenn es bereits genügend Probleme in der realen Welt gab?

Sie konnte Mr Lederjackes schwere Schritte auf dem Dielenboden hören, während er sich oben durch die Wohnung bewegte, und sie versuchte, die Vorstellung zu verdrängen, wie er ihren Kleiderschrank inspizierte und ihre Unterwäscheschublade durchwühlte.

»Lebt sie noch?«, erkundigte sich Derek.

»Leider nein«, sagte Nora. »Sie ist schon vor vielen Jahren gestorben.«

»Oh, das tut mir leid. Sie war immer so nett.«

Nora vergrub ihr Gesicht in Merrys Fell. Zu sprechen traute sie sich nicht. Sie konnte bereits spüren, wie ihr die Tränen in die Augen traten. Seltsam, dass die Trauer sie selbst jetzt noch von einem Moment auf den anderen überkam. Gleichzeitig war ein Teil von ihr froh, dass Penelope nicht mehr da war und mit ansehen musste, wie die Gerichtsvollzieher durch die Buchhandlung schritten, die sie gegründet hatte.

»Ich folge übrigens auch Ihren Social-Media-Accounts«, fuhr Derek fort. »Ich habe Ihren Post über den älteren Mann gesehen, der das Buch über den Ersten Weltkrieg gekauft hat.«

Nora nickte und musste an Arnolds Satz denken, niemals die Hoffnung aufzugeben. »Genau solche Erlebnisse motivieren mich dazu, alles zu tun, um die Buchhandlung zu erhalten.«

»Also, ich hoffe wirklich, dass Sie eine Lösung finden. Vielleicht können Sie sich auch Hilfe bei einer Schuldnerberatung suchen. Es wäre ein wahnsinniger Verlust für den Ort, wenn Sie den Laden schließen müssten.«

»Bin durch, Boss«, verkündete Mr Lederjacke, während er die Treppe herunterkam. Er gab Derek das Klemmbrett zurück. »Oben war auch nichts – bloß Möbel und wertloses Zeug. Ein paar Gemälde. Die haben nicht mal einen Flachbildfernseher.«

Derek reichte Nora die Inventarliste zum Durchlesen – ihr ganzes Leben reduziert auf ein Blatt Papier. Sie nickte, obwohl sie kaum etwas von dem Geschriebenen wahrnahm.

»Nur, damit Sie Bescheid wissen«, sagte Derek, »wenn es hart auf hart kommen sollte, würden wir niemals Ihre Möbel oder andere notwendige Haushaltsgegenstände mitnehmen.«

Falls sie das beruhigen sollte, funktionierte es nicht.

»Übrigens«, meldete sich Mr Lederjacke zu Wort, »Ihr Dach hat Löcher.«

»Ach du meine Güte«, entgegnete Nora voller Sarkasmus, »das ist mir noch gar nicht aufgefallen.«

»Nun gut«, sagte Derek, klappte seine Aktentasche zu und stand auf. »Ich denke, wir sind dann hier so weit fertig und lassen Sie jetzt in Ruhe.«

Nora erhob sich ebenfalls, um die beiden zur Tür zu begleiten.

»Sie haben bis zum 2. Januar Zeit, entweder den vollen Betrag zu bezahlen oder einem Tilgungsplan zuzustimmen«, ergänzte Derek. »Sollten Sie Ihre Schulden bis dahin allerdings nicht beglichen haben, müssen wir leider wiederkommen und Ihr Eigentum konfiszieren, fürchte ich.«

»Bis Neujahr haben wir auf jeden Fall alles geregelt«, versprach Nora.

Der verächtliche Blick, mit dem Mr Lederjacke sie bedachte, sagte ihr, dass er das für etwa genauso wahrscheinlich hielt wie die Möglichkeit, dass er jemals ein Buch lesen würde.

»Alles Gute, Nora«, sagte Derek. Dann verließen die beiden Gerichtsvollzieher den Laden.

Nora umklammerte den Kaminsims, aus Angst, dass ihre Knie nachgeben würden, wenn sie sich nicht festhielt. In ihrem Innern machte sich ein hohles Gefühl breit, während sie die Stechpalmenzweige anstarrte. Sie hatten ihr tatsächlich Unglück gebracht. Wütend warf sie das Grünzeug in den Kamin.

Andererseits konnten die Pflanzen nichts für ihre Probleme. Diese Situation hatte sie sich ganz allein eingebrockt. Wenn sie doch nur nicht die Briefe ignoriert hätte … Wenn sie doch nur Simon eingeweiht hätte … Wenn sie doch nur …

Die Türglocke läutete erneut, und in diesem Moment kam Simon mit einer Tüte herein. Merry rannte sofort zu ihm hinüber und wedelte dabei wie wild mit dem Schwanz.

»Entschuldige, dass es so lange gedauert hat, Schatz«, sagte er, während er sich hinunterbeugte, um Merry zu streicheln. »Ich bin im Baumarkt mit einem Verkäufer ins Gespräch gekommen – der hatte richtig gute Tipps für die Dachreparatur. Also, ich glaube, ich weiß jetzt genau, was ich machen muss.« Als Nora nicht antwortete, blickte er zu ihr hoch. »Was ist denn los?«

Nora atmete tief ein. »Wir müssen reden …«, sagte sie dann.

KAPITEL 12

Simon

Ist was mit Charlotte?«, fragte Simon. Sofort stieg Panik in ihm auf, und sein Magen zog sich zusammen.

War sie doch in einem Erdbebengebiet gewesen oder Opfer eines Terroranschlags geworden? Oder hatte sie irgend so was Verrücktes wie Bungeejumping ausprobiert und einen Unfall gehabt? Vor seinem geistigen Auge blitzten Bilder aller möglichen Katastrophenszenarien auf; genau der Szenarien, über die sich sonst immer seine Frau Gedanken machte.

Zu seiner Erleichterung schüttelte Nora den Kopf. »Nein, es hat nichts mit Charlotte zu tun.«

Simon atmete auf und spürte, wie die Anspannung aus seinen Schultern wich. Ihrer Tochter war nichts passiert – alles andere konnte er verkraften. Doch dann begann Nora zu weinen.

»Oh nein!«, rief Simon und lief sofort zu ihr hinüber, um sie in den Arm zu nehmen. Sanft strich er ihr über den Rücken und stützte sein Kinn auf ihren Kopf. »Nicht weinen, Schatz. Egal, was ist, es ist sicher nicht so schlimm, wie du denkst.«

»Doch, das ist es«, schluchzte sie. »Es ist richtig schlimm.«

»Ist jemand gestorben?«

Nora schüttelte den Kopf. Sie versuchte zu sprechen, aber sie weinte so heftig, dass sie die Worte nicht herausbekam und keuchend nach Luft japste. Simon zog das Stofftaschentuch aus der Brusttasche seines Hemdes und gab es ihr.

Ihm fiel auf, dass ihr gepunkteter Becher in Scherben auf dem Couchtisch lag. *Sie wird doch wohl nicht weinen, weil ihre Lieblingstasse zerbrochen ist?*

Simon griff nach Noras Händen. »Was auch immer passiert ist: Wenn es raus ist, wird's dir besser gehen.«

»Ich kann nicht«, entgegnete sie, und ein neuer Strom von Tränen lief ihr über die Wangen. »Ich schäme mich so.«

»Nora, du weißt doch, dass du mir alles sagen kannst. Aber jetzt atme erst mal tief durch.«

Geduldig wartete Simon ab, während Nora zitternd und mit geschlossenen Augen Luft holte. Als ihre Atmung sich wieder beruhigt hatte, konnte sie endlich sprechen. »Vorhin waren zwei Gerichtsvollzieher im Laden.«

»Gerichtsvollzieher?«

»Na ja, Vollziehungsbeamte«, korrigierte sich Nora und wischte sich mit dem Taschentuch über die Augen. »So hat der eine es genannt.«

»Ach, das war sicher nur ein Missverständnis.«

Doch Nora schüttelte den Kopf. »Nein, das war es nicht. Sie waren hier, um die Gewerbesteuern einzutreiben – und Mahngebühren.« Sie holte ein zerknittertes Blatt Papier aus ihrer Hosentasche und reichte es ihm schweigend.

Simon überflog es kurz, doch der Inhalt ergab überhaupt keinen Sinn. Gerichtliche Anordnung? Zahlungsverzug? Strafgebühren? Da musste irgendein Fehler passiert sein ... »Also, Gerichtsvollzieher dürfen nicht einfach so aus dem Nichts bei einem vorbeikommen, nur weil man mal eine Rate nicht gezahlt hat. Die müssen einen erst schriftlich ermahnen.«

»Haben sie ja«, rief Nora weinend, »aber ich hab's ignoriert. Ich habe nicht gedacht, dass die wirklich vorbeikommen. Ich dachte, die wollten mir nur Angst einjagen und dass ich alles geregelt habe, bevor so was passiert.« Sie schlug die Hände vors Gesicht. »Ich bin so blöd«, sagte sie gedämpft durch ihre Finger hindurch. »Ich habe alles noch schlimmer gemacht.«

»Aber ... ich verstehe das nicht ...«, murmelte Simon, dessen

Gehirn immer noch versuchte, all die Informationen zu verarbeiten. »Wieso hast du nicht das Geld vom Kredit genommen, um die Gewerbesteuer zu bezahlen?« Ab und zu griffen sie auf das Bankdarlehen zurück, um die laufenden Rechnungen zu bezahlen, wenn die Einnahmen aus dem Geschäft besonders gering ausgefallen waren.

Nora schwieg einen langen Moment. »Das Darlehen ist komplett aufgebraucht, Simon.«

Was? Aber wie war denn das möglich?

Plötzlich fühlte sich Simon, als hätte ihm jemand einen Schlag in die Magengrube verpasst, und er keuchte entsetzt auf.

»Wieso?«, wollte er wissen. »Wieso hast du mir so was Wichtiges nicht erzählt?«

»Ich wollte dich nicht damit belasten«, antwortete Nora und brach erneut in Tränen aus. »Ich hatte Angst wegen deinem Herz.«

Ungläubig starrte Simon seine Frau an. Er merkte, wie Wut in ihm hochkochte. Sie waren Partner – nicht nur privat, sondern auch im Geschäft. Wieso hatte sie ihm nicht gesagt, dass ihnen das Wasser bis zum Hals stand? Dass ihr Darlehen aufgebracht war? Er blickte auf den Brief von der Stadt herunter. Darin war der vorausgegangene Schriftverkehr mit den entsprechenden Daten aufgelistet. Nora verschwieg ihm das Ganze seit Monaten.

»Und deshalb hast du dir gedacht, du hältst das lieber vor mir geheim?«, platzte es aus ihm heraus. Wütend knüllte er den Brief zusammen und warf ihn auf den Boden. »Anstatt mir zumindest die Chance zu geben, eine Lösung zu finden?«

»Simon, bitte beruhige dich«, flehte Nora. »Denk an dein Herz.«

»Ich bin kein Invalide, verdammt noch mal!«, schrie er. »Und ich wünschte, du würdest endlich damit aufhören, mich wie einen zu behandeln!«

Seine Brust fühlte sich ganz eng an. Er brauchte frische Luft. »Ich muss hier raus.«

»Simon, warte …«, rief Nora und versuchte, ihn festzuhalten.

Doch Simon stieß sie zurück, stürmte aus dem Laden und knallte die Tür hinter sich zu. Wie auf Autopilot marschierte er ins George hinüber und bestellte ein Bier bei Sue. Als er sich umblickte, stellte er erleichtert fest, dass der Pub fast leer war. Zum ersten Mal in seinem Leben hatte er keine Lust, sich zu unterhalten.

»Noch was dazu?«, fragte ihn die Wirtin.

Ach, scheiß drauf, dachte Simon. Er hatte die Nase voll davon, ständig in Watte gepackt zu werden. »Eine Portion Pommes.«

Immer noch zornig setzte er sich mit seinem Glas in eine dunkle Ecke des Pubs und blätterte eine zwei Tage alte Ausgabe der *West Country Gazette* durch, die jemand dort liegen gelassen hatte. Den Artikel über die geplante Umgehungsstraße an der A 429 nahm er kaum wahr.

Warum hast du nichts gemerkt?, meldete sich eine nagende Stimme in seinem Kopf. *Wie konntest du so blind sein?*

Nora mochte ihm vielleicht nichts von den unbezahlten Rechnungen oder dem aufgebrauchten Darlehen erzählt haben, aber Simon war kein Idiot. Er wusste sehr wohl, dass die Buchverkäufe zurückgegangen waren, doch er hatte sich nie nach dem Stand ihrer Finanzen erkundigt.

Simon trank einen großen Schluck Bier. *Weil du es nicht wissen* WOLLTEST.

Sie hatten beide die Köpfe in den Sand gesteckt. Er hatte bemerkt, wie sehr Nora die Leitung des Geschäfts zusetzte: Der Beweis dafür waren die dunklen Ringe unter ihren Augen. Deshalb hätte er sich durchsetzen und mehr einbringen müssen; hätte sie drängen müssen, ihre Sorgen mit ihm zu teilen – dann wären die Dinge vielleicht nicht so aus dem Ruder gelaufen.

»Hey, Bücherwurm«, rief Howie, der sich scheinbar lautlos an ihn herangepirscht hatte. »Was machst 'n du heute für 'n Gesicht?«

Na super, dachte Simon. *Der Tag wird immer besser.*

Howie ließ sich auf den Barhocker neben ihm plumpsen. »Also, wenn ich das Glück hätte, mit so 'ner perfekten Frau wie Nora verheiratet zu sein, würde ich nicht so ein langes Gesicht machen.«

»Kein Mensch ist perfekt, Howie«, gab Simon knurrend zurück.

»Aber sie ist verdammt nah dran.«

Simon nahm noch einen Schluck und machte sich gar nicht erst die Mühe zu antworten. Er hoffte, dass Howie den Wink verstehen und abhauen würde.

Doch sein Sitznachbar betrachtete ihn nur einen Moment, während er mit einem seiner schmutzigen Fingernägel zwischen seinen Zähnen herumstocherte. »Als ich Kind war, wollte keiner in der Klasse neben mir sitzen. Ich kam aus 'ner schlechten Familie … da haben sie alle 'nen großen Bogen gemacht, wenn sie mich gesehen haben. Aber Nora … der war es egal, was die anderen dachten. Sie hat jeden Tag ihre Sandwiches mit mir geteilt.« Er schüttelte den Kopf. »Deine Frau hat 'n Herz aus Gold.«

In diesem Moment kam Mateo zu ihnen herüber und stellte einen Korb mit Pommes auf den Tisch.

»Danke dafür«, sagte Howie und langte direkt zu.

Simon starrte erneut in sein Bierglas. *Ich bin so ein Arsch.* Nora hatte ihn nur beschützen wollen. Ja, sie hatte einige schlechte Entscheidungen getroffen, aber sie hatte es aus Liebe getan.

»Du kannst sie alle haben«, sagte er zu Howie, schob ihm den Korb mit den Pommes hin und stand abrupt auf. »Ich muss los«, ergänzte er knapp.

»Prost, Bücherwurm«, entgegnete Howie, bevor er sich Simons halb getrunkenes Bier griff und es in einem Zug leerte.

Simon hastete aus dem Pub und rannte so kopflos über die Straße, dass er fast von einem Geländewagen überfahren worden wäre. Nora hatte das Schild an der Ladentür auf *Geschlossen* umgedreht, und nachdem er die Buchhandlung betreten hatte, sah er, dass sie eng zusammengerollt auf dem Sofa lag.

Als sie ihn hereinkommen hörte, löste sie sich aus ihrer Embryonalhaltung und setzte sich auf. »Es tut mir so leid«, sagte sie.

Der Anblick ihres gequälten Gesichts ließ jeglichen Ärger verpuffen, den Simon noch empfunden haben mochte.

»Oh, Schatz.« Er ging zu seiner Frau herüber, nahm ihre Hände und drückte sie. »Mir tut's auch leid. Ich hätte nicht so explodieren dürfen. Ich wünschte nur, du hättest mir gesagt, was los ist. Wenn ich mir vorstelle, dass du das alles ganz allein schultern musstest.«

»Ich habe es verdrängt. Ich wollte einfach nicht akzeptieren, wie schlimm es ist. Außerdem habe ich immer gedacht, wenn sie mir noch ein bisschen Zeit geben, könnte ich eine Lösung finden, ohne dass wir den Laden verkaufen müssen.« Bedauernd schüttelte sie den Kopf. »Aber jetzt habe ich eingesehen, dass es die einzige Option ist.«

»Nicht unbedingt.« Simon nahm sie in die Arme. »Wir überlegen uns gemeinsam was. Zu zweit fällt uns sicher mehr ein.«

Er stand auf und nahm ihre Hand. »Aber zuerst brauchen wir Tee.« Simon führte seine Frau nach oben und stellte den Wasserkocher in der Küche an, während Nora ins Wohnzimmer ging. Als das Wasser gekocht hatte, goss Simon es in zwei Becher und brachte sie beide ins Wohnzimmer, wo Nora mit Merry kuschelte, die ihrem Frauchen die tränenverkrusteten Wangen ableckte.

»Hey.« Simon stellte die Becher ab und legte den Arm um Nora. »Wir stehen das gemeinsam durch, das verspreche ich dir.«

»Ach, Simon«, entgegnete Nora und vergrub das Gesicht an seiner Schulter. »Ich schäme mich einfach so.«

»Das brauchst du nicht. Ich bin dafür genauso verantwortlich wie du. Immerhin habe ich gemerkt, dass du dir über irgendwas Sorgen machst, und habe dich nie darauf gesprochen. Außerdem wusste ich, dass unsere Umsätze zurückgegangen sind, da hätte ich auch selbst drauf kommen können, dass das Geld von der Bank langsam zur Neige geht.«

»Und ich wollte mir einfach nicht eingestehen, wie es wirklich um den Laden steht – und dir gegenüber wollte ich das erst recht nicht.«

»Von jetzt an müssen wir immer vollkommen ehrlich zueinander sein. Wir sind schließlich ein Team.«

Nora nickte.

»Und du musst mich mehr mithelfen lassen«, fuhr Simon fort. »Bei meinem letzten Check-up hat Dr. Dhar gesagt, dass ich topfit bin. Du musst dir also keine Sorgen machen.«

»Ich habe einfach solche Angst, dich zu verlieren«, entgegnete Nora. »Das würde ich nicht ertragen. Es reicht, dass Mom nicht mehr da ist.«

»Ich verspreche dir, dass ich hierbleibe«, sagte Simon.

»Tja, könnte sein, dass wir beide wegmüssen«, erwiderte Nora traurig. »Ich sehe einfach keinen anderen Ausweg, als den Laden zu verkaufen.«

»Versuch, positiv zu denken. Es muss einfach eine andere Lösung geben. Morgen früh gehen wir erst mal zur Bank und bitten um ein weiteres Darlehen.«

»Und was, wenn sie das ablehnen?«

»Darüber machen wir uns Gedanken, wenn es so weit ist«,

beschloss Simon, doch sein Tonfall klang optimistischer, als er sich fühlte.

Während sie auf dem Sofa saßen und Nora ihren Kopf an seine Schulter lehnte, erinnerte sich Simon plötzlich an die Kurzgeschichte, die sie ihm vorgelesen hatte, als sie das letzte Mal hier zusammen gesessen hatten. *Das Geschenk der Weisen* handelte von den Opfern, die wir aus Liebe taten.

Es gab noch eine Lösung für ihre Probleme; auch wenn er sich geschworen hatte, niemals davon Gebrauch zu machen. Aber wenn es mit der Bank nicht klappte, würde er seinen Stolz überwinden müssen.

Seine Gefühle waren in dem Fall unwichtig: Nichts in seinem Leben bedeutete ihm so viel wie Nora.

David

David Langdon starrte aus dem Fenster seines Esszimmers hinaus auf die Wiese, die vom Raureif glänzte. Nach dem vielen Regen der letzten Wochen kam ihm der Sonnenschein wie eine persönliche Provokation vor. Die dunkle, hinterhältige Wolke, die sich seit einigen Monaten über seinem Kopf eingenistet hatte, machte keinerlei Anstalten, wieder zu verschwinden, und das, obwohl sich das Wetter draußen verbessert hatte. Als es am Himmel noch grau und trüb gewesen war, hatte David zumindest etwas Befriedigung aus der Tatsache gezogen, dass die Außenwelt sein inneres Gefühlsleben widerspiegelte. In der Literatur gab es einen Begriff dafür, wenn das Wetter zum Gemütszustand einer Figur passte. Wie hieß das doch gleich?

»Pathetischer Irrtum«, murmelte er vor sich hin, als ihm das verschüttete Wissen aus seiner lange zurückliegenden Schulzeit wieder einfiel.

Das trifft's. Pathetisch … erbärmlich, dachte er, als er sein Spiegelbild in der Fensterscheibe erblickte. Immer noch im Morgenmantel. Dunkle Ringe unter den Augen. Hagere Wangen, die mit mehr als drei Tage alten Bartstoppeln übersät waren. Er wusste, dass er dringend mal unter die Dusche gehen, sich anziehen und rasieren sollte, doch er hatte einfach nicht genug Energie dafür. Weder für das eine noch für das andere.

»Dad, ich habe dir Frühstück gemacht.« Seine Tochter Kath kam mit einem Tablett herein, auf dem sich ein Stapel Post und eine Schüssel mit Porridge befanden, den sie mit irgendeiner Sorte von Beeren gemischt hatte. *Bestimmt etwas mit wertvollen Antioxidantien,* vermutete David. Kath recherchierte stets gründlich – genau deshalb hatte er sie als Mitarbeiterin in seinem Abgeordnetenbüro eingestellt, nachdem sie ihren Masterabschluss in Philosophie, Politik- und Wirtschaftswissenschaften gemacht hatte. Sie hatte sich schnell hochgearbeitet und war inzwischen zu seiner engsten Beraterin aufgestiegen. Deshalb war er sich auch ziemlich sicher, dass sie sich ausführlich über den Einfluss der Ernährung auf die Heilung von Depressionen informiert hatte. Als könnte irgendein magisches Lebensmittel ihren Vater wie durch Zauberhand aus seiner Verzweiflung herausziehen.

»Ich habe keinen Hunger.«

»Aber du musst was essen.« Energisch stellte Kath die Schüssel vor ihm ab. »Du bist nur noch Haut und Knochen.«

Er litt unter Appetitlosigkeit. Essen verschaffte ihm keinerlei Freude mehr – warum sollte er dann den Aufwand betreiben, es zu kauen?

Da Kath jedoch abwartend neben ihm stehen blieb, nahm David gehorsam einen Löffel von seinem Frühstück und zwang sich, den Brei hinunterzuschlucken. »Lecker.«

Es schmeckte wie Klebstoff.

Die Ironie des Ganzen war, dass David Langdon in Politikerkreisen für seinen unersättlichen Appetit bekannt war. Nicht nur auf Frauen – da war er definitiv kein Kostverächter –, sondern auch aufs Essen. Er hatte ständig in den besten Restaurants von London gespeist und sein Spesenlimit regelmäßig ausgereizt. Einer seiner Assistenten nannte ihn sogar scherzhaft »Marie Antoinette«, wegen seiner Vorliebe für Gänsestopfleber und Kobe-Steaks, der er selbst in Zeiten wirtschaftlicher Knappheit frönte.

»Wie geht's dir heute?«, erkundigte sich Kath.

David wich dem Blick seiner Tochter aus, um die Sorge in ihren Augen nicht sehen zu müssen. »Gut«, log er.

Aber Kath ließ sich nicht täuschen. »Hast du noch mal darüber nachgedacht, zum Arzt zu gehen?«

Nicht schon wieder …

»Nein.«

»Dad, ich mache mir Sorgen um dich. Ich denke, du brauchst Medikamente – Tabletten, damit du dich besser fühlst. Und der Arzt kann dir auch einen Therapeuten empfehl…«

»Ich. Habe. Nein. Gesagt«, gab er in dem autoritären Tonfall zurück, den er sich normalerweise für seine Reden im Parlament aufhob.

David hatte schon immer »düstere Phasen« durchgemacht, wie seine Ex-Frau es nannte. Letztendlich war seine Affäre mit einer Assistentin der Tropfen gewesen, der das Fass zum Überlaufen gebracht hatte, aber seine »düsteren Phasen« hatten auch einen hohen Anteil am Scheitern seiner Ehe gehabt. Die Depressionen waren immer irgendwann verschwunden, ohne dass er dafür medizinische Hilfe hatte in Anspruch nehmen müssen. So lange wie diese hatte allerdings noch keine seiner Episoden gedauert.

»Bitte denk doch noch mal darüber nach, Dad.«

Das hatte er. Sehr viel sogar. Aber er war ein gewählter Regierungsvertreter. Was, wenn jemand Wind von seiner Depression bekam? Was, wenn ihn jemand in der Praxis des Psychologen sah? Oder in der Apotheke einen Blick auf sein Rezept erhaschte und die Neuigkeiten an die Presse weitergab? Nein, das konnte er nicht riskieren. Tausende von Menschen hatten ihn gewählt, weil sie auf seine Führungsqualitäten vertrauten. Was sollten sie davon halten, wenn sie herausfanden, dass ihr Abgeordneter psychisch labil war? Man erwartete von ihm, dass er stark war, nicht schwach. Sein Sitz im Parlament galt zwar als einer der sichersten im gesamten Vereinigten Königreich, aber das hieß nicht, dass er ihn nicht verlieren konnte …

Aus diesem Grund hatte er sich auf seinen Wohnsitz in seinem Wahlkreis zurückgezogen, um zu verhindern, dass seine Kolleginnen und Kollegen im Parlament von seiner Krankheit erfuhren. In den Fluren von Westminster blieb nichts lange geheim. Kath war mit ihm in Yew Tree Manor eingezogen und hatte ihre Arbeit ins Wahlkreisbüro im nahen Cirencester verlegt. Sie beobachtete ihn die ganze Zeit über mit Argusaugen und drängte ihn ständig, sich Hilfe zu suchen.

Wer auch immer den Spruch »Geteiltes Leid ist halbes Leid« erfunden hatte, hatte keine Ahnung. David sehnte sich einfach nur danach, allein zu sein und in Ruhe seine Wunden zu lecken.

Schon bei seinem ersten Antritt zur Parlamentswahl – damals in den Neunzigern – hatte er es auf die große Trophäe abgesehen. Da er über ein schier unerschöpfliches Maß an Charisma und Selbstvertrauen verfügte, hatte man ihm von Anfang an eine erfolgreiche Karriere prophezeit. Also hatte er auf eine günstige Gelegenheit gewartet, seine Bekanntheit durch Fernsehauftritte und seine wöchentliche Zeitungskolumne verstärkt, sich in diversen Ausschüssen engagiert und sich schließlich bis zu einer Position im Kabinett hochgearbeitet. Und auf dem Weg dahin hatte er sich eine Menge Feinde gemacht – in der Politik ging es gar nicht anders. Aber er hatte sich auch eine Armee aus mächtigen Verbündeten geschaffen, und als der richtige Moment gekommen war, um sich den Hauptpreis zu schnappen, hatte er ein Misstrauensvotum angeregt.

Seine Verbündeten hatten ihm ihre Unterstützung zugesagt und ihm versichert, dass er den Sieg schon in der Tasche hatte. David hatte bereits das Klimpern der Schlüssel zur 10 Downing Street in seiner Hosentasche gehört.

Stattdessen hatte er eine vernichtende Niederlage kassiert. Die Presse hatte jubiliert und sämtliche schmutzigen Details über ihn ausgegraben, die sie finden konnte. Als es hart auf hart kam, ließen ihn alle außer seinen engsten Freunden fallen. Es war eine wahnsinnige Demütigung.

Natürlich hatte er im Laufe seiner Karriere schon andere Rückschläge erlitten, aber diesmal schaffte er es irgendwie nicht, sich davon zu erholen. Fast sein ganzes Erwachsenenleben lang hatte er darauf hingearbeitet, Premierminister zu werden. Dieses Ziel hatte er über alles andere gestellt – Freunde, Familie, Beziehungen. Und das alles vergeblich. Welchen Sinn hatte es noch, weiterzumachen? Er hatte nichts mehr, wofür es sich zu kämpfen lohnte.

Nein, das stimmte nicht. Er hatte Kath. Seine Tochter hatte ihn auf jedem Schritt des Weges begleitet, hatte ihm stets loyal zur Seite gestanden, obwohl er es gar nicht verdient hatte. In ihrer Kindheit war er nicht gerade der beste Vater gewesen. Seine Ex-Frau hatte Kath allein aufgezogen, während er damit beschäftigt war, jedem Rock nachzujagen und politischen Ruhm zu erlangen.

Dass er seine Tochter durch die Zusammenarbeit in den letzten zehn Jahren besser kennengelernt hatte, gehörte zu seinen größten Freuden. Genau wie er hatte Kath einen schnellen, analytischen Verstand. Allerdings wurde sie nicht durch das Streben nach Macht angetrieben, und sie schien sich ehrlich für die Menschen in seinem Wahlkreis zu interessieren.

Er blickte zu ihr hinüber. Ihr lockiger brauner Bob hing ihr ins Gesicht, während sie die Post sortierte. »Das hier sind die dringlichsten«, sagte sie und reichte ihm einen Stapel Briefe. »Und das hier ist auch noch für dich gekommen.« Sie gab ihm ein Päckchen, das in goldenes Geschenkpapier eingepackt war.

Misstrauisch starrte David es an.

»Willst du es nicht aufmachen?«

Er zuckte die Achseln. »Später.«

Kath schien enttäuscht zu sein, doch seiner Erfahrung nach wurden Geschenke selten ohne Hintergedanken gemacht. Deshalb mussten Parlamentsabgeordnete auch alles, was sie von einem Wähler erhielten, offiziell angeben, um keine Bestechungsvorwürfe auf sich zu ziehen. Nicht wenige seiner Kollegen waren diesbezüglich schon mit dem Gesetz in Konflikt geraten.

Kath holte ihr Tablet heraus und rief einen Terminplan auf. »Ich wollte noch ein paar Dinge mit dir durchgehen: Am Mittwoch ist die Abstimmung zum Energiewende-Gesetz – da musst du nach London. Die Ministerin für Digitales, Kultur, Medien und Sport hat den aktuellen Entwurf für die Gesetzesvorlage zur Einführung strengerer Altersbeschränkungen in den sozialen Medien geschickt. Außerdem hat der Steuerungsausschuss zur nachhaltigen Entwicklung des ländlichen Raums seine Debatte über Windparks auf nach Weihnachten verschoben …«

David klinkte sich gedanklich aus, während Kath ihn über diverse Meetings, Interviewanfragen und Vortragstermine informierte. In letzter Zeit herrschte in seinem Kopf ein ständiges Rauschen, und es fiel ihm schwer, sich zu fokussieren.

»Dad?«

»Entschuldige, Kath.« Er schüttelte den Kopf. *Konzentrier dich!* »Kannst du das Letzte noch mal wiederholen?«

»Die Gemeinde von St. Stephen's hat dich zu ihrem jährlichen Weihnachtskonzert eingeladen.«

David stöhnte. Jedes verdammte Jahr – wieso kapierten die den Wink mit dem Zaunpfahl denn nicht? Er würde sich wieder irgendeine Ausrede einfallen lassen müssen. Derzeit hatte er einfach keine Kraft, gute Laune vorzutäuschen, von Weihnachtsstimmung ganz zu schweigen.

»Da fällt mir ein«, sagte Kath, »als ich letztens im Ort war, habe ich ein paar Bücher gekauft, die vielleicht ganz interessant für dich sind …«

Kath war eine Leseratte und schaute ständig in der Buchhandlung gegenüber dem Pub vorbei. David war noch nie darin gewesen – mit dem endlosen Strom von Informationsberichten hatte er mehr als genug Lesestoff.

Trotzdem ging seine Tochter zum Regal hinüber und kam mit einem Stapel Bücher zurück. Als sie den vor ihm auf dem Esstisch ablegte, konnte David den Titel des obersten Buchs lesen: *Depressionen schnell loswerden*.

Er verzog das Gesicht und machte eine wegwerfende Handbewegung. »So was brauche ich nicht.«

»Aber, Dad …«

»Ich habe keine Depression«, log David. »Ich bin nur ein bisschen abgekämpft.«

Kath stieß einen Seufzer aus. »Ich muss nachher ins Büro. Heute findet ein Meeting zu dem geplanten Einkaufszentrum bei Stowford statt. Kommst du auch?« Hoffnungsvoll sah sie ihn an.

Doch er schüttelte den Kopf.

»Was hast du stattdessen vor?«

»Ich werde meine Kolumne schreiben.« Er war schon zwei Wochen zu spät dran und hatte heute Morgen eine neuerliche Flut zunehmend hektischer werdender E-Mails von seinem Redakteur bekommen.

»Okay …«, sagte Kath und beobachtete ihn besorgt. »Bist du sicher, dass ich dich allein lassen kann?«

»Ich brauche keinen Babysitter«, gab er barsch zurück. Dann zwang er sich, aufzustehen und möglichst motiviert auszusehen – sonst würde Kath nie fahren.

Bevor sie ging, tippte sie auf das goldene Päckchen. »Vergiss nicht, das aufzumachen. Das sieht spannend aus.«

In dem Moment, als David das Knirschen ihrer Autoreifen auf der Kieseinfahrt hörte, stapfte er in sein Büro und setzte sich an seinen Schreibtisch. Die antike Mahagoniplatte war mit einer dünnen Staubschicht bedeckt, und die Papierstapel, die darauf lagen, hatte er seit Tagen nicht mehr angerührt. Er klappte seinen Laptop auf und starrte den schneebedeckten Berggipfel auf seinem Bildschirmschoner an, in der Hoffnung, dass der ihn irgendwie inspirieren würde.

Eigentlich war es ihm immer leichtgefallen, Worte zu finden. Normalerweise brauchte er vielleicht eine Stunde, um seine Kolumne zu schreiben, in der er lustige Anekdoten aus dem Parlament zum Besten gab oder sich für die Themen einsetzte, die ihm am Herzen lagen. Nachdem Kath sich während ihres Studiums ihm gegenüber geoutet hatte, war er zu einem unerschütterlichen Verfechter der Rechte von Angehörigen der LGBTQ+-Community geworden. Der Tag, als das Eheöffnungsgesetz verabschiedet wurde, für das er sich leidenschaftlich eingesetzt hatte, gehörte zu den stolzesten Momenten seiner Karriere. Seit er jedoch mit dem Misstrauensvotum gescheitert war, beschränkte sich Davids Leidenschaft auf … gar nichts.

Zum ersten Mal in seinem Leben hatte er keine Ahnung, worüber er schreiben sollte.

Während er weiter den Berg auf seinem Bildschirm anstarrte, war sein einziger Gedanke die Frage, wie es wohl wäre, wenn er sich von dessen Gipfel stürzen würde. Das wäre auf jeden Fall eine schnelle Methode, sich das Leben zu nehmen. In den letzten Wochen hatte er verschiedene Möglichkeiten in Betracht gezogen. Da er ein Feigling war, kam nichts infrage, das wehtun würde. Gleichzeitig wollte er nicht, dass Kath sich mit seinen entstellten Überresten auseinandersetzen musste, somit fielen auch eine ganze Reihe anderer Optionen weg.

Blöd, dass es in Stowford keine Berge gibt.

Es war nicht mal so, dass er unbedingt sterben wollte. Er wollte einfach nur, dass diese Trauer endlich aufhörte.

Er war es so leid, sich ständig schlecht zu fühlen.

Und überhaupt: Wen würde es schon wirklich belasten, wenn er starb? Seine Eltern waren beide tot. Mit seiner Schwester hatte er seit Jahren kein Wort mehr gesprochen. Seine politischen Konkurrenten würden sich wie die Aasgeier auf seinen Posten stürzen und von dem Einfluss zehren, den er sich erarbeitet hatte. Seine Ex-Frauen und -Freundinnen würden wahrscheinlich auf seinem Grab tanzen. Und was seine Wähler anging: Das derbe Graffiti an der Bushaltestelle hatte er durchaus gesehen. Die würden ihn sicher lieber heute als morgen durch ein neueres Modell ersetzen.

Als er den Blick von dem Bild des Gipfels anwandte, fiel ihm ein gerahmtes Foto von sich und Kath ins Auge, auf dem sie um die Wette grinsten. Sie trugen beide Helme und machten das Daumen-hoch-Zeichen in die Kamera. Der Schnappschuss war aufgenommen worden, nachdem sie sich beide am Londoner Shard abgeseilt hatten, um Geld für die Wohltätigkeitsaktion einer LGBTQ+-Organisation zu sammeln.

Kath würde ihn vermissen, doch sie war stark. Weitaus stärker als er. Natürlich würde sie um ihn trauern, aber sie würde irgendwann damit zurechtkommen.

Frustriert knallte er seinen Laptop zu. Die einzige Idee, die er hatte, war, dass die Welt ohne David Langdon besser dran war. Aber darüber konnte er wohl kaum eine Kolumne schreiben, oder?

KAPITEL 13

Nora

»Hast du den Antrag?«, fragte Nora Simon vor dem Gebäude der Wohnbau-Kreditgesellschaft. »Und den Businessplan?«

Sie hatten bis spät in die Nacht einen Antrag für ein neues Darlehen zusammengestellt. Es hatte sogar noch länger gedauert als erwartet, dank der Tatsache, dass ihr Computer jedes Mal abgestürzt war, wenn sie das Excel-Programm aufrufen wollten. Trotzdem fand Nora, dass ihre Unterlagen ziemlich beeindruckend geworden waren. Sie hatten die Gründe erläutert, warum ihr Geschäft so wichtig für die Ortsgemeinde war, und außerdem einige ehrgeizige Ziele für das weitere Wachstum ihres Unternehmens aufgeführt.

»Keine Sorge«, sagte Simon und tätschelte die Ledermappe, die er sich unter den Arm geklemmt hatte. »Ich habe alles hier drin.« Sie hatten sich darauf verständigt, dass er die Präsentation ihrer Unterlagen übernehmen würde, da Noras Stimme meist zu zittern anfing, wenn sie nervös war.

Nora wischte ein weißes Hundehaar von ihrem Rock. In dem Versuch, möglichst geschäftsmäßig auszusehen, hatte sie einen Blazer angezogen und ihr Haar zu einem Knoten hochgesteckt. Sie kam sich vor wie eine Kandidatin in *Die Höhle der Löwen*. »Dann mal los«, murmelte sie, als sie das Gebäude betraten.

Simon nahm auf einem der Stühle im Wartebereich Platz und stützte das linke seiner langen Beine auf sein rechtes Knie. Er wirkte ganz ruhig, doch an der Art, wie er seine Uhr um sein Handgelenk drehte, konnte Nora erkennen, dass er ebenfalls nervös war.

Sie selbst machte sich erst gar nicht die Mühe, sich zu setzen – stattdessen tigerte sie durch den Empfangsbereich und ging im Kopf immer wieder ihr Konzept durch.

»Entspann dich, Nora. Hugh ist ein netter Kerl. Ich bin mir sicher, dass er uns helfen will.«

Nora nickte, aber es war Quatsch, so zu tun, als wäre dies ein ganz normales Meeting und nicht ihre letzte Hoffnung.

Schließlich steckte Hugh seinen immer kahler werdenden Kopf aus der Tür seines Büros und bedeutete ihnen, in die gläserne Kabine einzutreten. »Ah, Mr und Mrs Walden! Kommen Sie, kommen Sie.«

»Vielen Dank, dass Sie uns heute noch dazwischengeschoben haben, Hugh«, sagte Simon und schüttelte dem Bankberater die Hand.

»Oh, sehr gern«, entgegnete Hugh gut gelaunt. »Sie haben mich daran erinnert, dass ich unbedingt noch bei Ihnen im Laden vorbeischauen und einen Karibikführer kaufen muss. Meine Frau und ich fliegen über Weihnachten dorthin, um ein bisschen zu segeln.«

»Ach, wie schön«, befand Nora, obwohl sie noch nie verstanden hatte, warum die Leute Weihnachten unter Palmen verbringen wollten, wenn es in Stowford gerade um diese Zeit besonders schön war.

Hugh bot ihnen die Plätze auf der anderen Seite des Schreibtischs an, dann lehnte er sich in seinem Stuhl zurück und verschränkte die Hände über seinem prallen Bauch, der den Stoff seines Nadelstreifenhemds merklich dehnte. »Was kann ich heute für Sie tun?«

Hugh hörte höflich zu, während Simon ihr gemeinsames Konzept präsentierte. Er trug ihr Anliegen so selbstbewusst und fachmännisch vor, dass Nora richtig stolz auf ihn war. Das musste Hugh einfach beeindrucken. Als Simon geendet hatte, sah Hugh sich ihren Businessplan an und rieb sich dabei nachdenklich übers Kinn. Noras Magen zog sich zusammen, während sie darauf wartete, dass er sein Urteil verkündete. Doch die Runzeln auf Hughs Stirn gruben sich immer tiefer ein, während er mit seinem molligen Zeigefinger die Zahlenreihen in ihrer Tabelle entlangfuhr.

Schließlich blickte er zu ihnen hoch und schüttelte den Kopf. »Ich wünschte, ich könnte Ihnen beiden helfen, wirklich, aber Ihre Kalkulation erscheint mir nicht sehr realistisch.«

»Ja, momentan machen wir keine Gewinne, aber wir sind davon überzeugt, dass wir das Geschäft mit einer zusätzlichen Investition wieder ankurbeln können«, versicherte Simon ihm.

Hugh fuhr sich mit der Hand durch sein lichter werdendes Haar. »So funktioniert das leider nicht, fürchte ich. Wir können Ihren Kredit nur aufstocken, wenn wir die Sicherheit haben, das Geld auch zurückzuerhalten. Aber angesichts Ihres derzeitigen Umsatzniveaus und Ihres Schuldenstands kann die Bank dieses Risiko einfach nicht eingehen.«

Nora beugte sich vor. »Bitte, Hugh«, flehte sie. »Wenn wir kein Darlehen bekommen, müssen wir den Laden zumachen.«

Der Banker sah sie über den Tisch hinweg bedauernd an. »Schauen Sie, ich bin wirklich ein großer Fan Ihres Geschäfts. Und für den Ort wäre es auch ein großer Verlust, wenn Sie schließen müssten. Was ist mit Ihrer Familie? Haben Sie nicht irgendwelche Verwandten mit Geld, die Ihnen vielleicht aushelfen können?«

Nora und Simon tauschten einen Blick aus. Als sie den Antrag zusammengestellt hatten, hatte Simon sie auf seine Eltern angesprochen, doch Nora hatte ihn gebeten, die beiden aus der Sache herauszuhalten. Sie wusste, wie sehr ihm jede Begegnung mit seinem Vater zusetzte. Simon hatte zwar beteuert, dass sie sich keine Sorgen wegen seines Herzes zu machen brauchte, aber das hieß ja nicht, dass ihr das auch gelang. »Das kommt nicht infrage«, hatte sie beharrt.

Hugh seufzte. »Wenn Sie meinen Rat hören wollen: Ich denke, Sie sollten verkaufen. Dann könnten Sie noch einen ordentlichen Gewinn herausholen und hätten ein gutes Polster für einen frühen Ruhestand. Sie könnten sich was Kleines irgendwo in der Sonne leisten.«

Nora kniff die Augen zusammen, um die Tränen zurückzudrängen, als Hugh sie aus dem Büro führte.

Wehe, du weinst.

Schlimm genug, dass er sie dazu gebracht hatte zu betteln – da würde sie sicher nicht auch noch vor ihm in Tränen ausbrechen.

»Ich schaue nachher vorbei, um den Reiseführer zu holen«, sagte Hugh, während er ihnen die Hand gab.

»Warten Sie nicht zu lange, sonst gibt es uns vielleicht nicht mehr«, murmelte Nora leise vor sich hin.

Als sie wieder allein und draußen vor der Bank auf dem Gehsteig waren, legte Simon Nora die Hände auf die Schultern. »Ich weiß, das ist nicht so gelaufen, wie wir es wollten, Schatz, aber wir haben immer noch ein bisschen Zeit. Nur weil diese Bank Nein gesagt hat, heißt das ja nicht, dass andere Banken uns auch ablehnen.«

»Das fürchte ich aber schon.« Hugh Wright war ihre beste Chance auf ein Darlehen gewesen.

»Also, ich mache auf jeden Fall noch ein paar weitere Termine«, sagte Simon. »Wenn es sein muss, fahre ich sogar bis London.«

Doch Nora wusste, dass er nur seine Zeit verschwenden würde.

»Sollen wir noch ein Sandwich im Copper Kettle essen, bevor wir in den Laden gehen?«, fragte Simon.

Nora schüttelte den Kopf. »Ich gebe lieber noch eine Runde spazieren, wenn du nichts dagegen hast. Ich muss den Kopf frei kriegen.«

»Ja, mach das.« Simon gab ihr einen Kuss und trat den Rückweg zur Buchhandlung an, während Nora die entgegengesetzte Richtung einschlug. Am Ende der Hauptstraße bog sie ab und steuerte auf die Kirche zu. Anstatt jedoch hineinzugehen und in der Stille des Innenraums um ein Wunder zu bitten, ging sie um das Gebäude herum, bis sie den Friedhof am hinteren Ende erreichte. Das Eisentor gab ein protestierendes Quietschen von sich, als sie es aufschob und den Friedhof betrat.

Die meisten der Grabsteine, die dort standen, waren so alt, dass sie bereits halb in den Boden eingesunken waren, und ihre felsigen Oberflächen waren mit Flechten überzogen. Doch es gab auch neuere Grabstätten. Eine, auf der verwelkte Blumengebinde lagen, war sogar noch so frisch, dass drum herum erst vereinzelt Gras wuchs.

Nora durchschritt den Friedhof und bog an einer Engelstatue ab, die ein altes Grab aus Viktorianischer Zeit schmückte. Obwohl sie nicht religiös war, mochte Nora die Vorstellung, dass es Schutzengel gab. Sie hoffte, dass einer über Charlotte wachte, wo immer sie gerade war. Eigentlich hatte Nora stets das Gefühl gehabt, dass auch ein Engel auf sie aufpasste, aber seit heute war sie sich da nicht mehr so sicher.

Falls es da draußen jemanden gibt: Gerade könnte ich wirklich deine Hilfe gebrauchen ...

Ihr Weg führte sie weiter auf eine ausladende Trauerweide zu, vorbei an Reihen efeubewachsener Steinvasen und Kreuze; Gedenkstätten für die vor langer Zeit verstorbenen Bürger Stowfords. Schließlich hielt Nora vor einem schlichten Grabstein an, der von kleinen lilafarbenen Blumen gesäumt wurde.

»Hi, Mum«, sagte sie leise.

Als geborene Rebellin hatte Penelope Alpenveilchen geliebt, weil sie den dunklen Tagen des Winters mit ihren violetten Blüten frech trotzten. Nach ihrer Beerdigung hatte Nora das ganze Grab ihrer Mutter mit den Blumen bepflanzt. Doch sie hatte auch diverse andere Sorten eingesetzt. Im neuen Jahr würden Schneeglöckchen ihre zarten Köpfe aus der Erde stecken und, sobald es wärmer wurde, Narzissen und Tulpen. Später dann, wenn der Sommer vorüber war, würden Herbstkrokusse in leuchtenden Gelb- und Lilatönen erblühen. Es gab keine Jahreszeit, in der Penelope nicht von bunten Farben und Lebenskraft umgeben war, im Tod genauso wie in ihrem Leben.

Nora kam ein paarmal im Jahr hierher, um nach den Blumen zu sehen, Unkraut zu zupfen und mit ihrer Mutter zu sprechen. Seit dem letzten Herbstanfang war sie jedoch nicht mehr hier gewesen. Sie wischte einige vertrocknete Blätter vom Grabstein, um die Inschrift lesen zu können, die in den Granit eingraviert war.

PENELOPE COOPER, 1947–1996
Komm ich ans Ende meiner Straße,
Hab meinen Sonnenuntergang erreicht,
Will ich kein Ritual in einem Raum voll Trauer,
Warum die Trän', wenn meine Seele ist nun frei?

Das war ein Vers aus einem Gedicht von Christina Rossetti, das Nora beim Begräbnis ihrer Mutter vorgelesen hatte. Doch genauso, wie sie damals den Rat des Gedichts nicht hatte befolgen können, konnte sie auch jetzt die Tränen nicht zurückhalten.

»Es tut mir so leid, Mum. Ich habe versagt. Wir werden den Laden verlieren.« Sie ließ sich auf den feuchten Boden sinken und krümmte sich zusammen. Während sie den Kopf gegen den kalten Grabstein lehnte, weinte sie ihre Verzweiflung heraus. »Ich hab's versucht, Mum«, schluchzte sie. »Ich habe alles versucht, um den Laden zu halten.«

Nora wusste nicht, wie lange sie dort gehockt hatte – auf jeden Fall so lange, dass ihr Rock sich vollgesogen hatte und ihr Hintern nun feucht war –, doch irgendwann hörte sie das Tor quietschen, und ihr wurde klar, dass sie nicht mehr allein war. Als sie sich aufrichtete, sah sie, dass ein Jugendlicher in Schuluniform den Friedhof betreten hatte. Er war etwa fünfzehn, hatte strubbliges rotes Haar und blasse Wangen, in deren zarten Konturen noch ein Hauch von Kindlichkeit zu erkennen war, trotz der Unreinheiten, die seine Jugend verrieten. Nora hatte das dumpfe Gefühl, ihn schon mal irgendwo gesehen zu haben. Wahrscheinlich gehörte er zu den Teenies, die ständig vor dem George herumlungerten, in der Hoffnung, dass ihnen jemand einen Drink spendieren würde.

Als er sie entdeckte, runzelte er die Stirn und drehte sich dann abrupt weg.

Du schwänzt doch garantiert die Schule.

Nora warf einen Blick auf die Kirchturmuhr und stellte fest, dass es schon fast vierzehn Uhr war. Simon würde sich Sorgen machen, wenn sie nicht bald nach Hause kam. *So, jetzt hast du deine Ruhe, Kleiner,* dachte sie, während sie über den Friedhof eilte, durch das Tor hastete und dem Jungen seinen Freiraum ließ, um zu rauchen, zu trinken oder was auch immer Teenager auf Friedhöfen taten, wenn sie eigentlich in der Schule sein sollten.

Harry

Als die Frau verschwunden war, ging Harry zu Emmas Grab hinüber und hockte sich davor. Der Blumenstrauß, den er beim letzten Mal mitgebracht hatte, war inzwischen verwelkt und ganz braun geworden. Emma hätte es furchtbar gefunden, wie verwahrlost ihr Grab mit dem ungleichmäßigen und immer noch spärlichen Rasen aussah. Harry würde irgendwas holen müssen, um die Gedenkstätte ein bisschen schöner zu machen – vielleicht eine von diesen roten Weihnachtsblumen. Oder Lametta. Oder noch besser: ein paar batteriebetriebene Lichterketten, so wie die, die Emma letzten Dezember überall in ihrem Zimmer verteilt hatte.

Seine Schwester hatte Weihnachtsdekorationen geliebt: je funkelnder, desto besser. Außerdem hatte sie eine umfangreiche Kollektion von Weihnachtspullis gehabt, die meisten mit Pailletten darauf. Wahrscheinlich lagen sie nach wie vor in ihrem Kleiderschrank. Ihre Eltern hatten in ihrem Zimmer alles so gelassen, wie es war, als rechneten sie noch damit, dass Emma am Samstag von ihrem Job im Copper Kettle nach Hause kam. Manchmal schlich sich Harry heimlich in ihr Zimmer und legte sich auf ihr Bett – was Emma ihm niemals erlaubt hätte, wenn sie noch am Leben wäre. Aber wenn er die Augen schloss, konnte er beinahe den fruchtigen Duft ihres Deos auf dem Kopfkissen wahrnehmen, das wirklich gut gerochen hatte, obwohl er vor ihr immer behauptet hatte, dass es wie Hundefürze stank.

»Ohne dich wird Weihnachten echt komisch sein«, sagte er und schob die Hände in die Taschen seines Jacketts, um sie zu wärmen. Seine Eltern hatten sich gar nicht erst die Mühe gemacht, einen Baum aufzustellen. Stattdessen ignorierten sie alles Weihnachtliche, sofern es ging, als gäbe es durch Emmas Tod keinen Grund mehr, irgendetwas zu feiern. »Wahrscheinlich gehen wir nicht mal in die Christmette.« Seit der Beerdigung hatten sie keinen Fuß mehr in die Kirche gesetzt. Die Pfarrerin war einmal zu ihnen nach Hause gekommen, doch Harrys Dad hatte ihr die Tür vor der Nase zugeschlagen.

Harry hatte immer gejammert, wenn er sonntagmorgens in die Kirche musste, aber jetzt würde er alles dafür geben, wenn das bedeutete, dass Emma wieder neben ihm in der Bank sitzen und bei Miss Powells Sopransolo zu kichern anfangen würde.

Das Verrückte daran war, dass sie sich meistens gar nicht besonders gut verstanden hatten. Als sie klein waren, hatten sie ständig miteinander gespielt – schließlich lagen nicht einmal zwei Jahre Altersunterschied zwischen ihnen. Doch als Emma auf die weiterführende Schule gekommen war, hatte sich alles verändert. Plötzlich wollte sie mit ihrem kleinen Bruder kein Lego mehr spielen oder Fahrrad fahren. Stattdessen stritten sie sich ständig, darüber, wer das Fernsehprogramm bestimmen durfte, wessen Musikgeschmack besser war und wer morgens als Erster duschen durfte (wehe, er hatte aus Versehen ihr teures Shampoo benutzt). Das letzte Gespräch, das sie je miteinander geführt hatten, war ein Streit gewesen: Harry hatte Emma angeschrien, weil sie seine neuen Kopfhörer benutzt hatte, ohne zu fragen, und sie unabsichtlich kaputt gemacht hatte.

Gequält zuckte er zusammen, als er an die letzten Worte dachte, die er ihr an den Kopf geworfen hatte: *Ich hasse dich!*

Nun, da Emma nicht mehr da war, vermisste er sie ständig. Es war ein dumpfer Schmerz, der auf einmal brennend wehtat, wenn Harry irgendetwas an sie erinnerte. Also die ganze Zeit über.

Harry versuchte, seine Schutzmauern aufrechtzuerhalten, doch Trauer war ein hinterhältiges Gefühl. Sie schlich sich heimlich an ihn heran und dann … PENG!

Es gab Momente, da wollte er Emma etwas erzählen – auch so blöde Sachen wie, dass Jason Kelly seit Neuestem mit Melissa aus ihrer Jahrgangsstufe ging; oder dass Mr Hanley, der Erdkundelehrer, eine (ziemlich schlechte) Haartransplantation hatte machen lassen; oder dass die Nachbarskatze einen Wurf Kätzchen bekommen hatte. Doch dann fiel ihm ein, dass sie nicht mehr da war, und die Trauer überfiel ihn so heftig, dass ihm die Luft wegblieb.

Deshalb hatte er angefangen, hierherzukommen, um mit ihr zu sprechen. Er wusste, dass er sich schräg verhielt. Die anderen in der Schule würden ihn für einen noch größeren Freak halten als sowieso schon, wenn sie herausfanden, dass er auf einem Friedhof abhing und mit einer Toten sprach. Natürlich war ihm klar, dass Emma ihm nicht antworten konnte; dass da unten im Boden nur ihr lebloser Körper lag.

Die ganze Schule war bei der Beerdigung erschienen. In der Kirche hatte man bloß stehen können – es war noch voller als in der Mitternachtsmesse an Heiligabend gewesen. Alle hatten sich die Augen ausgeweint, obwohl die Hälfte der Leute Emma kaum gekannt hatte. Harry hatte es gehasst, all die Blicke auf sich zu spüren, während er dort stand, in einem zu engen Anzug, den er letztes Jahr zur Hochzeit seines Cousins bekommen hatte. Als er und sein Vater Emmas Sarg aus der Kirche trugen, hatte er nicht eine Träne geweint, und hinterher hatte er sich allen möglichen Quatsch darüber anhören müssen, wie »tapfer« er doch sei. Aber Harry war nicht tapfer gewesen – nur wie betäubt.

Und er hatte sich gefragt, ob wohl zu seiner Beerdigung auch so viele Leute gekommen wären, wenn das Auto ihn und nicht Emma überfahren hätte.

Wahrscheinlich nicht.

Alle liebten Emma. Sie war die Attraktivere von ihnen beiden gewesen; rote Haare sahen bei Mädchen einfach viel schöner aus (was Harry ihr gegenüber allerdings nie zugegeben hätte). Daneben war sie auch noch gut in der Schule gewesen, hatte es aber nie raushängen lassen, dass sie klüger war als viele andere. Eigentlich hatten sie und ihre Freunde geplant, nach Glastonbury zu fahren, um ihren Abschluss zu feiern, doch sie hatte nie die Chance bekommen, Lizzo oder Vampire oder George Ezra zu sehen (in den sie total verschossen war) und auch keine der anderen Bands, die auf dem Festival spielten. Weil ein Auto zu schnell über eine Landstraße gerast war und sie auf dem Heimweg von der Arbeit überfahren hatte.

Sie war sofort tot gewesen.

Eine Zeit lang war Harry in der Schule eine Art Star gewesen. Der Junge, dessen Schwester gestorben war. Mitschüler, die ihn normalerweise nicht mit dem Hintern ansahen, sagten plötzlich »Hi« zu ihm und fragten ihn, wie es ihm ging. Doch er hatte diesen mitleidigen Ausdruck in ihren Augen gehasst und war froh gewesen, als sie ihn nach einigen Woche wieder genauso ignorierten wie vorher. Seine richtigen Freunde, Scooter und Sanj – die Jungs, mit denen er am Computer zockte oder Fahrrad fuhr –, redeten nie mit ihm über Emma. Es war, als wäre Trauer eine Krankheit und niemand wollte riskieren, sich anzustecken.

Seine Lehrer hatten ihn zu einem Gespräch mit einer Psychologin überredet, aber das war eine totale Zeitverschwendung gewesen. Harry hatte es gehasst, wie Mrs Garvey jedes Mal, wenn er etwas sagte, mit dem Kopf genickt hatte. Er hatte die Taschentuchbox auf ihrem Schreibtisch gehasst, die ihn die ganze Zeit daran erinnerte, dass er ein schlechter Mensch war, weil er immer noch nicht geweint hatte. Und er hatte es gehasst, dass es in ihrem Büro nach Lavendel roch, so wie im Bad seiner Großmutter.

Deshalb hatte er in jeder Therapiestunde nur noch mit vor der Brust verschränkten Armen dagesessen und einsilbige Antworten gegeben, bis sein Dad ihm schließlich eine Entschuldigung schrieb, auf der stand, dass er nicht mehr dorthin musste.

Die ersten Monate waren seine Lehrer noch verständnisvoll gewesen und hatten es ihm durchgehen lassen, wenn er die Hausaufgaben nicht gemacht hatte. Mittlerweile war ihre Geduld allerdings am Ende, und sie verdonnerten ihn praktisch täglich zum Nachsitzen. Er hatte nie so gute Noten wie Emma gehabt, aber sie waren ganz okay gewesen. Inzwischen stand er in jedem Fach, außer in Englisch, auf Sechs, und das nicht nur, weil Emma ihm nicht mehr bei den Hausaufgaben helfen konnte. Er schaffte es einfach nicht, sich auf irgendetwas, das die Lehrer sagten, zu konzentrieren.

Was für einen Sinn hatte das Ganze denn noch, wenn man – PENG – einfach so sterben konnte?

Harry musste auch nicht nur wegen der Hausaufgaben nachsitzen: Nach dem Sportunterricht hatte er sich in der Umkleidekabine geprügelt und ein blaues Auge kassiert. Er wollte geschlagen werden, hatte den anderen Jungen so lange provoziert, bis der mit der Faust ausgeholt hatte. Und obwohl Harrys Gesicht wahnsinnig wehgetan hatte, war er danach glücklich gewesen.

Weil er es verdient hatte.

Anschließend hatte ihn die Schulpsychologin beiseitegenommen und gesagt: »Schau, Harry, wir wissen alle, dass du eine sehr schwere Zeit durchmachst, und wir wollen dir helfen. Du bist ein intelligenter Junge, aber du machst dir gerade alles kaputt. Emma hätte das nicht gewollt.«

Stecken Sie sich Ihre blöden Sprüche doch sonst wohin, Mrs Garvey!

Woher wollte die blöde Kuh wissen, was Emma gewollt hätte?

Harry blickte auf den Grabstein herunter und seufzte. Sie hatte ja recht. Emma hätte definitiv gesagt, dass er sich bescheuert aufführte.

»Ich weiß, ich sollte jetzt eigentlich in der Schule sein«, sagte er zu seiner Schwester. »Aber du verstehst nicht, wie es da ist …«

Er hatte nicht geplant zu schwänzen. An diesem Morgen hatte er sich ganz normal seine Uniform angezogen und war nach unten zum Frühstück gegangen, als sein Dad, der auf dem Weg zur Arbeit war, ihm ein Päckchen gegeben hatte. »Das hier ist für dich gekommen, aber ich hab's eben erst gesehen.«

Was für eine Überraschung! Auf der Arbeitsplatte in der Küche lag ein ganzer Stapel von Post, die seine Eltern nicht geöffnet hatten. Irgendwo in dem Haufen aus Beileidskarten und Rechnungen lagen wahrscheinlich auch irgendwelche Briefe von der Schule, in denen es um sein Betragen ging. Doch seine Eltern waren derzeit nicht wirklich auf der Höhe. Seine Mum schlich wie ein Zombie durch die Gegend und nahm immer noch die Beruhigungspillen, die Dr. Dhar ihr nach dem Unfall verschrieben hatte, obwohl sie längst damit aufhören sollte. Sie saß den ganzen Tag in ihrem Morgenmantel herum, kochte sich Tee und vergaß dann, ihn zu trinken. Stattdessen starrte sie mit leerem Blick vor sich hin. Nach außen hin schien sein Dad besser mit der Situation klarzukommen. Zumindest ging er immer noch zur Arbeit. Wenn er jedoch zu Hause war, saß er nur vor dem Fernseher und betäubte sich mit Alkohol. Harry nahmen sie kaum noch wahr.

Er hatte das Päckchen geöffnet und gedacht, dass seine Oma ihm vielleicht schon das Konsolenspiel geschickt hatte, das er sich zu Weihnachten gewünscht hatte. Aber in dem Umschlag war kein Spiel, sondern ein Buch: *Der König von Narnia.*

Was zum Geier?

Sollte das irgendein makabrer Scherz sein?

Wer war so krank im Kopf und dachte sich was derart Widerliches aus? Harry war so wütend, dass er das Buch durch die Küche schleuderte und der Einband kaputt riss.

Seine Mutter sah nicht mal auf.

Er war viel zu aufgebracht, um zur Schule zu gehen. Stattdessen war er den ganzen Morgen über die Wiesen gestampft und hatte sich den Hintern abgefroren.

Am liebsten hätte er sich mit einer heißen Schokolade im Copper Kettle aufgewärmt, doch seit Emmas Tod war er nicht mehr in dem Café gewesen. Dort gab es einfach zu viele Erinnerungen an sie, wie sie in ihrer weißen Schürze und dem Bestellblock in der Tasche bediente. Wenn er und seine Kumpels dorthin gegangen waren, hatte sie ihnen immer Kuchen ausgegeben. Seine Freunde fanden Emma ziemlich cool, was Harry ihr allerdings nie gesagt hatte.

Jetzt konnte er es nie mehr tun.

Während er wütend durch die mit Raureif überzogenen Wiesen marschiert war, hatte er plötzlich einen seltsamen Gedanken gehabt: Was, wenn Emma ihm das Buch geschickt hatte? Vielleicht war das irgendeine Art von Nachricht aus dem Jenseits …

Harry wusste, dass das verrückt war, aber irgendwie hatten ihn seine Füße wie von selbst zum Friedhof getragen. Was, wenn Emma irgendwie mit ihm sprechen konnte, vom Himmel aus oder woher auch immer?

»Kam das von dir?«, fragte er sie nun. »Hast du mir das Buch geschickt?«

Stille.

»Sag was.«

Doch das einzige Geräusch, das er hörte, war das Gurren der Tauben, die unterm Dach der Kirche nisteten.

Harry stieß einen gequälten Laut aus. »Wieso?«, schrie er, und seine Stimme hallte über den Friedhof. »Wieso bist du gestorben, Emma?«

KAPITEL 14

Simon

Am nächsten Morgen um kurz vor sechs schlich sich Simon aus dem Bett und zog sich im Dunkeln an. Er wählte sein schönstes Hemd aus – ein Geburtstagsgeschenk seines Bruders aus einem Nobelgeschäft in der Jermyn Street. Krawatte oder keine Krawatte? Nora hatte sich die ganze Nacht über im Bett herumgewälzt. Um sie jetzt nicht aufzuwecken, indem er im Kleiderschrank herumsuchte, entschied sich Simon gegen die Krawatte. Stattdessen zog er einfach nur seinen besten Cordblazer über das Hemd und ging auf Zehenspitzen aus dem Schlafzimmer, immer darauf bedacht, nicht auf das knarzende Dielenbrett zu treten. Als er im Wohnzimmer ankam, sprang Merry aus ihrem Körbchen und drehte sich winselnd vor der Tür im Kreis. »Schh!«, zischte Simon und hielt einen Finger an die Lippen.

Er ging kurz mit Merry nach draußen, bevor er sie wieder nach oben brachte und schnell eine Nachricht an Nora auf den Block kritzelte.

Bin in London zu einem Termin.

»Drück mir die Daumen«, sagte er zu Merry und strich ihr über den Kopf. Dann schnappte er sich seine Autoschlüssel und machte sich erneut auf den Weg nach draußen.

Als er mit dem Golf über die Landstraßen zum Bahnhof außerhalb des Ortes fuhr, ging gerade die Sonne auf und tauchte die Hügel in einen rosaroten Glanz. Simon parkte den Wagen vor dem Bahnhof und betrat das winzige Fahrkartenhäuschen mit dem hübschen weißen Holzgiebel, um ein Tagesticket nach London Paddington zu kaufen.

»So, jetzt kann der Weihnachtseinkauf beginnen«, sagte eine mollige Frau und wedelte begeistert mit ihrem Ticket, während sie vom Kartenschalter zurücktrat, um Simon Platz zu machen.

Er wünschte, er würde auch zum Geschenkekauf nach London fahren. Sich durch die Menschenmassen in der Oxford Street zu schieben war ein Kinderspiel verglichen mit dem, was er vorhatte. Nachdem er sein Ticket bezahlt hatte, lief er über die kleine Fußgängerbrücke auf die andere Seite der Gleise und stellte sich dort auf den Bahnsteig, um auf den ersten Zug zu warten. Außer ihm waren nur wenige andere Leute da: die Frau, die zum Shoppen wollte; ein junges Mädchen in Schuluniform, mit Hockeyschläger in der Hand und Musik auf den Kopfhörern, zu der sie leise vor sich hin sang; ein älteres Pärchen aus Japan, das in einem London-Reiseführer blätterte; und eine junge Frau mit südasiatischen Gesichtszügen in einem schicken Hosenanzug, die durch ihre Brille auf ihr Smartphone starrte und darauf herumtippte, während sie aus einem wiederverwertbaren Kaffeebecher trank. Am hinteren Ende des Bahnsteigs – nah am Gleisrand und in weitem Abstand zu den anderen Fahrgästen – stand außerdem ein dunkelhaariger Mann in einem schwarzen Mantel, der einen edlen Aktenkoffer aus Leder zu seinen mit Budapestern bekleideten Füßen abgestellt hatte.

»Guten Morgen«, grüßte Simon die japanischen Touristen, die sich höflich verbeugten, während er vorbeiging. Er setzte sich auf eine Bank und holte die Biografie von Benjamin Disraeli aus seiner Jackentasche, die er noch eingesteckt hatte. Zu seinem Leidwesen musste er jedoch feststellen, dass er sich überhaupt nicht auf das Buch konzentrieren konnte. Stattdessen wanderte sein Blick immer wieder zu dem Mann im dunklen Mantel herüber, der vor sich hin auf die Gleise starrte. Er stand viel zu dicht an der Kante. Schließlich gab Simon es auf und schlenderte den Bahnsteig entlang, bis er bei dem Mann angekommen war.

»Schönes Wetter heute Morgen, oder?«, sagte er beiläufig.

Erschrocken sah der Mann auf. »Äh … finden Sie?«, murmelte er und wich Simons Blick aus, während er den Kragen seines Mantels hochschlug und sein Gesicht bedeckte.

Könnte das tatsächlich …? Der Kerl hatte ziemliche Ähnlichkeit mit David Langdon. Allerdings hatte er im Gegensatz zu dem Abgeordneten etwas Gequältes im Blick und war dünn, unrasiert und hohlwangig, während der Politiker immer gepflegt aussah und außerdem Übergewicht hatte. Wobei Simon fairerweise sagen musste, dass er Langdon das letzte Mal vor ein paar Jahren live gesehen hatte, im örtlichen Feinkostgeschäft, wo der Regierungsvertreter sich in der Schlange vorgedrängelt und dann den teuersten Wein im Laden gekauft hatte.

»Und? Haben Sie heute was Schönes vor?«, fragte Simon.

»Nein.« Es war offensichtlich, dass der Mann keine Lust auf eine Unterhaltung hatte, doch zu Simons Erleichterung trat er wenigstens hinter die gelbe Linie zurück. Genau in diesem Moment durchbrach das Pfeifen einer Lok die morgendliche Stille, und wenige Sekunden später bog der 07:03-Zug nach London Paddington um die Kurve.

Ohne sich noch einmal umzudrehen, hob der Mann – war es David Langdon oder nicht? – seinen Aktenkoffer hoch und eilte den Bahnsteig in Richtung Erste-Klasse-Bereich hinunter.

Der hält mich sicher für verrückt. Wer immer der Mann war, er wollte definitiv nicht die ganze Bahnfahrt neben ihm verbringen.

Der Zug hielt, und Simon suchte sich einen Platz am Fenster. Er legte das Buch auf den Tisch vor ihm, und statt zu lesen, betrachtete er seine Mitreisenden, während die Bahn wieder anfuhr und Stowford verließ. Die meisten spielten auf ihren Handys herum oder hörten Musik über Kopfhörer. Die Frau in dem Hosenanzug, die mit ihm in Stowford eingestiegen war, arbeitete an ihrem Laptop. Die mollige Frau hatte sich zu den japanischen Touristen gesetzt und gab ihnen Tipps, wo man in London am besten shoppen konnte. Der Mann, der Simon gegenüber auf der anderen Seite des Gangs saß, löste ein Kreuzworträtsel in einer Zeitung, doch abgesehen von ihm selbst sah Simon niemanden, der ein Buch dabeihatte. Niemand las.

Kein Wunder, dass ihr Geschäft den Bach runterging.

Simon schlug sein Buch auf und versuchte zu lesen, ertappte sich jedoch dabei, dass er ständig denselben Absatz überflog. Schließlich klappte er die Lektüre wieder zu und blickte aus dem Fenster, schaute zu, wie die grünen Wiesen an ihm vorbeiflogen und hin und wieder leuchtend rote Hartriegelsträucher und spinnenartige gelbe Zaubernussblüten dazwischen aufblitzten. Flauschige Cotswold-Schafe grasten auf den raureifbedeckten Wiesen, und Heuballen, die in schwarze Plastikfolie eingerollt waren, glänzten in der Morgensonne. Simon musste daran denken, wie Nora ihn lachend als typisches Stadtkind bezeichnet hatte, als er sie vor vielen Jahren gefragt hatte, was es mit diesen seltsamen schwarzen Scheiben auf sich hätte. Im Laufe der Zeit hatte Simon die wunderschöne Landschaft der Cotswolds genauso lieben gelernt, wie die Alteingesessenen es taten, und sich ausführlich über die regionale Flora und Fauna informiert.

Ein Bahnangestellter kam mit einem Getränkewagen durch den Waggon, aber obwohl Simon kein Frühstück gehabt hatte und die Sandwiches mit gebratenem Schinken köstlich dufteten, schüttelte er den Kopf. Je bebauter die Landschaft vor dem Fenster wurde, als sie sich London näherten, desto mehr bekam er ein ungutes Gefühl.

Kurze Zeit später fuhr der Zug in den Bahnhof Paddington ein, und die Pendler strömten nach draußen, um anschließend in Richtung U-Bahn zu hasten. Während Simon durch die Halle schlenderte, fiel ihm ein Werbeplakat auf, das *Der Okulist von Leipzig* als »perfektes Geschenk zu Weihnachten« anpries.

Aber nur für jemanden, den man nicht leiden kann, dachte Simon.

Er verließ das Bahnhofsgebäude und spazierte am Grand Union Canal entlang nach Maida Vale. Entlang des Treidelpfads waren Lastkähne vertäut, deren Dachterrassen mit Topfpflanzen, Fahrrädern und bunt bemaltem Emaillegeschirr vollgestellt waren. Aus den Ofenrohren stieg Rauch auf, der die Luft mit dem Geruch von brennenden Kohlen füllte. Die handgeschriebenen Namen an den Seiten der Boote klangen nach Abenteuer und Romantik – *Highland Lady, Joie de Vivre, Dragonfly* – und erinnerten Simon an die Hausbooturlaube mit Nora und Charlotte, bei denen sie durch die Norfolk Broads getuckert waren und hier und da eine gemütliche Rast im Pub eingelegt hatten.

Gerade könnte ich auch ein Bier vertragen. Simon warf einen Blick auf seine Uhr, die er nicht verpfändet hatte. Bis jetzt. Es war noch früh, das Warwick Castle würde noch nicht offen sein, also würde er die ganze Tortur durchstehen müssen, ohne sich vorher Mut angetrunken zu haben.

Er verließ den Treidelpfad und bog in eine Straße ein, die von eleganten Villen aus der Edwardianischen Ära gesäumt wurden. Simon blieb einen Moment stehen und betrachtete die makellosen weißen Fassaden, die sich über vier Stockwerke erstreckten. Vor einem der Häuser war ein Gärtner damit beschäftigt, die Buchsbaumhecken mit chirurgischer Präzision zu schneiden.

Dieses Viertel hatte sich nie wie ein Zuhause angefühlt, nicht einmal, als er tatsächlich hier gewohnt hatte. Während seiner Zeit im Internat hatte er nur selten die Ferien hier verbracht und stattdessen die leeren Schlafsäle der museumsartigen Atmosphäre seines Elternhauses vorgezogen. Als Erwachsener hatte er es dann vermieden, seine Eltern allein zu besuchen. Normalerweise nahm er Charlotte mit; wenn sie ihre geliebte Enkeltochter um sich hatten, konzentrierten sie sich wenigstens nicht auf ihren so enttäuschenden ältesten Sohn.

Mühsam kämpfte Simon gegen den Drang an, einfach umzudrehen und direkt zum Bahnhof zurückzugehen. Dann musste er daran denken, wie tieftraurig Nora gestern ausgesehen hatte, als sie von ihrem Spaziergang wiedergekommen war. Wenn die Buchhandlung schließen musste, würde sich auch ein Teil von ihr für immer verschließen.

Tu es für Nora, dachte er und zwang sich, die Stufen zur Haustür hochzusteigen und auf die Klingel zu drücken.

Wobei seine Frau gar keine Ahnung von seinem Plan hatte. Immerhin hatte sie ihm ausdrücklich verboten, seine Eltern um Hilfe zu bitten, doch Simon wusste, dass sie das nur nicht wollte, weil sie ihn immer noch zu beschützen versuchte. Und wenn seine Eltern ihnen das Darlehen gaben, würde Nora ihm verzeihen, dass er hinter ihrem Rücken gehandelt hatte, da war er sich sicher.

Die neueste Hausdame seiner Eltern – Agata? Oder war es Agnieszka? – öffnete in ihrer schwarzen Uniform die Tür und führte ihn in einen Salon, der mit edlen Designermöbeln im Mid-Century-modern-Stil eingerichtet war. Seit Simons letztem Besuch hatten sie das Zimmer offensichtlich umgestaltet. An der Decke funkelte jetzt ein Kronleuchter aus Muranoglas, und über dem Kamin hing ein neues Gemälde. Simon hätte einen Batzen Geld darauf verwettet – wenn er denn welches hätte –, dass es ein Original von David Hockney war.

»Simon«, rief seine Mutter, »das ist ja eine nette Überraschung!« Margaret war wie immer perfekt gekleidet, trug einen Kaschmirpullover und eine camelfarbene Wollhose und hatte sich das volle weiße Haar zu einem eleganten Chignon hochgesteckt. Als sie Simon ihre Wange für einen Kuss entgegenstreckte, stieg ihm der vertraute Geruch von Chanel N° 5 in die Nase.

»Sohn«, begrüßte ihn sein Vater, legte seine Ausgabe der *Times* beiseite und stand auf. Charles war genauso groß und schlaksig wie Simon, doch er hatte bereits den Großteil seiner

Haare verloren. Seine blauen Augen, die den gleichen Farbton hatten wie die seines Sohnes, musterten ihn kühl und abschätzend durch die Brille, die auf der Spitze seiner habichtartigen Nase saß.

Dann durchquerte er den Raum und schüttelte Simon die Hand. Charles und Margaret hielten nichts von Umarmungen. Nicht einmal, als ihre Söhne klein gewesen waren und sie am meisten gebraucht hätten.

Simons Vater, der einen Anzug trug, warf einen Blick auf seine Armbanduhr und runzelte die Stirn. »Du hast nicht gesagt, dass du kommst. Ich habe um zwölf eine Vorstandssitzung.«

Freut mich auch, dich zu sehen, Dad.

»Ich dachte, du hättest dich aus der Agentur zurückgezogen.«

»Ja, Daniel leitet jetzt die Firma«, erklärte sein Vater, während er zu seinem Lehnstuhl zurückging. »Aber ich bin noch Mitglied im Aufsichtsrat. Ich möchte informiert bleiben.« Er tippte sich an die Stirn. »Das hält die grauen Zellen frisch.«

»Okay, dann komme ich gleich zur Sache«, entgegnete Simon und setzte sich auf einen der unbequemen Lederstühle. Er räusperte sich. *Bleib ganz ruhig,* redete er sich innerlich gut zu. »Wir haben ziemliche Probleme in der Buchhandlung. Wir konnten einige Rechnungen nicht bezahlen, und die Bank will uns nicht helfen. Wenn wir nicht bald eine größere Geldsumme auftreiben, müssen wir den Laden verkaufen.«

Ein unangenehmer Moment der Stille trat ein, nur unterbrochen von der Hausdame, die ein Tablett mit Kaffee hereintrug. »Danke, Agata«, sagte Margaret und wich den Blicken ihres Sohnes aus, während sie sich eifrig daranmachte, den Kaffee einzuschenken.

»Ich will keine Almosen«, fuhr Simon fort. »Es wäre eine Investition in den Laden. Nora und ich sind uns sicher, dass wir das Geschäft wieder ankurbeln können.«

Simons Vater stieß ein Grunzen aus. »Ehrlich gesagt überrascht mich das nicht. Es ist ein Wunder, dass der Laden so lange überlebt hat.«

»Momentan herrscht ein rauer Wettbewerb«, verteidigte sich Simon. »Wir haben hart gearbeitet, um das Geschäft am Laufen zu halten.«

»Der Buchhandel ist eine aussterbende Branche«, sagte Charles und schüttelte abfällig den Kopf. »Ich habe dir damals schon gesagt, als du dich mit Nora eingelassen hast, dass du deine Zukunft wegwirfst.«

»Ich habe meine Zukunft NICHT weggeworfen!«, gab Simon wütend zurück und ballte die Hände zu Fäusten.

So viel zum Thema Ruhigbleiben.

Er hatte eine tolle Frau, eine wundervolle Tochter und einen Job, den er liebte – wie konnte sein Vater es wagen, so zu tun, als hätte das alles keinerlei Bedeutung?

»Es gibt keinen Grund, gleich so laut zu werden«, sagte seine Mutter und reichte ihm eine Tasse Kaffee. Gefühlsbezeugungen jeglicher Art wurden im Hause Walden nicht gern gesehen. »Zucker?«, fragte sie und hielt Simon das Döschen hin.

Er schüttelte den Kopf. Seit seiner Herzgeschichte trank er seinen Tee und Kaffee ohne Zucker – allerdings hatte er sich gar nicht erst die Mühe gemacht, seine Eltern über seine gesundheitlichen Probleme zu informieren. Simon nahm einen Schluck von dem schwarzen Kaffee und verbrannte sich die Zunge. *Verdammt!*

»So oder so ist es gerade schlecht«, verkündete Charles und schlug lässig die Beine übereinander. »Wir haben erst vor Kurzem eine größere Summe in ein zweites Weingut in Italien investiert.«

Simon umklammerte den Henkel seiner zarten Porzellantasse so fest, dass er schon damit rechnete, ihn abzubrechen. »Du willst uns also nicht helfen?«, fragte er und hasste sich dafür, dass er sich anhörte wie ein bockiger Teenager. Wieso hatte sein Vater jedes Mal diese Wirkung auf ihn?

»Das habe ich nicht gesagt«, entgegnete Charles. »Wenn du einen Job brauchst, kann dein Bruder sicher was arrangieren. Und bei Walden Creative gibt es immer einen Platz für dich.«

Simon knallte seine Tasse so heftig auf den Beistelltisch, dass Kaffee auf die teure Holzplatte schwappte. Gut so. »Ich will keinen Job, verdammt. Mir gefällt der, den ich schon habe. Ich versuche bloß, das Geschäft meiner Familie zu retten.«

Während seine Mutter sich auf den Tisch stürzte und den Kaffee hastig mit einer Leinenserviette aufwischte, beugte Simons Vater sich vor und starrte ihn finster an. »Wo war denn dieser Familiensinn, als du *mein* Geschäft verlassen hast, hm?«

Simon lachte bitter auf. »Ach, du bestrafst mich also immer noch dafür, dass ich meinen eigenen Weg gehen wollte?«

Charles warf ihm einen mitleidigen Blick zu. »Ich bestrafe dich nicht, Simon. Ich bin Geschäftsmann, und der Grund, warum ich so erfolgreich bin, ist, dass ich nur in Geschäfte investiere, die mir eine ordentliche Rendite garantieren.«

Vor lauter Frust tigerte Simon im Zimmer auf und ab. »Willst du, dass ich anfange zu betteln?«, fragte er. »Du weißt genau: Ich wäre nicht hier, wenn ich nicht wirklich verzweifelt wäre.«

»Betteln würde auch nichts ändern.« Charles nahm seine Brille ab und begann, die Gläser mit seiner Seidenkrawatte zu polieren. »Natürlich werde ich dich finanziell unterstützen – wir wollen ja nicht, dass du und Nora auf der Straße steht. Und bei Charlottes Studiengebühren können wir euch auch unter die Arme greifen. Aber um dieses sinkende Schiff vor dem Untergang zu bewahren, bekommst du ganz sicher keinen Cent von mir.«

»Du investierst also lieber in Weinberge und Kunst«, sagte Simon mit Betonung auf Letzterem, »als das Geschäft deines Sohnes zu unterstützen.«

»Also, das ist ein Investment, das sich lohnt«, erwiderte sein Vater und faltete seine Zeitung zusammen. »Sein Wert ist schon um eine Viertelmillion gestiegen, seit ich es gekauft habe.«

»Ist es nicht wunderschön?«, fragte Margaret, während sie zu dem Gemälde hochblickte. »Ich habe es bei Christie's im Katalog gesehen und wusste sofort, dass es in diesem Zimmer perfekt aussehen würde.«

Simon widerstand dem Drang, das Bild von der Wand zu reißen und darauf herumzutrampeln.

»Wenn du mich dann jetzt entschuldigen würdest«, sagte Charles mit einem erneuten Blick auf die Uhr. »Ich will die anderen Vorstandsmitglieder nicht warten lassen.« Mit diesen Worten klemmte er sich seine *Times* unter den Arm und verließ den Raum.

Simon atmete tief ein, doch irgendwie schien nicht genügend Luft in seine Lunge zu strömen. Hier in diesem Haus hatte er das Gefühl zu ersticken. Das war schon immer so gewesen. Er musste hier raus – und zwar schnell. Es war ein Fehler gewesen, herzukommen.

»Ich muss dann auch mal los«, sagte er.

»Ach, wie schade«, entgegnete seine Mutter und wirkte tatsächlich enttäuscht. »Ich dachte, du bleibst zum Essen. Agata hat eine Quiche mit geräuchertem Lachs gemacht.«

»Ich muss wieder in den Laden.«

In mein Zuhause. Zu meiner wahren *Familie.*

»Dann warte noch kurz«, bat seine Mutter. »Ich habe etwas für dich.« Sie verließ das Zimmer, und Simon nutzte die Gelegenheit, zu dem Bild hinüberzugehen und sich die Signatur genauer anzusehen. Es war also tatsächlich ein Hockney.

Als seine Mutter zurückkam, hatte sie eine Flasche dabei, die sie Simon in die Hand drückte. Er blickte auf das Etikett hinunter. Es war ein Prosecco, der von einem Weingut namens *Casa di Carlotta* stammte. »Wir haben es nach Charlotte benannt.«

»Schön«, befand Simon wenig enthusiastisch.

»Hat sie sich mal gemeldet?«, erkundigte sich seine Mutter. »Kommt sie Weihnachten nach Hause?«

»Nein.« Würde sie überhaupt noch ein Zuhause haben, in das sie zurückkommen konnte?

Simon gab seiner Mutter einen erneuten Wangenkuss und hastete dann aus dem Haus. Draußen sog er gierig die kalte Luft ein, wie ein Taucher, der zu lange unter Wasser geblieben war.

Er hatte ein flexibles Tagesticket gekauft, aber noch brachte er es nicht über sich, nach Hause zu fahren. Er hatte gehofft, mit guten Nachrichten nach Stowford zurückzukehren, als siegreicher Held – stattdessen würde er nun mit leeren Händen kommen. Zu wissen, dass er es nicht geschafft hatte, den Laden für Nora zu retten, beschämte ihn so, dass er ihr nicht gegenübertreten konnte. Bevor er seinen Vater um Hilfe bat, hatte er wenigstens noch seinen Stolz gehabt.

Jetzt war der auch weg.

Simon setzte sich auf eine Bank am Treidelpfad und schraubte den Deckel vom Prosecco ab. Brennend lief der edle Perlwein seine Kehle hinab, während er direkt aus der Flasche trank.

Sam

»Sehr geehrte Fahrgäste, aufgrund einer Signalstörung verspätet sich der Zug nach Cirencester, Abfahrt 19:42 Uhr, leider um wenige Minuten …«

Sampriti Patel stöhnte frustriert auf und presste den Kopf gegen die Sitzlehne. Na super … ganz toll. Als wäre ihr Arbeitstag nicht schon lang genug gewesen. Ein Meeting nach dem anderen und dazwischen diverse Konferenzschaltungen – sie hatte kaum Zeit gehabt, mal auf die Toilette zu gehen. Und es war noch nicht vorbei; auf sie wartete noch tonnenweise Arbeit. Sam holte ihren Laptop aus der Tasche, klappte ihn auf und öffnete den Bericht, den sie für einen Klienten schrieb: eine mittelständische Restaurantkette, die hohe Verluste zu verzeichnen hatte. Man würde nicht begeistert sein von ihren Empfehlungen – die damit begannen, die umsatzschwächsten Filialen zu schließen und zwanzig Prozent des Personals abzubauen –, doch als Unternehmensberaterin war es nicht ihr Job, die Tatsachen zu beschönigen. Schließlich wurden ihre Kollegen und sie hinzugezogen, um sich einen Überblick zu verschaffen und für mehr Rentabilität zu sorgen. Die Unternehmen zahlten Sam einen Haufen Geld dafür, den Buhmann zu spielen und die Nachrichten zu überbringen, die niemand hören wollte.

Zu schade, dass das Bahnunternehmen nicht zu ihren Klienten gehörte. Nachdem sie in den letzten drei Monaten ständig zwischen London und Stowford gependelt war, hätte Sam diverse Verbesserungsvorschläge für den Transportdienstleister: Pünktliche Züge und funktionierendes WLAN standen ganz oben auf ihrer Liste.

Ach, sie vermisste ihre Wohnung in Canary Wharf. Von dort aus war sie in einer Viertelstunde im Büro gewesen. Zu Fuß. Doch nach der Trennung von James hatte sie zu viel zu tun gehabt, um sich eine neue Wohnung zu suchen, deshalb war sie wieder bei ihren Eltern eingezogen. Eigentlich war das nur als Übergangslösung für einige Wochen gedacht gewesen, aber aus irgendeinem Grund wohnte sie immer noch dort. Klar, es hatte auch einige Vorteile: Zum Beispiel bereitete ihre Mutter für sie kleine Wärmebehälter mit Samosas und Dhal vor, die Sam mit zur Arbeit nehmen konnte, was bedeutete, dass sie tatsächlich mal richtig zu Mittag aß. Trotzdem kam ihr der Umzug nach Stowford alles in allem wie ein riesiger Rückschritt vor.

»Über Weihnachten nach einer neuen Wohnung suchen«, sagte sie in ihr Smartphone und speicherte die Sprachnachricht als Erinnerung ab. Diese Hin-und-her-Pendelei würde sie jedenfalls nicht mehr lange ertragen.

Der Zug war sogar noch voller als sonst, und die Pendler mussten sich mit den Weihnachtseinkäufern um die letzten Sitzplätze prügeln. Eine mollige Frau beugte sich vor und rammte Sam ihre vollen Einkaufstüten gegen den Kopf, als sie versuchte, sie ins Gepäckfach zu stopfen. »Oh, tut mir leid, Schätzchen«, sagte sie. »Ich habe auf der Oxford Street ein bisschen über die Stränge geschlagen. Aber man muss sich ja auch mal was gönnen, oder? Weihnachten ist schließlich nur einmal im Jahr.«

Gott sei Dank.

Sam hasste Weihnachten. Allerdings würde sie sich nie trauen, diese unpopuläre Meinung öffentlich zu äußern. Es hatte auch nichts damit zu tun, dass sie Hindu war, was man vielleicht vermuten könnte. In der Familie Patel wurde gern gefeiert. Ihre Eltern hatten sämtliche britischen Traditionen, einschließlich Weihnachten, mit Begeisterung übernommen, als sie hier eingewandert waren. Sie sahen auch keinen Widerspruch darin, dass ihre Ganesha-Statue direkt neben einem ebenso rundlichen Weihnachtsmann saß oder dass sie statt einer Krippe einen silbernen Minitempel aufstellten, um den sie eine bunt blinkende Lichterkette gewickelt hatten. Am ersten Weihnachtsfeiertag aßen sie Nussbraten mit Gemüse-Biryani und zum Nachtisch Plumpudding mit Pistazien-Kulfi.

Nein, was Sam nervte, waren die Zeitverschwendung und die aufgesetzte Fröhlichkeit. Weihnachten nahm wertvolle Stunden in Anspruch, die sie mit Arbeit verbringen könnte. Anstrengende Weihnachtsfeiern, bei denen man ewig mit prolligen Kollegen zusammensitzen musste. Geschäftliche Veranstaltungen mit obligatorischem Verkleidungsmotto. Weihnachtspulli-Tag im

Büro, was bedeutete, dass sie ihre Assistentin Connie losschicken musste, um noch schnell irgendein furchtbares Acrylteil mit Schneemann vorne drauf zu besorgen. Wichtelaktionen, für die sie Connie ebenfalls losschicken musste, damit die irgendeinen Ramsch kaufte, für irgendwelche Kollegen, die Sam nicht mal kannte.

Was sie abrupt daran erinnerte, dass sie noch Geschenke für die Leute brauchte, die sie kannte. Erneut holte sie ihr Handy heraus und rief Connie an. Ungeduldig trommelte sie mit den Fingern auf die Tischplatte ein, während sie darauf wartete, dass ihre Assistentin dranging. *Nun mach schon.*

»Sam hier«, blaffte sie ins Telefon, als ihre Assistentin endlich abnahm. Den Hintergrundgeräuschen nach zu urteilen, war Connie gerade beim Abendessen. »Du musst bitte noch Weihnachtsgeschenke für meine Familie besorgen – hol einfach Gutscheine, wie immer, und zahl sie mit meiner Kreditkarte.« Sam legte auf und ignorierte das leicht schlechte Gewissen, das sie überkam, weil sie Connie zu Hause anrief. Bei Awlex Consulting erwartete man ständige Einsatzbereitschaft von den Mitarbeitern – selbst von den Assistenten.

Hopp oder top lautete das Motto bei Awlex Consulting, einer der weltweit erfolgreichsten Unternehmensberatungen. Sams Freude darüber, dass sie es in das renommierte Absolventenprogramm geschafft hatte, war schnell einem Gefühl von Panik gewichen. Es dauerte nämlich nicht lange, bis sie herausfand, dass es einen guten Grund gab, warum sie und ihre Kollegen so ansehnliche Gehälter bezogen. Wenn sie nicht bereit waren, rund um die Uhr für die Firma zur Verfügung zu stehen, konnten sie den Job gleich wieder vergessen.

Das war das Motto: *Work hard, play hard.*

Sams Eltern, die sich während ihres Pharmaziestudiums kennengelernt hatten, hatten Sam und ihrer Schwester diese

Arbeitsmoral schon von klein auf beigebracht. Sie hatten ständig gearbeitet, um ihren Töchtern die beste Ausbildung zu ermöglichen. Gleichzeitig hatten sie für eine eigene Apotheke gespart. Es hatte zwar Jahre gedauert, aber kurz bevor Sam mit ihrem Studium begann, hatten sie endlich genug Geld zusammen und waren von Birmingham nach Stowford gezogen.

Der Teil mit der harten Arbeit machte Sam also nichts aus. Doch die Verpflichtung, auch noch ständig zu feiern, nervte sie: die Büropartys; die langen Nächte in irgendwelchen Bars, wo man den teuersten Wein auf Kosten der Firma bestellte; die Besuche in Stripclubs mit Klienten, wo sie so tun musste, als würde es ihr überhaupt nichts ausmachen, jungen Frauen in ihrem Alter dabei zuzusehen, wie sie um eine Stange herumwirbelten … All das sollte »Spaß« machen, aber tatsächlich wurden bei solchen Events die großen Deals abgeschlossen. Selbst ihre Freizeit war Arbeitszeit. Es war einfach nicht möglich, irgendeine Art von Leben außerhalb des Jobs zu führen.

Sam erhaschte einen Blick auf ihr Spiegelbild im Zugfenster: Langes schwarzes Haar rahmte ein Gesicht ein, das fahl und erschöpft aussah. Ihr linkes Augenlid hatte einen störenden nervösen Tick entwickelt. Sie nahm ihre Brille ab und rieb sich die Augen. Normalerweise verschwand es nach einem Tag wieder. Mittlerweile hielt das Zucken allerdings schon seit fünf Tagen an und machte sie wahnsinnig.

Mit einem Ruck fuhr der Zug los und verließ den Bahnhof Paddington. Vielleicht würde sie ja doch noch Zeit für eine kurze Joggingrunde habe, wenn sie nach Stowford kam. Laufen war das Einzige, was Sam vor dem Durchdrehen bewahrte. Ihre Mum machte sich zwar Sorgen, wenn sie im Dunkeln unterwegs war – immerhin war im Sommer ein Mädchen aus dem Ort von einem Auto überfahren worden –, aber bei ihren Arbeitszeiten blieb ihr nicht viel anderes übrig, und außerdem zog sie immer so viele fluoreszierende Sachen an, dass sie damit eine ganze 80er-Jahre-Party hätte ausstatten können.

Schade, dass dies nicht das Motto der diesjährigen Weihnachtsfeier war.

»Ach, Gott sei Dank«, sagte die Frau, die Sam gegenübersaß. »Ich dachte, wir würden die ganze Nacht hier im Bahnhof verbringen.«

Statt einer Antwort lächelte Sam sie nur matt an – sie wollte sie nicht zu einem Gespräch ermuntern.

»Ich habe gehört, dass wir nächste Woche ein wenig Schnee bekommen sollen. Wäre es nicht schön, wenn wir weiße Weihnachten hätten?«

»Mhm«, entgegnete Sam unverbindlich. Dann steckte sie sich ihre Kopfhörer in die Ohren, um der Dame zu signalisieren, dass die Unterhaltung hiermit beendet war. In Wahrheit hatte sie gar keine Musik an, doch sie würde ganz sicher keine Zeit damit verschwenden, mit einer völlig Fremden zu plaudern.

Während der Zug durch die Vorstädte im Westen von London fuhr, schrieb Sam an ihrem Bericht weiter und versuchte, das streitende Pärchen auf der anderen Seite des Gangs und das Kind hinter ihr zu ignorieren, das die ganze Zeit gegen ihren Sitz trat. Die betrunkenen Pendler am anderen Ende des Waggons ließen sich leider nicht so leicht ausblenden, als sie damit anfingen, den Refrain von *Jingle Bells* zu grölen. Ein dunkelhaariger Mann, der einen Aktenkoffer an sich drückte, stand auf und ging in Richtung erster Klasse davon.

Sam fügte ihrer Auflistung von kosteneinsparenden Maßnahmen noch einen weiteren Punkt hinzu, als plötzlich eine Warnung auf dem Bildschirm ihres Laptops aufpoppte: »Niedriger Akkustand«.

Verdammt!

Hastig kramte sie in ihrer Tasche nach dem Aufladekabel, fand es jedoch nicht. In ihrer Eile, pünktlich zum nächsten Meeting zu erscheinen, musste sie es im Konferenzraum liegen gelassen haben, wo sie eine Präsentation vor einem potenziellen neuen Klienten gehalten hatte.

Verdammt! Verdammt! Verdammt!

Ihr Augenlid fing wie verrückt an zu flattern, während sie ihr Dokument gerade noch rechtzeitig speicherte. Eine Sekunde später wurde der Bildschirm schwarz, als der Akku endgültig leer war.

Genervt holte sie ihr Handy heraus. Ihr Computer mochte seinen Geist aufgegeben haben, aber das hieß ja nicht, dass sie die Zeit nicht nutzen konnte, um ihre Mails zu checken. Mittlerweile warteten bestimmt an die hundert Nachrichten auf sie, da sie den ganzen Nachmittag über nicht dazu gekommen war, sie zu lesen. *Jetzt geh schon auf,* dachte sie, während sie mit dem Finger auf das Icon ihres Mailprogramms einhämmerte. Doch es tat sich nichts. Sie wedelte das Handy wie wild hin und her, um irgendwie Empfang zu bekommen.

»Oh, das nützt nichts«, erklärte ihr die Frau gegenüber fröhlich. »Auf dieser Strecke ist der Empfang sehr schlecht.«

Verdammte Scheiße!

Inzwischen zuckte Sams Augenlid. Verzweifelt presste sie die Finger gegen ihre Schläfen und versuchte, nicht in Panik auszubrechen. Sie wurde im 15-Minuten-Takt bezahlt, deshalb zählte jede Sekunde des Tages. Sie konnte nicht einfach hier im Zug sitzen und nichts tun.

Nervös wühlte sie in ihrer Tasche herum, auf der Suche nach irgendwelchen Unterlagen, die sie durchlesen konnte. Doch das Einzige, was sie fand, war eine Ausgabe von Charles Dickens' *Weihnachtsgeschichte.* Die Stowforder Buchhandlung hatte sie ihr versehentlich zum Haus ihrer Eltern geschickt. Eigentlich hatte Sam Connie anweisen wollen, das Buch zurückzuschicken, aber das hatte sie vergessen.

Sam betrachtete das Cover, auf dem ein alter Mann mit Umhang und Zylinder abgebildet war. Es war Ewigkeiten her, dass sie ein Buch nur zum Vergnügen gelesen hatte. In ihrem letzten gemeinsamen Urlaub mit James in Kuba hatte sie einen Roman von Marian Keyes mitgenommen, doch sie war gar nicht über das erste Kapitel hinausgekommen. Stattdessen hatte sie den Großteil der Woche auf ihrer Sonnenliege gedöst und den verpassten Schlaf nachgeholt, während James die Insel allein erkundet hatte.

Und selbst im Urlaub hatte sie jeden Tag ihre beruflichen Mails gecheckt.

»Ich stehe bei dir immer nur an zweiter Stelle, nach deiner Arbeit«, hatte James sich beschwert – und das nicht zum ersten Mal.

»Durch meine Arbeit können wir uns überhaupt erst so einen Urlaub leisten«, hatte sie gekontert – ein Schlag, der ziemlich unter der Gürtellinie gewesen war. James arbeitete im IT-Bereich; sie hatten sich kennengelernt, weil er ihren Laptop repariert hatte. Er arbeitete genauso hart, verdiente allerdings bloß einen Bruchteil dessen, was Sam bekam. Und er schien einfach nicht verstehen zu wollen, dass ein so hohes Gehalt mit Extraleistungen verbunden war. James ging von neun bis siebzehn Uhr zur Arbeit und verbrachte seine Mittagspause im Fitnessstudio. Bei Awlex Consulting dagegen galt man als Teilzeitkraft, wenn man das Büro vor neunzehn Uhr verließ.

Am Anfang war James noch stolz auf ihren Erfolg gewesen. Im Laufe der Zeit hatte es ihn allerdings immer mehr frustriert, dass Sam ihre Verabredungen wegen der Arbeit oft in letzter Minute absagen musste. Selbst zur Feier seines dreißigsten Geburtstags war sie zu spät gekommen, weil sie noch einen Notfall im Büro gehabt hatte.

Ihr Job war Anlass für diverse Streitigkeiten gewesen, doch der Grund, der schließlich ihre Trennung besiegelt hatte, war das Thema Kinder gewesen. James hatte nie ein Geheimnis daraus gemacht, dass er Vater werden wollte. Wenn sie ihre ältere Schwester besuchten, hatte er sich immer super um Richa und Ash, ihre Nichte und ihren Neffen, gekümmert. Nach seinem dreißigsten Geburtstag hatte er jedoch eine Art von Besessenheit für das Thema entwickelt. Während ihres gesamten Kubaurlaubs machte er Sam ständig auf irgendwelche süßen Babys aufmerksam, als würde das ihre biologische Uhr in Gang setzen.

»Ich kann's kaum abwarten, dass es bei uns so weit ist«, hatte er gesagt und auf ein Pärchen gedeutet, das gerade ein quiekendes Kleinkind mit den Füßen ins Wasser tauchte. »Unsere Kinder wären bestimmt richtig toll.«

Ja, dieses Kleinkind war süß, aber das hieß nicht, dass Sam es eilig hatte, selbst eins zu bekommen. Sie war ja noch nicht mal dreißig.

»Solange ich noch nicht Partnerin in der Firma bin, kann ich keine Kinder bekommen«, hatte sie James gesagt.

Sam liebte ihre Nichte und ihren Neffen. Und sie wusste, dass James ein guter Vater werden würde. Doch wenn sie jetzt aus ihrem Job ausstieg, konnte sie ihre Karriere vergessen. Awlex Consulting engagierte sich zwar für werdende Mütter und bot flexible Arbeitsmodelle an, doch je weiter man sich in der Hierarchie nach oben arbeitete, desto weniger Frauen traf man an.

Und noch weniger von ihnen hatten Kinder.

Kasia, Sams Mentorin, hatte eine richtig steile Karriere im Unternehmen hingelegt. Bis sie schwanger wurde. Als sie aus dem Mutterschutz zurückkam, zog man sie nicht mehr für eine Partnerschaft in Betracht, und der Vorstand teilte ihr mit, dass man Zweifel an ihrem »Engagement« für die Firma habe.

Sam würde auf keinen Fall zulassen, dass ihr das Gleiche passierte.

Kurz nachdem sie aus Kuba zurückgekommen waren, hatten James und sie sich getrennt. Sam konnte es ihm nicht mal verübeln – sie war eine furchtbare Freundin gewesen. Letztens Endes hatte sie James nicht genug geliebt, um ihre Karriere für ihn zu opfern. Und sie nahm es ihm übel, dass er sie überhaupt vor diese Wahl gestellt hatte.

Zwar bereute sie ihre Entscheidung nicht, doch das hieß nicht, dass sie nicht einsam war. Gerade während dieser kalten Winternächte wäre es schön gewesen, jemanden zu haben, an den sie sich hätte ankuscheln können. Jemanden, mit dem sie ihre Sorgen hätte teilen und ihre Erfolge hätte feiern können.

Sam schüttelte den Kopf. Es brachte nichts, über die Vergangenheit nachzugrübeln. Außerdem hatte James nicht lange gebraucht, um sich eine neue Freundin zu suchen. Sam hatte auf Facebook gesehen, dass er mittlerweile mit einer Kollegin zusammen war, während ihr Status unverändert bei »Single« blieb.

Noch ein Grund, warum es ihr vor Weihnachten graute. Ihre Familie hatte James gemocht. Alle dachten, sie würden sich dieses Jahr verloben. Ihre Mutter hatte praktisch schon ihren Hochzeitssari ausgesucht. Und als Sam ihnen von der Trennung erzählte, hatten sie ihre Enttäuschung gar nicht erst verborgen. Auch die meisten ihrer Freunde waren überrascht gewesen. Sie konnten nicht glauben, dass sie sich so ein seltenes Stück entgehen ließ: einen Heteromann Anfang dreißig, ohne Bindungsangst.

»Nicht, dass du am Ende noch allein bleibst«, hatte ihre Tante Diwali gesagt.

»Es ist medizinisch erwiesen, dass die Fruchtbarkeit ab fünfunddreißig rapide nachlässt«, hatte ihre Schwester Ani, die Ärztin war, sie informiert.

»Solche Männer wie James wachsen nicht auf Bäumen, weißt du«, hatte ihre Mutter gesagt.

Ihre Eltern hatten sogar einen jungen Apotheker, der bei ihnen arbeitete, zu sich nach Hause eingeladen, und Sam hatte ein qualvolles Abendessen – aka einen wenig subtilen Verkupplungsversuch – über sich ergehen lassen. Das Einzige, was dabei herauskam, war Sams Erkenntnis, dass ihre Eltern den schlechtesten Schwulenradar der Welt hatten.

An den Feiertagen würde das Haus voll mit Verwandten sein, die alle irgendeinen »netten Jungen« kannten, den sie Sam vorstellen wollten. Ihre Familie konnte einfach nicht akzeptieren, dass es okay für sie war, Single zu sein.

»Ich bin durchaus in der Lage, mir selbst einen Mann zu suchen«, beteuerte sie ständig, während sie jegliche Blind-Date-Angebote ablehnte. In Wahrheit waren die Männer im Büro ebensolche Workaholics wie sie, und sie hatte nicht wirklich Zeit, sich woanders umzusehen.

Somit war es ziemlich wahrscheinlich, dass das Einzige, womit sie sich ins Bett kuscheln würde, dieses Weihnachtsbuch in ihren Händen war.

Eine Weihnachtsgeschichte. Das hatte sie nie gelesen, und die Tatsache, dass es darin um Weihnachten ging, machte Sam nicht gerade Lust darauf. Sie drehte das Buch um und las die Inhaltsangabe auf der Rückseite: *Ebenezer Scrooge ... Geister ... Viktorianischer Klassiker ...* Nein, das klang nicht besonders spannend.

Als Sam den Blick hob, lächelte die Frau gegenüber ihr sofort zu und bot ihr ihre Tüte mit Cheese-and-Onion-Chips an.

Sam schüttelte den Kopf und blickte schnell wieder auf ihr Buch hinunter.

Sie hatte die Wahl: entweder lesen oder sich mit der Nachbarin unterhalten.

Alles Humbug!, konnte sie dazu nur sagen.

Mit einem ergebenen Seufzer klappte sie das Buch auf und begann zu lesen.

KAPITEL 15

Nora

Nora saß hinterm Tresen der Buchhandlung und erledigte die restliche Feinarbeit an Simons Weihnachtspullover, als ihr Handy klingelte.

»Nora, hier ist Seb Fox«, sagte die schmeichelnde Stimme am anderen Ende der Leitung. »Ich wollte nur noch mal bestätigen, was du gestern mit meinem Kollegen besprochen hast. Ihr wollt also den Laden im neuen Jahr verkaufen?«

»Ja, das stimmt«, entgegnete Nora. Während Simon in London gewesen war, hatte sie dem Maklerbüro einen Besuch abgestattet und den Verkauf des Ladens arrangiert.

»Das sind wirklich fantastische Neuigkeiten«, befand Seb. »Ich freue mich, dass ihr doch noch zur Vernunft gekommen seid. Ich werde dir und Simon ein super Angebot machen.«

Nora teilte die Begeisterung des Immobilienmaklers nicht im Geringsten, aber sie hatte sich ihrem Schicksal ergeben. Nun gab es nur noch eine praktikable Lösung: den Laden zu verkaufen.

»Ich komme die nächsten Tage mal vorbei, um Fotos zu machen und die Räume auszumessen«, fuhr Seb fort.

In dem Moment, als Nora auflegte, kam Simon die Treppe herunter.

»Hey«, begrüßte sie ihn lächelnd, »wie kommst du voran?«

Simon war den ganzen Tag oben auf dem Dach gewesen und hatte die kaputten Dachziegel ausgetauscht. Nach seiner Bemerkung, dass Nora ihn nicht wie einen Invaliden behandeln solle, hatte sie ihn gewähren lassen. Nichtsdestotrotz machte sie sich Sorgen.

»Na ja, ich pfusche da ziemlich rum«, sagte Simon achselzuckend. »Aber es sollte jetzt eigentlich nicht mehr reinregnen.«

»Soll ich uns einen Tee machen?«, fragte Nora. Sie wollte ihm von ihrem Besuch im Maklerbüro erzählen und mehr über seine Fahrt nach London wissen. Sein Termin schien nicht besonders gut gelaufen zu sein, denn er war erst spät nach Hause gekommen und mit den Worten, er sei zu müde zum Reden, direkt ins Bett gegangen. Vermutlich hatte eine weitere Bank sein Darlehensgesuch abgelehnt, und er mochte es Nora nicht erzählen.

»Tut mir leid, Schatz«, entgegnete er und wich ihrem Blick aus, »aber ich muss gleich rüber in den Pub, um alles fürs Quiz vorzubereiten.«

»Okay«, sagte Nora enttäuscht. »Dann sehen wir uns dort.« Beim heutigen Quiz drehte sich alles um Weihnachten, und Nora hatte extra dafür ein Team mit Alice und einigen anderen örtlichen Ladeninhabern gebildet. Als sie ihrem Mann hinterhersah, während der ins George hinübereilte, hatte sie das dumpfe Gefühl, dass er ihr aus dem Weg ging.

Kurz darauf betrat Ani Dhar mit ihren beiden Kindern Richa und Ash die Buchhandlung und steuerte direkt auf die Kinderbuchabteilung zu. Als sie zur Kasse herüberkamen, hatten sie *Die Kammer des Schreckens* und *Der Gefangene von Askaban* dabei.

»Na, da ist wohl jemand *Harry Potter*-Fan«, sagte Nora und lächelte, während sie die beiden Bücher in eine Tüte legte und sie dann Ash übergab.

»Er hat den ersten Band gestern Abend zu Ende gelesen«, erklärte Dr. Dhar und holte ihr Portemonnaie heraus. »Eigentlich wollte ich bis Weihnachten warten, aber er wollte unbedingt sofort mit Band zwei anfangen. Und ich dachte, wenn wir schon mal hier sind, kaufe ich den dritten Band gleich mit. Denn er ist sicher bald durch mit Nummer zwei, und über Weihnachten haben Sie ja zu.«

Bald haben wir für immer zu.

Doch Nora brachte es noch nicht über sich, den Kunden die traurige Nachricht mitzuteilen. »Ich bin auch ein großer Fan von *Harry Potter*«, sagte sie stattdessen zu Ash.

»Oh, mir ist gerade noch was eingefallen, das ich unbedingt kaufen wollte«, rief Dr. Dhar und eilte davon. Wenig später kam sie mit einem Selbsthilfebuch namens *Finden Sie Ihren Seelenverwandten!* zurück.

»Oh, muss Vikram sich Sorgen machen?«, fragte Nora scherzhaft.

»Aber nein, das ist für meine Schwester«, erklärte Dr. Dhar. »Sie ist wieder Single.« Während Nora das Buch abkassierte, erkundigte sich die Ärztin nach Simons Befinden.

»Ach, ganz gut«, entgegnete Nora. »Er sagt mir dauernd, dass ich ihn nicht wie einen Invaliden behandeln soll. Aber ich mache mir einfach Sorgen um ihn.«

»Das brauchen Sie nicht«, versicherte ihr die Hausärztin. »Sein letzter Check-up war wirklich bestens. Und die Betablocker schlagen auch gut an.«

Nachdem Dr. Dhar mit ihren Kindern den Laden verlassen hatte, räumte Nora alles für den Feierabend zusammen. Bevor sie jedoch die Tür abschließen konnte, klingelte erneut ihr Handy. Diesmal war es ein Videoanruf.

»Hi, Mum«, grüßte Charlotte und strahlte ihre Mutter aus dem Display an.

»Hi, Schatz.« Nora war so mit den Problemen rund um den Laden beschäftigt gewesen, dass sie den ganzen Tag kaum an Charlotte gedacht hatte. »Was machst du Schönes?«

Halb abwesend hörte Nora zu, während ihre Tochter ihr eine Yogaübung beschrieb, die sie vor Kurzem gelernt hatte, und ihr von einem Markt erzählte, den sie mit ihren Freunden besucht hatte.

»Und wie geht's euch so?«, wollte Charlotte wissen. »Was gibt's Neues?«

»Ach, nichts Besonderes«, entgegnete Nora. »Nur das Übliche.« Sie hasste es, Charlotte anzulügen, doch sie wollte sie auch nicht mit ihren Schwierigkeiten belasten.

»Sicher?«, hakte Charlotte nach. »Du klingst irgendwie komisch.«

»Nein, alles gut«, sagte Nora. »Ich bin nur ein bisschen müde – du weißt ja, wie das ist, so kurz vor Weihnachten.«

»Ist Dad auch da?«

»Der ist drüben im George«, erklärte Nora. »Heute Abend ist Weihnachtsquiz. Oh, ich sollte auch mal langsam los, sonst verpasse ich noch den Anfang.«

Nachdem sie sich von Charlotte verabschiedet hatte, atmete Nora seufzend aus und rieb sich die Schläfen. Es war schwierig, so zu tun, als wäre alles in Ordnung, wenn genau das Gegenteil der Fall war.

In diesem Moment läutete die Türglocke, und Kath kam in den Laden.

»Oh, da haben Sie aber Glück«, sagte Nora und lächelte ihr zu. »Ich wollte gerade zumachen.«

Ein Mann im schwarzen Mantel trat hinter Kath in die Buchhandlung. »Nora, das ist mein Dad«, sagte Kath.

»Hi, ich bin David Langdon«, stellte sich der Mann vor und kam zu Nora herüber, um ihr die Hand zu schütteln.

»Ach Gottchen«, rief Nora, »natürlich!« Der Abgeordnete sah so anders aus als in den Nachrichten, dass sie ihn gar nicht erkannt hatte. Außerdem hatte sie keine Ahnung gehabt, dass er mit ihrer lyrikbegeisterten Kundin verwandt war.

»Dürfen wir noch reinkommen?«, fragte Kath.

»Aber natürlich«, sagte Nora und winkte sie zu sich. »Wir fühlen uns geehrt.«

»Was für ein schöner Laden«, befand David, während er sich umblickte. »Ich kann gar nicht glauben, dass ich noch nie hier war.« In natura wirkte er viel zerbrechlicher, doch seine Stimme klang genauso tief und seidig weich wie im Fernsehen.

»Ich wollte mich bei Ihnen bedanken«, sagte der Politiker. »Vor ein paar Tagen haben Sie mir ein schönes Geschenk bereitet.«

Ach ja? Einen Moment lang war Nora verwirrt. Soweit sie wusste, hatte sie nichts an David Langdon geschickt. Der Name wäre ihr definitiv ins Auge gefallen. Vielleicht hatte er etwas online bestellt und Simon hatte es in die Post gegeben?

»Sie haben mir *The Greatest Gift* geschenkt.«

Ach … Dann wohnte *er* also in Yew Tree Manor. Auf einmal ergaben das *Betreten verboten!*-Schild und das Auto mit den abgedunkelten Fensterscheiben auch mehr Sinn.

»Ich habe Dad für Ihre Geschenkeaktion nominiert«, erklärte Kath. »Weil er gerade eine ziemlich schwere Zeit durchmacht. Und wegen seiner Position habe ich seinen Namen nicht angegeben.«

Plötzlich fiel Nora wieder ein, welche Bücher Kath bei ihrem letzten Besuch im Laden gekauft hatte. *Dann waren die wohl wirklich nicht für sie.*

»Bitte, setzen Sie sich doch.« Nora deutete auf das Sofa beim Kamin, während sie sich bemühte, sich ihre Verlegenheit nicht anmerken zu lassen. Nachdem sie Platz genommen hatten, bot sie den beiden den Teller mit den Ingwerkeksen an. David Langdon sah aus, als könnte er etwas zu essen vertragen. »Kann ich Ihnen irgendetwas Warmes zu trinken anbieten?«

»Oh, Tee wäre schön«, antwortete Kath. »Wir trinken ihn beide mit Milch, ohne Zucker.«

Während Noras berühmter Besucher und seine Tochter Bekanntschaft mit Merry schlossen, eilte sie nach oben, um den Tee zu machen. Sie schnüffelte kurz an der Milch, um sicherzugehen, dass man sie noch trinken konnte. *Wäre blöd, wenn sich ein Parlamentsabgeordneter ausgerechnet hier im Haus eine Lebensmittelvergiftung zuziehen würde …*

Nachdem Nora drei heile Becher gefunden hatte, goss sie den Tee ein und trug anschließend alles auf einem Tablett nach unten. Sie verteilte die Becher auf dem Beistelltisch und machte es sich dann in dem Sessel bequem, der gegenüber vom Sofa stand. »Hat Ihnen das Buch denn gefallen?«, fragte sie David.

»Es war wirklich das beste Geschenk – wie der Titel schon sagt.«

»Die Geschichte ist auch wunderschön«, pflichtete Nora ihm nickend bei.

»Sie ist noch viel mehr als das. Für mich war dieses Buch ein Weckruf. Deshalb musste ich auch unbedingt hierherkommen, um mich persönlich bei Ihnen zu bedanken.«

Noras Verwirrung schien sich auf ihrem Gesicht widerzuspiegeln.

»Ich bin an einer schweren Depression erkrankt«, erklärte David. »Aber das wollte ich mir nicht eingestehen. Ich habe mich zu Hause verkrochen, damit die Presse keinen Wind davon bekommt, dass es mir nicht gut geht.«

»Wie lange sind Sie schon depressiv?«

»Ich hatte in der Vergangenheit bereits einige Episoden, aber diese letzte kam nach der Niederlage rund um den Parteivorsitz.«

Das war schon Monate her, stellte Nora fest. »Oje, das tut mir wirklich sehr leid.« Nicht nur, dass der Politiker krank war, bedauerte sie – es machte sie auch traurig, dass er das Gefühl gehabt hatte, es geheim halten zu müssen. Wäre seine Krankheit physischer Art und nicht psychisch bedingt, hätte er sich wahrscheinlich nicht gezwungen gesehen, sie zu verstecken.

»Gestern musste ich nach London fahren, um über ein neues Gesetz abzustimmen. Ich war so down, dass ich darüber nachgedacht habe, vor den Zug zu springen, anstatt in ihn einzusteigen. Wahrscheinlich hätte ich es sogar durchgezogen, wenn nicht jemand gekommen wäre und sich neben mich gestellt hätte.«

»Ich bin so froh, dass der Mann das gemacht hat«, sagte Kath und berührte David am Arm. Auf ihrer Stirn zeichneten sich tiefe Sorgenfalten ab, und die Liebe, die sie für ihren Vater empfand, war ihr deutlich anzusehen.

»Gestern Nacht konnte ich nicht schlafen. Deshalb habe ich mir irgendwann mitten in der Nacht Ihr Geschenk genommen. Ich habe bereits seit Jahren keinen Roman mehr gelesen, aber irgendwas an der Geschichte hat mich so angezogen, dass ich das ganze Buch in einem Rutsch durchgelesen habe.« Voller Verwunderung schüttelte David den Kopf. »Es war, als würde der Autor mich direkt ansprechen. Ich wusste genau, wie George – der Mann im Buch – sich fühlt. Dass es besser wäre, nie geboren worden zu sein. Dass die Welt ohne mich besser dran wäre.«

Kath sog entsetzt die Luft ein. »Das stimmt doch nicht.«

»Es hat mich aber zum Nachdenken angeregt. Auch wenn ich nicht Premierminister geworden bin, habe ich im Laufe der Jahre doch einiges erreicht. Ich habe hart für die Belange meiner Wähler gekämpft; ich habe mich für die Veränderungen eingesetzt, an die ich glaube. Sicher habe ich auch viele Fehler gemacht – Kaths Mutter würde das sofort bestätigen. Aber ich hoffe, die guten Dinge, die ich getan habe, wiegen diese Fehler wieder auf.«

»Natürlich tun sie das«, beteuerte Kath.

Ihr Vater nahm einen Schluck Tee, bevor er fortfuhr. »Das Buch hat mich vor allem daran erinnert, dass, wenn ich nie geboren worden wäre, es Kath auch nicht gäbe.« Davids Stimme brach. Voller Emotionen griff er nach der Hand seiner Tochter. »Und das wäre wirklich traurig, denn sie ist das Beste, was ich je zustande gebracht habe.«

»Ach, Dad.« Kath hatte Tränen in den Augen. Überrascht stellte Nora fest, dass ihre eigenen Augen ebenfalls feucht wurden. Wo war Simon mit seinem Stofftaschentuch, wenn man ihn brauchte? Abrupt sprang Nora auf und hastete zum Tresen hinüber, um eine Box mit Taschentüchern zu holen. Als sie damit zum Sofa zurückkehrte, ließ sie David und Kath einen Moment Zeit, sich zu fassen.

»Entschuldigung«, sagte Kath, während sie sich die Tränen wegwischte. »Wahrscheinlich bereuen Sie es schon, dass Sie die Bücher verschenkt haben, jetzt, da hier zwei Fremde in Ihrem Laden sitzen und heulen.«

»Überhaupt nicht«, entgegnete Nora. »Im Gegenteil: Ich freue mich, dass die Aktion offensichtlich etwas bewirkt hat.«

»Mehr, als Sie denken«, meinte David. »Ich bin heute zum Arzt gegangen und habe mir endlich Antidepressiva verschreiben lassen. Das hätte ich bereits vor Wochen tun sollen, aber es war mir zu peinlich, um Hilfe zu bitten.«

»Eine Krankheit ist niemals peinlich«, sagte Nora sanft.

Kath drückte die Hand ihres Vaters. »Dir wird es wieder besser gehen, Dad. Auch wenn es ein bisschen dauern mag.«

»Dr. Dhar hat gesagt, es kann sogar sechs Wochen dauern, bis die Tabletten wirken …«

»Also ich bin auf jeden Fall die ganze Zeit da«, versprach Kath und umarmte ihn. Dann wandte sie sich Nora zu. »Ich bin Ihnen so dankbar, dass Sie Dad das Buch geschickt haben. Ich versuche seit Wochen, ihn dazu zu bewegen, zum Arzt zu gehen.«

Schweigend nippten sie an ihrem Tee, und Nora beobachtete mit Freuden, dass David Langdon sich einen ihrer Kekse nahm.

»Wie sind Sie denn eigentlich auf die Idee gekommen, Nora?«, fragte der Politiker sie, nachdem er den Keks gegessen hatte. »Die Bücher zu verschenken, meine ich.«

Nora überlegte einen Augenblick. »Ich glaube, das hat alles mit Arnold angefangen«, sagte sie dann und erzählte David und

Kath die Geschichte von dem Moment, als der ältere Herr in die Buchhandlung gekommen war und das älteste Buch im Laden für seinen kranken Enkel gekauft hatte. »Das hat meinen Mann und mich zum Nachdenken gebracht«, ergänzte Nora. »Darüber, dass Bücher Menschen zusammenbringen und uns stärker machen können. Und dass Bücher uns selbst in den schlimmsten Zeiten – oder wenn wir uns so richtig einsam fühlen – Hoffnung schenken und uns daran erinnern können, dass wir eben nicht allein sind.«

»Das ist absolut richtig«, sagte David, bevor er sich erhob. »Wir sollten dann mal los. Wir haben Sie schon lange genug aufgehalten.«

Sofort wischte Nora seine Bedenken beiseite. »Es war mir eine Freude. Bitte bleiben Sie gern so lange, wie Sie mögen.« Sie hatte es nicht eilig, und außerdem stellte sie fest, dass sie den Abgeordneten wesentlich sympathischer fand, als sie erwartet hätte.

David zögerte einen Augenblick. »Hm, also, wenn Sie sicher sind, dass wir Sie nicht stören … könnte ich dann vielleicht noch ein wenig durch Ihre Lyrikabteilung stöbern?«

»Meinst du das ernst?«, fragte Kath und hob die Augenbrauen. »Es geschehen noch Zeichen und Wunder.«

David ignorierte die Sticheleien seiner Tochter und wandte sich an Nora. »Haben Sie vielleicht einen Band mit Weihnachtsgedichten da?«

»Ja, sogar mehrere.« Nora führte ihn in die Lyrikabteilung und suchte einige Anthologien zur Auswahl heraus. Gemeinsam blätterten David und Kath die Sammlungen durch, wobei Kath ihren Vater hier und da auf ihre Lieblingsgedichte aufmerksam machte.

»Ich nehme das hier«, sagte David schließlich und entschied sich für eine hübsche gebundene Ausgabe.

An der Kasse reichte er Nora seine Kreditkarte. »Ich hätte gedacht, dass hier mehr los ist, so kurz vor Weihnachten.«

Nora hielt einen Moment inne und überlegte, ob sie sich dem Politiker anvertrauen sollte. Er war so mutig gewesen, ihr freimütig von seinen Problemen zu erzählen, nun schuldete sie ihm die gleiche Offenheit. »Um ehrlich zu sein, machen wir im neuen Jahr zu. Wir sind mit einigen Zahlungen in Verzug geraten und können das Geschäft nicht mehr länger halten, also müssen wir verkaufen.«

»Oh nein«, rief Kath und wirkte ehrlich bestürzt, »das ist aber wahnsinnig schade! Ich bin so gern hier.«

Nora lächelte traurig. »Ich auch, aber es geht leider nicht anders. Bis zum 2. Januar müssen wir unsere Schulden zurückzahlen, und bis dahin werden wir das Geld nicht zusammenbekommen. Wir haben so viele Kunden an den Onlinehandel verloren, und mittlerweile ist die Gewerbesteuer astronomisch hoch«, erklärte sie. »Wir haben schon mehr Glück als viele andere Läden, weil wir keine Miete zahlen müssen, trotzdem haben wir zu kämpfen. Wenn niemand was dagegen tut, werden solche Innenstädte wie unsere irgendwann aussterben.«

David Langdon nickte gedankenvoll. »Das tut mir sehr leid für Sie.«

Nora beschloss, daran zu glauben, dass sein Mitgefühl aufrichtig war und nicht die eingeübte Empathie-Bezeugung eines erfahrenen Politikers.

Als sie ihre beiden Besucher bis zur Tür begleitet hatte, umarmte Kath sie kurz. »Vielen, vielen Dank«, sagte sie. »Es tut mir wirklich leid, dass Sie zumachen.«

»Wenn Sie Lust haben, kommen Sie doch beide zu unserer Weihnachtsfeier«, erwiderte Nora. »Das ist eigentlich immer sehr schön, und wir sind entschlossen, stilvoll unterzugehen.«

»Wir werden auf jeden Fall kommen«, versprach Kath.

Als sie gegangen waren, leerte Nora die Kasse, knipste das Licht aus und sperrte den Laden ab. Dann ging sie eine kurze Runde mit Merry Gassi und brachte sie anschließend nach oben, um ihr Futter zu geben. Während die Hündin sich über ihr Fressen hermachte, wärmte Nora ihr eigenes Abendessen in der Mikrowelle auf – den Rest der Steckrübencremesuppe, die sie aus Doug Jenkins' großzügiger Spende gekocht hatte. Erst als ihr Teller leer war, machte sie sich endlich auf den Weg nach gegenüber in den Pub, wo Simons Quiz bereits in vollem Gange war.

Alle Tische waren mit Teams besetzt, die konzentriert über den Antworten brüteten. Simon stand ganz hinten vor der Wand und sprach in ein Mikrofon. *Er macht das so gut,* dachte Nora voller Stolz und lächelte ihm zu, während er mit den verschiedenen Mannschaften herumschäkerte.

»Letzte Frage in der Kategorie ›Geschichte‹«, verkündete er. »Was taten die Soldaten im Ersten Weltkrieg während des Waffenstillstands zu Weihnachten?«

Fußball spielen, beantwortete Nora die Frage im Kopf. Erneut musste sie an Arnold denken und wünschte, sie hätte irgendeine Möglichkeit, ihn zu kontaktieren – um zu erfahren, wie es Noah ging, und um ihm zu sagen, dass er, ohne es zu wissen, das Leben eines anderen Menschen verändert hatte.

Nora steuerte auf die Theke zu und bestellte ein Glas Wein bei dem gut aussehenden amerikanischen Barmann, bevor sie zu ihrem Team hinübereilte.

»Entschuldigt die Verspätung«, sagte sie, während sie sich auf dem Hocker neben Alice niederließ.

»Du kommst genau rechtzeitig für die Musikrunde«, entgegnete Alice lächelnd.

»Ich spiele euch jetzt den Anfang eines Liedes vor«, verkündete Simon. »Ihr müsst den Titel und den Künstler aufschreiben. Für beide bekommt ihr einen Punkt.«

Pillepalle, dachte Nora, als die ersten Takte von *Last Christmas* von Wham! durch den Pub schallten. Sie lehnte sich vor, um ihren

Teamkolleginnen die Antwort zu geben, doch Maeve schrieb sie bereits auf ihren Fragebogen. Nora fragte sich, ob Maeve blumiges Parfüm aufgetragen hatte oder immer nach Blüten roch, weil sie Floristin war.

»Ich war als Jugendliche total in George Michael verknallt«, gestand Lucy aus der Boutique. Sie trug einen glitzernden Zylinder, den Nora für einen Quizabend im George etwas übertrieben fand.

»Weiter geht's zu Frage zwei«, sagte Simon. »In welchem Filmmusical von MGM sang Judy Garland *Have Yourself A Merry Little Christmas?*«

»*Meet Me in St. Louis*«, flüsterte Nora ihren Freundinnen zu. Das war einer ihrer Lieblingsfilme; sie hatte Simon schon unzählige Male dazu gezwungen, ihn sich mit ihr anzuschauen.

Verstohlen schaute sie zu ihrem Mann hinüber. Als er ihren Blick auffing, zwinkerte er ihr zu, und sie wusste, dass er diese Frage speziell für sie ins Quiz aufgenommen hatte. Grinsend warf Nora ihm einen Luftkuss zu.

»Ihr zwei seid so widerlich süß zusammen«, zog Alice sie auf.

»Frage Nummer drei: Wie viele Lords springen in dem Weihnachtslied *The Twelve Days of Christmas* herum?«, wollte Simon wissen.

Durch den Pub ging ein Raunen, während die Mannschaften sich an ihren Tischen zusammendrängten, das Lied vor sich hin sangen und über den Text diskutierten.

»Ich bin mir ganz sicher, dass es neun Lords sind …«, meinte Alice.

»Nein, es heißt *nine ladies dancing, ten lords a-leaping*«, beharrte Lucy.

»Seid ihr sicher, dass es nicht *ten drummers drumming* heißt?«, fragte Maeve.

Während ihre Freundinnen springende Lords und tanzende Ladys zählten, überlegte Nora bei sich, wofür sie dankbar war. Ja, sie würde ihre geliebte Buchhandlung verlieren. Doch in den vielen Jahren, die sie den Laden nun schon führte, hatte sie Tausenden von Leserinnen und Lesern dabei geholfen, ihre Lieblingsbücher zu finden. Sie war gesund, und das Gespräch mit David hatte sie daran erinnert, was für ein Segen das war. Ihre Tochter war glücklich und erlebte gerade das Abenteuer ihres Lebens.

Und Simon und sie hatten immer noch einander. Was könnte sie sich mehr wünschen?

KAPITEL 16

Simon

Am letzten Samstag vor Weihnachten war die Buchhandlung voller panischer Leute, die in letzter Minute noch Weihnachtsgeschenke kauften. Simon und Nora waren ununterbrochen damit beschäftigt, Kunden zu bedienen. Seit sie um zehn Uhr den Laden geöffnet hatten, stand die Kasse praktisch nicht mehr still.

Simon reichte einer Frau das teure Kochbuch, das sie gerade gekauft hatte, und wünschte ihr »ein schönes Weihnachtsfest«.

Wobei es unwahrscheinlich war, dass sein eigenes Weihnachtsfest dieses Jahr schön werden würde – schließlich würde es das letzte in diesem Haus sein.

»Schatz, kannst du die Scherzbücher auffüllen, wenn du zwischendurch mal Zeit hast?«, bat Nora ihn auf dem Weg in die Kinderbuchabteilung, wo sie einer Kundin dabei helfen wollte, Geschenke für ihre Enkel auszusuchen.

»Mach ich.« Eigentlich sollte er froh sein, dass Nora ihm endlich mehr Aufgaben zutraute, doch mittlerweile kam ihm das ziemlich sinnlos vor. Auch wenn sie heute den höchsten Umsatz aller Zeiten machten, würde es nicht reichen, um die Buchhandlung zu retten.

Simon ging nach hinten ins Lager und holte ein paar Bücher, um die Auslage bei der Kasse aufzustocken. Humorvolle Geschenkbücher waren der Renner des Tages, weil die Leute etwas brauchten, womit sie die Weihnachtsstrümpfe füllen konnten. Es gab Parodien klassischer Kinderbücher oder auf Präsidenten, kleine Bildbände von Katzen in lustigen Kostümen und eine erschreckende Vielzahl von Büchern übers Kacken.

Als er den Nachschub arrangiert hatte, griff sich Simon ein Exemplar von *Die besten britischen Witze* und blätterte es durch.

Seit seinem Besuch in London war er deprimiert. Er hatte sich regelrecht dazu gezwungen, das letzte Quiz zu moderieren, weil er die Stammgäste nicht enttäuschen wollte, doch es hatte ihn viel Mühe gekostet, eine heitere Stimmung vorzutäuschen. Die Zurückweisung seines Vaters tat immer noch weh. Kurz hatte er darüber nachgedacht, seinen Bruder um Geld zu bitten, aber Daniel machte gerade eine teure Scheidung durch und hatte selbst finanzielle Probleme.

Im neuen Jahr würden Nora und Simon gleichzeitig ihre Arbeit und ihr Zuhause verlieren. Er hatte es nicht geschafft, seine Frau vor dem Verlust dessen, was ihr am meisten bedeutete, zu schützen.

Seufzend stellte Simon das Buch zurück in den Aufsteller. Es brauchte wesentlich mehr als ein Witzebuch, um ihn zum Lachen zu bringen.

Die Zukunft sah trostlos aus. Doch solange der Laden noch geöffnet war, gab es Kunden, die bedient werden wollten. Simon fiel ein Mann Anfang dreißig auf, der unsicher zwischen den Regalen herumschlenderte.

»Kann ich Ihnen vielleicht helfen?«, fragte Simon ihn.

»Ich brauche noch ein Weihnachtsgeschenk für meine Frau«, entgegnete der Mann.

»Okay. Was liest sie denn gern?«

Der Kunde runzelte die Stirn und kratzte sich an seinem Bart. »Hm, wir haben drei Kinder, deshalb hat sie nicht wirklich viel Zeit zum Lesen.«

Was wollen Sie dann hier?, dachte Simon ärgerlich.

»Ich dachte mir, ich kaufe ihr ein Buch übers Abnehmen«, erklärte der Mann. »Seit unserem dritten Kind hat sie zehn Kilo zugelegt.«

Ungläubig starrte Simon den Kunden an. War das sein Ernst? Ein Buch übers Abnehmen war als Geschenk in etwa so aufmerksam wie ein Sack Kohlen. Die Frau dieses Kerls musste weit mehr als zehn Kilo loswerden. *Circa neunzig*, mutmaßte Simon, während er das Gewicht des Mannes abschätzte. Wenn der seiner Frau am Weihnachtsmorgen das Buch übergab, würde sie ihn wahrscheinlich damit erschlagen! Und Simon konnte sich nicht zum Mittäter in einem Mordfall machen.

»Wissen Sie«, sagte er zu dem Kunden, »ich will ganz ehrlich zu Ihnen sein: Wenn Sie Ihrer Frau zu Weihnachten ein Buch übers Abnehmen schenken, könnte es sein, dass Sie Silvester allein verbringen müssen. Meine Tochter ist zwar inzwischen erwachsen, aber ich weiß noch, wie anstrengend kleine Kinder sein können. Bei drei Kindern braucht Ihre Frau wahrscheinlich am ehesten was zur Entspannung.«

Simon führte den Mann in die Romanabteilung und half ihm dabei, eine schöne Liebesgeschichte mit weihnachtlichem Cover auszuwählen. *Vielleicht sollte er das Buch auch selbst lesen und sich ein paar Notizen machen,* dachte Simon. Stattdessen sagte er laut: »Sie könnten ihr zusätzlich anbieten, mit den Kindern einen Ausflug zu machen, damit sie in Ruhe lesen kann.«

»Langsam, langsam«, entgegnete der Kunde und starrte Simon an, als hätte der sie nicht mehr alle.

Als der unbelehrbare Ehemann den Laden verließ, kam Seb Fox hereinspaziert.

»Simon, mein Guter«, grüßte er und schüttelte ihm überschwänglich die Hand. »Ich bin so froh, dass ihr euch entschlossen habt zu verkaufen. Da schlage ich im neuen Jahr einen guten Gewinn für uns alle heraus – wirst sehen.« Der Immobilienmakler ließ den Blick durch den Laden schweifen und sabberte praktisch schon vor lauter Gier. Anerkennend klopfte er gegen die nächstgelegene Wand. »Solider Cotswold-Stein. So was bekommt man heute gar nicht mehr in der Qualität.«

»Hallo, Seb«, sagte Nora und gesellte sich zu ihnen. Sie hatte Simon beim Frühstück erzählt, dass sie im Maklerbüro gewesen war, doch irgendwie hatte Simon nicht damit gerechnet, schon so bald mit den Folgen dieser Entscheidung konfrontiert zu werden.

»Passt es gerade, wenn ich Fotos mache?«, fragte Seb und hielt die Kamera hoch, die um seinen Hals hing.

»Ob jetzt oder später, ist sowieso wurscht«, meinte Nora achselzuckend.

Damit entfernte Seb die Abdeckung von der Linse und schoss breit grinsend ein paar Bilder vom Kamin. »Das mit dem Dach ist echt schade – dafür werden wir einiges vom Preis abziehen müssen –, aber die Käufer werden von der originalen Ausstattung begeistert sein.«

»Könntest du bitte Seb das Haus zeigen?«, murmelte Nora Simon zu. »Ich kümmere mich um die Kunden.«

»Klar«, sagte Simon und drückte ihre Hand.

Der Immobilienmakler wandte sich ab, um ein Foto aus einem anderen Winkel zu knipsen. »Wow, diese alten Eichenbalken«, schwärmte er. »Wunderschön.«

Simon befühlte seine Stirn, auf der sich immer noch eine leichte Beule von seinem letzten Zusammenstoß mit dem Balken abzeichnete. Er würde alles an diesem Laden vermissen – selbst den verdammten Balken.

Als Seb endlich alle Bilder gemacht hatte, die er brauchte – unten wie oben –, hatte sich eine kleine Schlange vor dem Tresen gebildet.

»Entschuldigen Sie bitte die Verzögerung«, sagte Nora, während sie die Papierrolle in der Kasse wechselte.

»Also ehrlich, wenn ich gewusst hätte, dass das so lange dauert, hätte ich online eingekauft«, beschwerte sich die Frau am Anfang der Schlange und trommelte ungeduldig mit ihren manikürten Fingernägeln auf der Theke herum. Ihren blitzsauberen Gummistiefeln und der ebenso makellosen Wachsjacke nach zu urteilen, war sie sicher nicht aus der Gegend, auch wenn sie den Eindruck zu erwecken versuchte. Bestimmt gehörte ihr eins der vielen Ferienhäuser im Ort. Simon schätzte, er sollte dankbar sein für Kundinnen wie sie – die Nachfrage an Zweitwohnungen hatte die Immobilienpreise in den Cotswolds steil nach oben getrieben, was derzeit Noras und sein einziger Vorteil war. Doch es machte ihn traurig, dass sie es sich wohl genau deshalb nicht würden leisten können, in der Gegend zu bleiben, die sie beide so liebten.

Simon schob sich hinter den Tresen und nahm der unhöflichen Kundin das Buch aus der Hand. Mit Genugtuung stellte er fest, dass sie sich für *Der Okulist von Leipzig* entschieden hatte. »Eine ausgezeichnete Wahl«, sagte er und tippte auf das Cover. Er zwinkerte Nora zu, als er das Buch an sie weiterreichte, und sie biss sich auf die Unterlippe, um sich das Lachen zu verkneifen.

Gegen Ende des Nachmittags – an dem so viel los gewesen war, dass sie die Mittagspause durchgearbeitet hatten – kam Alice, noch mit ihrer Schürze vor der Brust, in die Buchhandlung geeilt. Ihr hennagefärbtes Haar hatte sich halb aus dem Knoten gelöst, und ihre Wangen waren ganz rot von der Hitze, die in der Küche des Copper Kettle herrschte.

»Was ist los?«, erkundigte sich Nora besorgt.

»Ich brauche dringend Geschenke für meine beiden Samstagsaushilfen«, sagte Alice atemlos. »Ich habe völlig vergessen, dass sie heute ihre letzte Schicht vor Weihnachten haben.«

»Simon, kannst du Alice helfen?«, fragte Nora, die soeben einen Kunden abkassierte. »Ich bin hier gerade beschäftigt.«

Lächelnd kam Simon hinter dem Tresen hervor. »Na, dann schauen wir mal, was wir für die beiden finden.«

»Vielen Dank, Simon.« Alice wirkte ganz erleichtert. »Ich habe keine Ahnung, was siebzehnjährige Mädchen heutzutage so lesen. Ich nehme an, schnulzige Pferderomanzen von Jilly Cooper sind eher out …«

Simon ging mit ihr in die Abteilung für junge Erwachsene und ließ den Blick über die Regale schweifen. »Also, Charlotte liebt die Bücher von John Green«, überlegte er und zog eine Ausgabe von *Das Schicksal ist ein mieser Verräter* heraus.

An diesem Morgen hatte Charlotte ihm ein Foto von einem Curry mit dem scherzhaften Kommentar *Zu scharf für dich, Dad. x* geschickt. Es würde so merkwürdig sein, wenn sie an Weihnachten nicht daheim war und im Schlafanzug lesend auf dem Sofa hockte. Aber vielleicht war das ja auch ein Segen. Ihm graute es jetzt schon vor ihrem enttäuschten Gesicht, wenn sie erfuhr, dass sie den Laden aufgeben mussten.

Dass ihr Dad es nicht geschafft hatte, das zu verhindern.

»Oh, die klingen perfekt«, befand Alice und wählte zwei Bücher von John Green aus. »Du bist ein Held.«

Schön wär's, dachte Simon.

Er brachte die Bücher zur Kasse, wo Nora sie abrechnete und dann für ihre Freundin in Geschenkpapier einwickelte. »Gute Wahl«, sagte sie anerkennend.

»Tausend Dank«, entgegnete Alice, als Nora ihr die Bücher gab. »Sehen wir uns nachher beim Weihnachtskonzert?«

Das Weihnachtskonzert! Simon hatte total vergessen, dass es heute Abend stattfand. Dort versammelte sich praktisch das ganze Dorf. Er war sich allerdings nicht sicher, ob Nora dieses Jahr hingehen wollte. Sie würden so viele Bekannte treffen, und bisher hatten sie Alice und ihren anderen Freunden noch nichts von der Sache mit dem Laden erzählt. Wobei sie das ohnehin demnächst erfuhren, sobald die Immobilienanzeige im Fenster des Maklerbüros hängen würde.

Doch Nora nickte. »Klar, das lassen wir uns nicht entgehen.«

Sie schien das alles besser zu verkraften, als Simon erwartet hätte. Besser als er, um ehrlich zu sein. Nach dem Termin bei der Bank war Nora ziemlich am Boden gewesen, aber in den letzten Tagen schien sie sich still und leise mit ihrem Schicksal abgefunden zu haben.

Um kurz nach achtzehn Uhr drehte Simon das Schild an der Ladentür auf *Geschlossen* um und ließ sich dann erschöpft aufs Sofa fallen. Merry kletterte auf ihn drauf und begann sofort, ihm das Gesicht abzulecken.

»Bester Tag des Jahres«, rief Nora von der Kasse herüber. »Wir haben fast dreitausend eingenommen.« Lachend schüttelte sie den Kopf. »Das ist doch wirklich paradox, oder? Jetzt, da wir zumachen, verdienen wir endlich Geld.«

Simon zwang sich zu einem Lächeln, aber es fiel ihm schwer.

Nach einem schnellen Abendessen, das aus Baked Beans auf Toast bestand, gingen sie Hand in Hand zur Kirche. Die Luft war eiskalt und brannte in Simons Nase, wenn er einatmete. Der Mond war von einem Lichtkranz umgeben und überzog den trüben, wolkenverhangenen Himmel mit einem Schleier.

»Könnte sein, dass es Schnee gibt«, meinte Simon. Einen Moment lang fragte er sich besorgt, ob das Dach einem Schneesturm standhalten würde. Dann fiel ihm ein, dass das nicht mehr länger sein Problem war. Sollten sich die neuen Besitzer doch mit dem Dach rumschlagen. »Vielleicht bekommen wir weiße Weihnachten.«

Aber Nora wollte nicht über das Wetter sprechen. »Erzählst du mir eigentlich irgendwann, was in London passiert ist? Du bist irgendwie so anders, seit du wieder da bist.«

Simon stieß einen Seufzer aus. Er wollte ihr nicht sagen, dass seine Eltern sich geweigert hatten, ihnen zu helfen. Doch Nora und er hatten sich versprochen, keine Geheimnisse voreinander zu haben. »Ich war bei meinen Eltern«, gab er schließlich zu. »Ich weiß, du hast gesagt, ich soll sie da raushalten, aber ich musste es wenigstens versuchen.«

Nora hörte ihm stumm zu, während er ihr von dem Besuch erzählte.

»Ich weiß nicht, wieso ich geglaubt habe, dass mein Vater die Familie über die Agentur stellen würde – das hat er noch nie getan. Er nimmt es mir immer noch übel, dass ich sein Lebenswerk nicht übernommen habe. Der Besuch war reine Zeitverschwendung.«

»Nein, das stimmt nicht«, widersprach ihm Nora entschieden und blieb stehen, um ihn anzusehen. »Du hast es versucht – das ist die Hauptsache. Ich weiß, wie schwer dir das gefallen ist, die beiden um Geld zu bitten, und ich weiß auch, dass du das nur für mich getan hast.«

Abwehrend schüttelte Simon den Kopf. »Ich mag es vielleicht versucht haben, aber es ist mir nicht gelungen. Ich konnte sie einfach nicht überzeugen, uns zu helfen. Sie glauben weder an den Laden noch an mich. Schatz, es tut mir so leid, dass ich dich enttäuscht habe.«

Noras Haar glänzte kupferfarben im sanften Mondlicht, während sie zu ihm hochblickte. »Du könntest mich niemals enttäuschen, Simon. Ich hätte nie gedacht, dass ich dich noch mehr lieben könnte, aber anscheinend ist das tatsächlich möglich.« Nora streckte die Hand aus, zog Simons Kopf zu sich herunter und küsste ihn. Als ihre Lippen seine berührten, fühlten sie sich kalt an, doch sie wärmten sich schnell auf, als ihr Kuss intensiver wurde.

»Ey, Bücherwurm«, rief eine Männerstimme hinter ihnen, »nimm dir ein Zimmer.«

Abrupt lösten sie sich voneinander, und als Simon sich umdrehte, entdeckte er Howie auf der anderen Straßenseite, der sie vielsagend angrinste.

»Wir sehen uns nach dem Weihnachtskonzert, Howie!«, rief Nora herüber und winkte ihm zu. Dann hakte sie sich bei Simon unter. »Wenn wir uns nicht langsam mal beeilen, bekommen wir keinen Platz mehr.«

Oder noch schlimmer, dachte Simon, *wir müssen neben Howie sitzen.*

Ihn würde Simon ganz sicher nicht vermissen, wenn sie aus Stowford wegziehen mussten!

KAPITEL 17

Simon

Als sie in der Kirche ankamen, hatte sich das gesamte Ensemble des Krippenspiels in der Vorhalle versammelt. Simon erkannte Doug Jenkins' Jüngsten im Hirtenkostüm. *Die perfekte Besetzung,* dachte er amüsiert, während er zusah, wie der Bauerssohn ein Stofflamm an sich drückte. Dr. Dhars Tochter Richa spielte einen Engel. Sie und ihre Mitengel drehten sich um sich selbst, sodass die Röcke ihrer weißen Kleidchen sich bauschten. Einer der Könige, der eine glänzende goldene Krone auf dem Kopf trug, bohrte sich nicht gerade königlich in der Nase, während der Herbergsvater stolz einem anderen König die Lücke in seinem Mund zeigte, wo ihm ein Vorderzahn fehlte. Ein Lehrer im Kameloverall bemühte sich verzweifelt, die Kinder unter Kontrolle zu bekommen, allerdings ohne Erfolg. Der Junge, der den Josef spielte, und der dritte König – Dr. Dhars Sohn Ash – spielten Fangen mit einer ziemlich dreckig aussehenden Plastikpuppe, während Maria versuchte, sie ihnen abzunehmen.

»Gebt mir das Jesuskind zurück!«, rief sie jammernd.

Zwischen den Kindern stand Olwyn Powell, die aufgeregt mit dem Handy telefonierte. Ihr besorgter Gesichtsausdruck stand im völligen Gegensatz zu der fröhlich blinkenden Rentierbrosche an ihrer Strickjacke. »Oje«, sagte sie, während sie ihr Handy in ihre riesige Tragetasche stopfte. Anschließend kramte sie ein Päckchen Taschentücher aus deren Tiefen und reichte es stumm dem König, der damit beschäftigt war, seine Nasennebenhöhlen zu erforschen.

»Alles in Ordnung?«, fragte Simon sie.

Olwyn schüttelte den Kopf. »Hier läuft heute nichts nach Plan. Ich musste Diakon Stanley bitten, die Abschlusslesung zu halten, aber wer weiß, ob er lange genug wach bleibt.«

Der ältere Geistliche hatte die Angewohnheit, mitten im Gottesdienst einzuschlafen und laut zu schnarchen.

»Ach, das wird schon gut gehen«, sagte Nora.

»Aber das ist noch nicht alles«, fuhr Olwyn fort. »Mr Greenwood, der Fußballtrainer von der Schule, sollte eigentlich den Esel spielen. Aber er hat gerade angerufen und mir gesagt, dass er auf einer vereisten Stelle ausgerutscht ist und sich am Bein verletzt hat, der arme Kerl.« Hoffnungsvoll blickte Olwyn Simon an. »Du könntest nicht zufällig einspringen?«

Nora kicherte und stieß ihn mit dem Ellbogen an. »Das macht er doch gern.«

Simon warf ihr einen bösen Blick zu, aber er wusste, dass er sich nicht mehr rausreden konnte.

»Oh, das ist großartig.« Olwyn zauberte ein graues Eselskostüm aus ihrer scheinbar unendlich großen Tasche hervor und gab es Simon.

Als er jedoch den Reißverschluss des Einteilers zuziehen wollte, stellte er fest, dass die Verkleidung nicht passte. Er war viel zu groß.

»Ach, herrje«, rief Olwyn. »Das funktioniert nicht.« Beunruhigt warf sie einen Blick auf ihre Armbanduhr. »Das Krippenspiel fängt in ein paar Minuten an.«

Simon wollte gerade vorschlagen, schnell zum Pub rüberzugehen und zu fragen, ob Mateo kurz freibekommen könnte – immerhin war er Schauspieler –, doch dann fiel ihm ein, dass der junge Amerikaner ebenfalls zu groß war für das Kostüm. Zum Glück kam genau in diesem Moment ein kleiner, stämmiger Mann in die Kirche geeilt, begleitet von einem Jungen und einem Mädchen in Bademänteln. Die beiden trugen ziemlich lose befestigte Geschirrtücher um den Kopf, die jeden Augenblick herunterzurutschen drohten. »Entschuldigen Sie die Verspätung!«, sagte der Mann keuchend. »Wir hatten ein Problem mit den Kostümen.«

»Julia hat Johannisbeersaft auf meinen Bademantel geschüttet«, fügte der Junge anklagend hinzu.

»Aber nur, weil Adam mich geschubst hat«, erklärte das Mädchen.

»Hört auf zu zanken«, mahnte ihr Vater. »Ihr seid in der Kirche.«

»Oh, Mr Fitzpatrick«, sagte Olwyn, während Simon sich aus dem Eselskostüm schälte, »Sie wären nicht zufällig bereit, unseren Esel zu spielen?«

»Ja, Daddy, ja!«, rief das Mädchen, während ihr Bruder auf und ab sprang und »Esel! Esel! Esel!« skandierte.

»Wie's aussieht, bleibt mir wohl nichts anderes übrig«, seufzte der Mann und öffnete bereits seinen Mantel, unter dem ein Trikot des Swindon Town FC zum Vorschein kam. »Aber ich bin sowieso öfter ein Esel.«

»Daddy ist ein Esel!«, wiederholte das Mädchen kichernd.

»Ich bin Arsenal-Fan«, verkündete Simon und reichte das Kostüm an den frisch rekrutierten Darsteller weiter.

»Na ja«, entgegnete der grinsend, »über Geschmack lässt sich nicht streiten.«

Irgendwie kam Simon der Mann bekannt vor, aber er wusste nicht genau, woher. Vielleicht spielte er in einer gegnerischen Mannschaft? »Spielen Sie auch selbst Fußball?«, erkundigte er sich.

»Nur mit den beiden hier«, antwortete der Mann, während er in das Kostüm trat.

»Meine Herren, wir haben jetzt keine Zeit, uns über Fußball zu unterhalten«, mischte Olwyn sich ungeduldig ein.

»Entschuldigen Sie, Miss Powell«, sagte der Mann und zwinkerte Simon zu, während er den Reißverschluss des Einteilers hochzog.

Da gerade noch ein verspäteter Konzertbesucher in einem dunklen Mantel die Stufen zur Kirche hochgeeilt kam, gingen Simon und Nora in den Hauptraum, um sich schnell Plätze zu sichern. Ihnen blieb nichts anderes übrig, als sich in eine der hinteren Bänke zu quetschen. Ein paar Reihen vor ihnen saßen Lucy und Maeve mit Alice, die sich zu ihnen umdrehte und winkte.

»Wenigstens ist es hier warm«, raunte Nora Simon zu.

Überall brannten Kerzen in den Wandleuchtern und brachten die Buntglasfenster mit ihrem flackernden Licht zum Leuchten. Eltern unterhielten sich aufgeregt miteinander, während sie dem ersten Auftritt ihrer Kleinen entgegenfieberten. Vorne am Altar stand eine Holzkrippe, die mit Heu gefüllt war.

Nur kurze Zeit später ertönte die Orgel mit den ersten Takten von *Stille Nacht,* und Olwyn führte ihr Ensemble aus Engeln, Hirten und Königen durch den Mittelgang, begleitet von den kollektiven Ohs und Ahs der Zuschauer.

»Weißt du noch, als Charlotte den Erzengel Gabriel gespielt hat?«, flüsterte Nora. »Sie hat dieses Kostüm so geliebt.«

Simon nickte. Es kam ihm vor, als hätte seine Tochter erst gestern dort vorne hinter der Krippe gestanden, mit lamettabesetzten Flügelchen und dem Stock mit dem Stern in der Hand.

Feierlich betrat Olwyn die Kanzel. »Herzlich willkommen zu unserem jährlichen Krippenspiel und Weihnachtskonzert«, sagte sie, während sie die Gemeinde strahlend anblickte. »Unsere heutige Veranstaltung möchten wir Emma Swann widmen, die früher in St. Stephen's meine Schülerin war und lange im Schulchor mitgesungen hat. Leider ist sie im Sommer auf tragische Weise von uns gegangen.«

Überall in den Bänken beugten die Leute würdevoll die Köpfe, während sie an den furchtbaren Autounfall dachten. Simon tat die Familie des Mädchens wahnsinnig leid. Nora und er vermissten Charlotte zwar sehr, aber wenigstens wussten sie, dass sie ihre Tochter irgendwann wiedersehen würden. In diesem Moment griff Nora seine Hand und drückte sie; offensichtlich hatte sie das Gleiche gedacht.

Die ernste Stimmung verflüchtigte sich schon wenig später, als die Kinder, die Maria und Josef spielten, den Esel durch die Kirche führten und den Herbergswirt – dessen Grinsen so breit war, dass Simon von seinem Platz ganz hinten aus dessen Zahnlücke erkennen konnte – um Unterschlupf baten. Als der Wirt den beiden sagte, dass er kein Zimmer mehr frei habe, stieß der Esel ein trauriges »Iah« aus, und die Zuschauer lachten amüsiert.

Während die Darsteller sich um die Krippe versammelten, spielte der Organist *O Bethlehem, du kleine Stadt*.

»Blöd, dass es in biblischer Zeit noch kein Airbnb gab«, wisperte Simon in Noras Ohr, während die Gemeinde mitsang.

Lachend legte Nora ihren Kopf an seine Schulter.

Als das Weihnachtslied zu Ende war, hallte ein anderes Geräusch durch die Kirche: der unverwechselbare Klang von Diakon Stanleys Schnarchen.

Dann kamen die Heiligen Drei Könige zur Krippe, und Simon konnte sich ein leises Lachen nicht verkneifen, als der Junge, der die Schatulle mit der Myrrhe trug, sofort wieder in der Nase bohrte, nachdem er seine Gabe überbracht hatte.

Anschließend sangen die Kinder eine schwungvolle Version von *Wir sind drei Könige aus dem Morgenland*, bevor Olwyn erneut die Kanzel bestieg und die Gemeinde anstrahlte. »Wie immer beenden wir den Abend mit der Abschlusslesung, die in diesem Jahr ein ganz besonderer Gast vortragen wird …«

Vielleicht sollte mal jemand Diakon Stanley wach machen, dachte Simon.

»Bitte begrüßen Sie ganz herzlich unseren Parlamentsabgeordneten David Langdon!«

Überrascht drehte Simon sich um und sah zu, wie ein dunkelhaariger Mann durch den Mittelgang schritt. Als der Politiker an ihm vorbeikam, begleitet von vereinzeltem Applaus, erkannte Simon den Mann wieder, den er vor seiner Fahrt nach London auf dem Bahnsteig angesprochen hatte. *Dann war er es also doch,* dachte er.

Der Abgeordnete räusperte sich und trug danach das Gedicht *Tönt, Wilde Glocken* von Alfred Lord Tennyson vor. Obwohl er sehr zerbrechlich wirkte, drang seine Stimme kräftig durch die Kirche, während er mit dem Selbstvertrauen des geübten Redners sprach.

Das alte läutet aus, bringt her das neue,
Ihr frohen Glocken, läutet über'm Schnee ...

Während Simon den wunderschönen Versen lauschte, brachten Tennysons Worte auch in ihm etwas zum Klingen. Nora und ihm standen große Veränderungen bevor, aber vielleicht würden es nicht nur schlechte sein.

Nachdem der Politiker geendet hatte, spielte der Organist *Hört der Engel große Freud',* und als Simon in den Refrain mit einstimmte, ging ihm bei der erhebenden Musik das Herz auf. Es war einfach unmöglich, dieses Weihnachtslied zu hören und keine Freude zu verspüren.

Anschließend versammelte sich die Gemeinde im Pfarrhaus, wo es zu essen und zu trinken gab. Der Vater im Eselskostüm kroch einsatzfreudig auf Händen und Füßen über den Boden und ließ die kleinen Kinder auf seinem Rücken reiten.

»Denk dran«, sagte Nora grinsend zu Simon, »das hättest du sein können.«

Gott sei Dank war der Kelch an ihm vorübergegangen. Seine Knie hätten das Eselreiten nicht überstanden.

Simon holte sich und Nora je einen Mince Pie. »Nicht schlecht, aber nicht so gut wie deine«, befand er, nachdem er einen Bissen von dem Weihnachtsgebäck genommen hatte.

Ihm fiel eine Frau ins Auge, die gerade den Jungen fotografierte, der den Josef gespielt hatte. Der zog jedoch Grimassen und machte Hasenohren hinter dem Kopf eines Hirten.

»Kannst du das bitte mal lassen, Jamie.«

»Liz, oder?«, fragte Simon und ging zu der Frau hinüber, als sie es endlich geschafft hatte, beide Jungs mit lächelnden Gesichtern zu fotografieren. »Simon – aus der Buchhandlung.«

»Oh, natürlich«, entgegnete sie leicht verlegen.

»Gut gespielt, Jungs«, sagte Simon zu den Kindern und machte das Daumen-hoch-Zeichen.

Während die zwei davonrannten, um sich heiße Schokolade zu holen, stellte Simon Liz seiner Frau vor. »Liz war vor einigen Wochen bei uns und hat nach Kinderbüchern gefragt«, erzählte er. »Um ihren Jungs beim Lesen zu helfen.«

Lächelnd sah Nora Liz an. »Und? Wie klappt das?«

»Gerade lese ich ihnen den *Hobbit* vor«, sagte Liz. »Der gefällt ihnen richtig gut. Ich habe ihnen versprochen: Wenn wir das Buch durchhaben, dürfen sie in den Ferien den Film gucken.«

»Haben Sie schon ein Rezept für das Weihnachtsessen ausgewählt?«, erkundigte sich Simon, weil ihm einfiel, dass sie am ersten Feiertag allein sein würde.

»Ja, ich werde geräucherten Vorderschinken machen. Ich habe ein Rezept für eine Honig-Orangen-Soße gefunden, das nicht so kompliziert klingt. Das meiste kann ich bereits vorher machen, sodass ich genug Zeit mit den Jungs habe. Ach, und zum Nachtisch gibt's Schichtdessert.«

»Klingt lecker«, sagte Nora. »Ich habe ein tolles Rezept für ein Schoko-Trifle …«

Während die Frauen sich übers Kochen unterhielten, plauderte Simon mit einigen Kunden und Stammgästen seines Quiz. Als er sich noch einen Mince Pie genehmigte, entdeckte er das Ehepaar Patel aus der Apotheke, das mit seinen Enkelkindern und Dr. Dhar zusammenstand. Er ging hinüber, um Hallo zu sagen.

Dr. Dhar schaute betont auf das Gebäck in Simons Händen und gab einen missbilligenden Laut von sich. »Weil Weihnachten ist, spare ich mir jetzt eine Ermahnung«, sagte sie in gespielter Entrüstung.

»Toll gespielt, ihr zwei«, lobte Simon Dr. Dhars Kinder Ash und Richa.

Ash blickte kaum von dem Buch auf, das er gerade las: *Harry Potter und die Kammer des Schreckens.*

»Was sagt man, Ash?«, rügte Dr. Dhar ihren Sohn und versetzte ihm einen leichten Stups.

»Oh.« Ash fiel beinahe die Krone vom Kopf, als er aufsah. »Äh … danke«, sagte er und steckte seine Nase sofort wieder ins Buch.

»Alles gut«, versicherte Simon lachend. »Wer wäre ich, wenn ich mich zwischen einen Leser und ein gutes Buch stellen würde?«

»*Nana ji,* ist Tante Sam auch da?«, fragte Richa und zog ihre Großmutter an der Hand.

Mrs Patel seufzte und schüttelte den Kopf. »Sie musste arbeiten, *Beta.*«

»Aber es ist doch Samstag«, warf Richa ein und schob enttäuscht die Unterlippe vor.

»Ich fürchte, wir können dieses Jahr nicht zu Ihrer Weihnachtsfeier kommen«, teilte Mr Patel Simon mit. »Wir bekommen Besuch – meine Verwandtschaft aus Birmingham.«

»Wollen wir wetten, dass meine Schwester dann auch die ganze Zeit arbeiten muss«, murmelte Dr. Dhar vor sich hin.

Simon unterhielt sich noch eine Weile mit der Familie Patel, ehe er sich wieder zu Nora gesellte. »Sollen wir nach Hause gehen?«, fragte er.

»Noch nicht. Ich will erst Olwyn gratulieren.«

Sie warteten, bis eine Gruppe stolzer Eltern die Organisatorin der Veranstaltung mit Lob überschüttet hatten, dann umarmte Nora sie. »Dieses Jahr hast du dich wirklich selbst übertroffen, Olwyn.«

»Erstaunlich, dass David Langdon gekommen ist«, meinte Simon.

»Ja, ich war genauso überrascht wie alle anderen«, antwortete Olwyn. »Wir laden ihn jedes Jahr ein, allerdings war er noch nie da. Dieses Jahr hatte er eigentlich auch abgesagt, aber kurz bevor es losging, stand er auf einmal vor mir. Offensichtlich ist ihm kurzfristig ein Termin abgesagt worden.«

»Er war neulich bei uns im Laden«, erzählte Nora, »und hat ein Buch mit Weihnachtsgedichten gekauft. Jetzt verstehe ich auch, warum.«

Simon warf seiner Frau einen fragenden Blick zu, etwas verwundert darüber, dass sie den Besuch des Abgeordneten bisher gar nicht erwähnt hatte. Doch andererseits war er ihr auch aus dem Weg gegangen.

»Ach, apropos Bücher«, sagte Olwyn, »ich wollte mich noch bei euch für das Geschenk bedanken. Das war eine schöne Überraschung. Also, ich nehme mal an, das Buch kam von euch?«

Nora nickte. »Wir haben eine literarische Geschenkaktion veranstaltet, für die man liebe Menschen nominieren konnte, und ich wollte dir unbedingt eins schenken, weil du all die Jahre so eine treue Kundin warst.«

Als Olwyn noch in der Grundschule unterrichtete, hatte sie oft regionale Autorinnen und Autoren zu Lesungen in die Schule eingeladen, und Nora und Simon hatten einen Büchertisch aufgebaut, an dem die Kinder die Werke kaufen und signieren lassen konnten.

»Welches hast du denn eigentlich bekommen?«, wollte Nora wissen.

»Einen *Sherlock Holmes*-Krimi«, entgegnete Olwyn. »Und ihr wisst ja, wie gern ich Detektivgeschichten lese. Und soll ich euch was verraten? Ich denke tatsächlich darüber nach, selbst eine zu schreiben …«

»Das solltest du unbedingt«, befand Simon.

»Ich habe so vielen Kindern beigebracht, wie man Geschichten schreibt«, sagte Olwyn, »aber ich hatte nie den Mut, es selbst zu versuchen. Und als ich noch unterrichtet habe, hatte ich nie die Zeit dafür. Jetzt allerdings, im Ruhestand, habe ich mehr als genug Zeit …«

»Es schneit!«, rief der nasebohrende König und kam in die Vorhalle gerannt. »Es schneit!«

Sofort liefen sämtliche Kinder nach draußen. Nora ergriff Simons Hand und zog ihn ebenfalls Richtung Ausgang. Vor der Tür tanzten dicke Schneeflocken durch die Luft, bevor sie auf dem Boden landeten und dort liegen blieben. Eine flauschige weiße Schicht hatte sich bereits über den Friedhof gelegt, und nur ein paar vereinzelte Grashalme waren noch durch den Schnee zu erkennen. Die große Trauerweide wirkte wie ein Geist mit ihren von weißem Fell überzogenen Ästen.

»Schneeballschlacht!«, johlte der Vater im Eselskostüm und teilte die Kinder in zwei Mannschaften auf. Plötzlich fiel Simon ein, wo er den Mann schon einmal gesehen hatte: Er war vor ein paar Wochen ins George gekommen und hatte nach Arbeit gefragt. Die beiden Kinder hatte er auch dabeigehabt.

Wenige Sekunden später lieferten sich kleine Engel eine Schlacht mit Herbergsbesitzern, und Könige feuerten Schneebälle auf Hirten ab.

»Nimm das!«, rief das Mädchen, das Maria gespielt hatte, und warf eine weiche weiße Granate in Richtung des dritten Königs. Passenderweise traf sie ihn mitten auf die Nase.

Als der Mann im Eselskostüm sich hinunterbeugte, um seine nächste Munition zu formen, stürmte die kleine Hirtin in ihrem viel zu großen Bademantel nach vorn und schleuderte einen Schneeball von sich, der direkt auf dem Hintern des Esels landete.

»Ich habe Daddy getroffen!«, jubelte sie lachend und führte einen Triumphtanz auf, ehe jemand aus der gegnerischen Mannschaft die Attacke rächte.

»Die haben ja wirklich Spaß«, sagte Nora und betrachtete amüsiert das Schneegestöber vor ihren Augen.

»Sollen wir mitmachen?«, fragte Simon scherzhaft und wischte zärtlich die Flocken aus Noras Haar.

Sie hob ihre mit Schnee bestäubten Wimpern und lächelte zu ihm hoch. »Lass uns heimgehen. Ich habe jetzt eher Lust auf ein bisschen Spaß im Haus.«

Während sie durch den fallenden Schnee zur Buchhandlung spazierten und Nora sich eng an ihn kuschelte, lauschte Simon dem Geläut der Glocken, das neun Uhr schlug. Die Worte aus dem Gedicht, das David Langdon vorgetragen hatte, hallten ihm durch den Kopf:

Ihr frohen Glocken, läutet über'm Schnee …

Zu seiner Überraschung war er tatsächlich froh. Er würde zwar bald obdach- und arbeitslos sein, doch heute, an diesem Abend, fühlte sich Simon wie der glücklichste Mann auf Erden.

KAPITEL 18

Nora

Als Nora an Heiligabend morgens aufwachte, fühlte sich irgendetwas … hm, anders an. Sie streckte den Arm nach Simon aus, doch seine Seite des Bettes war leer. Was allerdings nichts Ungewöhnliches war: Ihr Mann gehörte zu den Frühaufstehern. Nein, es war das Licht. Strahlender Sonnenschein strömte ins Zimmer und blendete sie. Als Nora sich aufsetzte und aus dem Fenster sah, erkannte sie den Grund dafür, warum es so hell war. Während der Nacht hatte es weiter geschneit, und nun reflektierte das Sonnenlicht von der dicken weißen Decke, die sich über die Landschaft gelegt hatte.

Weiße Weihnachten! Einen Moment lang fühlte sich Nora wieder wie ein kleines Mädchen.

Sie hörte Simon in der Küche herumwerkeln, während er Frühstück machte und fröhlich zu einem Lied aus dem Radio vor sich hin pfiff. Nora zog sich ihren Morgenmantel über und gesellte sich zu ihrem Mann.

»Morgen«, begrüßte sie ihn und stibitzte eine Scheibe Toast.

»Finger weg, du Frechdachs!«, schimpfte Simon, doch er lächelte dabei und steckte zwei neue Scheiben in den Toaster.

Und nun die Nachrichten,

Unternehmen wurde zur Umsetzung der neuen Umweltbestimmungen, die das Parlament in diesem Monat verabschiedet hat, eine Frist von zwei Jahren eingeräumt. Das Gesetz zur Umstellung auf erneuerbare Energien, für das sich insbesondere der Abgeordnete David Langdon eingesetzt hat, wird von

Umweltaktivisten als großer Erfolg verbucht und ist das Ergebnis mehrjähriger Lobbyarbeit.

»Kein Wunder, dass er so fertig aussah«, meinte Simon und goss Nora eine Tasse Tee ein. »Und ich habe gedacht, er verbringt seine Zeit in Westminster nur damit, seine Assistentinnen ins Bett zu bekommen.«

Nora kicherte, ließ die Bemerkung jedoch unkommentiert. Sie hatte Simon nichts von David Langdons Erkrankung gesagt. Der Abgeordnete hatte ihr im Vertrauen von seiner Depression erzählt, und es stand ihr nicht zu, so etwas Privates weiterzugeben. Nicht einmal an ihren Ehemann.

Heftige Schneefälle sind in der Nacht über Südengland und Wales niedergegangen. Laut Wetterdienst ist mit weiterem Schnee zu rechnen. Im Flug- und Bahnverkehr kommt es daher heute zu mehrstündigen Verspätungen und Ausfällen. Der 24. Dezember gilt traditionell als einer der Hauptreisetage des Jahres …

»Gut, dass Charlotte nicht kommt«, sagte Nora. »Heute wäre sie direkt in das Chaos hineingeraten.« Der letzte Instagram-Post ihrer Tochter war ein Foto von sich am Strand mit einem Affen auf dem Arm gewesen. Dort, wo sie war, würde es sicher nicht schneien.

Nora runzelte die Stirn, als ihr plötzlich ein Gedanke kam. »Meinst du, wir sollten die Feier absagen? Bei dem Schnee wollen die Leute vielleicht nicht rausgehen.«

»Ich denke, wir sollten alles so lassen. Die meisten Gäste haben doch nicht so einen weiten Weg.«

Nora konnte Simon am Gesicht ablesen, dass er das Gleiche dachte wie sie: *Das wird unsere letzte Weihnachtsfeier.* Es sprach zwar keiner von ihnen laut aus, aber das mussten sie auch nicht.

Wir müssen einfach dafür sorgen, dass es die beste Party von allen wird, sagte Nora sich innerlich, und sie war entschlossen, sich ihre gute Laune nicht verderben zu lassen.

»Ich glaube, ich gehe besser mal Schnee schaufeln und streue den Bürgersteig vor dem Laden«, verkündete Simon. »Nicht dass noch jemand ausrutscht und uns auf mehrere Millionen Pfund Schadenersatz verklagt.«

»Haha«, entgegnete Nora. »Das soll mal einer versuchen.«

Als Simon sich Stiefel und Mantel anzog, begann Merry, herumzuspringen und erwartungsvoll mit dem Schwanz zu wedeln.

»Tut mir leid, Merry«, sagte Nora und hob die kleine Hündin hoch, damit sie Simon nicht nach unten folgte. »Du musst leider hier drinnen bei mir bleiben.«

Während Merry ungeduldig vor sich hin winselte, zog Nora ihren dicken Pullover mit dem Schneeflockenmuster über, den ihre Mutter vor Jahren für sie gestrickt hatte. Sie hatte ihn immer als ihren Weihnachtspulli angesehen, obwohl es diesen Brauch damals, als Penelope ihn gemacht hatte, gar nicht gegeben hatte. Mittlerweile war der Pullover voller Flusen und hatte unterm Arm ein Mottenloch, trotzdem trug Nora ihn im Andenken an ihre Mutter jedes Jahr zu Weihnachten.

Nachdem sie sich umgezogen hatte, schnürte Nora eine Jacke mit Schottenmuster um Merrys runden Bauch. »Sehr schick. Also, Rot steht dir wirklich gut.« Merry schien das offensichtlich genauso zu sehen, zumindest leckte sie Nora über die Nase.

Als sie sich so warm eingepackt hatten, dass sie auch eine Expedition durch die Arktis überstehen würden, führte Nora Merry nach unten und öffnete die Hintertür. Zögernd trat die kleine Hündin nach draußen, wo sie mit den Pfoten tief in den Schnee einsank. Ihr schwarzes Näschen – das hin und her zuckte, während sie den Schnee beschnüffelte – war das Einzige, woran man ihr Gesicht noch von der strahlend weißen Decke unterscheiden konnte.

Nora beschloss, die Hauptstraße zu umgehen. Genau wie Simon würden auch viele andere Ladenbesitzer Salz auf die Bürgersteige streuen, um Vereisungen auf dem Weg vorzubeugen, und Nora wollte nicht, dass Merry sich die Pfoten verletzte. Deshalb bogen sie stattdessen in eine Seitengasse ein und spazierten auf die Wiesen hinterm Ort zu. Als Merry sich an den Schnee gewöhnt hatte, war sie wie im siebten Himmel und tollte selig durch den weißen Puder.

Nora wischte die Schneeschicht von einem Holzzaun, lehnte sich dann dagegen und ließ den Blick über die Umgebung schweifen. Es war, als würde sie sich in einem märchenhaften Winterland befinden. *Rotkäppchen,* dachte sie, als sie Merry in ihrem roten Jäckchen auf und ab tauchen sah, während die Hündin sich einen Weg durch den Schnee grub.

Auf der anderen Seite der Wiese stapften ein Mann und zwei Kinder den Hang hinauf, den die Einheimischen Blackberry Hill nannten. Als die drei oben angekommen waren, gab der Mann jedem der Kinder ein flaches Plastiktablett, auf das sie sich draufsetzten. Dann rutschten sie damit den Hügel hinunter, und ihr begeistertes Quieken hallte über die Wiese.

Aufgeschreckt durch das Jubelgeschrei fing Merry an zu bellen und rannte schwanzwedelnd zu den Kindern hinüber, um mitzuspielen.

»Merry, komm!«, rief Nora, doch die Hündin beachtete sie gar nicht – dafür war sie viel zu sehr damit beschäftigt, die Kinder am Fuße des Hangs zu begrüßen.

Nora blieb nichts anderes übrig, als hinter ihr her durch den wadenhohen Schnee zu stapfen. Es dauerte nicht lange und sie schwitzte – trotz der Kälte – unter ihren vielen Kleidungsschichten.

»Bitte entschuldigen Sie«, sagte sie ganz außer Atem, als sie endlich bei der Familie angekommen war. »Sie gehört zu mir. Das ist Merry.«

»Oh, gar kein Problem«, entgegnete der Vater der Kinder. Aus der Ferne hatte Nora ihn nicht erkannt, weil er Hut und Schal trug, doch jetzt sah sie, dass es der Mann vom Weihnachtskonzert war, der den Esel gespielt hatte. »Meine Kinder lieben Hunde.«

»Sie haben das ganz toll gemacht gestern Abend«, lobte Nora ihn.

»Danke schön«, sagte er lächelnd. »Vielleicht habe ich den Beruf verfehlt.«

»Darf Merry auch Schlitten fahren?«, fragte das Mädchen, dessen Wangen von der eisigen Luft und der Bewegung ganz gerötet waren.

»Bitte, bitte«, fiel der Junge mit ein.

Nora lachte. »Ihr könnt es versuchen, aber ich weiß nicht, ob ihr das gefallen wird.«

»Wer als Erster oben ist«, rief das Mädchen, nahm sein Tablett und rannte damit den Hügel hinauf, während Merry ihr hinterherjagte.

»He, das ist nicht fair! Julia hat einen Vorsprung!«, beschwerte sich der Bruder und stürmte ihnen nach.

Als Julia die Spitze des Hügels erreicht hatte, setzte sie sich auf ihren Schlitten. Merry sprang ihr auf den Schoß, und eine Sekunde später sausten sie zusammen den Hang hinunter. Am Boden angekommen, hüpfte Merry vom Tablett, bellte zweimal und flitzte dann erneut die Anhöhe hinauf.

Offensichtlich gefällt es ihr gut.

Der Vater der Kinder lachte leise. »Schön zu sehen, dass sie auch mal auf ganz altmodische Art Spaß haben können.«

Nora nickte zustimmend. Sie war selbst früher hier gerodelt, genau wie Charlotte. Irgendwo im Schuppen lagerte noch Simons alter Holzschlitten, wahrscheinlich unter tausend Spinnweben begraben. Die Vorstellung, ihn vielleicht hierlassen zu müssen, wenn sie umzogen, machte Nora traurig.

»Wie alt sind die beiden?«, erkundigte sie sich.

»Sechs«, antwortete der Vater. »Sie sind Zwillinge.«

Der Junge kam auf sie zugerannt, und sein Atem bildete kleine Wölkchen in der Luft. »Dad, schmilzt der Schnee heute noch weg?«

»Dafür ist es zu kalt. Außerdem soll es noch weiterschneien.«

»Yay! Dann kann der Weihnachtsmann mit seinem Schlitten auf dem Schnee landen und uns ganz viele Geschenke bringen!« Im nächsten Moment hatte sich der Junge schon wieder umgedreht und rannte den Hügel hinauf, den Schlitten unter den Arm geklemmt.

Lächelnd sah Nora ihm hinterher. »Ich schätze, heute Nacht werden sie vor Aufregung nicht schlafen können.«

»Ich hoffe nur, sie sind nicht enttäuscht«, sagte der Mann, und das Lächeln erstarb auf seinen Lippen. »Dieses Jahr ist das Geld ein bisschen knapp.«

Nora nickte mitfühlend. Der Gewerbeverein von Stowford sammelte dieses Jahr Spenden für die örtliche Tafel, da derzeit ein besonders hoher Bedarf an kostenlosen Lebensmitteln bestand. Offensichtlich waren Simon und sie nicht die einzigen Menschen im Dorf, die finanzielle Probleme hatten.

Nachdem jedes der Kinder noch einmal mit Merry den Hügel hinuntergerutscht war, blickte Nora auf ihre Uhr. Es wurde bald Zeit, den Laden zu öffnen. Außerdem wurden ihre Zehen langsam taub, trotz der zwei Paar Wollsocken, die sie trug. »Merry, komm!«, rief sie und klatschte in die Hände. »Wir müssen nach Hause.«

»Frohe Weihnachten, Merry!«, wünschte Julia kichernd und drückte die Hündin ein letztes Mal an sich.

Wieder daheim, ließ Merry sich direkt in ihr Körbchen plumpsen, fix und fertig von ihrem Schneeabenteuer, während Nora den unerotischsten Striptease aller Zeiten vollführte und sich aus ihren

Wollschichten schälte. Anschließend ging sie nach unten, um den Kamin anzuzünden und die Buchhandlung aufzuschließen.

Nur wenige Sekunden nachdem sie das Schild an der Eingangstür auf *Geöffnet* umgedreht hatte, stürmte ein junger Mann herein und schaute sich mit wildem Blick um.

Nora erkannte das Problem sofort und übernahm ruhig die Kontrolle. »Für wen brauchen Sie noch Geschenke?«

»Für alle.«

Eine halbe Stunde später hatte sie dem Kunden dabei geholfen, Geschenke für seine Mutter, seine Freundin und diverse Freunde und Verwandte zu finden. Für seine Mum hatte er ein Buch mit dem Titel *Wie Sie Ihr Leben organisieren* ausgesucht, weil sie die Fernsehsendung der Autorin zum Thema Aufräumen so gern sah. Einen Moment lang war Nora versucht, dem jungen Mann den Vorschlag zu machen, für sich selbst auch eine Ausgabe zu kaufen, damit er sich nächstes Jahr nicht in der gleichen Situation wiederfand.

Als der Kunde gegangen war – mit einer riesigen Tüte voller in Weihnachtspapier verpackter Bücher –, kam Simon herein, stampfte sich den Schnee von den Stiefeln und hielt eine wuchtige Gans an den Füßen hoch. »Fröhliche Weihnachten allen Menschen!«, rief er.

»Hat Scrooge nicht einen Truthahn für die Cratchits gekauft?«, fragte Nora und beäugte die Gans skeptisch. Wie waren sie bloß auf den Gedanken gekommen, Gänsebraten zu machen? Der Vogel war riesig!

Ihr Mann schälte sich aus seinen Handschuhen und rieb die Hände aneinander. »Da draußen ist es kälter als auf 'nem Plumpsklo in der Arktis.«

»Du warst auch ziemlich lang draußen.«

»Nachdem ich mit unserem Bürgersteig fertig war, habe ich Alice geholfen, den Eingang des Copper Kettle freizuräumen.«

Nora schüttelte den Kopf, konnte sich aber gleichzeitig ein Lächeln nicht verkneifen. Das war typisch Simon: der Kälte zu trotzen und einer Freundin zu helfen. »Dann wärm dich mal am Kamin auf. Ich räume währenddessen den Koloss hier weg und mache dir einen Tee.«

Merry beschnüffelte die Gans neugierig, als Nora damit die Treppe zur Wohnung hinaufkam.

»Denk nicht mal dran«, warnte Nora sie.

Den Vogel im Kühlschrank unterzubringen war eine größere Herausforderung, als sie gedacht hätte. Sie musste den gesamten Inhalt ausräumen und anders einordnen: Joghurtbecher, Hummustöpfe und Käsestücke wie eine kulinarische Partie Jenga aufeinanderstapeln. Als sie mehrere abgelaufene Gewürzmischungen und eine Tupperdose mit schimmligem Steckrübeneintopf entsorgt hatte, gewann sie endlich das *Quetsch die Gans in den Kühlschrank*-Spiel.

Kurz nachdem sie wieder unten war und Simon seinen Tee gebracht hatte, kam ein kräftiger Mann mit zwei großen Holzkisten auf dem Arm in den Laden. »Lieferung für Simon Walden«, verkündete er.

Was ist denn das?, fragte sich Nora stumm. Sie hatten definitiv keine Bücher mehr bestellt – schließlich mussten sie die Tausenden von Büchern, die bereits in den Regalen standen, demnächst loswerden.

Aus den Kisten drang ein klirrendes Geräusch, als der Mann sie auf dem Boden abstellte. Simon quittierte den Lieferschein und klappte die Karte auf, die dabeilag. Sein Gesicht verfinsterte sich, während er die Nachricht las, dann knüllte er sie unvermittelt zusammen und warf sie ins Feuer.

Ach so … Die Kisten waren offensichtlich von Charles und Margaret.

Simon war immer noch wütend auf seine Eltern. Er hatte auch

ihre Einladung, sich über die Weihnachtsfeiertage zu treffen, ignoriert.

Nora öffnete die Kisten. In der ersten befanden sich Flaschen des üblichen französischen Rotweins, die zweite dagegen war mit italienischem Prosecco gefüllt. Nora stieß einen anerkennenden Pfiff aus. »Zwei Kisten in diesem Jahr.« Ihre Schwiegereltern hauten ja wirklich auf den Putz.

Wahrscheinlich hatten sie ein schlechtes Gewissen. Gut so.

»Damit wir noch besser auf unser Versagen anstoßen können«, sagte Simon mit düsterem Blick. »Ich sollte das ganze Zeug direkt in den Ausguss schütten.«

»Quatsch. Das können wir heute Abend bei der Party ausschenken. Apropos … Ich brauche noch ein paar Sachen.«

»Die Hauptstraßen müssten mittlerweile frei sein. Ich kann gern zum Supermarkt fahren«, bot Simon an.

Hastig stellte Nora eine Liste zusammen, dankbar, dass sie sich nicht ins überfüllte Einkaufszentrum wagen musste, wo die Leute auf die letzte Minute noch bergeweise Süßigkeiten oder Rosenkohl einkauften.

Oh! Noch was, das sie brauchten! Sie setzte Rosenkohl auf die Liste. Simon hasste den zwar – er erinnerte ihn an das überkochte Essen im Internat –, aber Nora konnte gar nicht genug davon bekommen. Sie war sogar dafür bekannt, das Gemüse roh zu essen.

»Könnte sein, dass ich heute ein bisschen länger brauche«, scherzte Simon, bevor er Nora den Einkaufszettel abnahm und wieder in den Schnee hinaustrat.

Während der Nachmittag anbrach, kamen immer wieder Kunden in die Buchhandlung, und Nora nutzte die Pausen dazwischen, um die Bündchen an Simons Weihnachtspulli anzufügen. Als sie damit fertig war, nahm sie ihr Handy und schickte eine kurze Nachricht an Charlotte.

Hallo Schatz. Ich hoffe, du kannst dich morgen mal melden. Wann würde es dir am besten passen?

Erneut klickte sie Charlottes Instagram-Account an. Seit dem Bild mit dem Affen hatte sie nichts Neues gepostet, und das war über achtundvierzig Stunden her. *Es geht ihr gut,* sagte Nora sich. Irgendwie war das eine ironische Situation: Wie oft hatte sie ihre Tochter damit aufgezogen, dass sie dauernd am Handy hing, und jetzt war sie als Mutter genau darauf angewiesen, dass Charlotte regelmäßig etwas postete.

»Hallo, Nora.«

Die Männerstimme ließ Nora von ihrem Telefon aufblicken, und sie erstarrte, während sich ihr Magen voller Panik zusammenzog. Es war Derek, der Gerichtsvollzieher. *Nein, Vollziehungsbeamter,* korrigierte sie sich. »Sie kommen zu früh! Unser Termin ist erst am 2. Januar. Wir haben noch nicht …«

Beruhigend hob Derek eine Hand. »Keine Sorge, ich bin nicht beruflich hier. Ich möchte nur ein Weihnachtsgeschenk kaufen.«

Sofort entkrampfte sich Noras Magen wieder. Er war also nicht hier, um das Geld einzutreiben.

Noch nicht.

»Mein Sohn hat gerade Science-Fiction für sich entdeckt, und ich wollte ihm zu Weihnachten eins meiner Lieblingsbücher schenken. Aber die Buchhandlungen in Cheltenham hatten es nicht, und um es noch online zu bestellen, ist es zu spät. Deshalb bin ich extra den ganzen Weg bis zu Ihnen gefahren, obwohl auf den Straßen das reinste Chaos herrscht. Sie sind meine letzte Hoffnung.«

»Wie heißt es denn?«, fragte Nora, während sie ihn in die Science-Fiction-/Fantasy-Abteilung führte.

»*Das Haus der Treppen* von William Sleator«, antwortete Derek. »Darin geht es um eine Gruppe von Jugendlichen, die in einem Haus mit einer bösen roten Maschine eingesperrt sind, die sie gegeneinander aufhetzt.«

Nora ging in die Hocke, um die unteren Regalreihen durchzusehen: S bis Z. »Sie haben Glück«, verkündete sie und zog eine Ausgabe des Buchs heraus. Dem eher altmodischen Einband nach zu urteilen, stand es schon längere Zeit dort – allerdings nicht so lange wie *Die wahre Geschichte des Weihnachtsfriedens.*

»Ich wusste, dass ich es hier finde!«, sagte Derek mit strahlender Miene. »Ihre Mum hat es mir empfohlen, als ich so alt war wie mein Sohn jetzt. Ich war von der ersten Seite an vollkommen gefesselt.«

»Ich hoffe, es gefällt Ihrem Sohn genauso gut wie Ihnen.« Trotz der ganzen Situation war Nora der Gerichtsvollzieher einfach sympathisch – immerhin war er auch ein Bücherfan.

Kurz nachdem Derek gegangen war, kam Simon mit den Einkäufen zurück und sah ziemlich mitgenommen aus.

»Nightmare before Christmas?«, fragte Nora mitfühlend.

»Auf der A 429 ist ein Auto ins Rutschen gekommen, deshalb war nur noch eine Spur frei. Und als ich endlich beim Supermarkt ankam, gab es einen Kampf um das letzte Glas Cranberrysoße. Ich musste die Leute hiermit abwehren …« Er holte einen Strunk Rosenkohl heraus und ließ sich damit aufs Sofa fallen.

»Mein Held«, sagte Nora, nahm Simon den Rosenkohl ab und sammelte die Einkaufstüten zusammen. »Ich fange besser mal mit den Mince Pies an. Wenn es hier unten zu voll wird, schrei einfach.«

In der Küche schaltete Nora das Radio ein, heizte den Ofen vor und legte alle Zutaten heraus, die sie brauchte. Mehl, Butter, Zucker, ein Glas klein gehackte Fruchtmischung, eine Orange, verschiedene Gewürze … Sie kannte das Rezept ihrer Mutter auswendig.

Als Erstes raspelte sie die Orange, vermengte die Schale mit der Fruchtmischung und den Gewürzen und fügte anschließend noch einen großzügigen Schluck Brandy hinzu – Penelopes nicht so geheime Zutat. Als die Füllung fertig war, maß Nora Mehl und Zucker ab und gab sie in eine Schüssel mit Butter, bevor sie das Ganze mit den Fingern zu einer krümeligen Masse verarbeitete.

In ihrem Kopf konnte sie die Stimme ihrer Mutter hören: *Es sollte sich wie feuchter Sand anfühlen.*

Die Küche duftete nach Weihnachtsgewürzen, trotzdem war Nora traurig. Der Besuch des Gerichtsvollziehers hatte sie mitgenommen. So nett Derek auch war: Ihn zu sehen hatte ihr noch einmal klargemacht, wie wenig Zeit Simon und ihr noch in diesem Haus blieb.

Und wie sehr sie sich wünschte, sie könnten hierbleiben …

Während Nora den Klumpen Teig knetete, wurde sie plötzlich von einer überwältigenden Sehnsucht nach Penelopes mit Patschuli getränkten Umarmungen erfasst. Wütend schlug sie den Teig auf die Arbeitsplatte, ließ ihren ganzen Frust an ihm aus.

Den Teig nicht zu lange kneten, Nora, sonst wird er zu hart.

»Tut mir leid, Mum«, sagte sie laut.

Sie rollte den Teig aus und nahm dann ihren Ausstecher zur Hand, um die Masse in kleine Kreise zu zerteilen. Nicht nur ihre Mutter fehlte ihr – sie vermisste auch Charlotte. Als ihre Tochter noch klein gewesen war, hatte sie es geliebt, kleine Sterne und Herzen auszustechen, um damit die Mince Pies zu dekorieren. Beim gemeinsamen Backen hatten sie immer die kitschigen Weihnachtslieder aus dem Radio mitgesungen. Ohne Charlotte war es einfach nicht das Gleiche. Und der Gedanke, dass ihre Tochter das letzte Weihnachten in ihrem Elternhaus verpassen würde, erfüllte Nora mit einer unendlichen Traurigkeit.

Hätten wir es ihr sagen sollen? Die Frage nagte seit ihrem letzten Telefonat an ihr.

Nein. Sie hatten das Richtige getan. Wenn Charlotte von ihren Problemen wüsste, würde sie ihnen unbedingt helfen wollen – und es gab nichts, was sie tun könnte.

Während die Mince Pies im Ofen backten, füllte Nora Schüsseln mit Chips, Nüssen und Oliven und stellte dann ein Holzbrett mit verschiedenen regionalen Käsesorten, Kräckern und einem Chutney zusammen, das Simon im Supermarkt gekauft hatte. Anschließend leerte sie zwei der Rotweinflaschen, die Simons Eltern ihnen geschickt hatten, in ihren größten Stieltopf, gab verschiedene Gewürze und den Rest der Orange hinzu, die sie für die Gebäckfüllung verwendet hatte, und ließ die Mischung auf niedriger Stufe köcheln. Die Vorstellung, wie entsetzt Charles und Margaret reagieren würden, wenn sie wüssten, dass aus ihrem teuren Winzerprodukt gerade Glühwein gemacht wurde, erfüllte Nora mit großer Genugtuung. *Geschieht ihnen ganz recht.* Sie hatte ihre Schwiegereltern nie offen kritisiert, aber sie war wahnsinnig wütend auf sie. Nicht, weil sie nicht in den Laden investiert hatten, sondern weil sie Simon das Gefühl gegeben hatten, ungeliebt zu sein.

Während die Mince Pies – inzwischen mehrere Dutzend – abkühlten, machte Nora sich fertig. Sie zog ihren langen roten Samtrock an und dazu eine weiße Rüschenbluse aus Seide, in der sie sich immer vorkam wie die Heldin aus irgendeinem Roman der Brontë-Schwestern. Ihr Haar steckte sie zu einem Knoten hoch, trug dann aber noch etwas Mascara, Rouge und Lippenstift auf – sie wollte es mit dem ausgezehrten viktorianischen Look auch nicht übertreiben.

»Du siehst toll aus«, sagte Simon, der ins Bad kam, um sich zu rasieren.

Nachdem sie sich beide in Schale geworfen hatten, trugen sie das Essen nach unten. Sie räumten einen der Büchertische frei und bestückten ihn stattdessen mit Servietten, Plastikweingläsern, dem Knabberzeug und den Tellern mit den Mince Pies. Simon stellte Weihnachtsmusik an und warf ein weiteres Holzscheit in den Kamin, vor dem Merry sich niederließ, um ein Schläfchen zu halten. Von oben aus der Wohnung drang der Duft von Glühwein herunter. Draußen hatte es wieder zu schneien begonnen, und vor dem Schaufenster schwebten die Flocken zur Erde. Weihnachtlicher hätte es im Buchladen gar nicht mehr werden können, es sei denn, der Weihnachtsmann persönlich käme durch die Tür.

Warum gelang es Nora dann nicht, wenigstens ein bisschen in Festtagsstimmung zu kommen?

Während Simon und sie auf die Gäste warteten, ging Nora durch die Regale und fuhr zärtlich mit den Fingern über die Buchrücken. Sie waren wie alte Freunde. Was würde mit ihnen passieren, wenn sie den Laden verkauften?

Nora traten Tränen in die Augen, die ihr über die Wangen liefen. Schnell griff sie sich eine Serviette und tupfte vorsichtig ihre Haut trocken, um ihr Make-up zu retten. *Typisch. Da schminke ich mich einmal und mache gleich alles wieder kaputt, weil ich so eine Heulsuse bin.*

»Hey, was ist denn los?«, fragte Simon, als er ihre Tränen bemerkte.

»Mir ist heute Nachmittag plötzlich was klar geworden …« Kummervoll ließ Nora den Blick durch den Laden schweifen, den sie in- und auswendig kannte und der ihr so ans Herz gewachsen war. »Das alles hier wird mir wahnsinnig fehlen.«

»Oh, Schatz«, sagte Simon, »mir auch.« Er nahm sie in den Arm und strich ihr übers Haar. »Bist du sicher, dass du die Feier durchstehen wirst? Ich kann auch alles abblasen und sagen, dass es dir nicht gut geht.«

»Ach Quatsch – und wer soll dann die ganzen Mince Pies essen?« Jetzt, da Nora sich ausgeweint hatte, fühlte sie sich etwas besser. »Außerdem ist das unsere letzte Gelegenheit, den Leuten, die uns all die Jahre unterstützt haben, etwas zurückzugeben.«

Apropos: Wo blieben die eigentlich? Nora warf einen Blick auf ihre Uhr und runzelte die Stirn. Es war schon zehn Minuten nach sieben und noch kein einziger Gast eingetroffen. »Vielleicht kommt auch niemand.«

»Ach, das ist sicher nur die allgemeine Unpünktlichkeit«, meinte Simon. »Wahrscheinlich brauchen die Leute heute auch etwas länger für den Weg hierher – bei dem Schnee.«

Nervös knabberte Nora an einer Olive, während sie den Minutenzeiger ihrer Uhr beobachtete. Um Viertel nach war immer noch niemand da …

Genau in dem Moment, als sie sich schon damit abgefunden hatte, Berge von Mince Pies allein essen zu müssen (es gab schlimmere Möglichkeiten, Heiligabend zu verbringen), läutete das Glöckchen über der Tür, und eine junge Frau mit südasiatischem Aussehen stürmte in die Buchhandlung. Ihr langes schwarzes Haar war mit Schneeflocken gesprenkelt. »Bitten sagen Sie mir, dass Sie noch geöffnet haben«, brachte sie keuchend hervor. »Ich brauche unbedingt noch Geschenke!«

KAPITEL 19

Sam

»Alle anderen Läden haben schon zu«, sagte Sam und hielt sich die Seite, während sie versuchte, wieder zu Atem zu kommen. »Abgesehen vom Mini-Supermarkt.«

Sie war direkt vom Bahnhof aus die Hauptstraße hinuntergerannt und hatte verzweifelt nach einem Geschäft gesucht, in dem sie noch Weihnachtsgeschenke kaufen konnte. Gerade, als sie schon hatte aufgeben wollen, war ihr plötzlich die Einladung wieder eingefallen, die sie zusammen mit dem Exemplar von *Eine Weihnachtsgeschichte* bekommen hatte.

Es war sowieso Charles Dickens' Schuld, dass sie überhaupt nach Geschenken suchte.

Wie immer hatte Sam den Weihnachtseinkauf an ihre Assistentin delegiert, die Gutscheine für Sams Familie, Freunde und weisungsgebundene Kollegen gekauft hatte. Connie hatte sogar die Karten dazu geschrieben, einschließlich ihrer eigenen. Als sie jedoch in Sams gläsernes Büro gekommen war, um ihr die Umschläge zu geben, hatte Sam sich trotz der großzügig bemessenen Gutscheine furchtbar gefühlt.

Sie hatte versucht, das schlechte Gewissen abzuschütteln, sich gesagt, dass ein Gutschein besser war als ein Geschenk, das der Empfänger oder die Empfängerin gar nicht mochte. Doch während sie zusah, wie das Großraumbüro sich langsam leerte und selbst ihre pflichtbewusstesten Kollegen nach Hause zu ihren Familien oder zum Feiern in den Pub eilten, konnte Sam die Sorge nicht mehr länger ignorieren, die sie quälte, seit sie *Eine Weihnachtsgeschichte* gelesen hatte: dass sie, wenn sie ihr Leben nicht änderte, eines Tages so enden würde wie Ebenezer Scrooge – reich und erfolgreich, aber einsam und unglücklich.

Durch die Glasscheibe konnte sie sehen, dass Connie noch da war und auf ihrer Computertastatur herumtippte; so lange an ihren Schreibtisch gefesselt, bis ihre Chefin nach Hause ging. Und Sampriti Patel machte nie früher Feierabend – nicht einmal an Heiligabend.

Genau wie Scrooge.

Deshalb hatte sie ihr Büro verlassen und war zum Schreibtisch ihrer Assistentin gegangen. »Mach doch Feierabend.«

Connie hatte ihre Überraschung nicht verbergen können. »Echt jetzt?«

»Du hast zu Hause bestimmt genug zu tun, und deine Kinder werden dich sicher auch sehen wollen.«

Zu ihrer Schande konnte Sam sich nicht an die Namen der beiden Mädchen in gleichen Schuluniformen erinnern, die auf dem Foto in der Schneekugel auf Connies Schreibtisch zu sehen waren. Mit Small Talk hatte sie sich noch nie aufgehalten – in ihren Augen war das reine Zeitverschwendung. Somit wusste sie kaum etwas über die ruhige, sachliche Frau, die sich mit der Präzision eines Schweizer Uhrwerks um ihre Termine kümmerte und schon mehr als einmal losgegangen war, um ihr Tampons zu kaufen.

Connie brauchte nicht zweimal zu überlegen. »Vielen, vielen Dank, Sam«, sagte sie, fuhr direkt ihren Computer herunter und zog sich ihren Mantel an. »So kann ich die Rushhour umgehen und schon mal mit dem Essen für morgen anfangen. Und Geschenke muss ich auch noch einpacken …«

Daraufhin hob Sam die Schneekugel hoch und drehte sie um, während sie nach den richtigen Worten suchte. Sie hatte kein Problem damit, ihren Klienten mitzuteilen, dass sie Leute entlassen oder ganze Abteilungen streichen mussten – wieso fiel ihr das jetzt so schwer?

Scrooge, wiederholte die Stimme in ihrem Kopf.

Connie, die sich bereits die Handtasche umgehängt hatte, zögerte. »Brauchst du noch irgendwas von mir, ehe ich gehe?«

Sam atmete tief durch. »Nein. Äh … ich habe mich nur gefragt, ob du vielleicht Lust hättest, im neuen Jahr mal mit mir Mittag essen zu gehen?«

»Ja, sehr gern«, antwortete Connie lächelnd. Dann drehte sie sich um und hastete in Richtung Aufzug davon. Kurz bevor sich die Türen schlossen, streckte sie ihren Kopf heraus und rief laut durchs Büro: »Ach, Sam … Frohe Weihnachten!«

Zurück an ihrem Schreibtisch, starrte Sam mehrere Minuten das Angebot auf ihrem Monitor an, das sie für einen Klienten geschrieben hatte, ehe sie ihren Computer schließlich ausschaltete. *Ach, scheiß drauf – ich nehme mir auch einen halben Tag frei.*

Sie hatte noch Unmengen an Urlaubstagen übrig. Tatsächlich hatte sie seit ihrem katastrophalen letzten Urlaub mit James keinen einzigen freien Tag gehabt.

Deshalb steckte sie die Gutscheine entschlossen in ihre Tasche und machte sich auf den Weg zum Bahnhof Paddington. Eigentlich hatte sie geplant, nach ihrer Ankunft in Stowford richtige Weihnachtsgeschenke für ihre Familie zu kaufen, doch der Wettergott hatte sich gegen sie verschworen. Auf dem Weg vom Geschäftsviertel Canary Wharf nach Paddington fing es heftig an zu schneien. Ihr Zug hatte mehrere Stunden Verspätung und kam erst um kurz vor neunzehn Uhr in Stowford an.

Aus diesem Grund blickte sich Sam nun im Stowford Bookshop um und hoffte, dass die Frau in dem wunderschönen roten Samtrock und der große Mann mit dem Cordjackett ihr noch ein paar Bücher verkaufen würden, obwohl es schon weit nach Ladenschluss war.

»Ich weiß, Sie haben eigentlich eine Weihnachtsfeier«, sagte sie, »aber ich habe eine Einladung.«

»Herzlich willkommen«, entgegnete die Frau lächelnd. »Ich bin Nora. Und das hier ist mein Mann Simon.«

»Hi«, grüßte Sam zurück. »Ich bin Sampriti, aber alle nennen mich Sam.«

Das Paar wechselte einen begeisterten Blick. »Sampriti Patel?«

»Äh … ja.«

Entzückt klatschte Nora in die Hände. »Wir haben Ihnen ein Buch geschickt!«

»Stimmt«, bestätigte Sam nickend.

»Welches denn?«, wollte Nora wissen.

»Ähm … *Eine Weihnachtsgeschichte* …« Okay, das wurde langsam schräg – wieso wussten die beiden nicht, welches Buch sie ihr geschickt hatten?

»Und? Hat es Ihnen gefallen?«, fragte Nora.

»Ja, ich denke schon … Es hat mich zum Nachdenken angeregt.« Gerade dachte sie allerdings, dass es ein Fehler gewesen war, es zu lesen. Sie hätte es einfach zurückgeben sollen, so wie sie es vorgehabt hatte. Bevor der bescheuerte Charles Dickens sie dazu gebracht hatte, ihr ganzes Leben infrage zu stellen, war sie nämlich vollkommen zufrieden gewesen.

Nein, das warst du nicht …

»Ich freue mich sehr, dass Sie zu unserer Party kommen konnten«, sagte Simon und bot ihr ein Glas Glühwein an.

Nervös sah Sam sich um. Wo waren denn all die anderen Gäste? Hatte dieses freundliche, ganz normal wirkende Pärchen sie vielleicht in ihr Geschäft gelockt, um sie zu irgendwelchen perversen Sexspielchen zu zwingen? Oder würden die zwei sie gleich in Stücke zerhacken und an den kleinen weißen Hund verfüttern, der vor dem Kamin schlief? Unruhig trat sie einen Schritt zurück. »Äh … wo sind denn all die anderen Gäste?«

»Das haben wir uns auch schon gefragt«, sagte Nora. »Ich nehme an, die Leute brauchen einfach ein bisschen länger hierher, wegen des Schnees. Aber wie wäre es, wenn wir die Zeit bis dahin nutzen und ein paar Geschenke für Sie aussuchen?«

Die einzige andere Alternative wäre, ihrer Familie je eine Packung Orangenschokolade und eine verstaubte Flasche Badezusatz im Mini-Supermarkt zu kaufen. Daher folgte sie Nora durch den Laden und dachte nur *Bitte, bitte bring mich nicht um,* während sie zwischen den Regalreihen verschwand.

»Ihr Neffe wird Sie hierfür lieben«, sagte Nora und gab Sam den vierten Band der *Harry Potter*-Reihe. »Er war vor ein paar Tagen mit Ihrer Schwester hier.«

»Moment … Sie kennen Ani?«, fragte Sam verwirrt.

»Ihre Eltern auch«, ergänzte Nora lächelnd. »Aber ich glaube, wir zwei sind uns noch nicht begegnet.«

Hm, das erklärt wohl, warum sie mir ein Buch geschickt haben, dachte Sam. Sie kannten ihre Familie – ihre Eltern wahrscheinlich über den Gewerbeverein, von dem ihre Mutter dauernd erzählte.

»Ich habe mit dem Studium angefangen, kurz nachdem meine Eltern hierhergezogen sind«, erläuterte Sam. »Und seit meinem Abschluss habe ich fast nur in London gewohnt.« Im Gegensatz zu ihrer Schwester, die sich eine Praxis in Stowford gesucht hatte, um in der Nähe ihrer Eltern zu sein, war Sam eher ein Stadtmensch.

Die Buchhändlerin half ihr, einen Geschichtenband für Richa auszusuchen, ein Kunstbuch für ihre Schwester, eine Biografie über den Lieblingskricketspieler ihres Dads und ein dickes Sudokuheft für ihre Mum, die jeden Tag Rätsel löste (sie hatte einen Artikel gelesen, in dem stand, dass man damit Demenz vorbeugen konnte).

»Oh!«, rief Sam plötzlich aus. »Ich habe Vikram ganz vergessen,

Anis Mann. Aber ich habe keine Ahnung, was ich ihm schenken soll – er ist ziemlich langweilig. Wobei: Er schaut gern Geschichtsdokus.«

»Ah, dann habe ich genau das Richtige für ihn«, verkündete Nora und legte noch ein Exemplar von *Der Okulist von Leipzig* auf den Stapel. »Was ist mit Ihnen?«, fragte sie Sam dann. »Gibt es da jemand Besonderen, dem Sie vielleicht auch ein Buch schenken möchten?« Sofort schüttelte sie den Kopf. »Tut mir leid … Ich bin einfach zu neugierig.«

Und schon geht's los … Diese Frage würde man ihr in den nächsten Tagen noch häufiger stellen. »Nein, ich bin Single. Bei meinem Job habe ich gar keine Zeit für eine Beziehung.«

Wenn sie sich das oft genug sagte, würde sie es vielleicht irgendwann glauben. Denn tief in ihrem Innern wollte sie schon »jemand Besonderen« haben. Ihr Schwager mochte zwar ein Langweiler sein, aber Vik und Ani waren glücklich miteinander. Insgeheim sehnte Sam sich nach so einer Beziehung.

»Wahrscheinlich haben Sie einfach noch nicht den Richtigen gefunden«, sagte Nora. »Wenn das passiert, werden Sie sich ganz automatisch die Zeit für ihn nehmen.«

Aber wie soll ich überhaupt jemanden kennenlernen?, dachte Sam. *Ich bin ja immer nur bei der Arbeit.*

Nora und sie brachten die Bücher zum Kassentresen.

»Ich glaube, Sie haben den Preis gewonnen«, sagte Simon, der ebenfalls herüberkam, um Nora beim Einpacken der Bücher zu helfen.

»Den Preis?«

»Na ja, Sie haben das Konzept des Weihnachtseinkaufs auf die letzte Minute ganz neu definiert.«

»Ich wollte das auch eigentlich früher machen«, erklärte Sam verlegen, »heute Nachmittag, aber mein Zug von der Arbeit hierher hatte Verspätung wegen des Schnees.«

»Ich hoffe, Sie bleiben trotzdem zur Feier«, sagte Nora, während sie eins der Bücher verpackte.

Nicht, wenn ich es irgendwie verhindern kann. Sam suchte krampfhaft nach einer Ausrede. Natürlich hielt sie Nora und Simon nicht mehr für perverse Serienmörder, aber sie hatte einfach einen langen Tag hinter sich. Andererseits würde sie sich zu Hause mit all ihren Tanten aus Birmingham herumschlagen müssen …

»Sie können nicht gehen, ohne einen von Noras Mince Pies probiert zu haben«, sagte Simon und hielt ihr einen Teller hin. »Das sind wirklich die besten, die Sie je gegessen haben.«

Noch bevor Sam irgendetwas entgegnen konnte, wurde die Ladentür geöffnet und ein Mann trat ein, in Begleitung von zwei kleinen Kindern.

Will

»Tut uns leid, dass wir so spät sind«, entschuldigte sich Will.

Eigentlich hatte er nicht erwartet, irgendjemanden auf dieser Weihnachtsfeier zu kennen. Tatsächlich erkannte er jedoch gleich zwei von drei Leuten im Buchladen wieder – und den einzigen Hund.

»Merry!«, kreischten Adam und Julia und rannten sofort zu dem Westie hinüber, der vor dem Kamin gedöst hatte. Jetzt wurde die Hündin allerdings wach und kläffte begeistert, als die Zwillinge knuddelnd über sie herfielen.

»Ich hoffe, es ist okay, dass ich die Kinder mitgebracht habe – an Heiligabend ist es ziemlich schwer, einen Babysitter zu finden.«

»Also, Merry freut sich sehr, die beiden wiederzusehen, und ich mich auch«, sagte die Frau, die sie beim Schlittenfahren kennengelernt hatten. »Ich bin übrigens Nora.« Sie winkte in Richtung der hübschen jungen Frau, die an der Kasse stand. »Und das ist Sam.«

Sam nickte Will unbeteiligt zu. »Hi.«

»Ich bin Will.« Er deutete auf die Zwillinge, die mittlerweile auf dem Boden saßen und Merry mit einem Mince Pie fütterten. »Und die zwei Quälgeister da sind Julia und Adam.«

Der hochgewachsene Mann streckte Will die Hand entgegen. »Ich bin Simon.«

»Der Arsenal-Fan«, sagte Will und erinnerte sich an ihr Gespräch beim Weihnachtskonzert.

»Ganz genau«, bestätigte Simon nickend. »Spielen Sie auch selbst? Meine Mannschaft könnte noch ein bisschen junges Blut gebrauchen.«

Der Ausdruck brachte Will zum Lachen. »Junges Blut« – mit siebenunddreißig konnte man wohl kaum davon sprechen. Trotzdem wäre es schön, mal wieder Fußball zu spielen. »Ja, mache ich – oder besser gesagt: habe ich mal, in der Schulmannschaft. Mittlerweile beschränkt es sich auf ein bisschen Kicken im Park mit den Kindern.«

»Kann ich Ihnen was zu trinken anbieten? Wein?«

»Sehr gern.« Der Hauptgrund, warum er die Einladung zur Weihnachtsfeier angenommen hatte, war der kostenlose Alkohol, den es hier gab. »Prost«, sagte er, als er das Glas Wein entgegennahm, und nahm einen Schluck.

Holla! Will würde sich zwar nicht unbedingt als Weinkenner bezeichnen, aber der schmeckte richtig edel. Was allerdings auch daran liegen konnte, dass er seit einer Ewigkeit keinen Alkohol mehr getrunken hatte. Er nippte ein weiteres Mal an seinem Glas und spürte, dass der Wein ihm bereits zu Kopf stieg.

Trink langsamer, ermahnte er sich innerlich. *Sonst tanzt du noch vor neun nackt auf dem Tresen.*

»Äh … ich wollte mich noch bei Ihnen bedanken«, sagte er zu Simon und Nora, »dafür, dass Sie mir *Eines Kindes Weihnacht in Wales* geschickt haben.«

Nora strahlte. »Ach, dann sind Sie Will Fitzpatrick! Wie hat Ihnen das Buch gefallen?«

»Es war eine wirklich schöne Überraschung – die Kinder waren total begeistert.«

»Moment mal«, sagte Sam und blickte sie verwirrt an. »Sie haben also auch anderen Leuten einfach so Bücher geschickt – nicht nur mir?«

»Bloß sechs«, erklärte Nora. »Wir haben online dazu aufgerufen, Leute zu nominieren. Die Idee dahinter war, Menschen aufzuheitern, die gerade eine schwere Zeit durchmachen.«

Sam wirkte leicht gekränkt. »Ach so?«

»Na, bei mir hat es auf jeden Fall funktioniert«, sagte Will. »Ich bin derzeit arbeitslos und habe mir schon Gedanken gemacht, weil ich den Kindern dieses Jahr keine teuren Weihnachtsgeschenke kaufen kann. Aber das Buch hat mich daran erinnert, dass ich so vieles habe, wofür ich dankbar sein kann. Geschenke sind nicht das Wichtigste an Weihnachten, sondern die Zeit, die man mit der Familie und Freunden verbringt.«

»Sehr schön gesagt«, befand Simon. Er füllte Wills Glas auf, bevor er zur Tür hinüberging, um die kleine Gruppe von Gästen zu begrüßen, die gerade angekommen war und sich den Schnee von den Schuhen klopfte.

Das Wetter war wirklich ein Geschenk des Himmels. Wenn die Zwillinge eines Tages auf dieses Weihnachten zurückblickten, würden sie sich hoffentlich an die Schlittenfahrten und Schneeballschlachten erinnern – und nicht an die magere Geschenkauswahl unterm Weihnachtsbaum. Das hieß allerdings nicht, dass

Will nicht trotzdem jede Nacht wach im Bett lag und sich Sorgen darüber machte, wie er die beiden durchbringen sollte, sobald seine Abfindung aufgebraucht war.

»Das ist jetzt vielleicht ein bisschen dreist«, sagte er an Nora gewandt, »aber Sie suchen nicht zufällig Aushilfen? Ich stelle es mir sehr schön vor, hier zu arbeiten.«

»Oh, es ist toll«, entgegnete Nora. Sie ließ den Blick durch die Buchhandlung wandern und schaute Will dann mit einem Lächeln an, das ein wenig traurig aussah. Schließlich schüttelte sie den Kopf. »Aber derzeit haben wir leider keinen Bedarf.«

»Das scheint irgendwie überall so zu sein.«

»Ich halte auf jeden Fall Augen und Ohren offen, und wenn ich was höre, gebe ich Ihnen Bescheid.«

»Vielen Dank, das ist wirklich nett von Ihnen.«

»Und was machen Sie beruflich, Sam?«, erkundigte sich Nora, während sie sich der elegant gekleideten jungen Frau zuwandte. »Ihre Mum hat mir erzählt, dass Sie in London arbeiten, oder?«

»Ich bin Unternehmensberaterin«, gab Sam zurück, »bei Awlex Consulting.«

Awlex Consulting. Wills Nackenhaare sträubten sich, als er den Namen hörte. Das war die Unternehmensberatung, die seine ehemalige Firma engagiert hatte. Dank denen hatte er seinen Job verloren.

Während Nora und Sam sich unterhielten, entschuldigte sich Will, bevor ihm irgendetwas Beleidigendes herausrutschte. Stattdessen ging er zum Büfett hinüber. Er hatte den Kindern zwar was zu essen gemacht, aber er selbst hatte noch nichts gehabt. Deshalb würde sein Abendessen heute aus Fingerfood bestehen. Gierig schlang er eine Handvoll Erdnüsse (Proteine), Oliven (zählten die als Gemüsebeilage?) und mehrere sehr leckere Mince Pies (Nachtisch) hinunter.

Nur widerwillig löste er sich von den Snacks, nachdem er sich einigermaßen gesättigt hatte. Es war ihm unangenehm, sich unter die anderen Partygäste zu mischen, die inzwischen scharenweise in die Buchhandlung strömten. Die meisten von ihnen sahen schick und erfolgreich aus, so wie Sam. Will stellte sich vor, dass sie in großen Häusern mit Küchen im Landhausstil und einer grau gestrichenen Eingangstür wohnten, deren Farbton einen dieser lächerlich geschmackvoll klingenden Namen wie Vulkan trug. Und das Erste, was sie ihn fragen würden, war: *Und was machen Sie beruflich, Will?*

Nichts brachte eine Unterhaltung so schnell zum Stocken wie »Ich bin arbeitslos und alleinerziehend«. Genauso gut könnte er ein T-Shirt mit der Aufschrift *Vollversager* tragen. Oder noch besser: das Eselskostüm von neulich.

Hier und da erhaschte er einige Gesprächsfetzen der hochtrabenden Konversation:

Das ist ein sicherer Kandidat für den Booker Prize …

Also, ihr letzter Roman gefiel mir gar nicht – viel zu konstruiert …

Der Okulist von Leipzig *ist ein modernes Meisterwerk …*

Anstatt sich durch eine Unterhaltung über Bücher durchzumogeln, von denen er noch nie etwas gehört hatte, durchquerte er den Laden unter dem Vorwand, nach den Kindern zu sehen, obwohl es vollkommen offensichtlich war, dass sie ihn nicht brauchten, weil sie ausgelassen mit Merry spielten.

Auf seinem Weg zur anderen Seite der Buchhandlung spürte er plötzlich eine leichte Berührung. »Hi«, grüßte ihn eine Frauenstimme. »Sind Ihre Kinder auch auf der Grundschule St. Stephen's?«

Will drehte sich um und stand einer Frau mit blond gesträhntem Haar gegenüber, die etwa in seinem Alter war. Sie hielt ihren Glühwein so fest umklammert, als hinge ihr Leben davon ab, und wirkte in etwa so unbehaglich, wie Will sich fühlte. Er nickte. »Ja. Ich bin Will. Meine Zwillinge sind in der ersten Klasse.«

»Dachte ich mir doch, dass ich Sie schon mal beim Abholen gesehen habe. Ich bin Liz. Meine Jungs und ich sind erst zum Schulanfang hierhergezogen.«

»Sind die beiden hier?«, fragte Will und sah sich im Raum nach anderen Kindern um. »Die Zwillinge würden sich sicher freuen, wenn sie noch jemanden zum Spielen hätten.«

Doch Liz schüttelte den Kopf. »Sie bleiben bis zum zweiten Weihnachtsfeiertag bei ihrem Dad. Was wahrscheinlich ganz gut ist, weil Jamie den Laden hier bestimmt auseinandernehmen würde. Also nein. Ich verbringe Weihnachten ganz allein.«

Will lächelte mitfühlend. »Das ist sicher nicht einfach.« Er konnte sich gar nicht vorstellen, am Weihnachtsmorgen aufzuwachen, ohne dass Julia und Adam schon im Morgengrauen auf sein Bett sprangen. »Ich bin auch alleinerziehend – allerdings hat sich die Mutter der zwei aus dem Staub gemacht.«

»Ja, es wird ziemlich komisch werden.« Liz senkte die Stimme. »Das hier ist eigentlich nicht mein Ding, aber ich dachte, es wäre ganz gut, nicht zu Hause zu sitzen.«

»Wie gefällt es Ihnen denn in Stowford?«

Liz nahm einen Schluck Wein, während sie über die Antwort nachdachte. »Es ist schwer, hier Leute kennenzulernen. So langsam habe ich das Gefühl, alle anderen Mütter in der Schule haben Angst, dass ich es auf ihre Männer abgesehen habe.« Sie stieß ein selbstironisches Lachen aus. »Als hätte ich dafür noch die Energie. Meistens möchte ich abends noch vor den Kindern ins Bett fallen.«

Will lachte ebenfalls. »Wobei Sie nichts verpassen – Stowford ist nicht gerade für sein ausschweifendes Nachtleben bekannt.«

Sie unterhielten sich noch weiter über die Schule und verabredeten sich zu einem Spielnachmittag für die Kinder in den Weihnachtsferien. Es war schön, mal mit einem anderen alleinerziehenden Elternteil zu sprechen, der verstehen konnte, wie schwer es war, alles allein machen zu müssen. Will war der einzige Vater in der Elternchatgruppe der ersten Klasse, und er würde darauf wetten, dass er der einzige Dad in der gesamten Schule war, der seine Kinder entlauste, Haferkekse für den Schulbasar backte und Hausaufgaben kontrollierte, während er gleichzeitig bei den Fußballturnieren der Zwillinge als Linienrichter antrat und Mario Kart im Schlaf spielen konnte. Kinderbetreuer und Brötchenverdiener in einem. Oder zumindest war er das mal …

Ich muss dringend noch was trinken.

»Möchten Sie auch noch was?«, fragte er und deutete auf Liz' leeres Glas.

»Ja, warum nicht?«, sagte sie achselzuckend. »Ist ja nicht so, als müsste ich morgen früh aufstehen.«

Will nahm ihr das Glas ab und ging zum Büfett zurück.

Als er gerade den Wein nachschenkte, kam Miss Powell zu ihm herübergeeilt, die ihre schlichte Strickjacke mit ihrer Rentierbrosche aufgepeppt hatte. »Ah, Mr Fitzpatrick«, sagte sie. »Ich hatte gehofft, Sie hier zu treffen.«

Hoffentlich bittet sie mich nicht wieder, irgendein Kostüm anzuziehen. Heute Abend war er definitiv nicht in der Stimmung, den Weihnachtsmann zu spielen, falls sie das geplant hatte.

»Simon hat mir erzählt, dass Sie eine Arbeit suchen?«

»Ja, das stimmt.«

»Wie Sie ja wissen, ist Mr Greenwood, unser Fußballtrainer, am Abend des Weihnachtskonzerts auf dem Eis ausgerutscht. Er hat sich das Bein gebrochen und muss mehrere Wochen Gips tragen. Sie haben sich nach dem Konzert so toll um die Kinder gekümmert, und ich weiß, dass Sie auch ab und zu die Jugendfußballmannschaft betreuen, deshalb dachte ich, vielleicht haben Sie ja Lust, für Mr Greenwood in der Schule einzuspringen?«

Ungläubig starrte Will die Lehrerin an. »Aber ich habe doch gar keine Trainerlizenz …«

Olwyn machte eine abwinkende Handbewegung. »Ach, ich muss zwar noch mit der Schulleiterin sprechen, aber ich bin mir sicher, dass sie einverstanden sein wird – vor allem, da wir bereits wissen, dass Sie keine Vorstrafen oder Ähnliches haben. Was meinen Sie?«

»Das wäre großartig.«

»Super!«, sagte Olwyn. »Dann leite ich das in die Wege.«

»Daddy!«, rief Julia, während sie auf ihn zulief. »Merry ist sooo süß. Können wir einen Hund zu Weihnachten bekommen? Bitte?«

Will lachte und wuschelte ihr zärtlich durchs Haar. »Es ist ein bisschen spät, um den Weihnachtsmann noch um einen Hund zu bitten. Er hat bestimmt schon seinen Schlitten gepackt.«

Aber wenn das mit dem Job klappte, wer weiß? Vielleicht konnten sie sich nächstes Jahr tatsächlich ein Haustier holen. Das alles klang zwar viel zu schön, um wahr zu sein, doch zum ersten Mal seit Monaten verspürte Will einen Funken Hoffnung.

KAPITEL 20

Olwyn

Olwyn war erleichtert, dass Will Fitzpatrick Interesse an der Stelle hatte, und froh darüber, dass Simon ihn vorgeschlagen hatte. Für Schulen auf dem Land wie St. Stephen's war es schwer, Personal zu bekommen. Natürlich war das nicht mehr Olwyns Problem, aber sie hatte nicht einfach aufgehört, sich für die Schule einzusetzen, in der sie so viele Jahre gearbeitet hatte. Die Kinder hatten einen Trainer verdient, der geduldig, energiegeladen und mit Begeisterung bei der Sache war – jemanden wie Will. In ihrer langjährigen Erfahrung als Lehrerin hatte sie einen sechsten Sinn für so was entwickelt, und in der Regel lag sie damit richtig.

»Hallo, Miss Powell!«, begrüßte Wills Tochter Julia sie. »Oh, können Sie die Nase vom Rentier anmachen?«

Der Bitte entsprach Olwyn nur zu gern. Sie drückte auf ihre Brosche, und Rudolphs Nase begann zu blinken. »Du und dein Bruder, ihr wart ganz tolle Hirten beim Krippenspiel«, lobte sie Julia.

Liz gesellte sich zu ihnen, und Will drückte ihr das Weinglas in die Hand.

»Und Ihr Jamie hat allen die Show gestohlen«, sagte Olwyn zu Liz. Jamie hatte als Josef die ganze Gemeinde zum Lachen gebracht, als er an Jesus' Windel geschnüffelt und die Geschenke der Heiligen Drei Könige als seine eigenen entgegengenommen hatte.

»Daddy, komm mit. Du musst Merry streicheln«, beschloss Julia und zog Will zu dem Hund herüber.

Suchend blickte Olwyn sich um. »Sind Jamie und Travis auch hier?« Eigentlich ging sie davon aus, dass sie die beiden mittlerweile bemerkt haben müsste. Jamie hätte wahrscheinlich längst Breakdance auf dem Couchtisch getanzt oder wäre von der Lehne des Sofas gesprungen.

»Nein, die sind bei ihrem Dad«, erklärte Liz.

»Ah, ich habe schon gedacht, dass es hier ein bisschen zu ruhig ist«, sagte Olwyn lächelnd.

»Sie sind bestimmt froh, dass Sie im Ruhestand sind und sich nicht mehr mit so wilden Kindern wie ihm herumschlagen müssen«, entgegnete Liz.

»Oh, überhaupt nicht«, gestand Olwyn. Sie hatte schon immer ein Herz für Klassenclowns wie Jamie gehabt. »Er ist ein kleiner Lausbub, aber auf jeden Fall ein kluger Junge.«

Doch Liz schüttelte abwehrend den Kopf. »Es ist sehr nett von Ihnen, dass Sie das sagen, Miss Powell, aber er hat ziemliche Probleme mit den Hausaufgaben.«

»Ich bin immer noch einmal die Woche in der Schule, um die Kinder beim Lernen zu unterstützen. Ich helfe auch Ihren Jungs beim Lesen, deshalb weiß ich, dass die beiden in den letzten Wochen enorme Fortschritte gemacht haben.«

»Ja, wirklich? Ich lese Ihnen jetzt immer was vor«, erzählte Liz. »Wir sind fast mit dem *Hobbit* durch.«

»Das ist ja toll. Machen Sie das unbedingt weiter«, riet Olwyn. »Wenn die beiden Fantasy mögen, werden ihnen bestimmt auch die Bücher von Philip Pullman gefallen.«

Liz holte ihr Handy heraus und notierte sich die Empfehlung. »Ich wünschte, ich könnte die beiden noch mehr unterstützen«, gestand sie. »Aber das ist schwierig. Ich arbeite Vollzeit.«

»Oh, ich kann den zweien gern Nachhilfe geben.« Olwyn beugte sich zu Liz vor und senkte die Stimme zu einem verschwörerischen Flüstern. »Ich verrate Ihnen ein kleines Geheimnis: Mir fehlt das Unterrichten. Seit ich in Rente bin, fühle ich mich ziemlich einsam.«

»Also, wenn Sie sicher sind, dass Jamie Sie nicht in den Wahnsinn treibt, wäre das wirklich traumhaft«, sagte Liz.

Nachdem sie ihre Kontaktdaten ausgetauscht und einen Termin für die erste Nachhilfestunde der Jungs vereinbart hatten, unterhielt sich Olwyn noch mit einigen Freundinnen aus dem Literaturkreis, bevor sie sich entschuldigte und in die Sachbuchabteilung schlüpfte.

Seitdem sie das *Sherlock Holmes*-Buch gelesen hatte, das Nora und Simon ihr geschenkt hatten, bekam sie den Gedanken, selbst einen Krimi zu schreiben, nicht mehr aus dem Kopf. Erst gestern Nacht war sie um zwei Uhr morgens aufgewacht – dank der Tatsache, dass Tuppence auf ihrer Bettdecke herumgetreten war, bevor er sich neben ihr zusammengerollt hatte –, und plötzlich war ihr eine Idee für einen Detektiv eingefallen. Sie hatte sich schnell eine Notiz auf dem einzigen Stück Papier gemacht, das sie in ihrem Schlafzimmer finden konnte – eine Quittung von der Reinigung –, und war sofort wieder eingeschlafen.

Am Morgen hatte sie Angst gehabt, dass der Gedanke, der sich in der Nacht noch so gut angehört hatte, vollkommener Quatsch gewesen war. Doch während sie ihr nächtliches Gekritzel entzifferte, steigerte sich ihre Begeisterung für die Geschichte sogar noch.

Ihr Detektiv, Clay Thorne, würde ein ehemaliger Kripobeamter der Londoner Polizei sein, den man aufgrund einer posttraumatischen Belastungsstörung in den vorzeitigen Ruhestand versetzt hatte. (Olwyn überlegte noch, ihn hinken zu lassen – eine Beinverletzung, die er sich während eines mutigen Einsatzes zugezogen hatte.) Die Geschichte würde damit beginnen, dass Thorne in die Cotswolds umzog – in ein verschlafenes Dorf, das eine gewisse Ähnlichkeit mit Stowford aufwies – und sich dem örtlichen Gartenverein anschloss, um neue Interessen – und Pflanzen – zu kultivieren. Als jedoch eins der anderen Mitglieder kurz vor der jährlichen Gartenschau mit Oleander aus seinem eigenen Garten vergiftet wird, ist Thorne gezwungen, seinen Ruhestand aufzugeben und den Fall zu lösen.

Olwyn hatte den ganzen Tag damit verbracht, wilde Ideen zu spinnen – Figurenbeschreibungen zu notieren, sich Spuren auszudenken und eine grobe Handlung zu entwerfen. Aufgeputscht durch diverse Tassen Tee, hatte sie entwickelt und geplant, und ihr Enthusiasmus für ihren griesgrämigen Helden wuchs immer mehr. Sie konnte geradezu seinen rauen Cockney-Dialekt hören, seine Schiebermütze sehen, die sein Markenzeichen war, und sein herbes Aftershave riechen. Irgendwann hatte sie völlig die Zeit vergessen, sodass sie zu spät zur Weihnachtsfeier gekommen war. Und sie hatte sich immer noch nicht entschieden, wer die Mörderin sein würde: die Frau des Opfers – eine Klavierlehrerin, die eine Affäre mit dem attraktiven jungen Dorftierarzt hatte (Clay Thorne könnte einige verräterische Hundehaare auf der Kleidung der Klavierlehrerin entdecken) – oder dessen Hauptkonkurrentin um den Preis der Gartenschau, die versnobte und extrem ehrgeizige Lady Primrose Goodwood. Vielleicht würde sie die Täterin auch erst später, während des Schreibprozesses, bestimmen.

Deshalb ging sie gerade die Bücherregale durch, auf der Suche nach einem Ratgeber zum kreativen Schreiben – denn es war eine Sache, eine Geschichte zu planen, aber etwas ganz anderes, sie auch zu schreiben. Seit ihrer eigenen Schulzeit hatte Olwyn nichts Längeres mehr geschrieben – abgesehen von den Leistungsbewertungen am Ende des Jahres –, und der Umfang ihres Vorhabens schüchterte sie ziemlich ein. War es verrückt von ihr zu glauben, dass sie ein Buch schreiben konnte?

Vielleicht.

Trotzdem war sie entschlossen, es zu versuchen.

Während sie die Sachbücher durchblätterte, drangen irgendwelche aufgeregten Geräusche durch das Gewirr aus Weihnachtsliedern und Partygeplauder zu Olwyn herüber. Sofort meldete sich ihr pädagogischer Instinkt für Streitereien, die es zu schlichten galt, und sie rannte in Richtung des Unruheherds, um zu sehen, was los war.

Vorne in der Eingangstür stand ein Jugendlicher mit rotem Gesicht. Sein ebenso rotes Haar stand zu allen Seiten hin ab, und trotz des Schneegestöbers draußen hatte er keine Jacke an. Seine Augen blickten wild hin und her. Mittlerweile waren alle Gespräche verstummt, während die Partygäste den Neuankömmling wachsam anstarrten.

»Wieso haben Sie mir dieses Buch geschickt?«, schrie er und schleuderte das Buch, das er in der Hand hielt, durch den Laden. Es knallte gegen eine Schüssel mit Chips, die sich daraufhin auf dem Boden verteilten. »Ich will das nicht haben!«

»Es tut mir so leid«, sagte Nora, die mit erschrockenem Gesicht das Buch aufhob. »Wir wollten dich nicht damit verletzen. Es sollte eigentlich eine schöne Überraschung sein.«

»Sie können mich mal!«, rief der Junge wütend und ballte die Hände zu Fäusten. »Stecken Sie sich Ihre verdammten Überraschungen sonst wohin!«

Simon stellte sich schützend vor seine Frau. »Jetzt beruhige dich erst mal wieder, mein Junge, sonst muss ich dich bitten zu gehen.«

»Ich bin nicht Ihr Junge, Sie Arschloch!«, fauchte der Teenager.

Olwyn erhaschte einen Blick auf das Buch in Noras Händen: *Der König von Narnia*. Eine lebhafte Erinnerung an Emma Swann, die sich am Welttag des Buches als Weiße Hexe verkleidet hatte, blitzte vor ihrem geistigen Auge auf.

Oh nein, der arme Junge, dachte sie, als sie plötzlich verstand, was los war. »Komm, Harry«, sagte Olwyn sanft zu ihm. »Was hältst du davon, wenn wir uns einen Tee machen und uns ein bisschen unterhalten?«

Harry

Widerwillig setzte sich Harry auf das verblasste alte Sofa oben in der Wohnung über der Buchhandlung, während seine ehemalige Grundschullehrerin in der Küche herumwirtschaftete, den Wasserkocher anstellte und vor sich hin murmelnd auf der Suche nach Teebeuteln in diverse Behälter schaute. Harry blickte sich in der Wohnung um und entdeckte ein gerahmtes Foto von einem Mädchen, das er aus der Schule kannte: Charlotte Walden. Sie war mal Vertrauensschülerin gewesen, hatte also während der Versammlungen in ihrer Oberstufenschuluniform ganz vorne gesessen. Sanj und Scooter (oder Dumm und Dümmer, wie Emma Harrys Freunde immer genannt hatte) fanden sie scharf.

Harry hoffte, dass sie seinen Ausraster in der Buchhandlung nicht mitbekommen hatte. Nicht, dass er bei einem hübschen älteren Mädchen wie Charlotte irgendeine Chance hätte – oder bei den Mädchen seines Alters. Nicht, wenn er sich aufführte wie ein Psycho.

»Aha«, rief Miss Powell, »da sind sie ja!« Sie legte die Teebeutel in je einen Becher und goss das inzwischen heiße Wasser darauf. »Milch?«, fragte sie Harry. »Zucker?«

»Egal.« Er hasste Tee. Das Zeug schmeckte wie gekochtes Metall.

Miss Powell gab je zwei großzügige Löffel Zucker in die Becher und stellte einen davon vor Harry ab. »Das war Emmas Lieblingsbuch, oder?«

Harry nickte und wich ihrem Blick aus. »Sie hat es mir vorgelesen, als ich klein war … als ich noch nicht selbst lesen konnte.«

Seit seinem letzten Besuch auf dem Friedhof hatte er versucht, nicht mehr an seine Schwester zu denken. Als er jedoch an diesem Abend nach einem sauberen Paar Socken gesucht hatte (seine Kumpels und er hatten vor, sich ins George zu schleichen), fand er das Buch, das man ihm geschickt hatte, auf dem Boden – vergraben unter einem Haufen dreckiger Wäsche. Er hatte gedacht, er hätte es weggeworfen, doch seine Mum oder sein Dad mussten es gefunden und in sein Zimmer gelegt haben.

Dann war die Einladung zur Party aus dem Buch gefallen, und die Wut, die Harry verspürt hatte, als er das Päckchen bekommen hatte, war wieder aufgeflammt und wurde zusätzlich von der Tatsache angefacht, dass Heiligabend war. Eigentlich hätte Emma in einem ihrer Glitzerpullover auf dem Sofa vor dem Weihnachtsbaum liegen sollen. Doch das tat sie nicht. Und morgen würde sie auch nicht da sein, und sie würde nicht die wie Plumpudding aussehenden Ohrringe anstecken, die er für sie gekauft hatte, obwohl er wusste, dass sie die Schachtel niemals auspacken würde.

Wie konnten diese Leute es wagen, eine Party zu feiern, während Emma tot war?

Irgendetwas in ihm hatte ausgesetzt. Er würde ihnen gründlich die Meinung geigen. Und plötzlich war er die Hauptstraße hinuntergelaufen, durch den Schnee, und seine Wut war mit jedem Schritt größer geworden. Als er dann in der Buchhandlung ankam, war er explodiert. Er hatte sich wie ein Vollidiot benommen, und nun saß er hier oben mit Miss Powell fest.

Wobei: Das war eigentlich gar nicht so schlimm. Miss Powell war eine seiner Lieblingslehrerinnen gewesen. Emmas auch. Sie war zwar streng, aber sie hatte nie jemanden bevorzugt. *Na ja,* dachte Harry, *wahrscheinlich doch, aber sie hatte es immer gut verborgen.*

Im Gegensatz zu seinen Eltern.

»Ich habe Emma nie ohne Buch gesehen«, sagte Miss Powell mit verklärtem Gesicht. »Sie hat sich durch die ganze Schulbibliothek gelesen.«

»Sie hatte eine Eins plus in Englisch in der Zwischenprüfung«, erzählte Harry. Die Schulleiterin hatte ihm Emmas Prüfungsergebnisse vor ein paar Wochen mitgegeben. Als er sie seinen Eltern zeigte, hatte seine Mum stundenlang geweint.

»Das überrascht mich gar nicht.« Miss Powell nippte an ihrem Tee. »Und wie läuft es bei dir in der Schule?«

Harry zuckte die Achseln. »Ich hasse die Schule. Die haben mich gezwungen, zu so einer blöden Psychologin zu gehen und mit der zu reden.«

»Aber du möchtest nicht gern über Emma sprechen?«

Harry schüttelte den Kopf. »Außerdem prügele ich mich dauernd, weil ich einfach die ganze Zeit so sauer bin.«

»Ich finde, du hast jedes Recht, sauer zu sein. Das Leben ist manchmal echt scheiße, Harry.«

Er lachte. »Ich dachte, Lehrer dürften keine Schimpfwörter benutzen.«

»Tja, ich bin keine Lehrerin mehr.« Miss Powell zwinkerte ihm zu. »Aber mal unter uns: Im Lehrerzimmer wird auch kein Blatt vor den Mund genommen.«

»Wahrscheinlich, wenn die Lehrer über so böse Jungs wie mich sprechen.«

»Du bist kein böser Junge, Harry. Du machst nur gerade eine ziemlich schlimme Zeit durch.«

Harry nahm einen Schluck Tee und verbrannte sich die Zunge. Tatsächlich schmeckte das Zeug gar nicht so schlecht. Vielleicht war der Trick, möglichst viel Zucker hineinzugeben.

»Wenn du nicht darüber sprechen magst, könntest du vielleicht darüber schreiben«, schlug Miss Powell vor. »Ich kann mich noch an die Geschichten erinnern, die du geschrieben hast, als du bei mir in der Klasse warst. Du hast Talent, Harry.«

Wieder zuckte er die Achseln. »Kann sein.«

»Es ist nicht gut, alles in sich hineinzufressen. Irgendwann will die Wut raus …«

Gequält griff sich Harry ins Haar und brachte es dadurch noch mehr durcheinander. »Ich weiß, ich hätte nicht so ausrasten dürfen. Aber als das Buch kam, habe ich mich total erschrocken. Ich dachte erst, es wäre von Emma.« Er schüttelte den Kopf. »Bescheuert, ich weiß.«

Miss Powell sah ihn voller Mitgefühl an. »Ich finde das gar nicht bescheuert, Harry. Das zeigt nur, wie sehr du deine Schwester vermisst. Und wie sehr du sie liebst.«

»Aber ich war immer so mies zu ihr. Sie wusste nicht mal, dass ich sie lieb hatte.«

»Oh doch, das wusste sie, ganz tief in sich drinnen. Das kann ich dir versichern.«

Es trat eine lange Pause ein, während der sie beide ihren Tee tranken. Dann sagte Harry plötzlich etwas, das er bereits seit Monaten dachte, aber nie hatte laut aussprechen können. Weder vor seinen Eltern noch vor seinen Freunden. Und schon gar nicht vor der nervigen Schulpsychologin. »Ich bin schuld, dass Emma tot ist.«

»Wie meinst du das?«

»Sie ist nur nach Hause gelaufen, weil wir uns so heftig gestritten haben, wegen irgendwas Blödem«, gestand Harry. »Als sie angerufen hat, um meine Mum zu bitten, sie vom Copper Kettle abzuholen, habe ich die Nummer gesehen, aber ich habe Mum nicht gesagt, dass ihr Handy geklingelt hat. Also ist es meine Schuld, dass sie gestorben ist.«

»Oh nein, Harry«, sagte Miss Powell, »das stimmt nicht.«

»Doch«, widersprach ihr Harry verzweifelt. »Wenn meine Mum sie abgeholt hätte, wäre sie nicht von einem Auto überfahren worden. Deshalb habe ich sie umgebracht.«

»Das war ein Unfall«, entgegnete Miss Powell, »ein tragischer Unfall.«

Abwehrend schüttelte Harry den Kopf. »Ich war sauer auf sie, weil sie sich meine neuen Kopfhörer ausgeliehen und sie kaputt gemacht hat. Das Letzte, was ich zu Emma gesagt habe, war, dass ich sie hasse. Und jetzt ist sie tot.«

Stumm nippte Miss Powell an ihrem Tee und schwieg eine ganze Weile. Als sie schließlich wieder das Wort ergriff, überraschte sie Harry mit einer Frage. »Welche Figur aus *Der König von Narnia* mochte Emma am liebsten?«, fragte sie leise.

Harry dachte einen Moment nach. »Hm, Edmund, denke ich.«

»Erzähl mir mal ein bisschen was über Edmund, Harry.«

Was wird das hier, eine Englischstunde?

Doch die Lehrerin starrte ihn so eindringlich durch ihre Brillengläser hindurch an, dass Harry sich verpflichtet fühlte zu antworten. »Also, am Anfang ist er ziemlich gierig und fies zu seinen Geschwistern. Aber dann ändert er sich. Und zum Schluss ist er voll … hm … na ja, mutig. Er hilft dabei, die Weiße Hexe zu besiegen.«

Miss Powell nickte gedankenvoll. »Genau. In seiner Geschichte geht es um Wiedergutmachung.« Sie schwieg kurz. »Keiner von uns ist perfekt, Harry. Geschwister können wirklich gemein zueinander sein, aber sie verzeihen einander auch. Meine Schwester und ich haben uns ebenfalls ständig gefetzt, wie Hund und Katze.« Aufmunternd tätschelte sie Harry das Knie. »Und deshalb musst du dir selbst vergeben, Harry. Emma würde nicht wollen, dass du dich so quälst.«

Harry zupfte an einem schmalen Riss im Kniebereich seiner Jeans. Er hatte einen Kloß im Hals, der ihm das Sprechen schwer machte. »Ich … ich vermisse sie so.«

Eine Träne landete auf seinem Oberschenkel. Und dann noch eine. Er hatte nicht mehr geweint seit dem Tag, an dem er erfahren hatte, dass Emma tot war. Nicht einmal bei ihrer Beerdigung. Doch jetzt, in diesem Moment, flossen all die Tränen, die er seit Monaten zurückgehalten hatte, aus ihm heraus, als sei ein Damm in seinem Innern gebrochen.

»Alles gut«, murmelte Miss Powell. »Lass es alles raus.«

Er legte seinen Kopf auf ihre Schulter und schluchzte hemmungslos, bis das Geräusch knarzender Dielenbretter ihm abrupt klarmachte, dass jemand die Treppe heraufkam. Beschämt löste sich Harry sofort von Miss Powell und wischte sich mit dem Ärmel schnell den Rotz aus dem Gesicht.

Die Frau aus dem Buchladen – Harry nahm an, dass sie die Mutter von Charlotte war – kam in die Wohnung. »Alles okay hier oben?«

»Ja«, sagte Miss Powell. »Vielen Dank, dass wir uns hierher zurückziehen durften. Wir haben uns gerade unterhalten. Harry, das ist Nora. Ihr und ihrem Mann gehört die Buchhandlung unten.«

»Mir ist gerade eingefallen, woher ich dich kenne«, sagte Nora und setzte sich auf Harrys andere Seite. »Ich habe dich vor einiger Zeit auf dem Friedhof gesehen.«

Harry nickte. »Meine Schwester ist gestorben. Es ist dumm, aber manchmal gehe ich an ihr Grab und rede mit ihr.« Er spürte, dass seine Wangen vor Verlegenheit ganz rot wurden.

Doch Nora schien ihn nicht für verrückt zu halten. »Dann treffen wir uns wahrscheinlich dort mal wieder. Meine Mum ist zwar schon seit vielen Jahren tot, aber ich besuche sie immer noch ab und zu, um mit ihr zu sprechen.«

»Ich … ähm … Tut mir leid, dass ich so ausgerastet bin. Es ist nur … das Buch war Emmas Lieblingsbuch.«

»Ach so. Ich kann gut verstehen, dass dich das aufgewühlt hat«, sagte Nora. »Kann ich das irgendwie wiedergutmachen? Ich wüsste ein Buch, das dir vielleicht helfen könnte. Ironischerweise ist es auch von C. S. Lewis. Wenn du mit nach unten kommst, suche ich es dir raus.«

»Hm, ich weiß nicht …« Harry war sich nicht sicher, ob er all den Leuten noch mal gegenübertreten wollte.

»Keine Angst. Die haben alle mittlerweile schon mehr als ein Glas Wein gehabt – da denkt keiner mehr an den Vorfall. Und außerdem: Was wäre eine Party ohne ein bisschen Drama?«

»Kann ich vorher auf die Toilette?«, fragte Harry.

Im Bad spritzte er sich Wasser ins Gesicht und schaute in den Spiegel. Er sah ziemlich beschissen aus – seine Augen waren verquollen und sein Gesicht mit roten Flecken übersät –, trotzdem fühlte er sich seltsamerweise besser als zuvor. Leichter. Als hätte das Gewicht der Tränen, die sich so lange angestaut hatten, ihn heruntergezogen. Was totaler Quatsch war – als würden Tränen jetzt wahnsinnig viel wiegen …

Zu dritt gingen sie wieder nach unten, wo die Party in vollem Gange war. Miss Powell ging zum Büfett hinüber, um eine Kleinigkeit zu essen, während Nora Harry durch eine Regalreihe führte.

»Hier ist es«, sagte sie und gab ihm ein Buch, dessen Titel *Über die Trauer* lautete. »Als meine Mum gestorben ist, hat mir dieses Buch wirklich geholfen. Du wirst danach nicht aufhören, deine Schwester zu vermissen, aber es hilft schon, zu wissen, dass diese ständig wechselnden Gefühle, die man hat … Schuld … Wut … Angst … ganz normal sind.

»Vielen Dank«, sagte Harry und klemmte sich das Buch verschämt unter den Arm.

»So, und da ich selbst eine Tochter in jugendlichem Alter habe, nehme ich an, dass du wahrscheinlich am Verhungern bist«, verkündete Nora und führte ihn zum Tisch mit den Snacks hinüber.

Sie war wirklich nett zu ihm, trotzdem wollte Harry hier weg. »Ich sollte besser nach Hause gehen … Wahrscheinlich wundern sich meine Eltern schon, wo ich so lange bleibe.«

Ja, genau.

»Wie geht es ihnen denn?«

»Äh … ganz okay, denke ich.«

Seine Mum hatte eine Schlaftablette genommen und war direkt nach dem Abendessen ins Bett gegangen, und sein Dad sah sich vermutlich gerade irgendeinen Scheiß im Fernsehen an und kippte dabei eine ganze Flasche Wodka.

Von wegen frohe Weihnachten.

»Sprich mit ihnen«, sagte Nora, »auch wenn es schwer ist. Auch wenn du denkst, dass sie nicht reden wollen. Denn eins kannst du mir glauben: All diese Gefühle, die du hast, haben sie auch.«

»Hm … ja, vielleicht …«

Was sollte er denn sagen? *Hey, Mum und Dad, wisst ihr was? Ich habe Emma umgebracht. Ach, und übrigens fühle ich mich, als hättet ihr vollkommen vergessen, dass es mich auch noch gibt.*

»Sprich mit ihnen«, beharrte Nora. »Und bevor du gehst, musst du unbedingt einen von meinen Mince Pies probieren.« Zum Abschied drückte sie seine Schulter, dann ging sie davon, um sich mit einem der anderen Gäste zu unterhalten.

Harrys Magen gab ein Knurren von sich. *Die Mince Pies sahen wirklich gut aus …*

Als er sich eins der kleinen Törtchen nahm, kamen zwei blonde Kinder auf ihn zumarschiert. »Du hast ein schlimmes Wort gesagt«, meinte das Mädchen grinsend.

Harry nickte verlegen. »Ja, stimmt, tut mir leid.«

»Schon okay. Das kannte ich schon«, verkündete sie stolz. »Daddy hat es gesagt, als die Toilette verstopft war. Adam ist älter als ich, aber ich kenne viel mehr Schimpfwörter als er.«

»Stimmt ja gar nicht, Julia«, protestierte der Junge. »Ich kenne mehr Schimpfwörter als du, du Kackakopf!«

»Lügner, Lügner!«, trällerte Julia, was ihren Bruder dazu veranlasste, sie an ihrem Zopf zu ziehen.

Harry sah zu, wie Julia ihren Bruder im Gegenzug in den Arm kniff, und fühlte sich durch ihre kleine Zankerei auf eine seltsame Art getröstet. Miss Powell hatte recht, wurde Harry klar. Alle

Geschwister stritten sich mal, doch danach vertrugen sie sich wieder. Wäre Emma nicht von dem Auto angefahren worden, hätte er ihr irgendwann verziehen, dass sie seine Kopfhörer kaputt gemacht hatte. Und sie hätte ihm verziehen, dass er gesagt hatte, er würde sie hassen. Dieser verdammte Autofahrer hatte ihnen die Chance genommen, noch unzählige Streits gegeneinander auszufechten – und sich danach wieder zu vertragen.

»Hey!« Harry wedelte mit dem Buch hin und her, als wäre es eine Gelbe Karte beim Fußball, und unterbrach damit den Zwist zwischen den kleinen Geschwistern. »Nicht zanken, ihr beiden.«

»Ist das ein schlimmes Buch?«, fragte Julia hoffnungsvoll.

»Nee.«

»Liest du es uns vor?«, bettelte Adam.

»Nee.«

Enttäuscht schauten die Kinder Harry an. Julia runzelte die Stirn. »Uns ist aber langweilig. Hier sind nur blöde Erwachsene auf der Feier.«

Harry zuckte die Achseln. »Hm, ich könnte euch vielleicht was anderes vorlesen …« War ja schließlich nicht so, als hätte er irgendwas vorgehabt. Die Furcht einflößende Wirtin des George würde seinen Kumpels und ihm sowieso keinen Alkohol ausschenken.

Und so ging er mit den beiden Geschwistern in die Kinderbuchabteilung und ließ sie dort ein Buch aussuchen. Nach einem weiteren kleinen Streit einigten sich die zwei schließlich auf *O je, du fröhliche* von Raymond Briggs, ein Buch, das Emma auch geliebt hatte. Sie nahmen es mit zum Kamin hinüber, und dann begann Harry, den Kindern daraus vorzulesen – genau so, wie Emma es getan hatte, als er ein Kind gewesen war.

KAPITEL 21

David

David Langdon steuerte seine Mercedes S-Klasse im Schneckentempo durch die Hauptstraße von Stowford. Das Auto konnte bis zu 240 km/h fahren (nicht, dass er das je ausgetestet hätte), doch gerade herrschte so dichtes Schneetreiben, dass er die ganze Strecke von Yew Tree Manor über nur hatte kriechen können. Die Scheibenwischer kamen bei der stetigen Menge an Flocken kaum hinterher.

»Da ist was frei, direkt vor dem Laden«, sagte Kath und zeigte auf den Parkplatz.

David stellte den Wagen vor der Buchhandlung ab und klappte den Kragen seines Mantels hoch, um die Kälte abzuhalten, bevor er ausstieg. Die Schaufenster des Geschäfts waren beschlagen, aber dahinter war eine Mischung aus Musik, Gelächter und Stimmengewirr zu hören, die bis auf die Straße herausdrang. David stieß einen tiefen Seufzer aus, und in der kalten Winterluft formte sein Atem sich zu einer Wolke, die in den Nachthimmel aufstieg.

»Bist du sicher, dass du dich fit genug fühlst, Dad?«, fragte Kath und hakte sich bei ihm unter.

David nickte, obwohl ein Teil von ihm sich am liebsten wieder ins Auto gesetzt hätte und nach Hause gefahren wäre.

Jetzt stell dich nicht so an! Das hier war eine Weihnachtsfeier in einem Dorfbuchladen, verdammt noch mal, nicht die Jahreskonferenz der Partei. In politischen Kreisen war er ein gern gesehener Partygast – ein charmanter Anekdotenerzähler, ein berühmt-berüchtigter Bonvivant und eine unerschöpfliche Quelle pikanter Geschichten aus dem Parlament. Bei unzähligen Veranstaltungen war er immer der Letzte gewesen, doch mittlerweile kam ihm diese Person völlig fremd vor. Die Depressionen sorgten dafür, dass ihn selbst belanglose Gespräche ermüdeten.

»Es tut mir gut, mal rauszukommen.« Zumindest hatte Dr. Dhar ihm dazu geraten. Also hatte er sich gezwungen, das Weihnachtskonzert im Ort zu besuchen – eine Veranstaltung, die er bisher wie die Pest gemieden hatte –, und zu seinem Erstaunen hatte es ihn sogar ziemlich berührt. Vielleicht würde diese Weihnachtsfeier ja auch besser werden als erwartet.

»Dann lass uns reingehen«, sagte Kath. »Meine Füße werden langsam taub.«

Sie traten durch die Ladentür, und wie üblich wurde das Stimmengewirr sofort leiser, als die Gäste David erkannten und anfingen, miteinander zu flüstern. Er konnte sich schon denken, was sie sagten:

Oh, schau mal, das ist doch der Politiker, der den Premierministerposten nicht bekommen hat.

Ist das nicht der, der die Affäre hatte?

Großer Gott, David Langdon sieht aber fertig aus.

Doch Kath beachtete das Geflüster gar nicht und half ihm, sich zwischen den Grüppchen aus Partygästen hindurchzumanövrieren, um die Gastgeberin zu suchen. Sie fanden sie schließlich vor dem Kamin stehend, mit geröteten Wangen, wobei David nicht genau einschätzen konnte, ob ihre gesunde Gesichtsfarbe von der Hitze des Feuers oder dem Glühwein verursacht wurde, den sie in der Hand hielt.

»Es tut mir so leid, dass wir erst jetzt kommen, Nora«, sagte David. »Ich habe noch an meiner Zeitungskolumne geschrieben und vollkommen die Zeit vergessen.« Er hatte die letzten Tage an seinem Artikel gearbeitet und ihn immer wieder umgeschrieben, während er darüber nachgedacht hatte, ob er ihn überhaupt an seinen Redakteur schicken sollte. Wahrscheinlich war es die beste Kolumne, die er je geschrieben hatte. Aber auch die ehrlichste …

»Wie schön, dass Sie da sind! Ich freue mich sehr.« Nora winkte einem hochgewachsenen Mann zu, der daraufhin herüberkam und den Arm um sie legte. »Das ist mein Mann, Simon.«

Ungläubig starrte David ihn an. Das war der Mann vom Bahnhof; der Mann, der sich zu ihm gestellt und ihm damit unwissentlich das Leben gerettet hatte. Dieses Ehepaar, Nora und ihr Mann, waren wirklich seine Schutzengel.

»Kann ich Ihnen ein Glas Wein anbieten?«, fragte Simon und hielt die Flasche hoch, die sich in seiner freien Hand befand.

»Gern. Einen roten, bitte«, sagte Kath.

»Für mich lieber was Alkoholfreies, wenn Sie das dahaben.« Sehnsüchtig blickte David auf die Weinflasche – das war ein ziemlich guter Jahrgang –, doch er sollte seine Antidepressiva besser nicht mit Alkohol mischen.

»Kommt sofort.«

»Wie geht es Ihnen?«, erkundigte sich Nora, als ihr Mann gegangen war, um die Drinks zu holen.

»Ach, es gibt gute und schlechte Tage«, antwortete David. »Ich warte darauf, dass die Medikamente anschlagen.«

»Die Frau Doktor hat gesagt, es dauert eine Weile, bis du eine Besserung spürst«, erinnerte Kath ihn.

Eine frustrierend lange Weile, besonders für einen Mann, der sich damit brüstete, ein Macher zu sein.

»Sie sehen aber schon besser aus«, meinte Nora. »Ihre Wangen haben etwas Farbe bekommen.«

»Ich versuche, jeden Tag an die frische Luft zu gehen.« Dr. Dhar hatte ihm auch empfohlen, Sport zu treiben oder sich zumindest viel zu bewegen, deshalb unternahm er trotz der eisigen Temperaturen lange Spaziergänge durch die Natur zusammen mit Kath. Und obwohl er nie Lust hatte, nach draußen zu gehen, musste er zugeben, dass er sich hinterher jedes Mal ein bisschen besser fühlte. David blickte zu seiner Tochter hinüber, die sich vor den Kamin gehockt hatte und sich mit einigen Kindern unterhielt, die dort mit einem Buch saßen.

»Was lest ihr denn Schönes?«, fragte sie die drei.

Das kleine Mädchen hielt ein Exemplar von *O je, du fröhliche* hoch.

»Oh, das ist eins meiner Lieblingsbücher«, erzählte Kath lächelnd.

»Ich kenne dich«, sagte der kleinere der beiden Jungen und zeigte auf David. »Du warst beim Weihnachtskonzert.«

»Das stimmt. Ich habe ein Gedicht vorgetragen.« David wusste nicht so genau, wie man mit Kindern sprach – wahrscheinlich, weil er so viel von Kaths Kindheit verpasst hatte. Während seiner Wahlkampfveranstaltungen musste er zwar ständig irgendwelche Babys auf dem Arm halten, aber selbst das war ihm nie leichtgefallen.

»Ach, das war langweilig.«

»He, das ist aber nicht nett, so was zu sagen, kleiner Mann«, rügte der Teenager, der den Kindern vorgelesen hatte.

»Schon okay«, sagte David lächelnd. »Früher fand ich Gedichte auch langweilig.«

In diesem Moment kam ein Mann auf sie zugeeilt. »Ich hoffe, meine Kinder nerven Sie nicht, Sir.«

»Überhaupt nicht«, entgegnete David. »Sie haben mir nur gerade ihre ehrliche Einschätzung zu meinem Auftritt beim Weihnachtskonzert mitgeteilt.«

»Daddy war der Esel«, erzählte das kleine Mädchen voller Stolz.

Kath stand lachend auf und strich sich das Kleid glatt. »Sie waren toll«, befand sie und streckte Will die Hand entgegen. »Kath Langdon.«

»Will Fitzpatrick.« Er lächelte gequält. »Nur schade, dass man damit kein Geld verdienen kann.«

Bedauernd runzelte Kath die Stirn. »Suchen Sie einen Job?«

Will nickte. »Meine Stelle wurde vor ein paar Monaten gestrichen. Die Fleischfabrik, in der ich gearbeitet habe, hat einige seiner Produktionsbereiche geschlossen. Es sind ziemlich harte Zeiten.«

Bloß weg hier, dachte David ungeduldig. Er wusste nicht, ob er heute in der Verfassung war, sich mit unzufriedenen Wählern auseinanderzusetzen.

Doch Kath sah nicht so aus, als wollte sie flüchten. »Das tut mir wirklich leid für Sie«, sagte sie zu dem arbeitslosen Mann.

»Ich habe natürlich versucht, mir was anderes zu suchen, aber hier in der Gegend gibt es nicht viele Jobs«, fuhr Will fort. »Stimmt es, dass bei Stowford ein großes Einkaufszentrum gebaut werden soll?«

»Wir haben einen Beratungsausschuss zusammengestellt, der sich gerade die Pläne ansieht«, antwortete Kath. »Wir wollen erst sicherstellen, dass das Zentrum keine Existenzbedrohung für die unabhängigen Geschäfte darstellt.«

Kath suchte den Blick ihres Vaters, und er wusste, dass sie an Nora und die Schließung der Buchhandlung dachte. Ein Einkaufszentrum bedeutete auch das Aus für diverse andere Läden in Stowford – und den Ortschaften der Umgebung.

»Außerdem gibt es Bedenken bezüglich der Auswirkungen auf die Umwelt«, fügte Kath hinzu. »Auf dem vorgesehenen Bauplatz wächst eine seltene Wildblumenart – Taubenkraut.«

»Zu blöd, dass ich Taubenkraut nicht essen kann«, murmelte Will vor sich hin, bevor er sich zum Büfett davonstahl.

David empfand ebenfalls Mitgefühl für ihn. In den Cotswolds siedelten sich nur wenige neue Firmen an, obwohl er dafür extra Förderprogramme ins Leben gerufen hatte. Doch in den ländlichen Regionen war das Transportnetz oft schlecht ausgebaut, und die Menschen waren auf den Nahverkehr angewiesen, um zur Arbeit zu kommen. Daneben brauchten sie bezahlbaren Wohnraum, der hier besonders knapp war. Jede Lösung schien gleich zehn neue Probleme nach sich zu ziehen, und für so was hatte David einfach keine Energie mehr.

Eine kleine, grauhaarige Dame mit einer Rentierbrosche an der Jacke eilte auf sie zu.

O Gott, dachte David und wappnete sich schon für eine Schimpftirade.

»Mr Langdon, Kath, wie schön, Sie wiederzusehen.«

Blinzelnd sah David die ältere Frau an und versuchte, sie einzuordnen, während Kath sie bereits herzlich begrüßte. »Hallo, Miss Powell. Wir haben gerade darüber gesprochen, wie begeistert wir von dem Weihnachtskonzert waren.«

Ach ja, Olwyn Powell, erinnerte sich David. Sie hatten kurz mit ihr gesprochen, direkt vor dem Konzert, als sie gerade ihre Schar von Hirten, Engeln und Königen zusammengetrieben hatte.

»Ich hatte gehofft, nach dem Konzert noch mal mit Ihnen sprechen zu können, aber Sie waren so schnell weg. St. Stephen's, unsere Grundschule hier im Ort, ist aktuell von der Schließung bedroht. Es wäre ein herber Verlust für das Dorf, wenn sie zugemacht würde.«

»Aber in der letzten Bewertung des Büros für Bildungsstandards hat sie doch hervorragend abgeschnitten, oder?«, fragte Kath.

»Oh ja«, bestätigte Olwyn. »Die Ergebnisse waren sehr gut – das ist nicht das Problem. Aber die Schülerzahlen gehen zurück, weil Familien es sich nicht mehr leisten können, hier zu wohnen. In der Lehrerschaft nähern sich viele dem Rentenalter, und es ist schwer, junge Nachfolger zu finden, weil auch die sich das Leben hier mit ihrem Lehrergehalt nicht leisten können. Davon abgesehen wurde das Schulbudget um einen hohen Anteil gekürzt, sodass die Lehrer ihre Unterrichtsmaterialen nun aus eigener Tasche bezahlen müssen. Und die Direktorin musste selbst die Müllentsorgung übernehmen und den Sportplatz mähen, weil die Schule sich keinen Hausmeister mehr leisten kann.«

Stirnrunzelnd blickte David sie an. »Wie kann das sein? Der Premierminister hat doch gerade beim letzten Haushaltsbeschluss den Schulen mehrere Millionen zugesagt.«

Der Bildungsminister gehörte zu seinen ehemaligen Verbündeten. Er hatte ihm versprochen, ihn bei der Wahl zum Parteivorsitz zu unterstützen, nur um ihm dann – im Austausch gegen eine Position im Kabinett – in den Rücken zu fallen. Seitdem konnte David sich nicht mehr dazu überwinden, die Memos des Bildungsministeriums zu lesen, und offensichtlich war er dadurch nicht mehr auf dem neuesten Stand.

»Das hängt mit der Schülerprämie zusammen«, erklärte Kath. »Schulen wie St. Stephen's haben weniger Schüler als die Schulen in städtischen Regionen, deshalb bekommen sie weniger Förderung.«

»Richtig«, sagte Olwyn nickend. »Viele der Familien hier kommen gerade so über die Runden, aber sie liegen trotzdem knapp über der Fördergrenze, sodass wir auch noch weniger Geld pro Kopf bekommen.«

David blickte zu Will und seinen Kindern hinüber. Wahrscheinlich mussten sie sich jeden Penny hart vom Mund absparen, um zu überleben, doch für die Bürohengste innerhalb der Regierung waren sie nicht förderberechtigt. David stieß einen schweren Seufzer aus. Ländliche Armut war das schmutzige kleine Geheimnis der Cotswolds. Unter den idyllisch glänzenden Fassaden der Region – den touristengerechten Teelädchen und süßen kleinen Bed & Breakfasts – herrschte bittere Existenznot. Er hatte versucht, sich für dieses Problem einzusetzen, doch es gab immer noch so viel zu tun. Allein der Gedanke daran erschöpfte ihn.

Während Olwyn weiter die Schwierigkeiten beschrieb, mit denen die örtliche Grundschule zu kämpfen hatte, hörte Kath aufmerksam zu, nickte hin und wieder und stellte Fragen.

»Wir sollten eine Arbeitsgruppe zusammenstellen«, schlug sie vor. »Ich bin mir sicher, dass wir zusammen Lösungen finden.«

Kath macht das wirklich gut, wurde David wieder einmal bewusst. Ihr lagen die Menschen dieser Region wirklich am Herzen.

»Tut mir leid, dass es so lange gedauert hat.« Simon kam zurück und reichte David ein Glas Orangensaft. »In der Zeitung stand, nächstes Jahr gibt's Neuwahlen. Treten Sie noch mal an?«

Ein geheimnisvolles Lächeln spielte um Davids Lippen. »Wir werden sehen.«

Noch vor ein paar Tagen hatte er Selbstmordgedanken gehabt und keinen Sinn mehr darin gesehen, weiterzuleben. Jetzt dagegen wollte er wieder gesund werden und tat endlich alles dafür, dass dieser Wunsch sich erfüllte – von Medizin bis Meditation. Doch es war harte Arbeit. Und der Therapeut, den er mittlerweile regelmäßig aufsuchte, hatte ihn schon gewarnt, dass eine hohe Rückfallwahrscheinlichkeit bestand, wenn er seinen Lebensstil nicht dauerhaft änderte.

Wenn er seine psychische Gesundheit nicht über seine politischen Ambitionen stellte.

Vielleicht war es Zeit, sich zurückzuziehen; die Zügel an jemand anderen zu übergeben, der oder die seine Arbeit fortführen würde. Jemanden mit Energie und Enthusiasmus, Mitgefühl und Überzeugung.

Jemanden wie Kath …

Mateo

Es war schon kurz vor zweiundzwanzig Uhr, als Mateo die Tür zum George aufschob und sich den Schnee von seiner Lockenmähne wischte. Auf dem Weg vom Bahnhof zum Pub waren so viele Flocken auf ihn herabgefallen, dass er wie ein wandelnder Schneemann aussah – wobei ihm das nicht viel ausmachte: Als Kalifornier war Schnee immer noch eine Attraktion für ihn, und weiße Weihnachten kannte er höchstens aus Filmen.

Der Pub war noch nie so voll gewesen. Es gab nur noch Stehplätze, und die Menge, die hauptsächlich aus den Einwohnern des Ortes bestand, wurde mit fortschreitender Zeit immer ausgelassener. Irgendjemand hatte eine Karaoke-Maschine aufgestellt, und gerade schmetterte Howie *Fairytale of New York* von den Pogues ins Mikro.

Mateo drängte sich durch die Feiernden hindurch und steuerte auf den Tresen zu.

»Alles okay, Kleiner? Wie ist das Vorsprechen gelaufen?«, rief Sue ihm über den Lärm hinweg zu.

Er hob den Daumen. »Ziemlich gut, denke ich. Aber am Bahnhof war Chaos wegen dem Schnee – es hat ewig gedauert bis hierher. Brauchst du Hilfe hinter der Bar?«

»Nein, alles gut, Kleiner«, sagte die Wirtin. »Du bist bestimmt kaputt.«

Es war tatsächlich ein langer Tag gewesen, doch Mateo war noch total aufgekratzt, so wie immer nach einem Vorsprechen. Und ihm war kalt. Der Schnee hatte seine Schuhe durchnässt, und seine Füße fühlten sich an wie Eisklumpen. Im Kopf hörte er schon die Stimme seiner Mutter: »Du holst dir noch eine Lungenentzündung!« Deshalb ging er nach oben in sein Zimmer, zog sich die nassen Socken aus und rollte sie zu einem Knäuel zusammen.

»LeBron James wirft, und er … trifft …« Mateo zielte auf den Wäschekorb, doch die Socken flogen vorbei und stießen die Ausgabe von *Was ihr wollt* vom Nachttisch. (Es gab schon einen Grund, warum er in der Schule Marathon gelaufen war und nicht in der Basketballmannschaft gespielt hatte.)

Er durchquerte das Zimmer in zwei Schritten und hob das Theaterstück auf, wobei die Karte, die er als Lesezeichen benutzt hatte, herausfiel. Es war eine Einladung zu einer Weihnachtsfeier in der Buchhandlung heute Abend. In der ganzen Aufregung um das Vorsprechen hatte Mateo das völlig vergessen.

Hätte er das Buch nicht bekommen, wäre er wahrscheinlich gar nicht zu dem Termin gegangen. Sein Schauspiellehrer an der LAMDA hatte ihnen ständig und mit Freuden die düstere Statistik unter die Nase gerieben, dass zweiundneunzig Prozent aller Schauspieler kein Engagement hatten – und das zu jedem gegebenen Zeitpunkt. Tolle Aussichten! Wahrscheinlich hätte er sich von dem Geld für die Zugtickets besser zwanzig Lotterielose gekauft. Oder sich ein Essen vom Lieferservice gegönnt.

Aber als er *Was ihr wollt* gelesen hatte, erinnerte er sich wieder daran, warum er als Schauspieler arbeiten wollte. Nicht, um reich und berühmt zu werden, sondern weil er Shakespeare liebte. Mateo hatte immer noch keine Ahnung, warum er das Buch bekommen hatte. Vielleicht war es ein Zeichen gewesen, nicht aufzugeben. Er blickte zu dem Poster an der Wand hinüber. In *Macbeth* gab es dauernd irgendeine Art von Omen: Eulen, Stürme oder böse Träume. Und wer war er, dass er ein shakespearehaftes Zeichen ignorierte, wenn es in einem Umschlag kam, der an ihn adressiert war? Deswegen war er auch mit wehenden Fahnen zum Bahnhof gerannt, als seine Agentin an diesem Morgen angerufen und ihm einen kurzfristigen Vorsprechtermin für eine Produktion von *Romeo und Julia* im Globe Theatre angeboten hatte (der Schauspieler, der ursprünglich den Romeo mimen sollte, war ausgestiegen, nachdem er eine Rolle in einem Steven-Spielberg-Film ergattert hatte).

Das Vorsprechen war wirklich gut gelaufen; die Regisseurin schien ihn zu mögen. Nach dem Balkonmonolog – an den Mateo sich zum Glück größtenteils noch aus seiner Schulzeit erinnerte und dessen Text er die ganze Zugfahrt über vor sich hin gemurmelt hatte – bat sie ihn, einige Szenen mit der Darstellerin der Julia zu spielen. Da man das Ergebnis allerdings nie genau einschätzen konnte, bemühte sich Mateo, nicht zu viel zu erwarten. Er würde sowieso erst nach Weihnachten Bescheid bekommen, daher musste er versuchen, sich nicht verrückt zu machen.

Leichter gesagt als getan.

Er musste sich einfach irgendwie beschäftigen. Auf der Suche nach Ablenkung ging er zum Fenster und blickte über die Straße zur Buchhandlung hinüber. Wie es aussah, war die Party noch im Gange. Und so schob Mateo wenige Minuten später – mit frischen Socken und in seinen Joggingschuhen – die Tür des Buchladens auf und …

»Au!« Eine zierliche, elegant gekleidete Frau mit schwarzem, zu einem Knoten gebundenem Haar hielt sich die Stirn und verzog schmerzhaft das Gesicht.

»Oh Mann, das tut mir wahnsinnig leid!« Die Glasscheibe der Eingangstür war vollkommen beschlagen gewesen, deshalb hatte Mateo gar nicht gesehen, dass jemand auf der anderen Seite stand. Super Auftritt.

»Schon okay«, sagte die Frau und wischte seine Sorgen beiseite. »Nicht so schlimm. Ich wollte eh gerade gehen.«

»Nein! Warte kurz«, rief Mateo. Dann rannte er nach draußen, formte einen Schneeball und kam damit wieder herein.

Die junge Frau blickte ihn verwirrt an, als er ihr den Ball entgegenstreckte. »Was soll ich denn damit?«

»Ihn auf die Stirn pressen.«

»Also … wie gesagt, ich wollte gerade gehen …«

»Och, bitte. Tu mir den Gefallen«, beharrte Mateo. »Ich würde mir ewig Vorwürfe machen, wenn du eine Gehirnerschütterung oder so was hast und erfrierst, weil du auf dem Nachhauseweg umgekippt bist.«

»Na, das ist jetzt aber schon ein bisschen dramatisch, oder?« Amüsiert hob sie die Augenbrauen, und plötzlich fiel Mateo auf, dass ihn zwei wahnsinnig hübsche braune Augen mit langen Wimpern durch die Brillengläser anblickten.

Er lächelte. »Ich bin Schauspieler. Dramatisch zu sein ist also quasi mein Fachgebiet.«

»Ach ja? Wie heißt du denn?«, fragte sie. »Vielleicht habe ich dich ja schon mal irgendwo gesehen.«

»Ich bin Mateo. Und es ist ziemlich wahrscheinlich, dass du mich schon mal gesehen hast: im George. Da arbeite ich nämlich.«

»Ich bin Sam«, sagte die Frau und drückte nun endlich den Schneeball gegen ihre Stirn. »Du bist Amerikaner?«

Mateo nickte. »Ja, aus Kalifornien.« Er wartete ab, wie Sam darauf reagieren würde. Hier in der Gegend waren Amerikaner nicht überall gern gesehen. Die Busladungen von Touristen in weißen Sneakers, die sich lärmend durch die Dörfer der Cotswolds schoben, Eiswürfel in ihren Getränken verlangten und die Gehwege blockierten, während sie die »süßen« Häuser fotografierten, hatten seinen Landsleuten einen schlechten Ruf beschert. Doch Sam schien seine Herkunft nicht zu stören.

»Ist bestimmt hart, an Weihnachten so weit weg von zu Hause zu sein.«

»Schon. Und in meiner Familie wird Weihnachten groß gefeiert. Gerade ist meine Nonna wahrscheinlich dabei, ihre Lasagne für morgen zu machen. Und mein Dad seinen Jollofreis. Die Zusammenstellung klingt sicher schräg, aber meine Familie ist halb italienisch, halb nigerianisch.«

»Oh, glaub mir, unser Weihnachtsessen ist mindestens genauso seltsam. Bei uns gibt's Pistazieneis zum Plumpudding.«

Mateo verzog das Gesicht. »Das Zeug schmeckt eh widerlich, mit oder ohne Pistazieneis.«

Durch das Gespräch über Weihnachtsmenüs wurde Mateo bewusst, dass er seit dem Sandwich, das er in London gehabt hatte, nichts mehr gegessen hatte. »Sag mal, gibt es hier irgendwas zu knabbern? Ich bin am Verhungern.«

»Klar, ich zeig dir, wo das Büfett ist.« Sie führte ihn zu einem Tisch, auf dem diverse leere Schüsseln und Teller standen. »Oder wohl eher, wo das Büfett war.«

Mateo fischte noch einige Chipsreste aus einer Schüssel.

»Wie verbringst du denn morgen den Tag?«, erkundigte sich Sam.

Mateo wischte sich die Chipskrümel von den Händen. Zuerst überlegte er, ob er so tun sollte, als hätte er besondere Pläne, damit Sam ihn nicht für einen totalen Loser hielt. Doch irgendwie hatte er den Eindruck, dass sie ihn sofort durchschauen würde. Sie wirkte ziemlich clever und intelligent auf ihn. »Da der Pub morgen zuhat, werde ich wahrscheinlich joggen gehen. Und alles Mögliche machen, um mich von dem Vorsprechen abzulenken, bei dem ich heute war.«

»Klingt doch gut – also zumindest das mit dem Joggen. Ich würde auch lieber laufen gehen, anstatt mich von meiner entfernten Verwandtschaft mit Fragen bombardieren zu lassen, warum ich mit fast dreißig immer noch nicht verheiratet bin.«

Sie ist also Single. Zu Mateos Überraschung löste diese Information ein aufgeregtes Kribbeln in seinem Bauch aus. »Wo gehst du normalerweise laufen?«

»Ich habe so eine Zehn-Kilometer-Strecke rund ums Dorf, am

Blackberry Hill vorbei und dann am Fluss entlang wieder zurück.«

»Die Strecke mag ich auch sehr. Komisch, dass wir uns dort noch nie begegnet sind.« *Du wärst mir nämlich definitiv aufgefallen,* fügte er in Gedanken hinzu.

Sam zuckte die Achseln. »Ich bin meistens bis spät im Büro, deshalb laufe ich zu eher ungewöhnlichen Zeiten. Ich wohne auch nur bei meinen Eltern, bis ich was anderes in London gefunden habe.«

Klar. Anhand ihrer Kleidung hätte er darauf kommen können, dass sie in London arbeitete.

Simon, der Mann, der das Quiz im George organisierte, kam zu ihnen, um die Chips aufzufüllen. Er deutete auf den Schneeball, den Sam immer noch gegen ihre Stirn presste. »Ach du liebe Güte. Was ist denn da passiert?«

»Ich habe Sam aus Versehen die Tür gegen den Kopf geknallt, als ich reingekommen bin«, gestand Mateo.

»Das erinnert mich daran, wie ich meine Frau kennengelernt habe«, erzählte Simon. »Ich bin auch hier in den Laden gekommen und habe mir die Rübe an einem der verdammten Balken gestoßen. Ein Wunder, dass ich keine Gehirnerschütterung hatte.«

»Das klingt ja wie in einer Romantischen Komödie«, sagte Sam.

Daraufhin lachte Simon verlegen vor sich hin. »Ich habe schon immer gedacht, wenn das mal verfilmt werden würde, könnte Hugh Grant mich spielen.«

»Übrigens«, schaltete Mateo sich in das Gespräch ein, »ich wollte mich noch bei Ihnen für das Buch bedanken, das Sie mir geschickt haben. Also, falls Sie das überhaupt waren.«

»Sehr gern«, antwortete Simon. »Welches hast du bekommen?«

»Was ihr wollt.«

»›Wenn die Musik der Liebe Nahrung ist, spielt weiter‹«, zitierte Simon und schwenkte sein Glas Rotwein theatralisch hin und her.

»Genau«, sagte Mateo und nahm eine große Handvoll Chips aus der Schüssel. Gerade war ihm jede Form von Nahrung recht.

Da Sams Schneeball langsam zu schmelzen begann, ließ sie ihn in ein leeres Weinglas fallen und wischte sich die Hände an ihrem Rock trocken.

»Haben Sie mir das Stück geschickt, weil ich Schauspieler bin?«, wandte Mateo sich wieder an Simon.

»Also, tatsächlich war das reiner Zufall. Die Leute konnten Freunde oder Familienmitglieder nominieren, die eine kleine Aufmunterung vertragen könnten, und dann haben wir die Bücher willkürlich verschickt.«

Sue, vermutete Mateo. Seine Chefin wusste, dass er Heimweh hatte und deprimiert war wegen seiner Schauspielkarriere. Bestimmt hatte sie ihn nominiert, außer ihr kannte er kaum Leute in Stowford.

Es sei denn, man zählte Howie dazu, der – wenn man vom Teufel sprach – gerade in die Buchhandlung kam und auf Simons Frau zuging.

»Und wir freuen uns sehr, dass alle sechs heute zur Feier gekommen sind«, fuhr Simon fort und deutete erst auf Mateo und dann auf Sam. »Aber jetzt müsst ihr mich entschuldigen: Ich muss Nora retten.«

»Wie geht's deiner Stirn?«, erkundigte sich Mateo bei Sam. Ein Hauch von Kokosshampoo stieg ihm in die Nase, als er einen Schritt näher an sie herantrat, um sich die Stelle genauer anzusehen. Der Zusammenprall mit der Tür hatte eine kleine rote Beule hinterlassen.

Sam betastete die Erhebung vorsichtig. »Ich werd's überleben. Ich bin tougher, als ich aussehe.«

Das kann ich mir vorstellen. Erst in diesem Moment begriff Mateo, was Simon eben angedeutet hatte.

»Habe ich das richtig verstanden, dass du auch ein Buch bekommen hast?«

Sam nickte und wich seinem Blick aus. »Ja. Wahrscheinlich hat meine Mum gedacht, man müsste mich aufheitern. Mein Freund hat vor ein paar Monaten mit mir Schluss gemacht.«

»Der ist ein Idiot«, sagte Mateo.

Sam lachte. »Du kennst ihn doch gar nicht.«

Eindringlich blickte Mateo ihr in die Augen. »Ich muss ihn nicht kennen, um zu wissen, dass er ein Idiot ist.«

Er hat mit dir Schluss gemacht, das reicht als Info.

Sam errötete. »Ja, na ja … ich war jetzt auch keine so tolle Freundin.«

Mateo hob die Augenbrauen und musterte Sam interessiert. »Wir sind also beide allein zu einer Weihnachtsfeier gekommen, nachdem wir ein geheimnisvolles Buchpaket erhalten haben … Also, wenn das nicht nach Romantischer Komödie klingt, weiß ich auch nicht.«

Sam verzog das Gesicht.

»Was denn? Magst du etwa keine RomComs?«

»Nein, ich finde sie furchtbar.«

»Warum denn?«

»Puh.« Sie rümpfte die Nase. »Ich weiß gar nicht, wo ich anfangen soll. Also, die weibliche Hauptfigur ist immer irgend so ein verpeiltes Mädchen von nebenan, die, wenn sie die Brille abnimmt, natürlich wunderschön ist. Sie und der Mann begegnen sich grundsätzlich durch irgendein lustiges kleines Missgeschick – sie schüttet Kaffee über ihn, oder sie wurden versehentlich aufs gleiche Hotelzimmer gebucht oder so was. Ihr bester Freund ist immer schwul und unverschämt ehrlich. Und sie hat immer – und ich betone *immer* – irgendeinen ausgefallenen

Job: Entweder arbeitet sie als Redakteurin bei einer Frauenzeitschrift oder als Hundesitterin, oder sie hat ihre eigene Cupcake-Bäckerei.« Sam wurde immer lebhafter, je länger sie sich aufregte. *Süß.* »RomCom-Heldinnen sind *nie* Unternehmensberaterinnen!«

Aha ... Das *war also ihr Job.*

»Und die Handlung ist immer so konstruiert«, fuhr Sam fort. »Zum Beispiel ... Sie verliebt sich in irgendeinen gut aussehenden Fremden und findet dann heraus, dass er ein Prinz ist. Oder die beiden sind Konkurrenten, müssen dann aber bei irgendeinem Projekt zusammenarbeiten und verlieben sich. In der letzten Romantischen Komödie, die ich gesehen habe, musste die Heldin so tun, als wäre sie mit dem Helden verheiratet, um ihre Familie zu besänftigen, und dann hat sie sich in ihn verliebt. Ich meine: echt jetzt?«

»Für jemanden, der keine RomComs mag, weißt du aber eine ganze Menge darüber«, frotzelte Mateo.

»Meine Schwester steht darauf, und sie hat mich Tausende Male gezwungen, die Dinger mit ihr anzugucken. Vor allem an Weihnachten. Jetzt sag mir nicht, du stehst auch auf RomComs.«

Mateo hob die Schultern. »Die meisten Komödien von Shakespeare sind genauso unrealistisch wie die Weihnachtsschmonzetten bei Netflix.«

Auf einmal riss Sam die Augen auf, und ihr (wunderschöner) Mund formte ein stummes »Oh«.

»Was?«, fragte Mateo. »Glaubst du nicht, der alte Dichter wäre begeistert von *Prinzessinnentausch* gewesen? Nicht, dass ich den gesehen hätte«, fügte er schnell hinzu.

Sam schüttelte den Kopf. »Nein, darum geht's gar nicht. Ich habe nur gerade die beste Idee meines Lebens. Du könntest mich doch zum Weihnachtsessen bei meiner Familie begleiten. Und dann tust du so, als wärst du mein Freund!«

Ungläubig starrte Mateo sie an, nicht sicher, ob sie das ernst meinte oder nur einen Witz gemacht hatte.

»O Gott«, rief Sam und wurde plötzlich rot. »Du hast wahrscheinlich eine Freundin in Amerika oder so was ...«

Mateo lachte. »Nein, das ist nicht das Problem. Aber würden sich deine Leute nicht wundern, dass du noch nie von mir erzählt hast?«

»Ach, ich sage ihnen einfach, dass ich dich erst mitbringen wollte, wenn ich mir sicher bin, dass es was Ernstes ist mit uns.«

»Ich bezweifle allerdings, dass sie besonders begeistert von mir sein werden: Ein mittelloser Schauspieler ohne Engagement ist jetzt nicht gerade der klassische RomCom-Held.«

»Du könntest sagen, dass du Architekt bist ...« Unvermittelt klatschte sie in die Hände und stieß ein aufgeregtes Quieken aus. »Nein, Tierarzt – das ist noch besser.« Fragend musterte sie ihn durch ihre Brillengläser. »Du hast aber keine Tierhaarallergie, oder? Meine Eltern haben nämlich eine Katze.«

»Nein, ich mag Katzen, aber ich fühle mich nicht wirklich wohl dabei, deinen Eltern auf die Art was vorzuspielen.«

»Okay, vergiss das mit dem Tierarzt. Sieh es einfach wie eine Rolle an. Tust du auf der Bühne nicht auch so, als wärst du in deine Partnerin verliebt?«

Nachdenklich betrachtete Mateo Sam. Während ihrer Tirade gegen Romantische Komödien hatte sich ihr Haar aus dem Knoten gelöst, und so umrahmten nun seidige schwarze Locken ihr Gesicht. Er würde nicht so tun müssen, als würde er sie attraktiv finden. Sie war hübsch.

Sehr hübsch sogar.

Und klug und witzig.

»Ich weiß, du magst keinen Plumpudding, aber das Gemüse-Biryani von meiner Mum ist der Hammer.«

Mateo überlegte. Der Plan war völlig bekloppt, aber er reizte ihn. Ein selbst gekochtes Familienessen war auf jeden Fall besser, als den Tag allein im leeren Pub zu verbringen – oder in seinem feuchtkalten Zimmer …

In Sams Augen trat ein freches Funkeln, als sie ihren letzten Trumpf ausspielte; offenbar war sie sich sicher, dass sie den Sieg in der Tasche hatte. »Und außerdem: Hast du nicht gesagt, du brauchst Ablenkung?«

Eins musste man ihr lassen: Sie war sehr überzeugend.

Sie ist bestimmt ziemlich gut in ihrem Job.

Den Pseudofreund zu spielen war zwar nicht die Rolle, die er heute hatte bekommen wollen, aber als Schauspieler musste man bereit sein, Risiken einzugehen. Noch was, das sie ihnen dauernd an der Akademie gesagt hatten.

Mateo ließ Sam noch einen Moment länger am Haken zappeln. »Okay. Aber ich warne dich vor: Ich bin ein Method Actor.«

»Was bedeutet das?«

Er trat noch näher an Sam heran, schob ihr sanft eine ihrer Locken hinters Ohr und blickte ihr tief in die braunen Augen. »Das bedeutet«, sagte er mit rauer Stimme, »dass ich der beste falsche Freund sein werde, den du je hattest …«

KAPITEL 22

Nora

Nora blickte auf ihr Handy, in der Hoffnung, dass Charlotte geschrieben hatte, wann sie morgen telefonieren konnten. Doch da war keine Nachricht von ihr. *Wahrscheinlich ist sie gerade auf einem Tauchausflug,* dachte Nora. Als sie ihren Posteingang checkte, sah sie, dass eine E-Mail von Seb Fox eingegangen war. Sie klickte darauf und verzog das Gesicht.

> Gebt mir Bescheid, ob ihr mit den Fotos zufrieden seid. Dieses Jahr bekomme ich eine fette Provision vom Weihnachtsmann. LOL!

Die Bilder, die der Immobilienmakler angehängt hatte, waren gut – aber sie wurden der Wirklichkeit nicht gerecht. Nora blickte sich in der Buchhandlung um und machte einen gedanklichen Schnappschuss, um den Moment für immer festzuhalten. Durch die beschlagenen Fenster konnte sie sehen, dass es draußen immer noch heftig schneite, doch hier im Laden war es warm; fast zu warm, dank des Feuers im Kamin und der vielen Menschen, die überall in kleinen Grüppchen zusammenstanden und sich gut gelaunt unterhielten. Das war die beste Weihnachtsfeier, die sie je veranstaltet hatten, wurde Nora in diesem Augenblick bewusst, während sie alle ihre Freunde betrachtete – die alten und die neuen. Mateo, der Barmann aus dem Pub, war in ein Gespräch mit Sam, der Tochter des Ehepaars Patel, versunken. Maeve, die Nora einen wunderschönen Weihnachtsstern aus ihrem Blumenladen geschenkt hatte, plauderte mit Alice. Doug Jenkins, der Landwirt, und seine älteste Tochter führten eine angeregte Unterhaltung mit Olwyn. Lucy, die ein hautenges grünes Kleid aus ihrer Boutique angezogen hatte, tanzte mit Nigel aus der Metzgerei zu *Last Christmas* von Wham!.

Das Einzige, was zu einem perfekten Heiligabend noch fehlte, war Charlotte, doch wenn Nora in ihrem Leben eines gelernt hatte, dann, dass *fast perfekt* gut genug war.

Sie nahm sich die letzte Flasche von dem Wein, den Simons Eltern ihnen geschenkt hatten. Eigentlich machte sie so was nie, aber dieser Abend war kein gewöhnlicher Abend. Sie klopfte mit einem Messer gegen die Flasche, doch das Geräusch ging im Lärm unter. Schließlich steckte Nora die Finger in den Mund und stieß einen Pfiff aus – das brachte die Leute endlich zum Schweigen.

Nervös räusperte sich Nora. »Ähm ... vielen, vielen Dank euch allen, dass ihr heute gekommen seid«, sagte sie zu den Gästen und spürte, dass ihre Wangen rot anliefen, während alle sie anstarrten. »Ihr seid so tolle Freunde und habt uns – und den Laden – im Laufe der Jahre einfach großartig unterstützt ...« Vor lauter Emotionen brach ihre Stimme, aber sie zwang sich, weiterzusprechen. »Deshalb wollte ich euch nur sagen ... danke ... wir sind froh, dass es euch gibt ... und na ja ... Frohe Weihnachten!«

»Frohe Weihnachten!«, riefen alle und hoben ihre Gläser.

Erleichtert, dass sie ihre spontane Rede hinter sich gebracht hatte, öffnete Nora die Flasche und ging damit zu Liz und Will hinüber, die sich immer noch über ihre Kinder unterhielten.

»Kann ich jemandem noch was nachschenken?«

Liz deckte ihr Glas mit der Hand zu. »Nein, danke. Ich werde jetzt auch mal langsam nach Hause gehen. Ich will morgen nicht zu verkatert sein, um zu kochen. Der Plan ist, möglichst viel im Voraus zu erledigen, damit ich am zweiten Weihnachtstag richtig viel Zeit für meine Jungs habe.«

»Oh, geben Sie mir Bescheid, wie das Trifle geworden ist«, bat Nora und dachte an die riesige Gans oben in der Wohnung. Wenn sie den Vogel zum Mittagessen fertig bekommen wollte, würde sie ihn schon früh in den Ofen schieben müssen.

Will warf einen Blick auf seine Uhr. »Oh, es ist ja schon fast Mitternacht. Ich sollte wahrscheinlich mal die Kinder ins Bett bringen.«

Nora schaute zu den Zwillingen hinüber, die vergnügt kreischend mit Harry spielten. Julia klammerte sich an seinen Rücken, während Adam versuchte, den Jugendlichen mit den Armen niederzuringen. »Die scheinen aber noch nicht sehr müde zu sein«, sagte sie lachend.

»Und wahrscheinlich wachen sie trotzdem schon beim ersten Morgengrauen auf«, vermutete Will. »Ich hoffe nur, sie werden nicht zu enttäuscht sein von dem, was sie unterm Weihnachtsbaum finden.«

Plötzlich kam Nora eine Idee. »Haben Sie noch ein paar Minuten Zeit? Ich wollte Ihnen noch was geben …«

Sie quetschte sich an den anderen Gästen vorbei, auf der Suche nach Simon, den sie schließlich bei David Langdon und Kath fand. Die drei waren gerade in eine lebhafte Diskussion über die besten Premierminister des zwanzigsten Jahrhunderts verstrickt. Eine Gruppe von Frauen, die Nora vom Literaturkreis kannte, hatte sich um sie herum versammelt und hing förmlich an den Lippen des Abgeordneten.

»Churchill war eine inspirierende und charismatische Führungspersönlichkeit«, befand David. »Was er für die Einheit des Landes während des Krieges getan hat, kann gar nicht hoch genug geschätzt werden.«

»Stimmt«, pflichtete Simon ihm bei. »Aber Attlee war ein progressiver Macher – er hat das moderne Großbritannien begründet und …«

»Simon«, fiel ihm Nora ins Wort, »entschuldige, dass ich dich unterbreche, aber kannst du mir helfen, etwas aus dem Schuppen zu holen?«

»Jetzt? Hat das nicht Zeit bis morgen?«

»Nein, ich brauche es gleich.«

David Langdon und seine Tochter wechselten einen Blick. »Wir sollten wahrscheinlich auch mal los«, meinte Kath, »bevor wir das Auto freischaufeln müssen.«

Als der Fanclub bemerkte, dass David Langdon die Party verließ, beschlossen die Damen aus dem Literaturkreis, sich ebenfalls auf den Weg zu machen. Nachdem sie sich von ihren aufbrechenden Gästen verabschiedet hatten, gingen Nora und Simon nach hinten in ihr Büro und traten nach draußen in die Gasse.

»Schöne Rede, mein Schatz«, sagte Simon und legte den Arm um Nora.

Nach der Hitze im Laden fühlte sich die eiskalte Luft wunderbar an und kühlte Noras immer noch gerötete Wangen.

»Ich weiß nicht, wie du jede Woche das Quiz moderieren kannst«, gestand sie. »Mir ist es immer wahnsinnig unangenehm, vor Leuten zu sprechen.«

»Was gibt es denn so Dringendes?«, wollte Simon wissen, während sie durch den Schnee auf den Schuppen zustapften, der sich am Ende der Seitenstraße befand.

»Ich brauche den alten Holzschlitten.«

Simon lachte leise vor sich hin. »Wieso das denn? Willst du etwa im Mondschein den Blackberry Hill runterrodeln?«

»Ich dachte, wir könnten ihn Wills Kindern zu Weihnachten schenken.«

Simon schloss das Vorhängeschloss auf und öffnete die Schuppentür. Drinnen stapelten sich Kisten vom Boden bis zur Decke, außerdem befanden sich ein rostiges altes Fahrrad, ein Strandsonnenschirm, verschiedene Werkzeuge, eine Mikrowelle, die er schon lange hatte entsorgen wollen, und diverser Krempel in dem Verschlag – alles Sachen, die sie irgendwann einmal hier abgeladen hatten für den unwahrscheinlichen Fall, dass man sie noch mal gebrauchen könnte. Was sollten sie bloß mit dem ganzen Gerümpel machen, wenn sie umziehen mussten?

Denk jetzt nicht darüber nach, ermahnte sich Nora.

Simon schob einen Stapel Boxen beiseite und bahnte sich einen Weg bis zur hinteren Wand des Schuppens, wo der Schlitten an seinem Lenkseil von einem Haken baumelte. Ächzend griff Simon nach oben und hob das Spielzeug herunter. Dann wischte er mit dem Ärmel über die Holzlatten des Sitzes, um den Staub zu entfernen. Die roten Metallkufen glänzten im Mondlicht, das durch das kleine Fenster fiel. Der Schlitten war über vierzig Jahre alt, aber immer noch gut in Schuss.

»Ich kann mich noch an das Weihnachten erinnern, an dem ich ihn bekommen habe«, sagte Simon. »Daniel und ich sind stundenlang damit den Primrose Hill runtergefahren.«

»Ist es denn okay für dich, wenn wir ihn verschenken?«, fragte Nora.

»Klar. Hier drinnen setzt er nur Staub an.«

Sie brachten den Schlitten ins Hinterzimmer, wo Nora schnell einen Geschenkanhänger anfertigte. *Für Julia und Adam,* schrieb sie auf ein Blatt Papier, *vom Weihnachtsmann.* Dann klebte sie den Zettel auf den Schlitten und trug das Holzspielzeug anschließend mit Simon zu Will hinüber, der sich gerade damit abmühte, den Zwillingen ihre Mäntel, Mützen und Handschuhe überzuziehen.

»Schaut mal, was wir draußen gefunden haben«, sagte Nora und zwinkerte Will zu. »Der Weihnachtsmann ist offensichtlich schon auf seiner Geschenketour.«

»Oh, toll!«, rief Julia und bekam ganz große Augen.

»Ist der für uns?«, fragte Adam.

Simon tat so, als würde er den Anhänger lesen. »Also, wenn ihr Julia und Adam seid …«

»Yay!«, kreischte Julia und sprang begeistert auf und ab.

»Ich will sofort damit fahren!«, sagte Adam.

»Ich ziehe euch darauf nach Hause«, beschloss Will. Dann drehte er sich zu Nora um und formte ein stummes »Danke« mit den Lippen.

Doch die freudigen Gesichter der Zwillinge waren ihr Dank genug.

Sie hielt die Tür auf, damit Will und die Kinder den Schlitten nach draußen tragen konnten. Im Eingang blieb sie noch einen Moment stehen und ließ die Tür offen, damit frische Luft in den Laden strömen konnte. Die Zwillinge nahmen auf ihrem Schlitten Platz, und Julia schlang die Arme um ihren Bruder. Als Will die Kinder durch den Schnee nach Hause zog, begannen die Glocken von St. Stephen's zu läuten.

Ihr frohen Glocken, läutet über'm Schnee …, hallten die Worte des Gedichts von Tennyson durch Noras Kopf.

Sie schloss die Tür wieder und kehrte zur Party zurück. So langsam löste sich die Menge auf, als immer mehr Gäste sich verabschiedeten.

Auch Olwyn kam gerade auf sie zu und zog sich im Gehen den Mantel über. »Vielen Dank für diese wunderbare Feier, liebe Nora«, sagte sie und umarmte ihre Gastgeberin. »Ich mache mich besser mal auf den Weg, sonst bekomme ich keinen Platz mehr in der Christmette.«

Plötzlich kam Nora der Gedanke, dass sie gar nicht wusste, wie die pensionierte Lehrerin den Weihnachtstag verbringen würde, und sie schimpfte innerlich mit sich, dass sie nicht danach gefragt hatte. »Was hast du denn morgen vor, Olwyn? Möchtest du vielleicht mit uns zu Mittag essen? Wir haben etwas total Blödes gemacht und uns eine riesige Gans bestellt – die schaffen wir niemals zu zweit …«

Olwyn strahlte. »Ach, das ist aber nett von euch. Wenn ich wirklich nicht störe …«

»Im Gegenteil: Du würdest uns einen großen Gefallen tun. Würde es dir um vierzehn Uhr passen?«

Harry Swann kam zu ihnen und trat unbehaglich von einem Fuß auf den anderen, während das Buch, das Nora ihm geschenkt hatte, aus der Gesäßtasche seiner Jeans herausguckte.

»Danke, dass du da warst, Harry«, sagte Nora, »und dass du Adam und Julia bei Laune gehalten hast.«

Der Teenager nickte, und seine Wangen röteten sich. »Entschuldigung noch mal für … na ja, Sie wissen schon.«

»Das ist längst vergessen. Ich hoffe, du kannst mit dem Buch was anfangen.«

Er blieb weiter bei ihnen stehen und scharrte verlegen mit den Füßen.

»Ist noch was, Harry?«, ermunterte Olwyn ihn.

»Ähm … Miss Powell, hätten Sie was dagegen … also, wäre es okay, wenn ich mit in die Kirche komme?«

Olwyns Mund verzog sich zu einem Lächeln, und sie nickte. »Das fände ich sehr schön, Harry.«

»An Heiligabend sind wir immer ein Curry essen gegangen und danach in die Christmette. Und Emma hatte jedes Mal einen von ihren Glitzerpullis an.«

Olwyn drückte auf ihre Brosche, die daraufhin zu blinken anfing. »Emma wird im Geiste bei uns sein.«

Damit hakte sie sich bei Harry unter, und die beiden marschierten in Richtung Kirche davon.

Inzwischen waren nur noch wenige Gäste da. Mateo und Sam hatten das Sofa gekapert und schienen gar nicht mitzubekommen, dass die Party dem Ende zuging. Sam hatte ihre Pumps ausgezogen und saß mit angewinkelten Beinen auf dem Polster, und Mateo war so dicht an sie herangerutscht, dass ihre Knie sich berührten. Die Funken, die zwischen den beiden sprühten, waren heller als die im Kamin, wo noch ein letztes Holzscheit vor sich hin glomm.

Sie wären definitiv ein schönes Paar. Mateo konnte mit seinen wilden Locken, der braun gebrannten Haut und den unglaublich grünen Augen jedem Filmstar Konkurrenz machen, und Sam leuchtete geradezu von innen, während sie über irgendetwas lachte, das Mateo gesagt hatte. Sie wirkte wesentlich entspannter als zu Beginn des Abends.

»Na, die beiden scheinen sich ja gut zu verstehen«, raunte Simon Nora zu.

»Genau das habe ich auch gerade gedacht.«

»Und wenn ich mir vorstelle, dass unsere Bücher sie zusammengebracht haben …«

Die beiden jungen Leute mussten gespürt haben, dass sie beobachtet wurden, denn sie drehten sich gleichzeitig um und stellten fest, dass kaum noch Gäste da waren.

»Oh, tut mir leid«, sagte Sam und erhob sich schnell vom Sofa. »Wir halten den ganzen Laden auf.«

»Ach was«, widersprach ihr Nora. »Es war ein wunderschöner Abend.«

»Arbeitest du morgen?«, erkundigte sich Simon bei Mateo.

Der Barmann schüttelte den Kopf. »Der Pub hat zu.«

»Kommen Sie doch zum Essen zu uns rüber«, schlug Nora vor. »Ich mache einen Gänsebraten, der bestimmt für eine ganze Fußballmannschaft reicht.«

Mateo lief rot an. »Also, um ehrlich zu sein, bin ich schon bei Sam eingeladen.«

Nora und Simon tauschten einen wissenden Blick.

»Rein freundschaftlich«, stellte Sam klar und schob sich verlegen das Haar hinters Ohr, während sie in ihre Schuhe schlüpfte.

Rein freundschaftlich, natürlich, dachte Nora.

Sam griff sich die riesige Tasche mit Büchern, die sie vor Beginn der Feier gekauft hatte. »Also, ich gehe dann mal. Meine Nichte und mein Neffe kommen morgen wahnsinnig früh zu uns, und Tante Sampriti wird ziemlich verkatert sein.«

»Es ist schon spät«, bemerkte Mateo, »ich bringe dich nach Hause.«

»Aber du wohnst doch direkt gegenüber. Das Haus meiner Eltern ist am anderen Ende des Dorfs.«

»Ich bestehe darauf«, sagte Mateo und nahm Sam ganz kavaliersmäßig die Tasche mit den Büchern ab. »So weiß ich dann auch, wo ich morgen hinmuss.«

Als sie die Buchhandlung verlassen hatten, war nur noch ein Gast übrig: Howie, der auf einem der Sessel am Kamin eingeschlafen war und laut schnarchte.

Simon stöhnte genervt. »Bitte sag mir nicht, dass er heute hier schläft.«

Nora hockte sich vor den Sessel und rüttelte Howie an der Schulter.

»Gibt's noch Wein, Nora?«, fragte Howie verschlafen und suchte nach seinem leeren Glas. »Dieses edle Gesöff war gar nicht mal schlecht.«

Wie gern hätte Nora in diesem Moment das Gesicht ihres Schwiegervaters gesehen, wenn er Howies Urteil über seinen prämierten Jahrgangswein mitbekommen hätte.

Überall auf den Tischen und in den Bücherregalen standen leere Flaschen. Es war ihnen tatsächlich gelungen, beide Kisten auszutrinken. »Leider nicht.«

»Na dann, auf Wiedersehen.« Ächzend stemmte sich Howie aus dem Sessel und brauchte ein wenig, bis er einigermaßen aufrecht stand.

Nora wusste, dass Simon nicht begeistert darüber sein würde, seinen Weihnachtsbraten mit Howie zu teilen, aber sie musste ihn einfach fragen. »Hast du morgen schon was vor, Howie?«

Ihr ehemaliger Schulkamerad stieß einen lauten Rülpser aus und schwankte leicht. Als Nora eine Hand ausstreckte, um ihn festzuhalten, lachte er. »Du bist echt in Ordnung, Nora«, sagte er. »Aber mein Cousin hat mich zum Essen eingeladen, drüben in Chipping Campden.«

Puh!

»Na, dann bis bald«, verabschiedete sie sich und gab ihm einen Kuss auf seine rote Wange.

»Frohe Weihnachten, Bücherwurm«, rief Howie Simon zu und salutierte auf dem Weg nach draußen.

»Da waren's nur noch zwei«, verkündete Nora, während sie anfing, die leeren Chipsschüsseln einzusammeln.

»Lass das doch stehen.« Simon nahm ihr das Geschirr aus den Händen und stellte es ab. »Ich wollte schon den ganzen Abend über etwas tun«, sagte er, bevor er die Arme um sie schlang und sie küsste.

Genau in diesem Moment läutete das Glöckchen über der Ladentür.

»Ich hoffe, das ist jetzt nicht wieder Howie«, murmelte Simon Nora ins Ohr.

Merry, die vor dem Kamin gedöst hatte, hob den Kopf. Dann stieß sie ein lautes Bellen aus und rannte schwanzwedelnd zur Tür. Verwundert drehte Nora sich um. Vorne am Eingang stand eine über und über mit Schnee bedeckte Gestalt, die einen riesigen Rucksack in der Hand hielt.

»Ist die Party etwa schon vorbei?«, fragte sie und ließ den Rucksack auf den Boden plumpsen.

Konnte das sein? War das tatsächlich …

»Charlotte!«, kreischte Nora und rannte zur Tür, um ihre Tochter in eine schneereiche Umarmung zu ziehen. Sie presste sie so fest an sich, als hinge ihr Leben davon ab, während Merry kläffend um sie herumsprang.

»Mum, ich kriege keine Luft mehr«, japste Charlotte lachend.

Nur widerwillig ließ Nora sie los. Charlotte beugte sich hinunter, und Merry sprang sofort in ihre Arme.

»Na, hast du mich vermisst, meine Süße?«, fragte Charlotte, während sie die Nase in Merrys Fell vergrub.

Und wie, dachte Nora und sog den Anblick ihrer Tochter auf wie eine Durstige in der Wüste, die eine Oase entdeckt. Nach den vielen Monaten in der Sonne hatten Charlottes Wangen, die Merry freudig abschleckte, mehr Sommersprossen als je zuvor. Auf ihren Händen, mit denen sie jetzt den Westie hinter den weißen Öhrchen kraulte, waren noch blasse Spuren von Hennamalereien zu erkennen.

»Wieso hast du uns denn nicht gesagt, dass du kommst?«, fragte Simon, der mit wenigen Schritten bei Charlotte war und sie mit einem herzlichen Kuss auf die Wange begrüßte.

»Ich wollte euch überraschen. Aber ich hatte den Schnee nicht einkalkuliert. Der letzte Zug nach Stowford wurde gecancelt, deshalb musste ich den Bus nehmen. Es tut mir so leid, dass ich die Weihnachtsparty verpasst habe.«

»Das macht doch nichts«, sagte Nora. »Hauptsache, du bist jetzt da.«

Ihre Tochter war zu Hause. Nun war der Abend wirklich perfekt.

KAPITEL 23

Simon

»Frohe Weihnachten«, trällerte Charlotte laut, während sie zwei Tassen Tee ins Schlafzimmer ihrer Eltern trug. Sie hatte ein altes T-Shirt und eine ausgefranste Jogginghose angezogen und setzte sich damit im Schneidersitz aufs Ehebett.

»Nein«, stöhnte Nora und vergrub sich unter ihrer Bettdecke. »Es ist noch viel zu früh.«

»Ich habe euch schon bis acht Uhr schlafen lassen«, erklärte Charlotte, die direkt nach ihrer Ankunft ins Bett gefallen war. »Ich bin schon seit sechs wach. Die Zeitumstellung …«

»Da kommen alte Erinnerungen wieder hoch«, sagte Simon, während er sich gähnend im Bett aufsetzte. Als Charlotte noch klein gewesen war, hatte sie immer ihren Weihnachtsstrumpf zu ihnen ins Schlafzimmer gebracht und ihre Geschenke auf dem Bett ausgepackt.

Unvermittelt tauchte Noras strubbliger rotbrauner Haarschopf unter der Decke hervor, gefolgt vom Rest ihres Kopfes. »Oh nein! Ich habe dieses Jahr gar keinen Weihnachtsstrumpf für dich gemacht, Charlotte!«

Ihre Tochter lachte. »Schon okay, Mum, wirklich. Ich bin achtzehn! Ich glaube schon lange nicht mehr an den Weihnachtsmann.«

Nichtsdestotrotz hatte sich Charlottes plötzliches Auftauchen gestern Nacht wie ein kleines Weihnachtswunder angefühlt. Die Freude auf Noras Gesicht, als ihre Tochter auf einmal im Buchladen gestanden hatte, war einfach zauberhaft gewesen.

»Die Gans!«, rief Nora abrupt, warf ihre Decke beiseite und sprang aus dem Bett. »Die muss dringend in den Ofen!«

Da Charlotte bereits einen kleinen Schneespaziergang mit Merry unternommen hatte, brauchte Simon sich noch nicht ausgehtauglich zu machen. Deshalb zog er nur seinen karierten Bademantel über den Schlafanzug, bevor er seiner Frau und seiner Tochter in die Küche folgte.

»Bitte sag mir nicht, dass du jetzt Veganerin bist«, flehte Nora, während sie die Gans aus dem Kühlschrank holte.

Charlotte lachte. »Ich habe mittlerweile so viel Dal gegessen, dass es bis an mein Lebensende reicht. Also, Gans ist super.«

Zögerlich blickte Nora in die Öffnung im unteren Bereich des Geflügels und rümpfte die Nase. »Bäh, ich hasse diesen Teil.«

»Platz da, Ladys.« Simon krempelte die Ärmel hoch und tauchte mit den Armen in den wuchtigen Vogel ein, um die Innereien zu entfernen.

Merry beobachtete ihn aufmerksam und stieß ein hoffnungsvolles Winseln aus.

»Nur Geduld, Wuschelkopf«, sagte Simon. »Das hier wird nachher dein Mittagessen.«

Während Nora und Charlotte eine Apfel-Kräuter-Füllung zubereiteten, schälte Simon Kartoffeln und musste dabei an all das schmackhafte Gänsefett denken, in dem er sie rösten würde.

»Ich hoffe, das ist nicht schlimm, Schatz«, wandte sich Nora an Charlotte, »aber wir haben Olwyn Powell zum Essen eingeladen.«

»Cool«, entgegnete Charlotte, während sie an einem Stück Apfel kaute. »Ich habe Miss Powell schon seit Jahren nicht mehr gesehen.«

Als die Gans endlich gestopft und im Ofen war, siedelten sie ins Wohnzimmer über. Nora machte es sich auf dem Sofa bequem, während Charlotte sich neben Merry auf dem Boden ausstreckte.

»Dieses Jahr haben wir keinen großen Baum gekauft«, sagte Simon entschuldigend und schaltete die Lichterketten ein, bevor er sich neben Nora setzte. Der Grund für ihre Sparsamkeit lag nicht nur darin, dass sie nicht mit Charlottes Besuch gerechnet hatten – echte Weihnachtsbäume waren einfach teuer.

»Macht doch nichts, Dad«, versicherte ihm Charlotte. »Ich freue mich auch so total, dass ich hier bin.«

»Das klingt jetzt sicher ziemlich kitschig, aber ich habe dich so vermisst«, gestand Nora. »Vor allem, deine Stimme zu hören. Ich weiß, du hast auf deinen Reisen wahrscheinlich so viel erlebt, dass du kaum Zeit hattest, an uns zu denken.«

»Nein, das war's nicht«, erwiderte Charlotte. »Ich habe nicht so oft angerufen, weil ich dann Heimweh bekommen hätte. Jedes Mal, wenn wir telefoniert haben, wäre ich am liebsten sofort in den nächsten Flieger gestiegen und nach Hause geflogen.«

»Ach, Schatz«, sagte Nora und beugte sich hinunter, um Charlotte einen Kuss auf den Scheitel zu drücken.

»Also, versteht mich nicht falsch«, fuhr Charlotte fort, »Indien ist toll … Oh, da fällt mir ein: Ich habe euch ja was mitgebracht …« Sie verschwand in ihrem Zimmer und kam wenig später mit einigen Päckchen zurück, die in pinkfarbenes Papier eingewickelt waren. »Sorry, ich habe nirgends Weihnachtspapier gefunden.«

»Du musstest uns doch nichts mitbringen, Engelchen«, sagte Simon.

»Wollte ich aber«, beharrte sie und gab ihrem Vater eins der Pakete.

Neugierig packte er das Geschenk aus und fand ein Schachbrett aus Holz unter dem Papier. Als er es aufklappte, kam ein Set fein geschnitzter Spielfiguren aus Sandelholz zum Vorschein. Die Könige sahen aus wie Maharadschas mit kunstvoll gefertigten Turbanen, die Läufer waren Elefanten, und die Springer wurden von säbelschwingenden Kriegern in langen Waffenröcken dargestellt. »Oh, das ist ja unglaublich. Vielen Dank.«

Charlotte sah vom Boden zu ihm hoch und grinste. »Da ich dich dauernd beim Online-Scrabble schlage, dachte ich, beim Schach hast du mehr Chancen, gegen mich zu gewinnen.«

»Frechdachs«, sagte Simon und versetzte ihr einen spielerischen Tritt mit dem Fuß.

»Wusstest du, dass Schach in Indien erfunden wurde?«, fragte Charlotte. »Im sechsten Jahrhundert nach Christus.«

»Das kannst du in einem deiner Quiz verwenden«, meinte Nora und zwinkerte ihrem Mann zu.

Nachdenklich drehte Simon einen Bauer zwischen den Händen, während er sich daran erinnerte, wie sein Vater ihm während der Weihnachtsferien das Schachspielen beigebracht hatte, als er etwa zehn gewesen war. Sie hatten nicht viel gemeinsam – aber eine gute Partie Schach machte ihnen beiden Spaß.

»Du solltest deinen Dad mal zu einer Partie hierher einladen«, schlug Nora vor, die offensichtlich seine Gedanken lesen konnte.

»Mhm«, entgegnete Simon nur.

Das würde er ganz sicher nicht tun. Noch war er nicht bereit, seinem Vater zu verzeihen, auch wenn es durchaus eine Genugtuung wäre, ihn auf dem neuen Schachbrett so richtig fertigzumachen.

»Oh ja«, rief Charlotte, während sie ihrer Mutter zwei Päckchen reichte, »es wäre schön, Nana und Grampy zu sehen.«

Nora öffnete zuerst das größere der beiden Geschenke und zog ein wunderschönes Tuch aus dem Paket. Es war mit einem traditionellen Spiralmuster durchwebt, das von goldenen Stickereien durchzogen wurde. »Oh, ist das schön«, sagte sie, band es sich sofort um den Hals und strich geradezu zärtlich über den Stoff. »Und so weich.«

»Das habe ich auf einem Markt in Kaschmir gekauft«, erzählte Charlotte. »Ich dachte, das würde gut zu deiner Haarfarbe passen.«

»Tut es«, befand Simon. Nora hatte noch ihren Schlafanzug an, ihr Haar war ungekämmt, und ihre Wangen waren mit dunklen Mascararesten von gestern verschmiert. Doch in Simons Augen sah sie einfach nur strahlend schön aus, weil sie so glücklich war.

»Es gefällt mir sehr«, sagte Nora breit lächelnd. Dann hielt sie die Nase an ihr zweites Päckchen und schnüffelte daran. »Ich glaube, ich weiß, was das ist …« Sie öffnete das Papier, und ihre Augen begannen zu leuchten, als sie mehrere Säckchen mit Gewürzen in ihrem Geschenk entdeckte. Begeistert machte sie eins davon auf und sog tief den Atem ein. »Mmh. Garam Masala. Vielleicht nutze ich die nachher noch.«

»Ich habe auch Geschenke für euch beide«, verkündete Simon, bevor er im Schlafzimmer verschwand und aus den Tiefen seiner Sockenschubladen den Silberschmuck hervorkramte, den er vor einigen Wochen auf dem Markt gekauft hatte.

»Ich wusste zwar nicht, dass du nach Hause kommst, aber ich habe dir trotzdem was gekauft«, sagte er und gab Charlotte ihren Armreif.

»Wow, der ist super, Dad«, entgegnete sie und küsste ihn auf die Wange, bevor sie ihr Geschenk übers Handgelenk zu all den anderen Armreifen schob. Während ihrer Reise schien sie noch mehr davon angesammelt zu haben.

»Jetzt mach deins auf, Mum«, drängte Charlotte ihre Mutter und versetzte ihr einen leichten Stoß.

»Oh, Simon«, rief Nora aus, als sie das Schmuckkästchen öffnete. Sie nahm die Ohrringe heraus und hielt sie ins Licht. »Die sind wunderschön … aber ich dachte, wir schenken uns dieses Jahr nichts.« Trotz ihrer Proteste wirkte sie ziemlich erfreut und steckte sich die zierlichen Tränen aus Silber direkt an. Dann grinste sie. »Ehrlich gesagt habe ich mich auch nicht an die Regeln gehalten«, beichtete sie, bevor sie ein zerknautschtes Päckchen hinterm Sofa hervorholte und es Simon gab.

»Hm, was könnte das wohl sein?«, überlegte er und quetschte das weiche Geschenk prüfend zusammen. Als er das Papier aufriss, fand er wie erwartet einen selbst gestrickten Pullover darin vor.

»Genau das, was ich mir gewünscht habe.« Er schlüpfte aus seinem Morgenmantel und zog sich den dicken Seemannspulli über den Kopf. »Passt perfekt.«

»Deiner ist nicht eingepackt«, sagte Nora zu Charlotte und reichte ihr einen hellblauen Pullover, »weil ich dachte, du kommst nicht an Weihnachten.«

Charlotte zog ihr Geschenk ebenfalls über und schritt damit wie ein Model durchs Wohnzimmer. Als sie am Ende ihres imaginären Laufstegs eine Pose machte, mussten ihre Eltern lachen. »Danke, Mum. Sieht super aus.«

»Auf deiner Reise kannst du den wahrscheinlich nicht gebrauchen«, sagte Nora, »aber nächsten Herbst. In den Studentenwohnheimen ist es immer kalt.«

Verlegen kaute Charlotte auf ihrer Unterlippe herum. »Also, ehrlich gesagt … Ich weiß noch gar nicht, was ich nach Weihnachten machen will. Natürlich will ich mein Around-the-world-Ticket nicht verfallen lassen, aber seit ich wieder hier in Stowford bin, habe ich gemerkt, wie sehr mir das alles gefehlt hat. Zu Hause ist es wirklich am schönsten.«

Simon und Nora wechselten einen Blick. Sollten sie Charlotte schon erzählen, was los war? Simon wollte ihr nicht das Weihnachtsfest versauen, aber irgendwann mussten sie ihr die Nachricht sowieso beibringen …

»Ähm … Schatz … es gibt da etwas, das wir dir sagen müssen«, setzte Nora an und stockte. Sofort nahm Simon ihre Hand und drückte sie aufmunternd.

Charlottes Blick huschte panisch zwischen ihren Eltern hin und her. »Was ist los? Ist wieder was mit Dads Herz?«

»Nein, nein, damit hat das gar nichts zu tun«, versicherte Simon ihr schnell. »Dr. Dhar sagt, ich bin topfit.«

Nora räusperte sich und atmete einmal tief durch. »Also, Dad und ich haben beschlossen … na ja, um ehrlich zu sein, bleibt uns nicht viel anderes übrig … als dass wir den Laden verkaufen.«

»Was?« Entgeistert starrte Charlotte sie an. »Nein! Das könnt ihr doch nicht machen – ihr liebt den Laden!«

Simon sah den Schmerz, der kurz in Noras Gesicht aufflackerte.

»Tja, alle lieben den Laden, Charlotte«, erklärte er. »Aber wir haben ziemlich hohe Schulden. Wir können es uns einfach nicht mehr leisten, die ganze Zeit Verluste zu machen.«

»Was ist mit dem Geld, das ihr für mein Studium angelegt habt?«, wollte Charlotte wissen. »Nehmt das. Ich kann ein Darlehen beantragen. Die meisten Leute müssen das auch machen.«

»Nein«, sagte Nora entschlossen. »Das Geld ist für deine Ausbildung gedacht.«

»Und was ist mit Nana und Gra…«

Simon hob die Hand, um sie zu unterbrechen. »Ich weiß, das ist jetzt erst mal ein Schock für dich, Engelchen, aber wir haben alle Möglichkeiten ausgeschöpft. Wirklich, wir haben alles versucht, und wir wollten auch nicht, dass es dazu kommt, aber im neuen Jahr werden wir den Laden verkaufen.«

Resigniert schlang Charlotte die Arme um ihre Knie, während sie die Nachricht sacken ließ.

»Es tut mir so leid, Schatz«, sagte Nora.

»Nein, mir tut's leid.« Charlotte schüttelte traurig den Kopf. »Ich fasse es nicht, dass ihr zwei das durchgemacht habt und ich nicht mal was davon mitgekriegt habe.«

»Du hättest überhaupt nichts tun können«, beruhigte Nora sie.

»Trotzdem komme ich mir so schlecht vor. Ich bin Tausende von Kilometern weit weg, um Party zu machen, und habe nicht den leisesten Schimmer von dem, was hier abgeht.«

»Wisst ihr was?«, sagte Simon und stand vom Sofa auf. »Das hier ist unser letztes Weihnachten in diesem Haus, deshalb lasst uns jetzt nicht an die Zukunft denken, sondern einfach den Tag genießen.«

Nora nickte und lächelte tapfer. »Dein Dad hat recht. Wir freuen uns so, dass du zu Hause bist, und das lassen wir uns durch nichts kaputt machen.«

Mittlerweile wehte der köstliche Duft von gebratener Gans aus der Küche herüber. Simon blickte auf seine Uhr. Er hatte sie schätzen lassen, doch sie war nicht einmal annähernd so viel wert, wie er gedacht hatte. Offensichtlich war der ideelle Wert am größten. »Wir sollten besser mal die restlichen Sachen vorbereiten, bevor Olwyn in der Tür steht.«

Nora sprang auf. »Und anziehen sollten wir uns bis dahin auch!«

Nachdem sie sich umgezogen hatten, packten alle in der Küche mit an. Während Simon die Gans begoss und das Fett für die Röstkartoffeln abschöpfte, kümmerten Nora und Charlotte sich um die restlichen Beilagen. Nora mischte eine Honig-Ingwer-Glasur für die Karotten zusammen, während Charlotte ein Gemüse-Curry zubereitete.

»Das habe ich in Kerala gelernt«, erzählte sie und fügte ein bisschen von der Garam-Masala-Gewürzmischung hinzu.

»Ich hoffe, das ist nicht zu scharf«, meinte Simon und warf Kartoffelscheiben in das siedend heiße Gänsefett.

»Du bist so ein Weichei, Dad«, neckte Charlotte ihn.

Während sie in der warmen, nach Gewürzen duftenden Küche gemeinsam kochten, unterhielten sie sich über Gott und die Welt – nur die Tatsache, dass dies ihr letztes Weihnachtsmenü in diesem Haus sein würde, klammerten sie aus. Charlotte deckte den Tisch mit einem Wandteppich aus Baumwolle, den sie aus Indien mitgebracht hatte, und legte auf jeden Platz ein Knallbonbon.

»Sieht sehr schön aus«, befand Nora und zündete die Kerzen an, die zur Deko in der Mitte der Tafel standen.

Um kurz nach vierzehn Uhr klingelte es an der Tür. »Das wird Olwyn sein«, vermutete Simon. »Sie weiß noch nichts von der Sache mit dem Laden, also erwähne das bitte nicht«, sagte er noch zu Charlotte, bevor er nach unten eilte, um ihren Gast hereinzulassen.

»Frohe Weihnachten.« Olwyn drückte ihm eine Flasche Wein und eine Schachtel Pralinen in die Hand. »Oh, hier riecht es aber gut.«

Da hatte sie recht. Es duftete tatsächlich im ganzen Haus, und Simons Magen knurrte erwartungsvoll, während er Olwyn die Treppe zur Wohnung hinaufhalf.

»Charlotte«, rief sie entzückt, »das ist ja eine schöne Überraschung!«

Charlotte begrüßte ihre frühere Lehrerin mit einer Umarmung. »Es war auch tatsächlich eine Überraschung – die beiden hatten keine Ahnung, dass ich komme.«

»Oh, dann störe ich hoffentlich nicht«, sagte Olwyn besorgt.

»Unsinn«, entgegnete Nora, nahm ihr den Mantel ab und gab ihr einen Kuss auf die Wange. »Wir freuen uns, dass du da bist.«

»Kann ich bei irgendwas helfen?«

»Auf gar keinen Fall«, lehnte Simon das Angebot ab und geleitete ihren Gast zum Sofa. Während Olwyn Merry streichelte und ein Glas Sherry trank, brachte der Rest von ihnen das Essen zum Tisch, der schon kurze Zeit später unter dem Gewicht von knusprig-goldenen Röstkartoffeln, glasierten Karotten, einer Schüssel mit duftender Füllung, Charlottes Curry und einer eklig aussehenden Rosenkohl-Pekannuss-Gemüsepfanne ächzte, die Nora zum Gedenken an ihre Mutter zusammengerührt hatte.

»Es ist angerichtet«, verkündete Simon, während er in pompöser Manier die Gans aus der Küche trug und auf dem Tisch abstellte. Dort schnitt er dicke Scheiben von dem Braten ab, dessen Fleisch so zart war, dass es praktisch von den Knochen abfiel, und bediente zuerst ihren Gast.

»Das sieht alles sehr köstlich aus«, sagte Olwyn, während sie sich Röstkartoffeln auftat.

Bevor sie zu essen begannen, sprach Olwyn noch ein Tischgebet, und dann zogen sie alle an ihren Knallbonbons. Die Kakofonie von Explosionsgeräuschen ließ Merry erschrocken unter den Tisch flüchten.

»Oh, sehr passend«, sagte Nora und kicherte, während sie die Scherzfrage auf ihrem Zettelchen las. »›Welche Bücher liest der Weihnachtsmann am liebsten?‹«

»Kinderbücher?«, riet Charlotte.

»Nein … Geschenk-Bücher.«

Alle stöhnten amüsiert.

»Das hier ist sehr praktisch«, sagte Simon und hielt einen Schlüsselanhänger mit einem Minikorkenzieher hoch, den er gleich dazu benutzte, die Flasche Rotwein zu öffnen, die Olwyn mitgebracht hatte. Dann goss er jedem ein Glas ein.

»Ich weiß noch, dass wir uns, als ich Kind war, keine gekauften Knallbonbons leisten konnten«, erzählte Olwyn und setzte sich die lilafarbene Papierkrone, die sie bekommen hatte, so schief auf, dass sie damit ziemlich verwegen aussah. »Meine Mutter hat sie immer selbst gebastelt.«

Während des Essens berichtete Charlotte von ihren Reisen. Sie hatte Tempel, Paläste und Festungen besichtigt, einen Yogakurs in Goa gemacht, eine Teeplantage in Darjeeling besucht und sogar an einer Kamelsafari durch die Thar-Wüste teilgenommen.

»Und was hat dir am besten gefallen?«, fragte Simon.

Charlotte zog angestrengt die Nase kraus, während sie über die Frage nachdachte. »Wahrscheinlich der Job als Englischlehrerin in der Schule in Kerala«, entschied sie dann. »Das war so bereichernd. Und mir ist dadurch auch klar geworden, wie viel Glück ich hatte, dass ich mit so vielen tollen Büchern aufgewachsen bin – die Kinder dort hatten kaum welche.«

»Ja, andere zu unterrichten ist der schönste Beruf der Welt«, pflichtete Olwyn ihr bei.

»Was ist mit Ihnen, Miss Powell?«, erkundigte sich Charlotte. »Sind Sie immer noch an der St. Stephen's?«

»Oh nein, ich bin seit Ende des letzten Schuljahres im Ruhestand. Aber ich helfe immer noch einmal die Woche aus, und gestern erst habe ich versprochen, zwei Jungen beim Lesen zu unterstützen.«

»Und außerdem schreibt Olwyn ein Buch«, verriet Nora Charlotte.

»Ui, wie cool. Worum geht's denn in der Geschichte?«

Mit leuchtenden Augen erzählte Olwyn von ihrem Krimi und beschrieb ihnen äußerst bildhaft, wie der Mörder sein Opfer zerstückelte, während sie mit dem Messer ihre Scheibe Gänsebraten klein sägte. »Aber ich habe gerade erst damit angefangen«, ergänzte sie.

»Ich freue mich schon darauf, es zu lesen«, sagte Nora.

»Klingt nach einem Buch, das unserem Literaturkreis gefallen würde.« Kaum hatte Simon die Worte ausgesprochen, fiel ihm ein, dass es schon bald keinen Literaturkreis mehr geben würde – weil es keine Buchhandlung mehr geben würde. Doch er drängte den Gedanken beiseite und nahm einen Schluck Wein, fest entschlossen, sich nicht die gute Laune verderben zu lassen.

»Ich weiß nicht, ob es gut wird«, entgegnete Olwyn, »aber es macht mir auf jeden Fall Spaß, an der Geschichte zu arbeiten.«

»Lasst uns anstoßen«, schlug Nora vor. »Auf die guten Bücher!«

»Auf gutes Essen!«, fügte Simon hinzu.

»Auf gute Freunde«, sagte Olwyn und hob ihr Glas.

»Und auf zu Hause«, brachte Charlotte sich ein und lächelte ihren Eltern zu, »das immer dort ist, wo Freunde und Familie sind.«

KAPITEL 24

Simon

Am zweiten Weihnachtstag wurde Simon von Charlottes Stimme aus einem Traum geweckt, in dem er eine Partie mit lebensgroßen Schachfiguren spielte, wobei sich anstelle der Bauern nur Gänse auf dem Brett befanden, die allesamt gestrickte Pullover trugen. *Das lag bestimmt am Käse,* dachte er und schob die Schuld an seinem wirren Traum dem Stilton zu, den er noch spät in der Nacht gegessen hatte. Dr. Dhar würde das definitiv nicht gutheißen.

Es war ein tolles Weihnachtsfest gewesen. Sie hatten alle zu viel gegessen und waren viel zu lange aufgeblieben, weil sie noch Brettspiele und Karten gespielt hatten. Olwyn Powell mochte zwar wie eine süße, kleine Omi aussehen, aber sie war eine äußerst gerissene Kartenspielerin. Es war gut, dass sie nur um Streichhölzer spielten, sonst hätten sie sicher noch mehr Schulden angehäuft.

Müde schlurfte Simon ins Wohnzimmer, wo Charlotte im Schlafanzug auf dem Sofa herumlümmelte und am Handy telefonierte, während sie die Reste des Plumpuddings aus einer Schüssel löffelte.

»Wer ist da dran?«, fragte er stumm.

»Dad ist gerade aufgestanden, Grampy«, sagte Charlotte ins Telefon. »Warte, ich geb ihn dir.« Sie hielt Simon das Handy hin.

Simon schüttelte den Kopf, doch Charlotte lächelte ihn bloß weiter an und klimperte in gespielter Unschuld mit ihren Wimpern.

Mit einem resignierten Seufzer nahm Simon seiner Tochter das Handy ab. »Hallo, Dad.«

»Jetzt erst aufgestanden?«

Simon spürte, wie Wut in ihm hochstieg. Wieso klang alles, was sein Vater zu ihm sagte, immer wie eine Kritik? »Dir auch frohe Weihnachten. Hattet ihr einen schönen Tag mit Daniel und den Jungs, Mum und du?« Er hatte gestern eine Textnachricht von seinem Bruder bekommen und wusste, dass sie in einem noblen Hotel zusammen Mittag gegessen hatten.

»Der Service war schlecht und der Truthahn trocken«, beschwerte sich sein Vater.

Charles Walden hatte nicht nur an seinem Sohn etwas auszusetzen – selbst Chefköche mit Michelin-Sternen konnten seinen hohen Erwartungen nicht gerecht werden.

»Wir hatten Gänsebraten«, entgegnete Simon steif. »Der war sehr gut. Und Charlotte kam überraschend …«

»Hast du heute Morgen schon die *Times* gelesen?«, unterbrach ihn sein Vater.

»Nein, noch nicht.«

»Dann solltest du das unbedingt nachholen – da steht ein Artikel drin, der dich sehr interessieren dürfte. Auf Seite zwölf.«

»Okay, Dad«, antwortete Simon. Wahrscheinlich hatte Walden Creative irgendeinen Umsatzrekord aufgestellt, den sein Dad ihm jetzt unter die Nase reiben wollte. Oder der Weinkritiker der *Times* hatte eine Lobeshymne auf *Casa di Carlotta* verfasst. »Danke übrigens für den Wein.«

»Damit solltet ihr wieder eine Weile auskommen.«

Oder auch nicht. Die leeren Flaschen aus beiden Kisten stapelten sich draußen in der übervollen Recyclingtonne. Und so, wie Merry vor der Tür herumlief, musste sie auch dringend raus.

»Du, ich muss jetzt Schluss machen, Dad«, sagte Simon. »Der Hund will raus. Wünsch Mum frohe Weihnachten von mir.«

Als Simon seiner Tochter das Handy zurückgab, kam Nora gähnend aus dem Schlafzimmer.

»Wer war denn das?«

Simon verzog das Gesicht. »Dad.«

»Ich weiß nicht, wieso du dich immer so über Grampy aufregst«, sagte Charlotte. »Er ist doch voll lieb.«

»Ja, zu dir.«

Tröstend drückte Nora seinen Arm und gab ihm einen Gutenmorgenkuss auf die Wange.

»Ich gehe mit Merry Gassi«, verkündete Simon. »Möchte jemand mit?«

»Ein Weihnachtsspaziergang klingt toll«, meinte Nora und rieb sich den Bauch. »Ich möchte gar nicht wissen, wie viele Kalorien ich gestern in mich reingestopft habe.«

»Ich komme auch mit.« Grinsend sah Charlotte ihren Vater an. »Aber du musst mir aufhelfen.« Sie streckte ihren Arm aus, und Simon zog sie vom Sofa hoch.

Nachdem sie sich alle angezogen hatten, traten sie in die kalte Morgenluft hinaus. Da es nicht wärmer geworden war, lag der viele Schnee, der über Weihnachten gefallen war, immer noch wie eine dicke weiße Daunendecke über der Landschaft. Unter einem wolkenlosen blauen Himmel spazierten sie mit Merry durch die Hauptstraße, wo sie jeden Hund beschnüffelte, der ihr auf dem Weg entgegenkam. Nach dem Tag der Völlerei sehnten sich offenbar alle in Stowford nach Bewegung und frischer Luft.

Als sie an der Kirche von der Hauptstraße abbogen und am Friedhof vorbeigingen, fiel Simons Blick auf einen vertrauten roten Haarschopf.

»Ist das nicht Harry?«, fragte er Nora.

Der Teenager war in Begleitung zweier Erwachsener – seinen Eltern, nahm Simon an – und trug einen kleinen Weihnachtsbaum vor sich her, der mit blinkenden Lichtern, Lametta und grellbunten Kugeln geschmückt war.

»Die gehen bestimmt an Emmas Grab«, vermutete Nora.

»Meinst du das Mädchen, das letzten Sommer verunglückt ist?«, fragte Charlotte.

Simon nickte. Während die Familie Swann ihren Weg über den Friedhof fortsetzte, betrachtete er Charlotte von der Seite. Seine Tochter hatte ganz gerötete Wangen von der Kälte, und ihre Augen sprühten vor Energie. Ein überwältigendes Gefühl der Dankbarkeit erfasste Simon, weil sie hier bei ihnen war. Lebendig.

»Es freut mich, dass sie alle drei draußen sind«, sagte Nora und sah zu, wie Harrys Vater den Arm um seinen Sohn legte.

»Gehst du deiner Mum auch Hallo sagen?«, erkundigte sich Simon.

Nora schüttelte den Kopf. »Nein, ich denke, wir sollten Harry und seiner Familie ein bisschen Privatsphäre gönnen.«

Sie gingen weiter, vorbei an der Schule. »Sollen wir Miss Powell fragen, ob sie mitkommen will?«, schlug Charlotte vor, als sie sich Olwyns Cottage näherten.

»Gute Idee«, meinte Simon.

Zu dritt stapften sie den Weg zu Olwyns Haustür hinauf und klopften, aber es rührte sich nichts. Simon klopfte erneut, diesmal etwas lauter.

»Vielleicht ist sie nicht da«, überlegte Nora.

Doch genau in dem Moment, als sie sich umdrehten, wurde die Tür geöffnet, und Olwyn – in einem rosafarbenen Fleecebademantel – schaute sie blinzelnd an. Eine Katze schlich hinter ihren Beinen hervor. Als sie Merry sah, die hinter Charlottes Beinen kauerte, stieß sie ein Miauen aus und schlug mit der Pfote nach ihr.

»Sei lieb, Tuppence«, rügte Olwyn die Katze und scheuchte sie zurück ins Haus.

»Noch mal frohe Weihnachten«, sagte Simon. »Wir gehen spazieren und wollten dich fragen, ob du vielleicht mitkommen magst.«

»Oh, das ist wirklich sehr lieb von euch«, entgegnete Olwyn, »aber ich bin noch nicht mal angezogen. Ich habe den ganzen Morgen über geschrieben, und gerade bin ich mitten in einer besonders spannenden Szene. Mein Detektiv, Clay Thorne, hat eine Verdächtige befragt, und die bedroht ihn jetzt mit einer Gartenschere …«

»Kein Problem«, sagte Nora. »Tut uns leid, dass wir dich gestört haben.«

»Da ihr schon mal hier seid: Welchen Namen für eine ehebrechende Gärtnerin mit einem Eifersuchtsproblem findet ihr besser? Jasmine von Teasle oder Rosalind Moss-Oakley?«

»Jasmine von Teasle!«, antworteten sie alle unisono.

»Dann heißt sie ab jetzt Jasmine!«, beschloss Olwyn glücklich, bevor sie ihnen zuwinkte und die Tür ihres Cottage wieder schloss.

Simon lachte leise. »Ehebrechende Gärtnerin, soso. Die dunkle Seite der Olwyn Powell …«

»Falls das mit dem Roman nichts wird, kann sie immer noch nach Las Vegas ziehen und professionelle Pokerspielerin werden«, witzelte Charlotte.

Sie überquerten einen Zauntritt und folgten einem Trampelpfad über ein verschneites Feld bis zum Blackberry Hill. Schon von Weitem drang ihnen begeistertes Geschrei von den Kindern, die den Hang hinunterrodelten, entgegen – einige auf brandneuen Schlitten, andere auf provisorischen Gefährten, die sie sich aus Schwimmringen oder Tabletts zusammengebastelt hatten. Ein Kind nutzte sogar ein Plastikkajak!

»Moment mal«, sagte Charlotte plötzlich und blickte mit zusammengekniffenen Augen zum Hügel hinüber. »Ist das nicht mein alter Schlitten?«

Simon schaute in die Richtung, in die sie mit dem Finger zeigte, und entdeckte Will mit seinen Zwillingen.

»Jetzt nicht mehr«, erklärte er dann. »Wir haben ihn unseren neuen Freunden geschenkt.«

Sie setzten ihren Weg durch den Schnee fort und erreichten genau in dem Moment den Fuß des Abhangs, als Adam und Julia ihn auf dem Holzschlitten hinuntersausten.

»Merry!«, kreischte Julia und sprang vom Schlitten herunter.

»Wie war euer Weihnachten?«, fragte Nora die Kinder, während sie Merry hätschelten. Die zwei hatten ganz rosige Wangen, und ihre Haare waren verschwitzt von dem anstrengenden Marsch den verschneiten Hügel hinauf.

»Super!«, erzählte Julia. »Der Weihnachtsmann hat uns ein neues Puzzle gebracht, das haben wir gestern gleich zusammen mit Daddy gemacht.

»Aber der Schlitten ist das beste Geschenk!«, befand Adam.

Während die Zwillinge Merry auf den Schlitten setzten, um sie anschließend über die Wiese zu ziehen, kam Will zu ihnen herüber und begrüßte sie.

»Will, das ist unsere Tochter Charlotte«, stellte Nora die beiden vor.

»Ich hoffe, es macht dir nichts aus, dass deine Eltern Adam und Julia deinen Schlitten geschenkt haben«, sagte er.

»Ich freue mich, dass sie so viel Spaß damit haben«, entgegnete Charlotte.

Merry sprang vom Schlitten herunter und rannte bellend zu ihnen zurück.

»Tschüs!«, riefen Adam und Julia, bevor sie ein weiteres Mal mit ihrem neuen Geschenk den Hügel hinaufrannten.

Auch Simon, Nora und Charlotte verabschiedeten sich und gingen über die Landstraße zurück ins Dorf. Immer wieder fielen Schneeklumpen von den Zweigen der Bäume, die sich wie ein weißer Baldachin über die Straße wölbten, und erschreckten Merry jedes Mal halb zu Tode.

»Nun sei doch nicht so ein Angsthase, Merry«, sagte Simon lachend. Fast in derselben Sekunde landete ein Schneeklumpen auf seinem Kopf, und er quiekte entsetzt auf.

Nora und Charlotte klammerten sich laut prustend aneinander, während Simon sich den Schnee aus den Haaren schüttelte.

»Schön, dass ihr beide euch so amüsiert«, murrte er und erschauerte, als die eiskalten Bäche aus geschmolzenem Schnee seinen Hals hinunterrannen.

Er blickte auf und sah zwei Läufer aus der entgegengesetzten Richtung auf sie zurennen – einer war groß, der andere klein, allerdings hatten beide dunkles Haar.

»Wow«, kommentierte Charlotte, »die sind aber schnell unterwegs.«

Während die zwei rasch näher kamen, erkannte Simon, dass es Mateo und Sam waren. Obwohl Mateo längere Beine hatte als Sam, waren ihre Schritte vollkommen synchron und sie joggten auf gleicher Höhe nebeneinanderher. Als die beiden sie bemerkten, drosselten sie das Tempo und kamen vor ihnen zum Stehen.

»Frohen zweiten Weihnachtsfeiertag!«, wünschte Sam und schien nicht einmal ansatzweise außer Atem zu sein.

»Ich kapiere das Konzept mit dem zweiten Feiertag immer noch nicht«, sagte Mateo. »Ich meine, was für einen Sinn hat das? Es war doch gestern Weihnachten, warum braucht man zwei Tage dafür?«

»Amerikaner«, meinte Sam und verdrehte die Augen.

»Also, traditionell durfte an diesem Tag die Dienerschaft nach Hause fahren, um Weihnachten mit der Familie zu verbringen«, erklärte Simon. »Und seit dem Mittelalter ist es auch ein Tag, an dem man Almosen an die Armen spendet …«

»Wir brauchen keine Geschichtsstunde«, unterbrach Nora ihn. »Wie war denn Ihr Weihnachten?«

»Oh, die Familie Patel hat mich richtig ins Herz geschlossen«, erzählte Mateo und grinste zu Sam hinunter, die errötete, während sie auf der Stelle joggte.

Wie es aussah, hatte er nicht nur Eindruck auf Sams Familie gemacht.

»Schön. Aber lassen Sie sich nicht von uns aufhalten«, sagte Nora, woraufhin die beiden ihre Laufrunde fortsetzten.

»Der ist ja ein heißer Typ«, befand Charlotte und blickte Mateo und Sam nach, bis sie hinter einer Kurve verschwanden. »Wo kommt der denn plötzlich her?«

»Aus Kalifornien«, antwortete Simon. »Aber er arbeitet im George.«

»Ich denke, der Zug ist schon abgefahren, mein Kind«, zog Nora ihre Tochter auf. »Bei ihm und Sam scheint es ziemlich gefunkt zu haben, dank uns.« Grinsend blickte sie Simon an. »Vielleicht sollten wir das demnächst beruflich machen: Partnervermittlung!«

Der Rückweg in den Ort verlief ohne weitere Schneefälle auf Simons Kopf. Als sie am kleinen Supermarkt an der Ecke vorbeikamen, fiel Simon wieder ein, dass sein Vater die *Times* erwähnt hatte. »Ich gehe kurz rein und kaufe eine Zeitung.«

»Wir brauchen auch Milch«, rief Charlotte ihm hinterher.

Wieder zu Hause, stellte Nora den Wasserkocher an, während Simon sich an den Küchentisch setzte und in der Zeitung blätterte, auf der Suche nach einer Schlagzeile, die ihm irgendwie ins Auge stach.

Als er Seite zwölf aufschlug, erstarrte er. »Ach du Scheiße!« Ein Foto von Nora und ihm, das man von der Webseite der Buchhandlung kopiert hatte, blickte ihm zwischen den Buchstaben entgegen. Daneben war David Langdons Kolumne abgedruckt.

»Was ist denn los?«, fragte Nora.

Simon hielt die Seite hoch. »Wir sind in der *Times*.«

Neugierig riss Charlotte ihrem Vater die Zeitung aus den Händen und begann, den Artikel laut vorzulesen:

Eigentlich dürfte ich gar nicht mehr in der Lage sein, diese Kolumne zu schreiben. Ich muss Ihnen wohl etwas gestehen: Noch vor wenigen Wochen hatte ich den Plan, mich umzubringen. Es war nicht so, dass ich mich nach dem Tod gesehnt hätte. Ich wollte nur einfach nicht mehr länger leiden. Eine schwere Depression zog mich auf den Grund eines dunklen Sees hinab wie ein vollgesogener Wollmantel.
Ich übertreibe nicht, wenn ich sage, dass ich mein Leben zwei Schutzengeln verdanke, mit deren Auftauchen ich nicht gerechnet hatte: Nora und Simon Walden. Die beiden sind verheiratet und führen den Stowford Bookshop, ein idyllisches kleines Literaturparadies in einem ebenso idyllischen Dorf, das zu meinem Wahlbezirk gehört. Als Nora und Simon bewusst wurde, dass viele Menschen gerade in diesen Tagen eine schwere Zeit durchmachen, starteten sie einen Aufruf: Sie baten ihre Follower, Leute zu nominieren, die eine kleine Aufmunterung in Form eines kostenlosen Weihnachtsbuchs gebrauchen könnten. Auch ich gehörte zu den zufällig ausgewählten Empfängern ihrer literarischen Geschenkaktion. Möglicherweise sagt Ihnen The Greatest Gift – das Buch, das sie mir geschickt haben – nichts, aber Sie kennen sicher den Film, der auf dessen Geschichte basiert: Ist das Leben nicht schön?.
Die Lektüre dieses Buches in einem Moment, als ich am absoluten Tiefpunkt meines Lebens angekommen war, hat mir geholfen zu erkennen, dass ich die Welt – trotz all meiner Fehler und Schwächen – mit meinem Dasein ein Stückchen besser machen kann. Vor allem aber habe ich verstanden, dass ich nicht allein bin.

Durch die gute Tat des Ehepaars Walden und die unermüdliche Unterstützung meiner Tochter Kath habe ich den Mut gefunden, mir Hilfe zu suchen und offen über meinen anhaltenden Kampf gegen die Depression zu sprechen. Und wenn ich mit dieser Kolumne nur einem einzigen Menschen helfen kann, hat sich meine Offenheit schon gelohnt.

Jetzt, da sich dieses für mich sehr schwere Jahr dem Ende zuneigt, freue ich mich auf die glücklicheren Zeiten, die in den kommenden Monaten hoffentlich vor mir liegen. Um wieder vollständig zu genesen, muss ich allerdings ein paar Änderungen in meinem Leben vornehmen. Aus diesem Grund habe ich einige Entscheidungen getroffen, die ich gern mit Ihnen, meinen treuen LeserInnen, teilen möchte.

Zuerst einmal werde ich meinen Sitz im Parlament zur nächsten Wahl abgeben. Es war mir eine Ehre, meinen Wahlbezirk über so viele Jahre vertreten zu dürfen, und ich bin sehr stolz auf das, was ich während meiner Amtszeit in dieser Regierung erreicht habe, insbesondere auf das Gesetz zur gleichgeschlechtlichen Ehe und die aktuellen Initiativen zum Schutz der Umwelt für unsere zukünftigen Generationen. Doch nun ist es an der Zeit, neue Stimmen zu Wort kommen zu lassen und neuen Talenten die Führung zu übertragen. Ich werde mein Engagement in Zukunft darauf richten, mehr Aufmerksamkeit für den Umgang mit seelischen Leiden zu schaffen und den Zugang zu Behandlungsmöglichkeiten zu verbessern. Zwar haben wir inzwischen große Fortschritte gemacht, was die Entstigmatisierung psychisch Erkrankter betrifft, aber es gibt immer noch viel zu tun. Allein im Vereinigten Königreich nehmen sich pro Jahr 4000 Menschen das Leben. Niemand sollte sein Leid verschweigen müssen, und ich habe die Absicht, dafür zu sorgen, dass jede und jeder, die oder der Hilfe benötigt, diese auch bekommt.

Zum Zweiten werde ich während meiner verbleibenden Zeit im Amt auf den Finanzminister dahingehend einwirken, dass die Gewerbesteuer für kleinere Unternehmen, die unterhalb einer bestimmten Einkommensgrenze liegen, ausgesetzt wird. Damit möchte ich sicherstellen, dass die unabhängigen Ladeninhaber in unserem Land ihre Geschäfte weiterführen können, mit denen sie unsere Innenstädte bereichern.

Mein dritter Entschluss betrifft den Stowford Bookshop, der leider in finanzielle Schwierigkeiten geraten ist. Eine Kombination aus dem Anstieg der Gewerbesteuer und der starken Konkurrenz durch den Onlinehandel hat dazu geführt, dass dieses wundervolle Bücherparadies schließen muss. Um das zu verhindern, starte ich hiermit einen Spendenaufruf zur Rettung des Stowford Bookshops. Ich bin selbst Zeuge davon geworden, welche Bedeutung dieses Geschäft für das Dorf und seine Bewohner hat. Mit ihrem Angebot, vom beliebten Literaturkreis bis hin zur Vorlesestunde für Kleinkinder, haben Nora und Simon einen dringend notwendigen Ort für die Pflege der Gemeinschaft und den kulturellen Austausch geschaffen.

Bitte spenden Sie, damit Noras und Simons Buchhandlung weiter bestehen bleibt. Oder noch besser: Kaufen Sie ein Buch von ihnen und teilen Sie es mit jemandem, der Ihnen wichtig ist.

Man kann nie wissen: Vielleicht retten Sie Ihren Liebsten damit das Leben.

»Du meine Güte«, stieß Nora hervor und ließ sich in einen Küchenstühle sinken. »Das ist ganz schön mutig von David.«

»Wusstest du davon?«, fragte Simon.

»Ich wusste, dass es ihm nicht gut geht«, gestand Nora. »Er hat es mir erzählt, als er und Kath im Laden waren, um sich für das Buch zu bedanken. Ich habe dir nichts von seinen Depressionen gesagt, weil er mir das im Vertrauen erzählt hat, und das wollte ich nicht missbrauchen.«

Charlotte holte ihr Handy aus der Hosentasche und tippte die Adresse der Spendenseite ein.

»O mein Gott«, rief sie und drehte das Display so um, dass ihre Eltern die Summe sehen konnten, die bisher gespendet worden war.

»Neuntausend Pfund?«, keuchte Nora.

»Und das ist alles für uns?« Fassungslos starrte Simon auf die Zahl. Dann veränderte sich die Summe plötzlich direkt vor seinen Augen und erhöhte sich um weitere zwanzig Pfund.

»Das reicht ja fast, um unsere Schulden zu begleichen«, meinte Nora.

»Und das ist nur das Geld, das heute Morgen gespendet wurde – ich wette, da kommt noch mehr«, prophezeite Charlotte.

»Ich kann das gar nicht glauben.« Noras Augen füllten sich mit Tränen. »All diese fremden Leute schenken uns Geld …«

»Das ist genauso wie eure Aktion mit den Büchern, Mum«, entgegnete Charlotte und umarmte sie. »Die Leute wollen helfen.«

»Was habe ich euch gesagt?«, warf Simon grinsend ein. »Es ist eine Tradition, am zweiten Weihnachtstag Almosen zu geben.«

Eine Weile saßen sie schweigend um den Tisch herum, während jeder versuchte, diese unerwartete Wendung der Ereignisse zu verarbeiten.

»Und was machen wir jetzt?«, wollte Nora irgendwann wissen.

»Was wir immer am zweiten Weihnachtag machen«, antwortete Simon, »einen Film gucken.«

»Buddy – der Weihnachtself?«, schlug Charlotte vor.

»Ich dachte da eher an *Stirb langsam.*«

»Nein.« Nora schüttelte den Kopf. »Es gibt eigentlich nur einen Film, den wir heute gucken sollten.« Sie hielt den Zeitungsartikel hoch. *»Ist das Leben nicht schön?«*

Ja, das ist es definitiv, dachte Simon, während er es sich mit seiner Frau und seiner Tochter auf dem Sofa gemütlich machte, um gemeinsam den Weihnachtsklassiker zu schauen. Und obwohl der Film schon fast achtzig Jahre alt war, kam er ihm an diesem Tag so aktuell vor wie noch nie.

KAPITEL 25

Nora

Nora verzog angewidert das Gesicht, während sie im Hinterzimmer der Buchhandlung ein Exemplar von *Der Okulist von Leipzig* in einen wattierten Umschlag steckte. »Vielleicht sollte ich lieber eine Warnung mitschicken«, witzelte sie, »und den Leuten sagen, dass dieses Buch reine Zeitverschwendung ist.«

»Man kann nie wissen – vielleicht gefällt es ihnen«, meinte Simon. »Ich bin nur froh, dass wir nicht unseren ganzen Bestand verfeuern mussten, um das Haus zu heizen.«

»Das kannst du laut sagen«, pflichtete Nora ihm bei, bevor sie den Umschlag mit einem Adressaufkleber versah und ihn dann auf einen hohen Stapel weiterer Päckchen legte.

Dank David Langdons Zeitungskolumne wurde der Laden seit seiner Wiedereröffnung am 27. Dezember mit einer Flut von Kunden und Onlinebestellungen überschwemmt. Nora und Simon arbeiteten ohne Pause, um den ganzen Aufträgen nachzukommen, doch sie beschwerten sich nicht. Die Spendenaktion hatte so viel Geld eingebracht, dass sie ihre Schulden bezahlen konnten und sogar noch etwas übrig hatten, um das Dach auszutauschen.

Gut gelaunt schob Nora eine Ausgabe von *David Copperfield* in einen Umschlag und schüttelte den Kopf, als sie sich an den schicksalhaften, weinseligen Abend erinnerte, an dem Simon und sie einen anderen Dickens-Klassiker verpackt hatten. »Ich kann immer noch nicht glauben, dass das alles passiert ist, weil wir ein paar Bücher verschickt haben.«

»Ja, es kommt einem vor wie im Märchen«, stimmte Simon ihr zu und legte ein weiteres Päckchen auf den Stapel. »Und wer hätte gedacht, dass ausgerechnet David Langdon sich als unsere gute Fee entpuppt?«

Einige Tage zuvor hatte Nora mit einer Dose selbst gebackener Ingwerkekse in Yew Tree Manor vorbeigeschaut, um sich bei David für seinen Rettungseinsatz zu bedanken. »Es war so mutig von Ihnen, Ihre Krankheit öffentlich zu machen«, hatte sie ihm gesagt.

»Das war das Mindeste, was ich tun konnte«, hatte der Politiker zwischen zwei Keksen geantwortet. Nora war froh gewesen zu sehen, dass er ein bisschen zugenommen hatte. Vielleicht begannen die Antidepressiva langsam zu wirken, oder er war einfach erleichtert, dass das Geheimnis um seine Depressionen nun endlich raus war. »Die Reaktionen waren übrigens unglaublich positiv.«

»Simon und ich werden Ihnen jedenfalls auf ewig dankbar sein. Bitte sagen Sie mir, wenn es irgendwas gibt, das wir für Sie tun können.«

»Hm, da gibt es tatsächlich etwas … Sie könnten mir helfen, Kath davon zu überzeugen, fürs Parlament zu kandidieren.«

»Dad, ich habe dir doch gesagt, dass ich nicht weiß, ob ich für so ein öffentliches Amt gemacht bin. Glaubst du wirklich, deine Wähler unterstützen eine lesbische Abgeordnete?«

»Ihr Dad hat recht«, sagte Nora. Sie hatte gesehen, wie gut Kath mit Leuten umgehen konnte. Die junge Frau war freundlich, empathisch und intelligent – alles Eigenschaften, die man sich bei einer Führungskraft wünschte. »Sie werden das ganz toll hinkriegen.«

Nora füllte das nächste Etikett aus und klebte es auf den vorbereiteten Umschlag. Dann hakte sie die Bestellung von ihrer Liste ab. »David versucht, seine Tochter dazu zu überreden, sich für die Wahl aufstellen zu lassen«, erzählte sie Simon. »Ich frage mich, was er nach seinem Ausscheiden vorhat …«

»Vielleicht sollte er dem Beispiel von Olwyn folgen und ein Buch schreiben.«

Nora musste an all die Affären denken, die man dem Politiker nachsagte. Das dürfte ein sehr pikantes Buch werden. Sie kicherte. »Also, ich würde es definitiv lesen.«

Simon stellte das nächste Paket zusammen, bevor er aufstand und sich streckte. »Komm, Schatz. Lass uns rüber ins George gehen.«

»Aber wir sind doch noch gar nicht mit den Bestellungen fertig«, protestierte Nora und blickte auf die lange Liste mit den Onlineaufträgen.

Doch Simon nahm ihr den Ausdruck aus der Hand. »Es ist Silvester. Morgen hat die Post zu – das hier hat also Zeit bis nächstes Jahr.«

Lächelnd sah Nora ihn an. Sie hatten tatsächlich Zeit. Denn dank der Hilfe von David Langdon und der Großzügigkeit Tausender buchbegeisterter Fremder würde es ihren geliebten Laden auch im Januar noch geben. »Okay, überredet.«

Sie stiegen die Treppen hoch in die Wohnung, wo Nora etwas Lippenstift auftrug und sich das Haar bürstete, ehe Simon und sie über die Straße ins George gingen.

Im Pub herrschte fröhliche Partystimmung. Sue hatte ein Banner mit der Aufschrift *Frohes Neues Jahr!* über dem Tresen aufgehängt, und die Tische waren alle mit Ballons dekoriert. Nora winkte Charlotte zu, die an einem der Ecktische saß, umgeben von ihren Schulfreunden, die alle in den Semesterferien nach Hause gekommen waren. Dass Charlotte ebenfalls die Feiertage in Stowford verbrachte, war ein Geschenk des Himmels. Sie hatte unermüdlich im Laden ausgeholfen, doch Nora hatte darauf bestanden, dass sie sich heute Abend freinahm und sich mit ihren Freunden traf.

Simon griff nach Noras Hand und führte sie zur Bar.

»Was kann ich euch bringen, Leute?«, fragte Mateo und schenkte ihnen sein unwiderstehliches Lächeln. »Das Übliche, Simon?«

Noras Mann nickte, woraufhin Mateo ihm ein Bier einschenkte.

»Und für mich ein Glas Rotwein«, bestellte Nora.

»Oh, mit dir habe ich ja gar nicht gerechnet, Nora«, sagte Howie, der sich unbemerkt an sie herangeschlichen hatte, grinsend. »Jetzt, wo du berühmt bist.«

»Na, von ›berühmt‹ kann ja wohl kaum die Rede sein, Howie.« Natürlich stimmte es, dass das Medieninteresse an der Buchhandlung seit der Veröffentlichung des Artikels enorm gestiegen war. Journalisten diverser Zeitungen hatten Nora und Simon interviewt und sie gebeten, Listen mit den positivsten Neuerscheinungen des nächsten Jahres zu erstellen. Ein Frauenmagazin hatte Nora sogar eine monatliche Bücherkolumne angeboten. Aber sie hatte immer noch Mühe, all die Ereignisse der letzten Tage zu verarbeiten, und wollte nichts überstürzen. Die einzige Entscheidung, über die sie nicht hatte nachdenken müssen – nicht mal eine Sekunde lang –, war, Seb Fox darüber zu informieren, dass der Stowford Bookshop nicht mehr zum Verkauf stand.

Gerade kam der Immobilienmakler auf sie zugewankt, eine Flasche ausländischen Biers in der Hand. Seinem Zustand nach zu urteilen, war er schon eine ganze Weile hier im Pub, schätzte Nora.

»Ich freue mich für euch«, lallte er (nicht sehr überzeugend) und nahm einen Schluck aus seiner Flasche. »Gebt mir Bescheid, falls ihr eure Meinung doch noch ändert.«

»Oh, ich denke nicht, dass wir das tun werden«, gab Nora ihm zu verstehen.

»Verpiss dich, Foxy«, sagte Howie und blickte dem betrunkenen Makler kopfschüttelnd hinterher, während der zu seinen johlenden Freunden zurücktorkelte. »Manche Leute vertragen einfach nichts.« Er stach Simon mit seinem Finger in die Brust. »Hey, Bücherwurm, was hältst 'n du davon, mir 'n Drink auszugeben, nun, wo ihr so viel Geld habt?«

»Also, wir sind jetzt auch keine Millionäre«, stellte Simon klar. Dennoch bestellte er Howie ein Bier.

Nora blickte sich suchend nach einem Platz um. Alice, Maeve und Lucy teilten sich eine Flasche Wein mit Nigel und einigen der anderen Ladenbesitzer. Sam und ihre Eltern saßen mit Dr. Dhar und deren Mann zusammen, doch an ihrem Tisch war es zu eng für noch mehr Leute.

»Nora! Simon!«, rief Will und winkte ihnen von seinem Tisch zu, an dem er zusammen mit Liz saß.

Nora bahnte sich und Simon einen Weg durch die Menge und ließ sich dankbar auf einen mit Velours gepolsterten Barhocker sinken.

»Heute ohne Kinder?«, erkundigte sich Simon.

»Ich habe Harry Swann als Babysitter engagiert – die Kinder waren ganz begeistert von ihm auf Ihrer Party«, erklärte Will.

»Meine sind bei meinem Ex«, sagte Liz.

Einen Moment lang fragte sich Nora, ob sie und Simon vielleicht bei einem Date störten. Hatten sie Will und Liz etwa auch verkuppelt? Oder waren die beiden alleinerziehenden Eltern nur Freunde?

»Wie ist denn Ihr Weihnachtsmenü geworden?«, erkundigte sie sich bei Liz.

»Oh, die Jungs haben sich geweigert, den Rosenkohl zu essen, und ich habe die Kartoffeln zu lange gekocht, aber der Räucherschinken hat super geschmeckt, und das Trifle war der Renner.«

»Und? Haben Sie schon was für morgen geplant?«, fragte Simon.

»Wir gehen wieder rodeln«, sagte Will. »Zusammen mit Liz' Jungs. Aber zuerst besuchen wir meine Mum. Sie lebt in einem Pflegeheim hier im Ort.«

Sie unterhielten sich eine ganze Weile. Nora überredete Liz, zum nächsten Treffen des Literaturkreises zu kommen, und Simon lud Will ein, beim Training seiner Fußballmannschaft mitzumachen.

Plötzlich tönte ein gellender Jubelschrei durch den Pub. Nora drehte sich genau in dem Moment um, als Mateo mit seinem Handy in der Hand über den Tresen sprang und zu Sam herüberrannte. »Ich habe sie!«, rief er. »Ich habe sie! Meine Agentin hat gerade angerufen – ich habe die Rolle!«

Sam kreischte vor Begeisterung, dann sprang sie in Mateos Arme und küsste ihn leidenschaftlich.

Die gesamte Menge im Pub brach in Applaus aus. Zur Feier des Tages läutete Sue, die Wirtin, die Glocke über der Bar, während Howie einen gellenden Pfiff ausstieß.

Nora stand auf. »Das muss gefeiert werden. Ich gebe einen aus.«

Sie ging zum Tresen zurück und bestellte eine Runde Getränke – und eine Flasche Champagner.

»Ich freue mich ja sehr für Mateo«, sagte Sue, während sie Noras Bestellung ausschenkte. »Aber hier im Pub wird er ganz schön fehlen.«

»Lass dir auf jeden Fall ein Foto von ihm signieren, das du hier aufhängen kannst, wenn er ein berühmter Star geworden ist«, scherzte Nora.

Sie brachte den Champagner an den Tisch der Familie Patel, wo Sam auf Mateos Schoß saß.

»Herzlichen Glückwunsch von Simon und mir«, sagte sie und reichte Mateo die Flasche.

»Sind das nicht tolle Neuigkeiten?« Strahlend betrachtete Mrs Patel das verliebte Paar.

»Um welche Rolle geht es denn?«

»Ich werde den Romeo spielen! Im Globe!«, verkündete Mateo breit grinsend. »Davon habe ich schon ewig geträumt.«

»Dinesh und ich haben bereits Karten gekauft«, erzählte Mrs Patel stolz.

»Simon und ich wollen Sie auch unbedingt sehen«, sagte Nora.

»Vielen Dank«, entgegnete Mateo. »In zwei Tagen fangen die Proben an.«

»In London?«

Er nickte.

»Dann bleibt Ihnen ja nicht viel Zeit, um eine Wohnung zu finden.«

»Tatsächlich habe ich schon vor ein paar Tagen eine Wohnung in London gefunden«, berichtete Sam. »Ich ziehe bei meinen Eltern aus – und Mat wird bei mir wohnen.«

»Also, ich verstehe nicht, warum ihr nicht in Stowford bleiben könnt«, sagte Mr Patel. »Bei uns ist doch so viel Platz. Solche Dinge sollte man nicht überstürzen …«

»Na ja, Romeo und Julia haben sich auch auf den ersten Blick verliebt«, merkte Nora lächelnd an.

»Da hat sie recht«, befand Dr. Dhar und sah strahlend zu Vikram, ihrem Mann. »Manchmal weiß man es einfach sofort.« Ihr Blick wanderte zu Nora. »Übrigens: Wir sind beide total begeistert von *Der Okulist von Leipzig*.«

Nora schmunzelte. Das bewies mal wieder, dass es wirklich für jeden ein passendes Buch gab.

Sie verabschiedete sich, damit Mateo in Ruhe seinen Erfolg mit Sam und ihrer Familie feiern konnte, und ging zu den anderen zurück. Während sie weg gewesen war, hatte Charlotte es sich auf ihrem Barhocker bequem gemacht.

»Komm, wir teilen uns den Platz, Mum«, schlug sie vor und rutschte ein Stück.

»Na, ich weiß nicht«, meinte Nora. »Ich glaube, mein Hintern ist mittlerweile doppelt so groß, dank der riesigen Schachtel Pralinen von Olwyn.« Trotzdem quetschte sie sich neben ihre Tochter auf den Hocker.

»Mateo zieht nach London, deshalb wird Sue sicherlich jemand Neues brauchen«, sagte Nora an Will gewandt. »Falls Sie immer noch einen Job suchen.«

»Oh, das habe ich ja ganz vergessen zu erzählen!«, rief er. »Ich habe die Stelle an der Grundschule bekommen, als Vertretung für den Fußballtrainer! Miss Powell hat ein gutes Wort für mich eingelegt. Vor ein paar Tagen war ich bei der Direktorin zum Vorstellungsgespräch, und sie hat mich direkt eingestellt.«

»Das ist ja großartig!«, erwiderte Nora.

»Noch ein Grund zum Feiern«, sagte Simon. »Super gemacht.«

»Danke.« Will sog den Schaum von seinem Bier. »Ich freue mich auch sehr. Die Direktorin meinte, wenn ich einen Trainerkurs mache, könnten sie mich als Referendar einstellen, sobald der eigentliche Trainer wieder da ist.«

»Nach ein paar Tagen mit meinen beiden Monstern freust du dich wahrscheinlich nicht mehr so darüber«, sagte Liz lachend.

»Vielleicht frage ich mal nach dem Job«, meldete sich Charlotte zu Wort.

»Hier im Pub?« Verwundert blickte Simon seine Tochter an.

Charlotte nickte. »Ich habe mir überlegt, noch ein Weilchen hierzubleiben und ein bisschen Geld anzusparen, bevor ich weiterreise.«

»Du hast aber schon noch vor, im Herbst an die Uni zu gehen, oder?«, fragte Nora beunruhigt. So schön sie es auch fand, dass ihre Tochter wieder zu Hause war – sie wollte auf keinen Fall, dass Charlotte den Studienbeginn verpasste.

»Also, um ehrlich zu sein, gibt es da noch was, das ich mit euch besprechen wollte …«

Oh nein, dachte Nora leicht panisch. Hatte Charlotte etwa beschlossen, ihr Studium aufzugeben? Wollte sie für immer nach Indien ziehen?

»Ich denke darüber nach, was anderes zu studieren.«

»Was denn?«, wollte Simon wissen.

»Pädagogik.«

Nora atmete erleichtert auf.

»Einer der Gründe, warum ich mir ein Jahr Auszeit genommen habe, war, dass ich nicht genau wusste, ob Ethnologie wirklich das Richtige für mich ist«, gestand Charlotte. »Aber als ich die Kinder in Kerala unterrichtet habe … das war so toll. Und es hat mir klargemacht, dass ich gern Lehrerin werden würde. Was meint ihr?«

»Du wärst eine fantastische Lehrerin«, sagte Nora und platzte fast vor Stolz.

»Und es macht euch nichts aus, dass ich die Buchhandlung nicht übernehmen will?«

»Natürlich nicht«, versicherte Simon ihr. »Ich bin doch auch nicht ins Unternehmen meiner Eltern eingestiegen.«

»Aber genau das macht mir ja Angst«, sagte Charlotte. »Du verstehst dich gar nicht mit deinen Eltern, und ich will nicht, dass das bei uns auch so wird.«

»Das ist doch was völlig anderes«, stellte Simon klar.

Nora nickte zustimmend. Wenn die Ereignisse der letzten Woche sie irgendetwas gelehrt hatte, dann, dass die Buchhandlung nicht bloß Simon und ihr gehörte – sie gehörte allen, die Bücher liebten. Nur deshalb hatten ihnen völlig Fremde Geld gespendet, um das Geschäft am Leben zu halten. Simon und sie waren lediglich die Hüter des Ladens.

»Du wirst einer ganz neuen Generation von Kindern das Lesen beibringen«, sagte Nora lächelnd. »Was gibt es Wichtigeres als das?«

»Genau«, pflichtete Simon ihr bei. »Das ist unsere zukünftige Kundschaft.«

In diesem Moment wurde ein Countdown gestartet, und sie schnappten sich alle hastig ihre Gläser, während sie aufstanden.

»Ich kann nicht glauben, dass es schon Mitternacht ist«, sagte Nora und hob ihr Weinglas.

Drei ... zwei ... eins!

»Frohes neues Jahr, Mum!«, rief Charlotte und umarmte Nora.

An den Tischen wurden Gläser gegeneinandergestoßen, Tröten geblasen, Knallbonbons gezündet und *Frohes neues Jahr!*-Wünsche verteilt, während Howie vorne an der Theke den Refrain von *Auld Lang Syne* anstimmte und die Gäste lautstark mit einfielen. Über den Lärm hinweg konnte Nora die Explosionen von Feuerwerkskörpern hören, die überall im Dorf in den Himmel geschossen wurden. Als sie den Blick durch den Pub schweifen ließ, entdeckte sie noch ein Feuerwerk der anderen Sorte, das zwischen Mateo und Sam aufleuchtete, während sie sich küssten.

Ach, junge Liebe ist doch was Schönes, dachte Nora.

Dann drehte sie sich um und bemerkte, dass ihr Mann sie lächelnd ansah, mit einer Liebe in den Augen, die über die Jahrzehnte nur noch tiefer und stärker geworden war.

»Frohes neues Jahr, Nora!«, wünschte er ihr.

Nora schlang die Arme um seinen Hals und küsste ihn.

Die schwere Last, die wochenlang auf ihr gelegen hatte, war abgefallen, und Nora war fast schwindlig vor Erleichterung. Halt suchend klammerte sie sich an ihren Mann, aus Angst, dass sie in die Luft schweben würde, wenn sie ihn losließ – wie einer der Deko-Ballons, der sich befreit hatte und zur Decke geflogen war.

Die Buchhandlung war gerettet. Simon und sie würden in ihrem Zuhause wohnen bleiben und weiterhin der Arbeit nachgehen, die sie am meisten liebten. Die Zukunft strahlte so hell wie die Wunderkerzen, die draußen vor dem Pub-Fenster die Nacht erleuchteten. Ergriffen schloss Nora die Augen und fasste einen Vorsatz für das vor ihr liegende Jahr: jeden Tag dankbar zu sein für das Glück und die Liebe, die sie in ihrem Leben empfangen hatte.

»Frohes neues Jahr, Simon!«, sagte Nora.

Und dieser Wunsch kam aus vollem Herzen.

KAPITEL 26

Ein Jahr später …

Nora räumte den Kasten mit den Weingläsern aus, die sie beim George ausgeliehen hatte, während Simon Schüsseln mit Kesselchips befüllte.

»Oho.« Anerkennend hob Nora die Augenbrauen, als ihr Blick auf die Chipstüte fiel. »Meersalz und Balsamicoessig – sehr edel.«

»Na ja, wir veranstalten ja nicht jeden Tag eine Präsentation für ein so preisverdächtiges Buch«, sagte Simon und steckte sich einen Chip in den Mund.

»Glaubst du, wir haben zu viele bestellt?«, fragte Nora und warf einen Blick auf die Stapel von Büchern auf dem Tisch, die darauf warteten, vom Autor signiert zu werden. David Langdons attraktives Konterfei starrte ihr von den Schutzumschlägen entgegen, unterstrichen von einer blauen Krawatte, die auf seine Parteizugehörigkeit anspielte. Der ehemalige Abgeordnete hatte Nora und Simon gebeten, die Buchpremiere von *Regierungsblues,* seinen pikanten Memoiren, auszurichten. Die Karten für das Event waren ausverkauft, und sämtliche Einnahmen gingen an die Stiftung zur Förderung der seelischen Gesundheit, die David in diesem Jahr gegründet hatte.

»Wenn wir die alle nicht heute loswerden, dann sicher in der Vorweihnachtszeit«, sagte Simon. Nach dem anfänglichen Interesse, das Davids Zeitungsartikel entfacht hatte, waren die Verkäufe zwar zunächst etwas zurückgegangen, doch die Buchhandlung hatte weiterhin von der erhöhten Aufmerksamkeit profitiert. Sie standen kurz davor, den höchsten Umsatz seit Jahren zu generieren, den sie vor allem dem Onlinehandel zu verdanken hatten.

Auch die Aussetzung der Gewerbesteuer für kleine Unternehmen trug dazu bei. David hatte entscheidend an der Verabschiedung des Gesetzes mitgewirkt, bevor er aus dem Parlament ausgeschieden war.

»Nett von deinen Eltern, dass sie den Wein gespendet haben«, sagte Nora, als Simon mit einer Kiste *Casa di Carlotta* aus dem Hinterzimmer kam. Sie hatten so viele Möbel wie möglich aus dem Weg geräumt, um Platz für die Menge an Gästen zu schaffen, die sie erwarteten.

»Ach, wahrscheinlich hoffen sie nur darauf, dass David eine Lobeshymne auf ihre Kreation schreibt«, meinte Simon.

»Hast du ihnen gesagt, dass er mittlerweile keinen Alkohol mehr trinkt?«, wollte Nora wissen.

Grinsend blickte Simon sie an. »Ach, das habe ich ja ganz vergessen zu erwähnen.«

Die Glocke über der Eingangstür läutete, und David kam in den Laden, gefolgt von Kath und einer PR-Frau aus seinem Verlag.

»Ah, der Mann der Stunde!«, rief Simon und ging hinüber, um die Ankömmlinge zu begrüßen.

»Ich hoffe, wir sind nicht zu früh?«, sagte David besorgt.

»Natürlich nicht«, versicherte ihm Nora und umarmte ihn und seine Tochter.

Kath Langdon hatte einen erdrutschartigen Wahlsieg hingelegt und den Sitz ihres Vaters übernommen, wodurch sie zu den jüngsten Abgeordneten im Parlament gehörte. Dort hatte sie sich schnell einen Namen gemacht, indem sie im House of Commons eine leidenschaftliche Rede gehalten hatte über die Notwendigkeit, das Bildungsbudget für die armen ländlichen Regionen zu erhöhen. In ihrem Wahlbezirk hatte sie außerdem erfolgreich den Bau des Einkaufszentrums außerhalb von Stowford verhindert.

»Wie fühlst du dich, Dad?«, fragte sie. Obwohl David Langdon gut aussah und ein unglaubliches Selbstbewusstsein ausstrahlte, machte sich seine Tochter immer noch Sorgen um ihn.

Wahrscheinlich wird sie das nie ablegen, dachte Nora. So war das nun mal, wenn man einen geliebten Menschen fast verloren hätte.

»Ich freue mich – aber ich bin auch ein bisschen nervös.«

»Du brauchst dir gar keine Gedanken zu machen«, sagte Nora. »Alle sind begeistert von dem Buch.«

Regierungsblues hatte fantastische Rezensionen bekommen, in denen die Leserschaft den Autor vor allem für die Ehrlichkeit lobte, mit der er seinen Kampf gegen die Depressionen beschrieb. Außerdem schwärmten sie von seinen unterhaltsamen Anekdoten über das Hauen und Stechen, das in der Welt des Parlaments betrieben wurde. Nora hatte selbst in ihrer monatlichen Bücherkolumne eine Lobeshymne auf die Autobiografie verfasst. Natürlich hatte sie Wert darauf gelegt, klarzustellen, dass sie nicht gerade unvoreingenommen war – schließlich hatte David der Buchhandlung und der Rolle, die sie innerhalb seines Genesungsprozesses gespielt hatte, ein ganzes Kapitel gewidmet.

»Wie läuft denn das heute ab?«, fragte David die PR-Spezialistin, eine junge Frau mit langen Haaren und modischer Brille.

»Wir dachten uns, dass sie vielleicht einen Auszug vorlesen möchten?«, entgegnete sie. Da ihre Stimme am Ende eines jeden Satzes nach oben ging, klang alles, was sie sagte, wie eine Frage. »Anschließend veranstalten wir eine kurze Fragerunde, gefolgt von einer Signierstunde?«

Simon lud die drei zu einer Tasse Tee nach oben in die Wohnung ein, während Nora die Karten der Gäste kontrollierte, die langsam zur Premierenparty eintrudelten. Alice, Lucy und Maeve gehörten zu den Ersten.

»Er ist wirklich ein Sahneschnittchen«, befand Lucy, die ein

Exemplar von Davids Buch an sich presste und so aufgekratzt war wie eine Teenagerin bei einem Popkonzert. »Vielleicht stecke ich ihm heimlich meine Telefonnummer zu.«

»Ich könnte nie eine Beziehung mit einem Tory haben«, verkündete Alice.

»Wer hat denn was von Beziehung gesagt?«, fragte Lucy kichernd, woraufhin die anderen in lautes Gelächter ausbrachen und sich gar nicht wieder einkriegten.

»Nehmt euch ein Glas Prosecco«, lud Nora sie etwas besorgt ein. Wenn ihre Freundinnen jetzt schon so aufgedreht waren, wie würde ihr Zustand dann erst sein, wenn sie Alkohol getrunken hatten?

Kurz darauf trafen Charles und Margaret ein.

»Wie war eure Anreise?«, fragte Nora ihre Schwiegereltern höflich.

»Lang«, entgegnete Charles und begrüßte sie mit einem steifen Wangenküsschen. »Heutzutage lassen sie auch alles Gesocks in die erste Klasse.«

»Ist David Langdon schon hier?«, erkundigte sich Margaret und blickte sich erwartungsvoll um, während sie ihren weißen Chignon betastete. »Er ist so ein geistreicher Mann.« Noras Schwiegermutter war offensichtlich auch Mitglied im David-Langdon-Fanclub.

»Er ist mit Simon oben«, erklärte Nora. In diesem Moment entdeckte sie ein vertrautes Gesicht, das gerade den Laden betreten hatte. »Bitte entschuldigt mich, die Pflicht ruft.« Sie ging zum Eingang, um Sam zu begrüßen. »Ich wusste gar nicht, dass du kommst.«

»Kath hat mich eingeladen«, erzählte sie und gab Nora ihre Eintrittskarte. »Ich habe sie teilweise bei ihrer Wahlkampagne beraten.«

Vor einigen Monaten hatte Sam ihren Job gekündigt und ihre

eigene kleine Unternehmensberatung gegründet. Einer ihrer ersten Klienten war die Buchhandlung gewesen. Nora und Simon hatten sie damit beauftragt, ihnen Vorschläge zu machen, wie sie ihre Geschäftsabläufe effizienter gestalten könnten, damit sie sich nie wieder in einem Berg Schulden wiederfinden würden. Sam hatte ihnen eine ganze Menge großartiger Ideen zur Kosteneinsparung unterbreitet und ihnen dabei geholfen, den Onlineshop auszubauen. Darüber hinaus hatten sie dank ihr ein monatliches Bücherabo ins Leben gerufen, das immer mehr Interessenten fand.

»Ich wollte dich schon die ganze Zeit über was fragen, Nora«, sagte Sam, während sie ihren Mantel auszog. »Könntest du mir ein gutes Buch zum Thema Schwangerschaft empfehlen?«

»Ja, sicher«, entgegnete Nora. »Bekommt deine Schwester wieder ein Baby?«

Sie hatte Dr. Dhar seit Simons letztem Check-up nicht mehr gesehen, bei dem sie ihm beste Gesundheit bescheinigt hatte.

Lächelnd legte Sam eine Hand auf ihren Bauch. »Nein, ich.«

Nora blickte nach unten und sah, dass sich unter Sams edlem Kaschmirpullover ein kleiner Babybauch zu wölben begann. »Herzlichen Glückwunsch!«, gratulierte sie und schlang jubelnd die Arme um ihre Freundin. »Das sind ja tolle Neuigkeiten.«

»Meine Eltern drehen ein bisschen am Rad, weil Mat und ich nicht verheiratet sind«, erzählte Sam. »Aber wir beide freuen uns total.«

»Ach, die beruhigen sich auch wieder«, versicherte Nora ihr.

»Das hoffe ich«, sagte Sam und grinste. »Ich habe nämlich null Ahnung von Babys.«

»Ich habe Mateo vor ein paar Wochen im Fernsehen gesehen, in diesem Krimi«, berichtete Nora. »Er war wirklich gut. Was macht er als Nächstes?«

»Er hat gerade einen Film in L. A. abgedreht«, sagte Sam voller

Stolz. »Ich war drüben in Kalifornien und habe ihn am Set besucht – und seine Familie kennengelernt.«

»Wow, wie aufregend!«, schwärmte Nora. Dann schüttelte sie den Kopf. »Es ist wirklich unglaublich: Letztes Weihnachten ist er noch um den Blackberry Hill herumgejoggt, und jetzt erklimmt er die Hollywood Hills!«

»Aber nicht mehr lange. Die Royal Shakespeare Company hat ihm angeboten, Mitglied in ihrem Ensemble zu werden. Das ist buchstäblich ein wahr gewordener Traum für ihn.«

»Ach, wie schön. Dann müssen wir unbedingt nach Stratford und ihn spielen sehen«, sagte Nora. Simon und sie waren in London gewesen, um Mateo in der Aufführung von *Romeo und Julia* im Globe Theatre zu sehen, und seine Darstellung war einfach grandios gewesen. Anschließend hatte er sie noch hinter die Bühne eingeladen und ihnen eine Führung durch das Theater gegeben.

»Vielleicht ziehen wir sogar wieder in die Cotswolds«, verkündete Sam und strich sich zärtlich über ihren Bauch.

»Also, Stowford ist wirklich ein schöner Ort, um Kinder großzuziehen.«

Nach einem Blick auf die Uhr verabschiedete sich Nora schnell von Sam und eilte nach oben, um den Ehrengast zu holen. David saß im Wohnzimmer und blätterte ein Exemplar seines Buchs durch, während Kath Merry den Bauch kraulte.

»Seid ihr so weit?«, fragte Nora die beiden.

David nickte und sprang ein paarmal auf und ab wie ein Boxer vor dem Kampf.

»Ich dachte, Kath könnte vielleicht die Vorstellung übernehmen?«, sagte die PR-Frau.

Puh!, dachte Nora, erleichtert, dass sie nicht vor Publikum sprechen musste.

Die Gespräche in der Buchhandlung verstummten abrupt, als

sie die Treppe herunterkamen. Kath stellte sich an das Pult, das sie extra aufgestellt hatten, während ihr Vater an ihrer Seite blieb.

»Herzlich willkommen, alle zusammen«, sagte Kath und blickte lächelnd ins Publikum, das sich in einem Halbkreis um sie herum versammelt hatte. »Ich bin Kath Walden, Parlamentsabgeordnete für die Region Cotswolds. Zuerst einmal möchte ich mich bei Nora und Simon Walden dafür bedanken, dass wir heute Abend hier zu Gast sein dürfen. Wie Sie sehr wahrscheinlich wissen, sind wir heute hier, um die Veröffentlichung von *Regierungsblues* zu feiern, einem Buch, das die *Times* als ›eine ergreifende und kraftvolle Autobiografie‹ bezeichnet hat, die ›mit dem Gespür und der Intimität eines vortrefflichen Erzählers geschrieben wurde‹. Aber genug der Worte: Hiermit möchte ich Ihnen den Autor vorstellen: meinen inspirierenden Vater, David Langdon!«

In den nächsten Minuten las David einige Auszüge aus seinem Buch vor. Der erste handelte von seinem ersten Tag im Parlament, an dem er sich verlaufen und unbeabsichtigt zwei Kabinettsmitglieder in flagranti erwischt hatte.

»Dadurch habe ich eine wertvolle Lektion gelernt«, beendete David den Abschnitt, begleitet von amüsiertem Gelächter, »immer erst anklopfen.« Als Nächstes gab er eine witzige Anekdote über ein Karaoke-Duell zum Besten, das er spätnachts mit einem ehemaligen Finanzminister während einer Parteikonferenz in Blackpool ausgefochten hatte. Passenderweise hatte der Minister *Money, Money, Money* von Abba gesungen.

Als David den letzten Auszug vorlas, in dem es um seine Depression ging, wurde sein Ton ernster. Nora traten Tränen in die Augen, als er den Zustand der Verzweiflung beschrieb, der ihn vor über einem Jahr beinahe dazu getrieben hatte, sich das Leben zu nehmen.

Simon legte die Arme um Nora, und sie lehnte sich an ihn, während David erzählte, wie das Buch *The Greatest Gift*, das er geschenkt bekommen hatte, sein Leben veränderte und ihn dazu motivierte, sich um seine Gesundheit zu kümmern.

Schließlich klappte er sein Leseexemplar zu. »Ich hoffe, dass die Menschen, die mein Buch lesen, eine wichtige Botschaft daraus mitnehmen«, sagte David. »Nämlich, dass es in schweren Zeiten die unterschiedlichsten Arten von Hilfe gibt. Sie kann von der Familie kommen, von Freunden oder von Fremden«, an dieser Stelle fing er Noras Blick auf und nickte ihr zu, »aber sie kann sich auch zwischen zwei Buchdeckeln verbergen. Verlieren Sie nie die Hoffnung, denn es kann tatsächlich ein Happy End für Sie geben, und vielleicht ist das nächste Kapitel in Ihrem Leben das beste.«

Die Zuschauer brachen in tosenden Applaus aus.

Nach der Fragerunde – die unter anderem einen Heiratsantrag von einer der Damen aus dem Literaturkreis enthielt, den David höflich ablehnte – signierte er Bücher. Nora und Simon positionierten sich hinter einem der Tische und verkauften die Memoiren an jeden, der nicht bereits ein Exemplar erstanden hatte.

»Ach, hallo, Olwyn«, sagte Nora, als sie aufblickte und die nächste Kundin in der Schlange erkannte. »Wie läuft's mit deinem Buch?«

Olwyn hatte ihren ersten Krimi selbst herausgebracht und schrieb bereits fleißig an der Fortsetzung. In Band zwei ermittelte Olwyns schlitzohriger Detektiv Clay Thorne im Falle eines Bühnenmords, der zu Weihnachten, während der jährlichen Pantomimenaufführung, in seinem Dorf verübt wurde.

»Sehr gut«, verkündete Olwyn und legte ihre Karte auf das Lesegerät. »Meine Schreibgruppe unterstützt mich wirklich toll. Ich hatte Probleme mit dem Ende, aber sie haben mir geholfen, eine richtig pfiffige Wendung zu entwickeln.«

Olwyn hatte eine Autorengruppe im Ort ins Leben gerufen, die sich wöchentlich in der Buchhandlung traf. Aus den Gesprächen, die Nora während der Arbeit aufgeschnappt hatte, wusste sie, dass

(Vorsicht, Spoiler!) das gesamte Figurenensemble in den Mord verwickelt war.

»Mir ist aufgefallen, dass Harry Swann neuerdings an den Sitzungen teilnimmt.«

»Oh ja«, bestätigte Olwyn, »Harry ist sehr talentiert. Er will seinen Abschluss in Englischer Literatur machen. Seine Fantasygeschichten sind ganz wunderbar, aber ich habe ihn auch dazu ermuntert, über seine Trauer zu schreiben.«

Nora war Harry und seinen Eltern einige Male auf dem Friedhof begegnet, als sie das Grab ihrer Mutter besucht hatte. Inzwischen hatte die Familie Swann zur Erinnerung an Emma einen Stipendienfonds eingerichtet und vor der Schule einen Apfelbaum gepflanzt, an dem eine goldene Gedenktafel mit ihrem Namen hing.

»Das ist ein Schutzbaum«, hatte Harry Nora erklärt.

»Ah, aus *Das Wunder von Narnia.*« Sie hatte sofort den Bezug zu den Büchern hergestellt. In der Geschichte hatten die Äpfel des Baums heilende Kräfte. Diese Äpfel hier waren zwar nicht magisch, doch Nora vermutete, dass der Baum auf Harry und seine Eltern genauso eine heilende Wirkung entfaltet hatte wie der im Buch, da sie durch ihn die Erinnerung an Emma wachhielten.

»Ist Charlotte auch hier?«, erkundigte sich Olwyn, während sie sich in der Buchhandlung umsah.

Simon schüttelte den Kopf. »Sie hat die nächsten Wochen keine Ferien. Aber über Weihnachten kommt sie nach Hause.«

Nachdem Charlotte einige Monate im George gearbeitet hatte, war sie zur Südamerika-Etappe ihrer Weltreise aufgebrochen. Sie hatte auf den Galapagosinseln Meeresschildkröten schlüpfen gesehen, war den Inka-Trail nach Machu Picchu gelaufen und hatte in einer Schule in Ecuador Englisch unterrichtet. Natürlich hatte Nora sich ständig Sorgen um sie gemacht – das würde sich auch nie ändern. Aber wie versprochen war Charlotte pünktlich zum

Start ihres Pädagogikstudiums nach Hause gekommen – und hatte ihren Eltern Ohrenklappenmützen aus Alpakawolle mitgebracht (die Simon beharrlich jedes Mal trug, wenn er mit Merry Gassi ging).

»Das Studium macht ihr richtig Spaß«, erzählte Nora.

»Eigentlich hatten wir gedacht, wir würden sie öfter zu Gesicht bekommen«, sagte Simon. »Warwick ist schließlich fast um die Ecke.«

»Sie kommt nur nach Hause, um den Kühlschrank zu plündern und die Waschmaschine zu benutzen«, berichtete Nora lachend. Aber sie beschwerte sich gar nicht – sie war froh, dass Charlotte ihr Studium ernst nahm und trotzdem Spaß hatte.

»Sie wird eine fantastische Lehrerin werden«, meinte Olwyn. »Oh, da fällt mir ein: Will lässt euch grüßen. Ich habe ihn neulich getroffen, als ich in St. Stephen's ausgeholfen habe. Er ist jetzt Referendar. Und er macht das so großartig mit den Kleinen.« Sie senkte ihre Stimme zu einem Flüstern. »Ich weiß nicht, ob es stimmt, aber ich habe gehört, dass er und Liz ein Paar sein sollen …«

In der Schlange vor der Kasse hustete jemand laut.

»Oje«, sagte Olwyn, als sie sich umblickte, »ich halte den Verkehr auf. Wir sehen uns dann beim Weihnachtskonzert.« Fröhlich winkte sie ihnen zum Abschied zu, bevor sie mit ihrem Buch zu David hinübereilte, um es signieren zu lassen.

Nachdem Nora und Simon auch die letzten Exemplare von *Regierungsblues* verkauft hatten, gingen sie zu Simons Eltern hinüber.

»Sieh mal, Nora«, sagte Margaret und zeigte ihr Davids Widmung auf der Titelseite ihres Buchs. »Er hat geschrieben: *Alles Liebe, David Langdon.*«

Simons Vater verdrehte die Augen. »Das ist so lächerlich: Sie führt sich auf wie ein verliebtes Schuldmädchen.«

»Bist du etwa eifersüchtig, Dad?«, zog Simon ihn auf.

»Ich fürchte, du hast ziemlich viel Konkurrenz«, informierte Nora ihre Schwiegermutter. Beflügelt vom Gratiswein, hatten Lucy, Maeve und Alice sich wie ein Palisadenzaun um den Autor herum aufgebaut. Die verzweifelten Versuche der PR-Frau, ihn aus ihren Fängen zu befreien, ignorierten sie konsequent.

Simons Vater ließ seinen Blick über die viele Kunden im Laden schweifen, die plaudernd bei einem Glas Wein zusammenstanden oder durch die Buchreihen stöberten. »Euer Geschäft scheint ja gut zu laufen. Sucht ihr immer noch Investoren?«

Ach, jetzt ist er auf einmal interessiert. Nora musste sich auf die Zunge beißen, um ihrem Schwiegervater nicht zu sagen, wohin er sich sein Geld stecken konnte.

»Nein, danke«, lehnte Simon mit ruhiger Stimme ab. »Uns geht's gut. Mehr als gut sogar.«

»Ich bin stolz auf dich, mein Sohn«, sagte sein Dad und klopfte ihm auf die Schulter.

Perplex starrte Nora ihren Schwiegervater an. Für Charles Walden kam diese Bemerkung einer Lobeshymne gleich.

»Wir sollten uns jetzt besser auf den Weg machen«, erinnerte Margaret ihren Mann. »Nicht, dass wir den letzten Zug verpassen. Richtet unserer wundervollen Enkelin aus, dass sie uns über Weihnachten in London besuchen soll.«

»Machen wir«, versprach Nora.

Als seine Eltern gegangen waren, drehte Simon sich mit ungläubigem Gesicht zu Nora um. »Habe ich mir das nur eingebildet oder hat mein Vater gerade gesagt, dass er stolz auf mich ist?«

»Das hast du dir nicht eingebildet«, erwiderte Nora. »Und ich bin auch stolz auf dich.« Aber vermutlich aus anderen Gründen. Natürlich fand sie es toll, dass es ihnen gemeinsam gelungen war, ihr Geschäft wieder in Schwung zu bringen. Doch noch viel stolzer machte es sie, dass Simon seinem Vater verziehen hatte.

Und dass die Familie für ihn immer an erster Stelle stand.

»Hallo, Nora«, grüßte ein älterer, weißhaariger Herr, der sich auf einen Gehstock stützte. Neben ihm stand ein Junge mit sandfarbenem Haar und einem Rucksack über der Schulter. »Erinnern Sie sich noch an mich?«

»Arnold!« Nora wandte sich ihrem Mann zu. »Simon, das ist Arnold, der Mann, der das Buch über den Weihnachtsfrieden gekauft hat!«

»Wie schön, Sie endlich kennenzulernen, Arnold«, sagte Simon und schüttelte dem älteren Herrn die Hand. »Ich habe schon viel von Ihnen gehört.«

»Ich bin umgezogen, um näher bei meinem Sohn und seiner Familie zu wohnen«, erklärte Arnold, »deshalb bin ich nicht mehr hier gewesen. Aber als ich gelesen habe, dass Sie heute eine Lesung veranstalten, habe ich beschlossen, herzukommen.«

»Es ist so schön, Sie wiederzusehen.« Nora strahlte ihn an.

»Der kleine Knirps hier ist mein Enkel Noah«, stellte Arnold den Jungen vor und wuschelte ihm durchs Haar. »Die Behandlung seiner Leukämie war erfolgreich. Er ist jetzt seit fast sechs Monaten krebsfrei.«

»Ach, das freut mich wirklich sehr!«, sagte Nora begeistert. Im Laufe des Jahres hatte sie oft an Arnold – und auch an Noah – gedacht und sich gefragt, wie es den beiden ging.

Arnold stupste seinen Enkel leicht mit der Hand an. »Wolltest du Nora nicht etwas zeigen?«

Auf die Erinnerung hin zog Noah einen Hefter aus seinem Rucksack und drückte ihn Nora in die Hand. »Ich habe eine Eins für meine Projektarbeit über den Ersten Weltkrieg bekommen.«

»Das hast du aber toll geschrieben«, lobte Nora, während sie die Seiten durchblätterte, die einen ganzen Abschnitt über das berühmte Fußballspiel am Weihnachtstag enthielten.

Simon blickte über Noras Schulter und las ebenfalls mit. »Wie ich sehe, interessierst du dich für Geschichte«, sagte er an Noah gewandt. »Spielst du auch Fußball?«

Grinsend blickte der Junge zu ihm hoch. »Ich bin der Torschützenkönig in meiner Mannschaft.«

»Ich habe auch etwas für Sie, Nora«, sagte Arnold und gab ihr *Die wahre Geschichte des Weihnachtsfriedens* zurück. »Das gehört hierher, zu Ihnen beiden.«

»Oh, sind Sie sicher?«, fragte Nora.

»Absolut«, bekräftigte Arnold und zwinkerte ihr zu. »Ich habe Ihnen ja gesagt, dass es mir Glück bringen würde – und das hat es getan.«

Uns hat es auch Glück gebracht, dachte Nora, während sie zum Kamin hinüberging und das Buch dort auf den Sims stellte. Hier würde es von nun an ein Zuhause haben – und als Talisman für den Laden fungieren. Die goldenen Buchstaben auf dem Cover glitzerten im Feuerschein, und Nora konnte sich beinahe vorstellen, dass dieses Buch tatsächlich magische Kräfte hatte.

Wenn Simon und sie wirklich David Langdons Schutzengel gewesen waren, dann war Arnold ihrer. Sein Besuch hatte sie dazu inspiriert, Bücher als Zeichen der Hoffnung zu verschenken. An Menschen, die eine Aufmunterung nötig hatten. Die einen Freund brauchten. Diese Entscheidung hatte das Leben dieser Menschen und auch ihr eigenes auf eine Weise verändert, die Nora nie für möglich gehalten hätte. Die sechs Fremden, denen sie die Bücher geschickt hatten, waren ihre Freunde geworden und würden es auch für immer bleiben, weil sie durch ihre gemeinsame Geschichte untrennbar miteinander verbunden waren.

Genau darin lag die wahre Magie von Büchern: Sie brachten Menschen zusammen.

Während Nora sich in der Buchhandlung umschaute, den Blick über die alten Eichenbalken und die abgewetzten Dielenbretter schweifen ließ, wünschte sie, ihre Mutter wäre hier und könnte sehen, wie der Laden heute war. Über die Jahre hatte sich vieles verändert, doch in den wichtigsten Bereichen war er immer noch genauso wie zu Penelopes Zeiten. Die Regale enthielten weiterhin Welten voller Möglichkeiten und hatten die Macht, Leben zu verändern.

Auf die glücklichen Enden, Mum, dachte Nora. *Und auf die neuen Kapitel, die vor uns liegen!*

QUELLENVERZEICHNIS

In der Reihefolge der Erstnennung im Roman:

Charles Dickens: *Weihnachtsmärchen,* erschienen bei Carl B. Lorck, 1852, übersetzt von Edward Aubrey Moriarty und Julius Seybt.

Clement C. Moore: *Als der Nikolaus kam,* erschienen im Atrium Verlag, 1962, übersetzt von Erich Kästner, 1947.

William Shakespeare, *Was ihr wollt: Lustspiel in drei Akten,* erschienen bei Michaelson, 1860, übersetzt von Gustav Heinrich Gans Edler von und zu Putlitz.

C. S. Lewis: *Alice im Wunderland,* erschienen bei Macmillan und Comp., 1869, übersetzt von Antonie Zimmermann.

Alfred Lord Tennyson: *Tönt, wilde Glocken,* in: *In Memoriam,* erschienen bei Friedrich Bieweg und Sohn, 1854, Übersetzerin nicht namentlich genannt.

Lauren Westwood

Das Lied der Küste

Schottland-Roman

Ein atmosphärischer Frauenroman voller spannender Wendungen und Geheimnisse!

In der Nacht, in der ihre Zwillingsschwester Ginny an der schottischen Küste von den Klippen stürzt, zerbricht Skye Turners Familie. Sie geht fort und kehrt erst fünfzehn Jahre später zurück. Ihre Heimatstadt hat sich verändert, doch das ehemalige Zimmer der Schwestern hat die Mutter als Schrein behalten, als würde sie glauben, dass die geliebte Tochter zurückkehrt. Im Ort gehen Gerüchte um, dass Ginny nicht allein war, als sie starb. Grund genug für Skye, nach der Wahrheit zu suchen. Dabei stößt sie nicht nur auf alte Bekannte, sondern auch auf einen geheimnisvollen Fremden, der sich im Cottage der Familie eingemietet hat. Als Skye die Lügen über die Todesnacht ihrer Schwester zu entwirren beginnt, wird bald klar, dass in der schottischen Kleinstadt in den Highlands noch viele Geheimnisse verborgen liegen …

KNAUR

Anne Verhoeven & Joëlle Stüben (Hrsg.)

Wichtel, Wunder, Weihnachtsmord

24 Weihnachtskrimis von Kiel bis Wien

Besinnlicher Weihnachtszauber ist Ihnen zu langweilig? Sie sehnen sich nach etwas Spannung in der gemütlichen Adventszeit? Perfekt! Dann greifen Sie zu unserem mörderischen Adventskalender mit 24 weihnachtlichen Kurz-Krimis, die Ihnen ganz bestimmt den Atem stocken lassen. 24 renommierte Krimi-AutorInnen liefern mit »Wichtel, Wunder, Weihnachtsmord« eine Kurzgeschichten-Sammlung, die Sie so schnell nicht wieder vergessen werden. Ob blutig oder heiter, ob gruselig oder humorvoll - hier werden Sie fündig!

Für grauenhaft spannende Stunden sorgen in diesem Jahr: Lea Adam, Hilde Artmeier / Wolfgang Burger, Mathias Berg, Carine Bernard, Katja Bohnet, Mechtild Borrmann, Christiane Dieckerhoff, Andreas Eschbach, Christiane Franke / Cornelia Kuhnert, Hazel Frost, Stefanie Gregg, Thomas Kastura, Thorsten Kirves, Regine Kölpin, Iny Lorentz, Matthias Löwe, Isolde Peter, Sonja Rüther, Florian Schwiecker, Michael Thode, Ben Tomasson, Su Turhan, L.U. Ulder, Alex Wagner.

KNAUR